COLLECTION FOLIO

Philippe Sollers

Le Cœur Absolu

Gallimard

© *Éditions Gallimard*, 1987.

Philippe Sollers est né à Bordeaux. Son premier roman, *Une curieuse solitude,* publié en 1959, a été salué à la fois par Mauriac et par Aragon. Il reçoit en 1961 le prix Médicis pour *Le Parc.* Il fonde la revue et la collection *Tel quel* en 1960. Puis la revue et la collection *L'Infini,* en 1983.

« De chaque lettre tracée ici, j'apprends avec quelle rapidité la vie suit ma plume. »

LAURENCE STERNE.

I

Toujours vivant?... Oui... C'est drôle... Je ne devrais pas être là... Flot de musique emplissant les pièces... Elle se souvient de moi, la musique, c'est elle qui m'écoute en me traversant... Qu'est-ce que c'est?... Voyons... Oui... Bien sûr... Saint Jean... Le début... Nuages... Formation des nuages... Rideau soufre... Horizon glissant... C'est lent, et long, et large, et groupé, noir, liquide... Je suis dedans, maintenant, pas de doute... J'ai dû mettre la radio, tout à l'heure, sans m'en rendre compte... En me levant pour faire chauffer le café, odeur du pain grillé, coup sourd du courrier et des journaux derrière la porte... Il faudrait aller les chercher... Mais pas moyen. Je suis paralysé, là, dans mon lit, petit jour fermé dans la chambre. Neuf heures moins vingt. Je repars dans le sommeil. Les voix me portent. Elles descendent avec moi dans l'eau...

    Herr, unser Herrschen, dessen Ruhm
    In allen Landen herrlich ist!

Quelle histoire, ce *Herr*... Et ils n'arrêtent pas de le répéter... Chœur décidé, unanime... Soufflant, soulevant, souffletant, souffrant... Herr!... Herr!... Herr!... Et encore Herr!... Herr!... Herr!... Et puis les autres mots enveloppés au passage comme des feuilles brassées par le tourbillon des bouches et des gorges... Herr!... Ça plonge, ça remonte, ça reste suspendu, ça se remet à dériver, pour être repris plus bas, en source, en crête, en abîme ; c'est une supplication pour la fin des corps et du temps... Étendu, je me laisse aller, je me plie...

> Seigneur, notre Maître, dont la gloire
> emplit l'univers,
> Montre-nous que par ta Passion,
> Toi, Fils de Dieu,
> pour tous les temps,
> Tu as triomphé même
> dans la plus profonde humiliation...

Tous les espaces... Tous les temps... Zu aller Zeit... Verherrlicht worden bist... Et ça recommence sur le *Herr*... Herr !... Herr !... Et encore... Ça pourrait durer indéfiniment... Je pourrais redire ça, moi aussi, sans cesse... Entre fatigue et délire... Non. Debout. Informations.

« L'ombre de l'inspirateur occulte a plané sur la première journée du procès des quatre policiers inculpés qui s'est ouvert jeudi au milieu d'un impressionnant déploiement des forces de l'ordre. Ce commanditaire inconnu a été évoqué dès l'ouverture des débats dans la salle d'audience du tribunal où avaient pris place les quatre accusés, tous fonctionnaires du département chargé des cultes au ministère de l'Intérieur. Ces derniers risquent de huit ans de prison à la peine de mort. »

La peine de mort ? Tu parles...

Dans les toilettes, je me suis aperçu que je tremblais. Complètement. De la tête aux pieds. Comme si j'étais entouré d'une carapace de glace, d'une doublure de gel, mais diffuse, sombre, immatérielle. J'ai eu le plus grand mal à me laver, à m'habiller. J'ai pris la voiture, je suis allé vite à l'aéroport chercher Carl. Dix heures dix. Peu de monde, ce jour de décembre. Contrôles de sécurité, figures clandestines pressées. Le vertige m'accompagnait toujours, je me disais que j'allais tomber là, tout à coup, basculé par le froid brûlant de la fièvre. Et la douleur aiguë dans le fond, de la nuque au front, derrière les yeux plombés, hostiles, les globes oculaires, l'insistance osseuse des orbites accrochées au squelette pesant de tout son poids sur son moi... Son petit moi d'opérette... La danse avec son propre crâne, distraction-limite... Houhou!... Houhou!... Frissons-rêves... Houhou!... Dans le hall endormi... J'entends la voix de Liv : « Dites ce que vous sentez, rien d'autre »... « Même si ça a l'air fou ? »... « Dites-le, dites-le »... « Même si c'est énorme ? Incroyable ? Vraiment déraisonnable ? »... « Ne vous en faites pas. Dites-le ».

Eh bien, je le dis. Drôle d'impression, depuis quelque temps. Parfois rapide; parfois pesante, engourdie... Ça se passe en dehors d'eux, autour d'eux. Ça passe pourtant par eux. Je vois le halo. Ils n'en sont pas conscients. Du tout. Ils ouvrent les yeux là-dedans, ils parlent, leurs muscles et leurs tendons remuent, ils ne savent rien, ils sont morts. Morts? Pas tout à fait... La vie est là, mais poignardée à mort, explosée, empalée, empoisonnée directement à la base... Qu'est-ce qui est arrivé? Quand? Comment? Depuis quand? Pourquoi? A partir de quoi? Sans réponse, hein? Jamais de réponse. Et la misère qui grandit. La grande misère, celle dont tout le monde a peur instinctivement, biologiquement... L'hôpital... La prison... L'asile... Ou le camp... Oui, le camp... Pas forcément visible... La sensation d'être assigné, encerclé, surplombé, surveillé... Scènes ultra-sons... Miradors en creux... Rayons... Spots... Mines... Appels... Broiements... Aboiements... Circuits électriques... Noms fichés et classés... Appréciations... Notes...

- Vous êtes fatigué.
- Vous trouvez ?
- Ça saute aux yeux. Vous devriez aller vous coucher.

Je suis rentré, après avoir laissé Carl à son hôtel. Front et mains de brouillard. La fièvre avait dû monter encore, j'ai tiré les rideaux, je me suis allongé sur le lit. Je me suis remis dans les traces d'autrefois, jours de maladie, jours-signaux d'un changement de forme incompréhensible. Laura est venue dans l'après-midi. Elle a commencé à me reprocher d'avoir trop bu, comme d'habitude. Elle a appelé un médecin pour une piqûre de morphine, est descendue acheter les médicaments, est restée encore quelques minutes en se plaignant du désordre du studio, « mais c'est ton affaire », a dit qu'elle reviendrait le lendemain si je voulais, qu'elle téléphonerait le soir, a fini par s'en aller, laissant derrière elle un sillage vocal tendu et réprobateur. Je me suis préparé un bol de bouillon très chaud. J'ai quand même avalé la fin d'une bouteille de vin. J'ai vomi tout ça assez vite, bien sûr. Après quoi, de toutes mes forces, j'ai cherché la nuit.

Je commence à avoir l'habitude de ces crises. Elles arrivent à l'improviste, me tiennent deux heures ou trois jours, puis s'en vont comme elles sont venues. Ça s'annonce par un léger éblouissement ou, comme la dernière fois, par une brûlure foudroyante de froid. En général, la fièvre suit, violente. C'est une tempête muette, une révolte des cellules voulant annuler la représentation là-haut. Je ne dois pas oublier que j'ai désormais un corps qui me juge. Qui n'arrête pas de me rappeler ses pouvoirs. Qui mène une sorte de vie souterraine de son côté et qui, de temps en temps, en a assez de la mienne.

– Vous avez ça depuis longtemps?
– Trois ou quatre mois.
– Vous avez vu un médecin?
– Mettons que ce soient des grippes.
– Drôles de grippes... Et ça s'en va tout à coup?
– Comme si le vent tombait. Calme. Éclaircie.
– Vous êtes sûr que ce n'est pas le cœur?
– Je ne crois pas.
– Vous arrivez à prévoir le déclic?
– Pas toujours.

Carl se tait. Il n'aime pas les confidences. Je n'avais d'ailleurs pas la moindre intention d'en faire. Je le regarde, là, petit, brun, soucieux, encore un peu grossi depuis la dernière fois, tassé devant son verre de whisky. On ne s'est pas vu depuis un an? Dix mois.

– Alors, cette adaptation? dit-il. Vous avez travaillé?
– Pas mal. Je commence à bien voir les grandes lignes.

Immédiatement, Carl sait que je mens. Que je n'ai rien écrit. Ou presque.

– Vous me montrez ça demain?
– D'accord. Demain.
– Vous avez reçu le deuxième versement?
– Oui. Il y a trois semaines. Merci.
– O.K. A propos: il y a du nouveau. Il n'est pas impossible que les Japonais se mettent sur le coup.

Les Japonais partie prenante pour un film tiré de *La Divine Comédie*? Pourquoi pas?

– Épatant, dis-je. Ça peut introduire une couleur tout à fait nouvelle.

Carl me fixe de ses yeux noirs, vifs, informés.

– Vous y croyez encore?
– Plus que jamais. C'est de nouveau le grand sujet de notre temps. En un sens, les Arabes ont fait avancer les choses.

— Straus, à New York, dit que vous êtes le meilleur spécialiste.
— Sans blague. Il a raison. Vous allez voir ça.
— En tout cas, c'est votre projet qui lui a plu. Les Américains et les Italiens lui ont paru plats, emphatiques, conventionnels, ou bêtement universitaires. Et puis, vous avez été recommandé, il semble.
— Ah bon? Par qui?

Carl a un geste vague. Ce qu'il veut maintenant, c'est de la copie, plus qu'un résumé, une histoire détaillée, des scènes, des dialogues, quelque chose de concret à montrer à la Production.

— J'ai pensé qu'on pourrait actualiser le titre, dis-je. Mais ils n'en voudront pas.
— Oui? Lequel?
— *Le Divin Bordel*. Chaos à la fois horrible et comique. Enfer et dérision. Souffrances et plaisirs pour rien. Enjouement. Mozart. Mais le tout quand même très mystique. Qu'est-ce que vous en pensez?
— Ne commencez pas à tirer la couverture à vous, dit Carl posément. C'est vrai que votre prochain roman doit s'appeler *Sperme*?
— Quelle idée! Qui vous a dit ça?
— Une stagiaire de l'Agence.
— Tiens. Bonne nouvelle.
— Je n'en suis pas sûr, mon cher. Et les nouvelles sont plutôt désastreuses pour vous. Le sexe est fini, éteint, épongé, escamoté, démodé. C'est la new chastity, le retour des sentiments, de l'amour-amour. Comme vous voyez, le Diable ou le marché ont, une fois de plus, changé de tactique. L'ensemble des sondages le confirme. Les vieux sont vieux, les jeunes sont encore plus vieux, tout le monde se calme.
— Vous me faites marrer.
— Vous n'y êtes pas. L'avertissement a sonné. Le Sida a

frappé. L'Islam aussi. Le rêve est revenu. L'inhibition de même. On veut de l'émoi en sécurité, des couples sages, travailleurs, sains, normaux, installés. Les enfants adultes couchent chez leurs parents. Aucun lit ne grince. Sur des ponts de bateaux imaginaires, des légions de secrétaires reposées, sportives, bien habillées, peut-être enceintes, lisent, avec un sourire de pêche, les dernières et innocentes nouveautés. Pathétique, émotion, tendresse, mystère, sublime. Vous allez même voir revenir le crime. L'assassinat par ennui.

– Grand bien leur fasse. Mais que le refoulement et le châtrage suivent leur vitesse de croisière, avouez qu'il n'y a rien là d'étonnant.

– En tout cas, sale sexiste attardé, nous, on veut *La Divine Comédie* de Dante. Point. C'est le contrat. Je vous dis que les Japonais sont intéressés. L'Europe et ses traditions les intriguent de plus en plus.

– D'accord, d'accord. Vous aurez votre divine comédie, avec les transpositions qui conviennent à la fin du XXe siècle. Et avec un peu d'Asie, si vous voulez. Facile. Il y a tout ce qu'il faut. Et au-delà.

– A demain chez vous, alors?
– A demain.

Le *Divin Bordel,* c'était en pensant aux *Glycines*... Le petit hôtel particulier près du parc Monceau, ouvert jour et nuit... Autre chose que les boîtes échangistes nocturnes d'aujourd'hui, bar, piste de danse, coussins, tout sur la table, femmes sur les billards, toilettes bondées, consommation de groupe en vitesse, types pressés en cercle, femelles en jarretelles ou guêpières fonctionnant machines... Non, le bon vieux style cadré d'autrefois... Je revois la grille noire, l'allée tournante bordée de marronniers, le pavillon aux volets métalliques toujours fermés du rez-de-chaussée... Il s'en est passé des choses, là, dans la pénombre, aux deuxième et troisième étages... Le matin, l'après-midi, le soir, sans arrêt... J'ai habité juste à côté pendant un an. Je devais avoir vingt-deux, vingt-trois ans... Je sais de quoi je parle. Enquête sur le terrain... Ethnologie des ombres... Surtout l'après-midi, vers quatre heures... Moment des bourgeoises à temps libre venant faire un tour avant leurs dîners... «Vous passerez aujourd'hui?» me disait Thérèse, la patronne, en me croisant sur le boulevard... Et à voix basse : «On a besoin d'un coup de main... Vers trois heures et demie, hein, pour les toutes premières... Je crois qu'il y aura Madame Louvet...» Louvet!... La grande Catherine!... Mais oui, l'écrivaine... Celle des best-sellers... L'une des deux plus célèbres : Françoise Dedieu, Catherine Louvet... Pas encore très connue, à l'époque, à peine un début de réputation sulfureuse... Elle venait régulièrement avec son amant d'alors, genre banquier-notaire à lunettes, qui voulait qu'on la baise sec devant lui... Ce que j'exécutais avec conviction, il me semble... Après quoi, je montais au quatrième boire un verre offert par la maison et bavarder un peu... J'étais comme son plombier gracieux, au fond, à Madame Thérèse, qui vient lui réparer une fuite ou changer un robinet... Ou son électricien pour un court-circuit ou une panne... Bien entendu, on n'évoquait jamais ensemble les scènes du bas... Les femmes, c'est trop connu, n'aiment pas gloser sur ces choses... Elles ont lieu, les choses, c'est tout. Peut-être pas vraiment, d'ailleurs. Peut-être jamais vraiment. Plume, écume, poussière, buée... Rien, vous dis-je... Viscosité houleuse... Juste un peu de colle aux jointures... A peine un poil d'adhésif... De quoi elle me parlait, la grosse Madame Thérèse, un peu embarrassée dans son tailleur gris? De ses ennuis de personnel, bien sûr... Les serveuses... De ses problèmes de loyer... Des contrôles de l'administration, des amendes... « Enfin, vous comprenez »... J'étais son « petit étudiant », son « provincial », son « philosophe », même, depuis qu'elle m'avait vu avec *La Science des rêves* sous le bras... « Vous venez ce soir ? C'est le jour spécial... Non ?... Dommage... Vous sortez avec votre petite amie ? Allons, allons, ne dites pas le contraire, rien de plus naturel... Surtout pas un mot, hein ? Elle n'aimerait pas ça du tout... Je me mets à sa place... Remarquez, vous pouvez venir faire un tour vers trois heures du matin, si le cœur vous en dit, pour la fermeture... Je sais que vous traînez tard... On sablera le champagne avec quelques amis. »... Non, je n'allais pas aux soirées du jour spécial... Le vendredi, je crois... Strictement interdit aux prostituées du quartier ou d'ailleurs... Elle avait l'œil, Madame Thérèse, pas de professionnelle pouvant échapper à son radar... A son noir regard de biais, radiographiant la salle d'attente... « Vous n'oubliez pas, hein ?... Louvet ! »... Je n'oubliais pas. Le rituel était d'ailleurs presque toujours le même. Il la baisait plus ou moins maladroitement, la suçait, surtout, dans une sorte d'extase humiliée, elle faisait un peu de cinéma, pas beaucoup, quelques gémissements, quelques chichis, et puis j'entrais dans la danse. Je la baisais net, là, sous les yeux exorbités du type, je la mettais bien fort, bien profondément, et pas pour rire. Si elle jouissait ? Je pense. En tout cas, elle me faisait redemander, et lui aussi. J'étais l'étalon local, le jeune homme objet transitoire... C'est drôle de la revoir maintenant, à peine vieillie, maquillée de près, bien coiffée, couverte de bijoux, entourée d'enfants, occuper les journaux, la télévision, proposer des recettes de confiture avec des airs de sainte repeinte, habitée, pourtant, d'une sorte de peur dans le nez... Je ne peux m'empêcher, chaque fois que je vois une image d'elle, d'évoquer sa bouche ouverte sous la mienne, tordue... Son collier de perles tremblant sur sa gorge... Ses petites oreilles fines... Vilaines pensées... D'autant plus qu'elle est devenue baronne, ou quelque chose comme ça... Château et chasse en Sologne... Tout... Respectabilité... Rentabilité... Passé pute transposé famille... Tradition et progrès...

Voilà... Calme... La crise s'est éloignée, on dirait... Léger tremblement, pas plus... Je ne m'en tire pas mal pour cette fois... On verra...

Il faut quand même que je lui fabrique son scénario, à Carl... Par où commencer? Par le commencement? La forêt, les animaux, la rencontre de Dante et de Virgile? Non, ce serait trop simple. On va prendre l'histoire en plein mouvement, en plein enfer. Pour bien fixer l'enjeu, avec retour en arrière... Au cœur de la corruption... Géryon, tiens... Fin du chant 16... Début du 17... Montée de l'image absolue de la fraude... Face d'honnête homme, corps de serpent... Voilà le sujet, pas de doute... Le mensonge à tête d'innocence... On va faire l'introduction comme ça, brutalement, en gros plan... Une figure bien humaine, bien compréhensive, chaleureuse, douce, empreinte d'indulgence, de bonté, de générosité... Et puis, juste après, révélation du corps enveloppé d'abord dans sa draperie multicolore de nœuds et de cercles : écailles, pustules, glandes et poches de venin, réseaux d'infections, méchanceté carnée dans les membres... Un fouillis d'organes conçus pour le mal et la destruction exprimé par un pur visage de tendresse et de gentillesse... La saloperie réussie... Effet saisissant, non? Ils se débrouilleront pour les truquages... Je bâcle quelques pages là-dessus... En définissant, au passage, le rôle médiéval de l'usure et en proposant des équivalents boursiers... L'essentiel est de donner l'impression de travailler sérieusement au projet... Ce bon vieux Dante... Depuis le temps que je vis avec lui... Depuis ma thèse d'étudiant, quand je suis arrivé à Paris, *Dante et l'invention de l'au-delà,* un classique, en somme... Passée avec Albert Mognon, le grand spécialiste de la question... Lui : « Vous savez l'italien ?... Et moi :

« Ahi serva Italia, di dolore ostello,
nave senza nocchiere in gran tempesta,
non donna di provincie, ma bordello ! »

Il me regarde avec attention... Mot de passe... Je continue :

« La tua fortuna tanto onor ti serba,
che l'una parte e l'altra avranno fame
di te ; ma lungi fia dal bécco l'erba. »

– Je vois, je vois, dit Mognon... Vous connaissez ma traduction ?

« Car ton destin tant d'honneur te réserve
que les partis, l'un et l'autre, voudront
te dévorer ; mais du bouc jusqu'à l'herbe... »

Et Mognon : « Pas mal, pas mal... Pas si mauvais comme accent... Bon, vous êtes allé à Florence ? Bologne ? Vérone ? Mantoue ? Lucques ? Pise ? Assise ? Venise ? Sienne ? Ravenne ? Naples ? Pompéi ? Rome ? Un peu partout ?... Bon, bon... Eh bien, venez à mes lundis, hein ?... On est quelques professionnels et amateurs... Au fait, vous êtes catholique ? Oui ?... Enfin, d'origine ?... Remarquez, ce n'est pas du tout nécessaire. Bien que... En ce moment, j'ai un psychanalyste on ne peut plus juif, un talmudiste et un fervent musulman. Et un Américain sans complexes. Et même un Hollandais surprenant, très fort, vous verrez... »

Il habitait près de la Trinité, à Saint-Lazare, un petit appartement de célibataire moisi, sentant le chat... Bourré de livres et de papiers en désordre, avec tout ce qu'on avait pu écrire sur Dante depuis au moins deux siècles, volumes, revues, articles, tirés à parts, venus de tous les pays et dans toutes les langues... « Ça n'arrête pas, ça n'arrête pas... » Il est mort, maintenant... Disons au Purgatoire... Toujours un peu réservé sur le Paradis...

Carl arrive au studio, à onze heures, avec une fille superbe, grande, blonde, maussade.

– J'ai loué une voiture, dit-il. On va se balader un peu. Je vous présente Snow. Snow, voilà le génie qui va s'occuper de l'adaptation d'un de nos prochains films.

– Bonjour, dis-je.
– Salut, dit la fille.
– Emportez vos papiers avec vous, dit Carl. On verra ça pendant le déjeuner. Qu'est-ce que vous dites de Versailles? Il y a longtemps que j'ai envie d'y faire un tour.

– Va pour Versailles, dis-je. On pourra marcher dans le parc.

– Marcher? dit Snow. Mais il gèle!
– Juste un peu, dit Carl en riant. Il a raison. Ça nous fera du bien.

Elle doit être cher, mais pas trop... Sens économique de Carl... Note de frais raisonnable... Week-end classique à Paris pour homme d'affaires... Elle a du mal à cacher son ennui... Carl, en revanche, a l'air très gai, il conduit vite, il chantonne...

– Vous allez mieux depuis hier? dit-il.
– Ça va.
– Vous êtes malade? dit Snow.
– Rien de grave. La fatigue.
– Vous travaillez trop, dit Carl. Pas vrai? Vous travaillez beaucoup trop!

— Sûrement.
— C'est quoi, votre travail? dit Snow en bâillant.
— Des trucs à écrire.
— Des trucs très importants, dit Carl. Notre génie n'est pas seulement scénariste ou dialoguiste. Il est aussi romancier, essayiste, traducteur, journaliste, reporter, correspondant étranger, professeur à ses heures, agent secret, érudit, nègre!
— Agent secret? dit Snow, en allongeant près de Carl ses longues jambes bronzées.
— Carl plaisante.
— Non! Non! dit Carl. Agent secret du Saint-Siège! Des Jésuites! Opus Dei! Opus Diaboli! C'est connu.
— Le Saint-Siège? dit Snow.
— Eh bien, quoi, le Pape, dit Carl.
— Vous êtes curé? dit Snow en repliant les jambes.
— Mais pas du tout. Carl s'amuse.
— Vous n'êtes pas français? dit Snow, qui doit s'appeler en réalité Aline ou Martine.
— Si. Naturalisé.
— Vous avez l'air tout à fait français, dit Snow.
Waou! fait Carl en doublant rapidement une Porsche.
— Merci, dis-je. C'est un compliment?
— Bien sûr, dit-elle.

En arrivant au *Trianon Palace,* Snow a dit que, vraiment, elle était très fatiguée, et Carl a demandé une chambre pour elle. « Allez déjeuner, a-t-elle dit, je vais me faire monter quelque chose et dormir. » On est donc sortis tous les deux dans le parc. Les allées, les statues, les fontaines vides, les bassins gelés, le gravier crissant, tout était solennel et spectral. Un petit groupe de Japonais était quand même là, photographiant dans tous les coins, mais comme s'il s'agissait de prendre des clichés déjà pris.

– Ils ont l'air de photographier des photographies, dis-je.

– Oui, dit Carl. C'est leur grande supériorité sur nous. Ils *sont* des photographies.

On marche cinq minutes en silence. On arrive devant la perspective du Grand Canal.

– Ce Versailles, dit Carl, c'est inouï... Je me demande parfois si les Français s'en rendent compte.

– A moitié. Pas très bien. Au cinéma. C'est le lieu de leur culpabilité, après tout.

– Vous croyez que ça les empêche de dormir?

– Non. Mais ça les agite.

Il commence à marcher très vite, je m'aperçois seulement à quel point il est solide, râblé... Je peine un peu à le suivre, j'ai l'impression que les tremblements reprennent en dessous... Il s'arrête net, s'assoit sur un banc de pierre. Je m'assois à côté de lui...

– Alors, mon vieux, ça ne va pas fort, hein?

– Je suis encore un peu sonné.

– Allons, dites-moi la vérité, dit Carl plus sèchement. Vous n'avez rien foutu, pas vrai? Vous ne foutez plus rien?

– C'est un moment difficile. Je crois que...

– Donc Straus avait raison. Il m'a dit: « Voyez-le, et regardez si ce qu'on nous a rapporté est vrai. »

– Ce qu'on leur a rapporté?

– Que vous êtes fini. Crevé. Discrédité. Pas fiable. Vieilli. A bout de souffle. Abandonné, passif. Sur la pente.

– Encore de bons amis, mais c'est un peu exagéré. Comme, d'ailleurs, l'amitié en général.

— Vous ne comprenez pas. Le problème est de savoir si vous continuez à travailler pour nous, oui ou non.

— Mais je vous ai apporté le début du machin. Une très bonne idée, vous allez voir.

— Je me tape de votre machin.

— Dans ces conditions, dis-je en me levant.

— Vous ne croyez tout de même pas que je vais perdre mon temps à lire un bla-bla sur *La Divine Comédie*?

— Il y a pire à faire.

— Et mieux aussi.

— Ah bon? Et quoi donc? Snow?

— Je vous la laisse si vous voulez pour ce soir. Elle est payée jusqu'à demain matin. Demandez-lui un peu de coke. Elle en a plein de très bonne dans son poudrier. Ça vous donnera peut-être un coup de fouet.

— Merci, mais je préfère aller me coucher.

— Décidément, je donne à tout le monde l'envie d'aller dormir, dit Carl, brusquement gentil.

— Que voulez-vous, c'est l'époque. Le sexe évacué. La nursery finale et abdominale. Le grand sommeil.

— Je vous ai vexé?

— Mais non.

Carl allume une cigarette... Il regarde le château, là-haut, dans la brume...

— La Galerie des Glaces, dit-il, c'est là?

— Exactement. On la loue pour des soirées, maintenant. Des réceptions politico-culturelles. C'est la mode.

— Bon, dit Carl, en jetant sa cigarette. Vous avez un mois. Pas un jour de plus. Le manuscrit à mon bureau de Paris, chez Claude. Autrement, eh bien, vous remboursez, on prend quelqu'un d'autre, et c'est fini.

— Ce sera prêt. Vous avez tort de ne pas regarder mon début. Il est vraiment formidable. Géryon...

— Géquoi?

On remonte sans un mot vers le Trianon... J'ai compris. Pas de déjeuner. Je demande un taxi pour la gare.

Aucun doute, ils y tiennent, à mon adaptation... La mise en scène de Carl était montée pour me le faire savoir. Ils sont emmerdés. Tout-puissants, mais emmerdés. Après tout, c'est vrai, la culture, aujourd'hui, ne se trouve pas comme ça... Tu plaisantes, il doit y avoir autre chose. Ils ont déjà dû essayer de me remplacer, et puis, pour une raison ou une autre, ça n'a pas marché. J'ai donc gagné du temps, pas négligeable.

Il faut que je joigne Mex. Six mois sans le voir.

Mex? Jean Mexag, le Hollandais de chez Mognon... Je le revois en train de s'inscrire avec moi à la faculté, devant le petit type barbu qu'on disait fasciste. Immédiatement, électricité négative entre eux...

– Mexag. Jean Mexag.
– Méquoi?
– Mexag. M.E.X.A.G.
– C'est un nom quoi, ça?
– C'est un nom.
– Roumain?
– Non. Hollandais.
– Juif?
– Si vous voulez. Vous voulez ouvrir une enquête?
– On lui casse la gueule, Mexie? dis-je.
– Mais non, Monsieur a été mal sauté hier soir, c'est clair.

Le type avait violemment rougi... C'était sorti de lui, malgré lui, comme sous hypnose. Comme tout ça est loin...

– Allô, oui? dit-il.
– C'est moi, S., ça va?
– Eh! Eh! Comme on se retrouve! Je vous croyais au Japon?
– J'ai annulé. Ça m'ennuyait.

— Toujours le grand style?
— Dites-moi, Mex...
— Si c'est pour un roman, je n'ai pas une minute...
Tiens, tiens...
— Qu'est-ce qui vous fait croire ça? dis-je.
— Les esprits. Les ombres de l'Hadès.
— Eh bien, vous avez raison. Un roman. Et puis autre chose...

Il va se faire un peu prier... Question prix...

— Un roman-roman? dit-il.
— Oui, bien sûr. Et gros, si possible. Bourré d'événements, d'aventures. Et même un peu policier, vous voyez le genre. On y va?
— Ce n'est pas merveilleux en ce moment, dit-il de sa voix traînante. Il faut que j'improvise une adaptation pour la télévision. Vous ne devinerez pas de quoi.
— *L'Homme sans qualités?*
— Comment le savez-vous?
— C'était votre vieux plan, Mex. Vous m'en avez parlé il y a cinq ans. Je suis content pour vous. D'ailleurs, Vienne est encore très à la mode.

Il est piqué au vif. Il faut qu'il ait l'air extrêmement occupé. Il riposte aussitôt.

— Vous savez ce qu'on me demande aussi? Une longue introduction pour une nouvelle édition critique de *L'Odyssée.*
— Mais c'est formidable! Votre spécialité! Maintenant, laissez-moi vous dire. En plus du roman...
— Oui?
— Encore une adaptation. Vous n'allez pas trouver.
— Un de vos bouquins?
— Pas du tout. Un grand classique.
— Je sèche.
— *La Divine Comédie,* Mex! Coproduction américano-japonaise! Meryl Streep Béatrice!

– Merde. Si Mognon voyait ça. C'est vrai ?
– Alors ? On met tout ensemble ?

Il est furieusement excité. Mais professionnel :

– C'est difficile, un roman en ce moment, vous savez. Le marché plafonne...

– Dix pour cent de plus que pour la dernière fois. Ça va ?

– Je peux réfléchir ?

– Et n'oubliez pas que j'ai toujours mon carnet, Mex ! Le carnet rouge ! Vous vous souvenez ?

S'il se souvient, cette blague... Le « carnet d'auditions »... Une mine...

– Et rempli à ras bord, Mex ! Du nouveau ! De l'affriolant ! Tous azimuts ! Du saignant !

Je le vois sauter en l'air mentalement... S'il était éditeur, je suis sûr qu'il le publierait tel quel, mon carnet... Tous les ans... En fac-similé... Relié pur porc... Tirage ultra-limité... Très cher... Avec les noms...

– Alors, Mexie, on se voit ?
– On se voit.
– Après-demain ?
– Après-demain soir.

Sept heures.
– Allô ?
– Oui ?
– C'est Snow. Dites, Carl m'a laissé tomber en rentrant à Paris. Vous n'êtes pas libre à dîner ?
– Pourquoi pas ?

Finalement... Tant qu'à faire... Elle veut sans doute mener son enquête sur Carl à travers moi... Elle est sur la moquette, à présent, un coussin derrière la tête, serrée contre moi; elle vient de renverser son verre de champagne; elle se laisse palper gentiment en poussant les petits cris de rigueur... Le dîner a été morose. Elle a bien essayé de me tirer quelques renseignements sur Carl, sur sa vie à New York, mais je le connais à peine, il ne nous intéresse l'un et l'autre que pour l'argent qui émane de lui... On s'embrasse sans conviction, levier, de part et d'autre, pour en savoir plus... Or il n'y a rien à savoir. Il arrive à Paris, la convoque, l'emmène une fois sur trois chez Cartier, lui offre un bijou, des parfums, lui paye un dîner dans un grand restaurant, lui promet vaguement un rôle dans un feuilleton télévisé, elle le suit à son hôtel, bref le scénario à pleurer. Elle a vingt-cinq ans, elle est assez jolie et soignée, elle écarte les jambes, c'est tout. Et comme Carl ne me fait pas bander et qu'elle ne bande pas non plus pour moi (pas de promotion sociale en vue), je reste aussi froid qu'elle. On finit vite par s'arrêter d'un commun accord. Une petite ligne quand même? Mais voyons. Ça aussi, ça vient de Carl? Oui. Il passe la douane avec? Elle ne sait pas. On est un peu remontés, maintenant. Elle sent qu'elle doit s'en aller...

– Et votre film, c'est quoi? dit-elle. Le Moyen Âge?
– Si on veut. Une histoire de fantômes.
– Carl m'a dit que vous n'y arriviez pas?
– Ce n'est pas l'enthousiasme. Mais je vais m'y mettre. Le plus difficile à rendre, pour notre époque, c'est le côté mystique du sujet.
– Ah bon, dit Snow en regardant l'heure. Il faut que je parte, dites, il est très tard.
– Déjà? dis-je poliment.
– Chut, hein?
– Évidemment.

Je lui appelle un taxi... Elle file... « Le côté mystique du sujet! »... A deux heures du matin!... J'ouvre pourtant ma machine à écrire... Je me mets à recopier des vers de la

Comédie... Comme ça, somnambuliquement, comme si j'en attendais une sorte de transfusion magique... Du fond de l'abîme... N'exagérons rien : du fond de la médiocrité générale où je suis plongé par ma faute, avec mon assentiment à peine crispé...

> PER ME SI VA NE LA CITTÀ DOLENTE
> PER ME SI VA NE L'ETERNO DOLORE
> PER ME SI VA TRA LA PERDUTA GENTE.

« La perduta gente »... Les damnés... Plaintes, cris, clameurs dans l'air sombre... Langues multiples et paroles grognées, mots de douleur, accents de colère, voix sourdes ou aiguës, bruits de mains frappées, tumulte et tourbillon de sons comme le sable aspiré par la trombe... Il me semble taper, là, soudain, devant moi, des caractères vivants, des lettres de feu et d'eau enveloppant des visages... Des corps nus piqués par des frelons et des guêpes... Sang et pleurs tombant en vermine... Grand vent rouge comme l'éclair... Bon, j'ai trop bu. Ou bien, c'est la coke. Il faudra quand même insister d'emblée sur l'importance de la bande-son. La diction enrouée de Virgile quand il se lève au milieu des arbres pour servir de guide ; la différence d'intensité dans les interpellations et les hurlements... Et puis tonnerre, fracas, rugissements, rumeurs... Des voix, donc, des milliers et des milliers de voix, et l'apparition des images selon... Enfin, quelques dizaines pour ne pas effrayer la Production. La voix exacte de Carl, par exemple, en train de dire : « Vous ne croyez tout de même pas que je vais perdre mon temps à lire un bla-bla sur *La Divine Comédie*? »... Ou celle de Snow, à l'instant : « Il faut que je parte, dites, il est très tard... » Toutes les voix énervées, résignées, fausses, errantes, gaspillées, perdues dans le temps... Les voix cassées que je n'entendrais pas aussi bien, dans la vie courante, sans mes histoires enfantines d'oreilles, quand le cœur battait directement dans le tympan, quand l'espace entier n'était plus qu'un papillon fou, un pouls tendu de souffrance, voilà, il faut que je raconte ça, c'est la clé... Le nuage des voix dans la cité des douleurs... Les voix des types en train de cogner avec des bâtons sur le curé polonais, là-bas, dans un coffre de voiture... Dans le parking de l'hôtel Kosmos, à Torun... La ville où est né Copernic... « Comme sur un sac de farine »... « Vous comprenez, il avait réussi à se dégager, il avait commencé à courir en criant " A l'aide! Épargnez ma vie! "... Alors on l'a solidement ficelé et on a tapé dessus... Il a dû s'étrangler tout seul... Peut-être respirait-il encore faiblement quand on l'a jeté dans cette retenue d'eau, dans la Vistule »... « Dans l'eau? Comme ça? »... C'est une fille de l'Agence qui parle... « Dans l'eau?... Encore vivant?... Quel baptême!... » Elle s'est mise à rire, un peu gênée quand même... Elle a vu qu'on ne trouvait pas ça si drôle... Pauvre conne angoissée... Alors, quoi, on ne rigole plus, on ne se tord plus, comme d'habitude, quand il s'agit des curés?... « Cette ordure de Pie XII »... « Pardon? »... « Enfin, vous savez que Pie XII était une ordure... Pendant la guerre... Voyons... Les juifs... »... « *Pardon?* »...

– Ah, c'est toi? On est contents de te voir...
Laura est tout de suite fermée, combative. Je suis là pour une fois, il est donc urgent de tout régler à la fois, le loyer, les impôts, les charges de l'appartement, le téléphone, le gaz, l'électricité, le livret scolaire des enfants, leurs leçons particulières d'anglais, de piano et de karaté, le mois en retard de la femme de ménage, le garage, la note

de l'épicier, la réparation de la porte d'entrée... En dix minutes, j'ai déjà utilisé la moitié de mon carnet de chèques. Voilà. Ils sont tous étalés devant moi, les chèques, je n'ai jamais rien écrit et je n'écrirai jamais rien d'aussi évident. Après quoi, il est déjà trop tard pour parler, ce sont les informations du journal télévisé. Parler de quoi, d'ailleurs? Laura n'a pas le temps, et moi non plus. Je regarde ses mains, ses toujours belles mains qui m'ont si souvent touché autrefois, je revois les scènes de voiture, le chiffon dans la boîte à gants... Elles sont là, ses mains, sur la table, refermées, dirait-on, sur les bagues portées par habitude, sur le diamant, surtout, le glorieux diamant des années englouties, brillantes... Le ciel bleu-noir pèse sur les portes-fenêtres; l'acacia, de l'autre côté de la rue, est nu et tranquille... Tout de même :

– Ça va mieux, ton truc?
– Ça peut aller.

Mon « truc », ce sont les crises qu'elle a découvertes, peu à peu, avec stupeur... Au début, on n'était pas encore mariés, elle croyait qu'il s'agissait de comédies plus ou moins hystériques, je ne la détrompais pas, je m'arrangeais pour lui confirmer que je faisais plus ou moins semblant... Jusqu'au jour où le doute est venu. Le constat. Et puis l'horreur, d'abord vaguement curieuse et, enfin, de plus en plus excédée. Épilepsie? Non, mais tout comme. Du moins dans les accès les plus violents. Je sens Laura, un soir, terrorisée, adossée à son oreiller, pendant que je suis par terre, les bras et les jambes secoués de spasmes... Je ne l'aperçois que de façon intermittente, à l'aveugle, pendant que j'essaye de ramper jusqu'à un fauteuil... C'est elle qui m'a raconté la suite... Comment j'ai fini, raide, tétanisé, par attraper une feuille de papier et un crayon pour tenter d'écrire... Et comment je me suis mis à pleurer en traçant des lignes informes... Un grand malade. Un détraqué. Elle a voulu, bien sûr, que je consulte un neurologue, elle s'est renseignée, elle a acheté des montagnes de calmants, le « Stabilol », par exemple, qui vous fout en l'air, hébété, entre deux eaux lourdes, entre trois idées fixes et débiles, pendant douze ou quinze heures... Mais je n'ai jamais voulu aller à l'hôpital, j'ai toujours prétendu que c'étaient des grippes... Des grippes un peu brusques, soit, un peu spéciales, mais sans conséquences, malgré les pertes de mémoire de plus en plus sensibles. Je n'ai pas envie de savoir. Je sais sans avoir à savoir.

– Et que dit Simmler?
– Carl? Pas grand-chose. Il attend mon adaptation.
– Dante? Il y croit vraiment?
– Ça passionne les Japonais, paraît-il. Ils ont envie de comprendre.
– Avec Béatrice en geisha?
– Ou en travesti. Avec arrière-plans bouddhistes. Et documents d'archives sur Hiroshima et Nagasaki.
– Non, sérieusement?
– Je ne sais pas encore. Je suis fatigué.
– Tu es tout le temps fatigué.
– Le temps me fatigue.
– Il y a ceux qui ont le temps d'être fatigués. Et les autres.
– Je crois que je vais aller faire un tour.
– C'est ça, tu viens d'arriver, tu as vu les enfants dix minutes et tu t'en vas?
– Je ne me sens pas très bien. J'ai besoin de respirer un peu.
– Avec ce froid?

Laura laisse tomber. Elle ne dit plus rien. Elle éteint la télévision, se réfugie dans la chambre des enfants... Je lui laisse un petit mot sur le lit, du genre « chérie, ce n'est rien, tout va aller mieux bientôt, tu verras », un petit mot comme j'ai dû en griffonner cinq cents ou mille en dix ans, avant de gagner la porte sur la pointe des pieds, de fermer doucement le battant derrière moi. De sortir dans la nuit glacée. De souffler un bon coup. De regarder les étoiles.

— Eh bien, dit Mex, ils ne vous ont pas raté pour votre dernier bouquin, pas vrai? Qu'est-ce que vous avez pris! Votre meilleur, pourtant, à mon avis. Mais trop poivré, je vous avais prévenu. Le coup des lettres érotiques... Il faut faire ça en kiosque, mon vieux, pas en librairie... La littérature dépend des magazines, et les magazines sont de plus en plus roses. Attention! Attention! Regardez Louvet : pas un mot de trop, tout bien dosé, enveloppements, allusions, un million d'exemplaires!

On dîne à *L'Océan,* un petit restaurant près de Montparnasse, plein d'aquariums multicolores, avec des poissons minuscules, zébrés, montant et descendant au milieu de leurs arbres de corail, de leurs algues miniatures, avides, convulsifs, souples, avertis...

— Tout compte fait, ça ne s'est pas si mal passé, dis-je. Je suis debout.

— De justesse! Poussé dans les cordes!

— Si vous voulez...

— Vous savez, dit Mex avec un geste accablé, moi, les femmes... Ou les hommes... Tout ça... J'ai assez de problèmes avec mon apparence humaine. La porter, la soigner, la laver, l'habiller, la maintenir à flot... Et c'est tout. Une journée finie? Tant mieux. A la suivante. Et puis la suivante. Il ne faut pas trop demander. Il ne faut même rien demander du tout. Sauf quand c'est possible. Et c'est si rarement possible... Si rarement... Tout est tellement tenu, enchevêtré, prévu... Qu'est-ce qu'on s'ennuie... Je ne sais pas comment vous faites pour vous raconter encore des histoires... A votre âge!... Cette frénésie... Ce narcissisme... « Nombriliste jusqu'à la scoliose ! »... Ça c'était envoyé !... Il a mis dans le mille, Bénin... Imbu de vous-même jusqu'à l'os !... Encore que, semble-t-il, ça ne vous empêche pas de courir !... Que vous couriez encore, voilà, bien entendu, qui embête un peu tout le monde... Bon... Mais « papauté et fellation », pan ! Ça aussi, c'était une trouvaille !... Et « pédantisme salace », ah, ah, c'est bien vous !...

— Bénin est mal informé. Il croit que je suis un de ses concurrents directs.

— Et alors ? Ça ne l'empêche pas d'avoir raison. Et « Diafoirus postillonnant », qui est-ce qui a trouvé ça ? Et « zézette mégalomane » ?

— Je vois que vous avez appris les journaux par cœur.

— Je vous suis, mon vieux, je vous suis ! Et j'espère que vous n'avez pas manqué le *Times Literary Supplement* ? Féroce ! « On se demande à quoi peut servir désormais la vie de quelqu'un comme S. Quant à nous, nous pensons qu'il ferait mieux de se tirer une balle dans la tête. »

— Sans doute un jeune universitaire paléo-marxiste. Ils sont tous en Angleterre ou aux États-Unis, maintenant. C'est drôle.

— Mais le jugement, dit Mex de plus en plus excité, le *jugement* si juste, l'évidence et la sagesse même, de Jean-Étienne Souday : « S. devra choisir : l'effervescence ou l'œuvre. On ne saurait, d'un seul souffle, se nourrir de l'événement et lui survivre. » Clac !

— Cela signifie qu'il ne veut pas d'œuvre effervescente. Chacun ses goûts.

— Et la descente en flammes de Liliane Homégan dans *Vibration* : « S. ? En baisse ! Pas la moindre finesse ni une seule vraie fesse ! Andropause ! Vieillerie romanesque ! On solde ! »

— Vous la connaissez ?

– Un peu.

– Voilà.

– Peut-être, mais l'analyse psychologique de Patrick Finon dans *Business*? « Que manque-t-il à S.? La blessure secrète. Le manque. La vraie souffrance initiatique. Il est tout simplement en trop bonne santé pour avoir du génie. » Clac! Clac!

– Je m'incline. Je suis mort.

– Et *Vendredi*! Ce titre! « Faut-il encore prendre S. au sérieux? »

– Excellent. Vous remarquerez que, dans tout ça, il est assez peu question du livre.

– Mais qui parle de livre? Ce n'est pas le problème! Ne faites pas le naïf!... Vous savez bien qu'il s'agit seulement d'évaluer des rapports de forces. Il n'y a rien d'autre, et c'est normal. D'où je conclus que votre situation est mauvaise. Ou encore que vous avez fortement déplu à la société.

– Admettons. Ce n'est pas si sûr. Il faut peut-être déchiffrer ça à l'envers.

– A la télévision, l'autre soir, vous aviez l'air d'un premier communiant ahuri. Surtout quand on vous a demandé si vous comptiez réellement vous suicider. Et quand Catherine Louvet a dit que votre livre n'avait rien d'érotique.

– Vous avez raison. J'étais sous le choc.

– Ce qui n'a d'ailleurs pas échappé à Florence Turcos qui a écrit dans *Nouveaux Loisirs* que vous aviez sans doute été, dans l'après-midi même, trop fatigué par une de ces dames. Vrai ou faux?

– Vrai.

Mex est ravi. Il me cite encore, pêle-mêle, dix articles... Et celui de *Demain Madame,* et celui de *Télémust*... Et celui, habilement dissuasif, de Fafner dans *Scratch* : « S.? Un faux débauché. En réalité, je le sais, il passe tout son temps en famille »... Et celui de *L'Avenir* : « S.? Monnaie de singe. L'imposteur démasqué. » Et celui de *La Revue de métaphysique* : « Les sophismes de S. » Et encore *France-Pote* : « Le poison de la nostalgie. Des relents de xénophobie et de racisme. Voilà où mène la régression dans l'oubli d'Auschwitz. » Ou encore *Le Croyant* : « Un auteur toc, ridicule, arrogant, bestial. » Et *Viril* : « La camelote hétéro de S. » Et *Moderne* : « Le grand reniement »... Et la province! Le Nord! Le Centre! L'Est! L'Ouest! Le Sud-Est! Le Sud-Ouest!... Et *Restauration* : « Un naufrage dans la confusion des valeurs. » Et l'Ambassadeur de France à Prague, romancier à ses heures, ayant vainement tenté de bousculer une amie à moi, la standardiste arménienne de l'Agence, sur son capot de voiture, et interviewé par *Câble* : « L'immonde S.! »... Et les radios!... Et les radios libres!... Quel cirque! Quel festival! Quelle levée de boucliers! Quel hallali! Quel tollé!...

– Et ce n'est pas tout! dit Mex.
– Quoi encore?
– Mais la rumeur, bien sûr! Vous savez que J.J. vous lâche?
– Aïe!
– Qu'on murmure que votre femme ne vous parle plus?
– Aïe! Aïe!
– Vous n'avez pas appris qu'Émilie est furieuse? Qu'elle dit à qui veut l'entendre que vous avez bien tort de plaisanter, que vous êtes un vrai fasciste?
– Allons bon... Parce que j'ai refusé d'être expérimenté comme mâle enceint?
– Un antisémite à peine larvé?
– De mieux en mieux.
– Un maniaque? Un fou? Un obsédé?
– *Allegro sostenuto*, Mex! Tout le monde sur le pont! Aux armes!

– Bref, le milieu est à fond contre vous. Et pour cause.

– Je n'ai jamais été du milieu, Mex.

– Ça a l'air paradoxal, mais ce n'est pas si faux. Vous jouez le jeu, mais, finalement, vous êtes un corps étranger, un espion mal masqué... Ce qui est une erreur : le milieu est incontournable.

Tout ce petit théâtre, donc, pour me faire sentir à quel point j'ai besoin de lui... Technique classique : « Vous savez qu'on dit beaucoup de mal de vous ? Je passe mon temps à vous défendre. Tiens, pas plus tard qu'hier soir j'en suis sorti sur les genoux, quasiment aphone. Mais vous avez mauvaise mine, non ? Vous n'allez pas bien ? Dites : vous n'avez pas cent balles ? Non ? Eh bien ça vous coûtera cher ! »...

Mex, lui, ne fait même pas semblant de m'avoir défendu... Honnête...

– Bon, dit-il. Alors, qu'est-ce qu'on fait ?

– Il faudrait, dans le mois qui vient, une adaptation originale, forte, insolite, fidèle, actualisée, de la *Comédie*.

– Un mois ? Vous délirez ! Cinq ans de travail, ça !

– Un mois.

– Bon, on va voir... Et puis ?

– Et puis, le roman. Qu'est-ce que vous en pensez ?

Mex se tait. Me regarde attentivement.

– Pour résumer, vous savez ce qu'on dit de vous ?

– Allez-y.

– S., ça suffit. Après *Femmes* et *Portrait d'un séducteur*, il ne peut que se répéter. Il faut qu'il fasse autre chose. Un roman, un vrai.

– Pas *Portrait d'un séducteur,* Mex : *Portrait du Joueur.*
– C'est ça. Après *Portrait d'un joueur,* ou bien il change, ou bien c'est fini.
– Excusez-moi vraiment, Mex. Pas *Portrait d'un* joueur. Portrait DU joueur.
– Bon, oui. C'est vrai que le lapsus a traîné partout.
– Dans tous les articles, pratiquement sans exception. Il s'agissait de me rendre indéfini.
– Vous redevenez paranoïaque.
– Un peu de paranoïa rend souvent lucide. Vous imaginez *A la recherche d'UN temps perdu ?* Alors que les deux *du* de ce titre sont visiblement très voulus, n'est-ce pas ? A la recherche du père et de ce qui est dû au père perdu...
– C'est bien ce que je disais : parano, parano...
– Mais non, réfléchissez deux secondes. Le passage de DU à D'UN est d'un très grand intérêt, je vous assure. Pas question d'arriver à me faire donner mon DU. Donc, je suis en dette. En dette de quoi ? Du désir que l'on a pour moi.
– Arrêtez vos conneries freudiennes. La réalité est là. Les gens sont comme ils sont. Le milieu est comme il est. Tout cela est beaucoup plus simple. Plus bête. Vous n'allez pas changer le système, pas vrai ?
– Je pourrais aussi ne rien faire, Mex.
– A la retraite, déjà ?
– Pourquoi pas ? J'ai une belle maison au bord de l'eau, une femme et des enfants charmants, le goût prononcé de la méditation... En me restreignant un peu, ce qui d'ailleurs me ferait sourdement plaisir, ce serait vivable, très vivable...
Je vois rapidement le gazon en pente douce jusqu'à l'océan, les rosiers, les mouettes, le bateau blanc, les rames, les voiles...

- Et le « carnet »?

Ah, ça, il l'a presque crié... On commence la conversation sérieuse...

- Comme je vous l'ai dit, Mex. Plein de nouvelles expériences. J'ai poursuivi mon horrible mission...

- Vous irez en enfer, c'est sûr!

- C'est précisément sur ce point qu'il faudrait peut-être revoir Dante. Il me semble qu'on pourrait apporter quelques corrections fondamentales, notamment sur des personnalités de premier plan.

Son regard brille tout à coup, comme autrefois, chez Mognon... Le goût des énigmes... Des recoins d'érudition... Des controverses un peu pointues... Je le prends par sa vieille passion, toujours vivante...

- Vous, vous avez votre idée, dit-il.

- Eh oui. Vous savez qu'il m'arrive parfois, bien qu'on m'en juge incapable, de penser deux ou trois choses... Dont l'une, par exemple, pourrait faire de votre introduction à *L'Odyssée* un événement.

- Vraiment?

- Donc vous trouvez aussi qu'il faut que je change complètement, hein? Que je ne parle plus du tout de moi, hein, c'est ça? Que je rentre dans le rang? Dans l'eau de rose?

- Je ne me suis pas exprimé de cette façon, dit Mex, prudent.

- Vous avez lu le *Jing Ping Mei*?

- Je viens de le recevoir. Nouvelle traduction intégrale, non? C'est bien?

- Pas si extraordinaire. Ça ne vaut pas le Marquis.

- Vous avez fait du chinois autrefois, il me semble?

- Deux ans. J'ai tout oublié. C'est comme le piano. Il faut en jouer un peu tout le temps ou bien ça s'efface.

- Bon. Où voulez-vous en venir?

- A rien, finalement. Excusez-moi, je suis un peu fatigué. Je crois que je vais rentrer.

– Merde, je vous ai fâché ou quoi?
– Pas du tout, pas du tout. Je suis content de vous avoir vu. Je vous appelle. D'accord?

Il est tout pâle, soudain. Il se trouble. Grand blond maigre à lunettes, un peu courbé, relâché...

– J'aurais dû mieux vous dire à quel point j'ai aimé votre dernier bouquin, dit-il. C'est idiot. Et ce que je vous dis est sincère. En dehors des affaires. O.K.?
– Mais non. Il ne s'agit pas de ça. Merci quand même. Je suis *réellement* fatigué.

Les tremblements ont repris en douce depuis dix minutes. Je ne voudrais pas avoir une crise ici, au restaurant, devant tout le monde...

– Une question tout de même avant de partir, dis-je en réglant l'addition.
– Oui?
– Vous êtes franc-maçon, Mex?
– Encore autre chose! Vous savez bien qu'on ne pose pas ce genre de question.
– Évidemment... Il a quand même fait très froid ces jours-ci, non?

De retour au studio, j'ai été servi... Véritable attaque... Je suis tombé dans le couloir, juste après avoir refermé la porte, je me suis traîné dans la chambre à demi conscient... J'ai pensé téléphoner à Laura, mais impossible. On me retrouvera peut-être un jour comme ça, dans la salle de bains ou les chiottes, recroquevillé, tordu... Il y aura un article désinvolte dans *Vibration,* sous le titre: *Crise de nerfs* ou *Infarctus*. Mex écrira sans doute quelque chose dans *Le Temps,* pour raconter notre dernier dîner, mon angoisse, mes doutes, mes projets douteux... « Une œuvre inachevée, dira-t-il, qu'on ne peut même pas appeler une œuvre; un ensemble contradictoire, disparate, plutôt une série d'ébauches en tous sens, une sorte de tentative chaotique pour échapper à soi-même, de combat confus avec l'ange »... Oui, c'est ça, c'est son style. « Trop longtemps en marge, dans l'ombre, brusquement ébloui par un succès commercial de mauvais aloi »... La chute d'Icare, les chevaux emballés de Phaéton, pourquoi pas... « Nous connaissons par cœur tous les reproches trop justifiés que son attitude incohérente a provoqués. Mais peu de gens savent, et je dois témoigner, que c'était un vrai connaisseur des grands textes classiques... La dernière fois que je l'ai vu, il s'était remis à lire *La Divine Comédie* (sur laquelle sa thèse d'étudiant, *Dante et l'invention de l'au-delà* – quoique vieillie – (cher Mex!), fait autorité aujourd'hui encore) et *L'Odyssée* qu'il regrettait de n'avoir pas pratiquée davantage (délicieux Mex!). Il s'imprégnait de nouveau de grec, comme si ce remède dérisoire pouvait détourner de lui son destin tragique... D'autre part, je l'ai parfois entendu improviser sur la Bible, sur des points particulièrement obscurs de la Bible, et souvent même avec des références à l'hébreu, des analyses d'une grande originalité... Il y a quelque chose de pathétique dans cette fin solitaire et obscure qui traduit, en un sens, le profond malaise de notre société », etc., etc. Un article fait pour être lu par Bénin, au fond... Ah bon? Il n'était pas si mal? Vous croyez? Ah bon?...

Je suis donc là sur le lit, plié en deux, gémissant comme un veau sous les secousses électriques et la douleur d'acier qui traverse la tête... La mienne? Ma tête? Oui, une fois sur deux. Le plus étrange, encore une fois, c'est l'intermittence du regard : trois secondes sur quatre, je suis carrément aveugle, l'espace ne semble se déployer que comme une parenthèse négative, une trace d'hallucination... Je m'entends râler de temps en temps... Je me sens surtout en chute libre, plombée... Difficile de savoir combien ça a duré, cette fois, j'ai simplement vu, tout à coup, le jour dans la fenêtre... J'ai bougé un bras, et c'était un bras. Une jambe, et c'était bien une jambe. Le cou fonctionnait. Les mains aussi. Je me suis levé, étonné de tenir debout, sans vertige. Bouche-nausée. Léger vomissement. Rien. J'ai appelé Laura pour lui dire que j'avais passé une bonne nuit. « Bien, mais fais attention. » Elle était à mille kilomètres, pressée d'aller accompagner les enfants à l'école, prise dans la grande vie du dehors, la vie déjà répartie de la ville qui n'attend pas, qui balaye vite ses figurants le long des rues jusqu'au soir... Il neigeait de nouveau. J'ai repensé à Snow, allongée là l'avant-veille, à sa façon de supporter les situations où elle est vendue... A son anglais hésitant, maniéré, quand elle a voulu répondre sur le même ton à Carl, dans la voiture... A la franche déception de Mex quand il a vu que je n'étais pas si facilement à sa portée... Et puis, je me suis mis à rire tout seul. Longuement. Je me sentais beaucoup mieux. J'ai repris un café très fort. Après quoi, j'ai envoyé deux télégrammes. Le premier à Carl, à New York : « Finalement impossible exécuter travail envisagé. Désolé. Vous restitue bientôt somme perçue. Amitiés. » L'autre à Mex : « Nous reprenons la mer, l'âme navrée, contents d'échapper à la mort, mais pleurant les amis. A un de ces jours. » Voilà. J'ai regardé mes mains. Pas de tremblements. Planes. Il continuait de neiger, de vrais tourbillons. Joie des flocons déchaînés, blanc d'enfance, écume tournée en dedans... J'ai téléphoné à Liv. Elle peut venir ? Mais oui, demain après-midi. A Sigrid. Mais oui, après-demain. J'ai eu brusquement l'impression que le temps recommençait non pas à couler mais à battre, le temps d'avant, mais aussi un autre temps, plus précis, plus net... C'était comme si j'avais franchi un premier barrage, les crises étaient là et seront toujours là pour concentrer le temps, rien de plus... J'ai mis *La Passion selon saint Jean,* le début... Herr!... Herr!... Herr!... Les voix dans la neige... Je ne sais pas pourquoi j'ai pensé aux environs de Venise aux marais à perte de vue dans la brume vicieuse et hostile, au retour de Dante, en septembre 1321, après une ambassade compliquée, décevante, pour le compte de Guido da Polenta, aux premiers frissons lui annonçant la fin de la comédie... C'est plutôt comme ça qu'il faudrait commencer... Les sabots des chevaux dans l'eau, l'orage et la pluie, un homme couché tremblant sous une bâche... La nuit du 13 au 14 septembre, paraît-il... Il s'était remis au latin... Les *Églogues*... L'ennuyeuse *Questio de Aqua et Terra,* Vérone, 1320... Le coup de grâce, le 24 août 1313, à la mort d'Henri VII à Buonconvento, après les espoirs fous de l'élection au trône impérial de 1308... Tout ça... Tout ça... Poitrails de chevaux dans les joncs, noirs et gris... Chuchotements... Front brûlant de fièvre... Et de dates en dates dans l'aveuglement des dates... Herr!... Herr!... Herr!... Neige et marais, air et eau... Fleuve des morts sous la neige...

« Venise, le 18 janvier
    Carissimo Monsieur S.

Je suis bien contente de savoir que vous venez en mai, et sans doute l'appartement sera bien en ordre.

Espérons que vous aurez de belles journées. Cette année, il n'est pas si froid comme l'année dernière, et tout le monde se prépare déjà pour le carnaval. Mais le vrai travail ne reprend que le 1er mars.

Alors cher Monsieur au revoir et beaucoup de regards.

                                  Agnese. »

Elle travaille surtout pour des Anglais, la petite méticuleuse et brune rapidissime Agnese... Ses meilleurs regards... « Best regards »...

Je me suis brusquement rendu compte que j'avais très faim.

II

– Allô, dit Mex, vous n'êtes pas sérieux, vous êtes vraiment fâché?
– Pas vraiment.
– On ne travaille plus ensemble?
– Pas pour l'instant. J'ai décidé de ne rien faire.
– Comment ça?
– Rien du tout. *Rien.*
– Mais les affaires? Vous pouvez tenir comme ça?
– Ça me regarde.
– Oh bon. Si vous boudez...
– C'est ça. Je vais bouder un peu. Je rentre dans ma phase bouddhiste.
– Pas d'adaptation? Pas de roman?
– Nothing! Nada! Niente! Nicht! Nitchevo!
– Et ce que vous vouliez me dire pour *L'Odyssée*?
– Quoi? L'explication enfin lumineuse des rapports entre Athéna et Ulysse? Ce n'est pas mûr. Pas au point. Il faut que je vérifie. Je ne sais pas si j'en ai envie.
– Mais alors, vous êtes complètement déprimé, ou quoi? A plat? En grève?
– C'est ça. En grève. Sciopero!
– A bientôt, alors?
– Mais oui. A bientôt.

Et puis, bien entendu, à la suite, Claude, la secrétaire de Carl à Paris :

— Je peux vous voir?
— Vous croyez que c'est nécessaire?
— J'ai des choses à vous dire de la part de Carl.
— De qui?
— Allez quoi, ne plaisantez pas. Il vous donne deux mois si vous voulez... Et on arrondit. Ça va?
— Non. Racontez-lui ce que vous voulez. Que j'ai une nouvelle liaison passionnée qui ne me laisse pas une minute. Que je rentre à la Trappe. Que je suis très malade. Que j'ai signé ailleurs pour une histoire des bordels de Paris. Au choix.
— Il est furieux, vous savez.
— Mais non, ce n'est rien. Un incident de parcours.
— Il dit que si vous ne revenez pas sur votre décision, il jure de vous embêter toute sa vie.
— Excellente occupation. Mais il oubliera vite.
— Qu'il empêchera vos livres d'être traduits aux États-Unis... Et ailleurs.
— Merveilleux. C'est bien la première fois qu'il s'intéresse à ce que j'écris. Mais peu importe. Je suis un modeste auteur régionaliste, dites-lui. Ma petite notoriété provinciale me suffit. Je résisterai dans le Médoc. Caché dans les vignes. Je serai posthume. Dites-lui ça : « Il est cinglé, il veut être posthume. »
— Je vous appelle demain?
— Si vous voulez. Mais je peux aussi bien vous enregistrer le disque.
— Oh vous, alors...
— Vous me manquerez, Claude.
— C'est gentil. A moi aussi, vous manquerez. Donc, si Carl me dit de vous rappeler, je vous rappelle pour la forme et voilà, hein?
— Voilà.
— Bon.
— Dites.

– Oui?
– On déjeune un jour?
– Mais oui, pourquoi pas?
– Je peux vous l'avouer maintenant : vous m'avez toujours beaucoup plu, Claude.
– Mais je suis rangée, cher Monsieur! Vous perdriez votre temps!
– Vous êtes en train de vous marier?
– En somme.
– Alors, rendez-vous dans deux ans?
– Je ne dis pas non.
– Au revoir, beauté ténébreuse!
– Au revoir, emmerdeur posthume!

Liv et Sigrid, bien sûr, pas un mot à personne, réserve... Attention... Radars vite branchés, indiscrétions, glu, répression indirecte, contrôles... Ça se fait tout seul, pas besoin de calculs conscients... Tellement ils s'ennuient, tous et toutes... Ils viendraient tourner autour et ruminer, m'empoisonner le concert... J'évite de me montrer trop avec elles... Je change mes habitudes de quartier... Je maigris... Je transforme mon allure, mes horaires... Je disparais... Je flotte... Je rase les murs... On va tout recommencer, voilà... On va remettre le romancier en posture opératoire... Qu'est-ce qu'un romancier, au fond? Bonne question... Beaucoup plus intéressante et juste que « la crise du roman », son avenir problématique, ses formes éventuelles... Qui est derrière ça, aujourd'hui? Qui? Quel système de nerfs, de muscles, de respiration, de circulation, de passion?... Quels yeux, quelle peau, quelle langue, quels bras, quels pieds, quels intestins, quel sexe?... Il faudrait savoir... On est dans le noir... QUI?...

Est-ce qu'il y a réellement un QUI?... Qui ça? Où? Quand? Comment?... Qui dit ça? Qui vit ça? Qui fait semblant? Qui est vraiment là-dedans? Celui-là? Celle-là? Cette photo-là? Cette publicité? Cette voix?... Amusant, non, de penser qu'il y aurait quand même quelqu'un au moment où on peut s'en passer tout à fait, dans le magma qui s'annonce... Un atome dans le tourbillon... Mais pour quoi faire?... Personne, on vous dit!... Personne... Vous avez compris?... PERSONNE!... Ça suit son cours, c'est tout, le torrent humain... PERSONNE!... Pas nécessaire, le QUI!... Masque parmi d'autres... Vous vous obstinez à dire que si?... Ah bon... Un corps, un cerveau?... Unique? Individuel?... Pas possible!... QUI?...

Livia, Livie, Livine, Lov, Liv... On s'est connus il y a un an, à Venise, avec Sigrid... Toutes les deux, un soir, au vieux conservatoire Benedetto Marcello... *Quintette avec clarinette* de Mozart... Liv et Sigrid au premier rang, à côté de moi, venues admirer et soutenir une de leurs amies, Cecilia, au violon, qui vit avec le clarinettiste... « Vous êtes musicienne? – Non. – Quoi alors? – Théâtre. »... Française, Liv, malgré son prénom suédois... Et Sigrid : Argentine et Polonaise... Sigrid Brodski... Liv Mazon... Brunes, pas très grandes... Vingt-cinq et vingt-sept... Ça n'a pas été très compliqué de les draguer, je les ai emmenées chez moi... On a bu; je les ai fait rire; on n'a pas arrêté de boire et de rire... Huit jours de rêve, je leur ai montré ma ville, puisque Venise, maintenant, c'est ma ville... « Vous aimeriez jouer quoi? dis-je à Liv... – *Phèdre*... Et si on travaillait ça ensemble? – Vous voulez faire Hippolyte? dit-elle, Thésée? Théramène? le Monstre? – Le Monstre » :

« Ses longs mugissements font trembler le rivage.
Le ciel avec horreur voit ce monstre sauvage;
La terre s'en émeut, l'air en est infecté;
Le flot, qui l'apporta, recule épouvanté... »

« Pas si mal, le Monstre, dit Sigrid, plutôt bien conservé pour son âge. – Écoutez, dis-je à Liv, on ne se quitte plus. Enfin, avec les modulations qu'il faut. Enfin, je veux dire pour quelque temps. Le temps de s'apprendre ce qu'on a à s'apprendre. D'accord ? – D'accord. »

Depuis, à Paris, on se voit tous les trois, ou bien je leur donne un rendez-vous séparé... Le parfait mariage à trois... L'idéal... Pour moi, en tout cas... Elles ne me demandent rien, je ne leur demande rien... Il y a longtemps que je cherchais un arrangement de ce genre. Comme quoi on arrive à tout, un jour ou l'autre, quand on le désire vraiment. C'est comme si on avait fondé une société secrète... Pour nous seuls... Avec quelques correspondants ou correspondantes, de part et d'autre, qui ne soupçonnent pas nos activités... On parle d'eux et d'elles, de nos rencontres, on compare, on évalue, on prévoit, on discute, on juge... Je leur apporte mon matériel, et elles le leur... Hommes et femmes... Changements d'histoires, de temps, de lieux, de milieux...

– Comment va-t-on appeler notre association ? avait dit Sigrid.

Le soir tombait sur l'un des pontons de la Giudecca... On mangeait des glaces... Un long et lent pétrolier, le *Merzario Arabia,* de Panama, tiré par les remorqueurs *Novus* et *Pardus,* passait devant nous, jaune sur l'eau violette.

– Je me rappelle le titre d'un poème persan, a dit Liv : *Le Cœur Absolu.* C'est beau, non ? L'Iran à l'envers ?

– Il faut rédiger les statuts, ai-je dit. Article I : « La Société du Cœur Absolu est fondée ce jour, 8 octobre 1984, à dix-huit heures, à Venise. » Je vous donne la suite demain.

Chacun a dormi de son côté, cette nuit-là. J'ai sous les yeux le texte qui suit.

LE CŒUR ABSOLU

I. La Société a été fondée le 8 octobre 1984, à 18 heures, à Venise, par très beau temps. Les membres fondateurs se souviendront toujours de ce temps, et plus particulièrement d'une certaine couleur jaune, d'une certaine couleur violette. Le siège de la Société est au 8, Piazza San Agostino, au troisième étage. Ce siège pourra être transféré par décision unanime.

II. La Société a pour but le bonheur de ses membres. Par bonheur, on entend, dans l'ordre qu'on veut, le plaisir et la connaissance. Pour l'instant, la Société comprend trois femmes et deux hommes. Tout nouveau membre doit être élu à l'unanimité. Le nombre de membres ne pourra pas dépasser la douzaine. Il y aura toujours au moins une femme en plus. Les membres de la Société sont rigoureusement égaux. Ils ont tous les droits et aucun devoir.

III. Le secret de la Société est absolu. Aucun membre n'a de comptes à rendre à aucun autre. Chaque membre est seulement tenu de n'être pas ennuyeux. Si, à son insu, l'un des membres commençait à en ennuyer un autre, ce simple mot : « ennui », ferait rougir intérieurement et modifierait le comportement. La formule la plus employée sera : « J'espère que je ne vous dérange pas. » « Pas du tout ! » en réponse, sera signe qu'on dérange. « Sûrement pas ! » qu'on est bienvenu.

IV. Les activités sexuelles des membres de la Société sont libres à l'intérieur comme à l'extérieur. Il est permis de les raconter. Il est interdit de s'y sentir obligé.

V. Un candidat qui ne serait pas amateur de musique sera automatiquement récusé. L'hymne de la Société est le *Quintette avec clarinette* de Mozart. Un candidat doit faire la preuve de sa vue et de son oreille. Il doit aimer, par exemple, *L'Asperge* de Manet, et être capable de faire au moins deux remarques intéressantes sur un papier collé de Picasso. Il doit connaître le plus grand nombre possible de *Mémoires* et avoir lu, et bien lu : *Juliette ou les prospérités du vice, Généalogie de la morale, Souvenirs d'égotisme, Sodome et Gomorrhe, Rigodon. Femmes* et *Portrait du Joueur* sont facultatifs, mais insidieusement conseillés.

VI. Les considérations de race, de nationalité, de politique, de classe sociale ou de secte sont étrangères à la Société. La seule religion tolérée – et encore d'une façon qui doit être prouvée par l'humour – est la catholique, apostolique et romaine.

VII. Par définition, les membres de la Société sont heureux. Ils se disent pourquoi. Sinon, ils se taisent. Tout membre peut cesser de l'être quand il lui plaît. Si deux membres du même sexe démissionnent, la Société est dissoute.

Lu et approuvé : *Sigrid Brodski* (philosophe), *Cecilia Fornari* (musicienne), *Marco Leonardo* (musicien), *Liv Mazon* (comédienne), *Ph. S.* (écrivain).

Je glisse le papier dans une enveloppe. Je la range dans un tiroir.

Liv est là, maintenant, j'ai tiré les rideaux du studio, la neige continue à tomber, on fait l'amour doucement dans la lumière rouge, la neige plane sans bruit, agrandissant et fermant l'espace comme un grand tympan de plus en plus sourd, il faut si longtemps pour se retrouver, revenir à l'endroit juste, exactement à l'endroit où l'exécution du morceau a été interrompue, où la conversation a été suspendue, il fait sombre à quatre heures de l'après-midi, c'est encore l'hiver, et cet hiver a l'air de ne plus vouloir finir, on dirait qu'il est là, coupant et définitif, comme une vitre. Et quelque chose de nouveau a lieu, le programme se réalise, la volonté qui m'avait fait défaut jusqu'ici se coagule en moi, tout au fond. C'est comme si on faisait une séance d'exorcisme, là, Liv et moi, Liv montée sur moi, tendue en arrière, avec ses seins dans ses mains, en train de commencer à jouir, mais non, pas tout de suite, patience. « C'est beau cette neige, dit-elle, on est dans un manteau de silence, écoute. » Et elle recommence à bouger. Et elle se penche pour retrouver ma bouche, bien me donner sa langue, sa salive, me mordre un peu les lèvres, comme elle aime faire. Et elle se redresse pour mieux se sentir. Et puis on arrête un peu. On se regarde. On boit. On fume. On repasse au *vous*. Bander, débander, rebander en changeant simplement de manière de se parler, c'est la scène. Énervante. Troublante. Dix fois répétée, indéfiniment excitante.

– Vous n'avez pas eu froid en venant?

– Un peu. Mais j'aime l'hiver. C'est mieux pour la voix.

– Comment va Sigrid?

– Mais très bien. On a dîné ensemble avant-hier soir. Vous ne l'avez pas vue?

– Pas depuis huit jours.

– C'est amusant de ne pas savoir exactement quand vous la voyez. Remarquez, je devine quand elle vous a rencontré.

– Ah bon? Comment?

Elle se lève. Elle vient vers moi. M'embrasse.

– Je te dirai ça une autre fois, salaud.

– Vous renversez Racine? « J'adore imaginer que je l'ai pour rivale »?

– Voilà.

Et on recommence.

Et le lendemain, à la même heure, Sigrid. Les mêmes gestes, un peu plus nerveux; les mêmes paroles, un peu plus rapides. Je jouis plus avec Sigrid qu'avec Liv, mais Liv jouit, il me semble, davantage et mieux que Sigrid. Bon. Ça fait une moyenne harmonique. C'est comme ça que je suis entre elles, de l'une à l'autre, et retour. Je ne cherche pas à savoir ce qui se passe, comment elles se racontent ça. Dans leur plan de réalité, j'interviens comme une diagonale négative, racine de moins-un, « moinzun », je réentends les voix du lycée. Et c'est vrai qu'il y a un côté tableau noir dans notre expérience, et craie un peu crissante, parfois, et démonstration géométrique et algébrique, et chiffon qui efface tout, classe et récréation. Elles se ressemblent plutôt, brunes, des yeux noirs pour Liv et verts pour Sigrid, « jolies » mais sans plus, sérieuses. On leur demande souvent si elles sont sœurs. Ce sont d'ailleurs mes sœurs dans mes rêves, elles viennent se superposer aux images troubles que j'ai de mes vraies petites filles d'autrefois, dans le jardin, au grenier, bien sûr, dans les chais humides et sombres. Au contraire de Liv, qui aime bien rester longtemps habillée, Sigrid se met nue tout de suite, elle est plus décidée, plus directe. En tant que philosophe de la Société, elle doit nous donner, de temps en temps, des justifications théoriques, formules générales, aphorismes choisis, points de vues, visions du monde. Elle est aussi chargée des divertissements. C'est elle qui nous emmène au théâtre, au cinéma, au concert; qui retient les tables dans les restaurants, tout cela très espacé, pas plus de deux sorties ensemble par mois, pas trop d'habitudes. C'est elle, aussi, qui joue au tennis avec moi (Liv, l'hiver, préfère aller nager)... Sigrid lit les essais, les critiques, c'est une germaniste remarquable, et en plus de l'allemand, elle parle couramment anglais, espagnol, italien, polonais et russe. Elle est juive, bien sûr, tendance psychanalyse, Hélène Deutsch.

– Mais qui est Hélène Deutsch? dis-je.
– Mademoiselle Hala Rosenbach, née à Przemyśl, petite ville de Pologne. Elle n'aime pas du tout sa mère. Son père est un avocat international très intégré à la société catholique. La petite Hala a l'habitude d'aller dans son bureau, de se glisser entre ses jambes et de l'écouter donner ses consultations. Elle admire sa maestria.
– Sa maestria?
– Comme vous dites. Elle a une adolescence révoltée, très libre, vit avec un ponte de l'Internationale Socialiste, Liberman, malheureusement marié et conservant sa femme, va quand même avec lui à Stockholm à un congrès de la Deuxième Internationale où elle rencontre Rosa Luxemburg dont elle fait l'éloge. Elle rompt avec son socialiste trop conjugal, fait ses études de psychiatrie à Vienne, épouse le docteur Felix Deutsch, est brièvement en analyse avec Freud, lequel la parachute bientôt comme apparatchik, Présidente de la Société de Vienne. Détail amusant : les Freud n'avaient pas de lait, les Deutsch avaient une chèvre, Hélène donnait donc du lait à Madame Freud. Bon. Freud, encore, l'envoie aux États-Unis où elle s'impose, devient une sorte de prima donna de la psy et fonde la Société Américaine. C'est son article *L'Imposteur* qui réclame notre attention.
– « L'Imposteur »?
– C'est elle qui a inventé la catégorie de « personnalité comme si »... On appelle ça aujourd'hui le *faux-self*. Or le *faux-self* est l'un des phénomènes les plus marquants du monde moderne. On pourrait même dire que, désormais, il n'y a plus que ça. Un *faux-self* est quelqu'un qui a reçu une blessure narcissique profonde et qui s'est construit, à partir de là, toute une apparence d'emprunt.
– Suis-je un *faux-self*?
– Un comble! A croire que vous le faites exprès!
– Sigrid...

— Oui?
— Mettez-moi un peu de faux-self sur la queue.
— Vous êtes idiot.
— Quand même.
— Tout à l'heure! Hélène Deutsch est morte à quatre-vingt-dix-huit ans.
— Le *faux-self* conserve.
— En effet. Elle est moins connue que Lou Salomé ou Melanie Klein, mais elle a écrit deux volumes sur la sexualité féminine.
— Houlà! D'où il ressort?
— Que les femmes sont narcissiques ou masochistes. Les féministes lui en veulent d'avoir dit ça aussi crûment. Quoi?
— Je n'ai rien dit.
— Hélène Deutsch pense que la jouissance vaginale est très rare...
— Pas possible?
— Parce qu'elle évoque le spectre de la mort.
-- Mon Dieu.
— Alors que la jouissance clitoridienne, elle, est liée à la castration.
— Entre la mort et la castration, j'hésite.
— Sa propriété, aux U.S.A., s'appelait *Babayaga*. Nom de sorcière. *Baba* veut dire grand-mère en russe.
— Tout s'explique.
— Voilà. Elle finit par voyager en Grèce, en Italie. Elle s'émerveille.
— Mieux vaut tard que jamais. Retour à la case départ.
— Le *faux-self,* à mon avis, c'est son socialiste marié et les rabbins de son enfance. Les rabbins de sa mère.
— Cruel diagnostic. Vive papa! Felix culpa! Sacrée Deutsch!
— Hélène!

– Homérique! Dites, vous vous rappelez ce que vous m'avez promis il y a cinq minutes?
– Oui! Oui!

Tant pis pour le vieux monde... On le laisse couler... On l'abandonne, on ne le regarde même pas disparaître, le temps s'arrache à toute allure, terrorisme en chaîne, on est pressés... Ce meurtre m'intéresse, pourtant... En Pologne... Ce curé battu à mort dans une voiture et jeté à l'eau. Voyons... Les types qui ont fait ça sont quatre, comme par hasard... Pekala, Chmilewski, Piotrowski, Pietruszka... Trente-trois ans en moyenne... Brutes classiques... Les flics sont les mêmes partout... Chmilewski, depuis l'assassinat, est affecté de tremblements nerveux, de tics, de bégaiements... L'État bredouille juridiquement dans sa bouche... « J'avais l'impression qu'il ne vivait plus. J'ai vu sur son front des traces de sueur. Par hasard, j'ai touché sa main. Elle était froide. Mais je ne me suis pas posé la question de savoir si nous jetions à l'eau un homme vivant ou un homme mort. »

Avant, il y avait eu la « séance d'immobilisation ». Avec un « bâton spécial », donc. Cinquante-cinq centimètres de long, entouré d'étoffe. « Il hurlait sous les coups. » « Il martelait le coffre de ses poings. » Et puis le ligotage avec une corde reliant le cou aux pieds en passant par le dos. « Il s'est étouffé dans son propre sang. »

Les bougies, les œillets blancs et rouges en forme de S et de V, Solidarité et Victoire, devant l'église de l'Assomption, en face du tribunal...

Les messes en plein air : trente mille personnes...

Et voici l'avocat d'un des assassins, s'épongeant sans cesse le front, et plaidant l'homicide involontaire : « Si mon client avait eu l'intention de tuer, il se serait servi d'un revolver. En réalité, l'aumônier est mort en paix en s'étouffant lui-même. Mon client est un homme nerveux et impulsif, soit, mais il sait aussi être pondéré : il n'a jamais battu sa femme, son épouse ne l'a jamais trompé, et il ne l'a jamais trompée non plus. »

Ici, éclat de rire général. Tout le monde rigole. Les juges, les autres avocats, les accusés, la famille de la victime et même sa mère, toute l'assistance... Mais qu'est-ce qui leur paraît si drôle? Le fond du grand Truc?

« L'Église dit Piotrowski – élégant, gravure de mode – prive les policiers de leurs dimanches en famille, puisqu'un prêtre organise ce jour-là des manifestations antisocialistes. D'ailleurs, un des évêques a collaboré autrefois avec la Gestapo. »

Ben voyons.

Pietruszka, lui, quarante-sept ans, directeur adjoint au département des cultes au ministère de l'Intérieur, parle, sans rire, des « principes de l'humanisme socialiste ».

Pendant ce temps, la police est là, avec ses canons à eau et ses hélicoptères survolant la foule.

Liliane Homégan, envoyée spéciale de *Vibration,* écrit un petit article sur le recueil de sermons de la victime. Elle les trouve conventionnels. « Style curé. »

J'allais vous le dire.

Liliane est une critique littéraire très cultivée. Elle aime le Surréalisme, la grande poésie hermétique. A cette hauteur, comment ne pas éprouver de la commisération, voire même un léger mépris, pour les sermons d'un pauvre curé polonais parlant, par exemple, de Satan et du sang criant d'Abel à propos d'un jeune garçon battu à mort dans un commissariat? La forme de ces prédications vous paraît simpliste? Sans doute, sans doute... Vous trouvez pompeux, cucul, gnangnan, de qualifier ce nouveau crime, comme l'a fait un autre pauvre curé, d'« incarnation du mal et des ténèbres »? Sans doute, sans doute... Vous n'êtes pas dans le mal et les ténèbres, vous, ni dans l'ordure physique des flics, vous, ni dans l'asphyxie tordue d'un coffre de voiture, vous, vous ne connaissez que l'obscurité inspirée... N'est-ce pas, chère Liliane?... Je la revois agitant ses petits bras noirs : « Non, non, vous n'auriez pas dû écrire ça... C'est cracra... – Cracra quoi? – Votre roman. Vos insinuations. Vos portraits à clés. Vos dénonciations. Vraiment, c'est ignoble... Inadmissible... » Elle s'était mise à crier. « Vous me dégoûtez! – Mais, Liliane... – Vous me dégoûtez! – Soudain, comme ça? – Oui. »

On était allongés sur le lit, on n'était pas arrivés à baiser à cause de son peu d'enthousiasme, et elle était là, maintenant, dans un coin, contre un coussin, recroquevillée, bouclée... Je n'avais pas respecté le contrat... « Vous n'êtes qu'un sale bourgeois, c'est tout... Un sale bourgeois de province... » Mais quel contrat?... Ah, voilà!... L'implicite, toujours, sans cesse... L'implicite, dans mon cas, c'était de rester dans l'esprit *Vibration*. Pour *Vibration*, un écrivain est austère, sévère, révolté, triste, maniaque, désespéré, promis à une fin à la fois misérable et digne, marginale, pleine de cris étouffés... Là, tout va bien... Si je reste sage, *Vibration* ou, du moins, le journal qui aura pris sa suite (c'est toujours le même) viendra faire un reportage sur moi... Émouvant... Une autre Liliane recueillera religieusement mes propos désabusés, hésitants, tordus, mes aphorismes sur la vie et la mort, mes souvenirs-cicatrices, mes absences, mes regards lointains, ma sagesse momifiée forcée, mon silence pathétique... Il y aura un photographe... Il montrera en gros plan mon visage tendu et ruiné... Ma silhouette s'éloignant dans le soir, sur une plage déserte... Parfait... Au suivant... *Vibration* tolère deux exceptions : si l'écrivain est étranger ou si c'est une femme. Là, le préjugé positif est de rigueur : l'étranger a droit à la vie facile, brillante, désinvolte, surtout s'il est pédé. L'écrivaine, Dedieu ou Louvet, peut compter sur l'idolâtrie a priori, continent noir, révélation médiumnique... Il n'y a que le mâle hétérosexuel français, surtout s'il n'est pas d'origine populaire, qui s'en tire mal... Comme les rédacteurs et les rédactrices de *Vibration,* en somme... Existence réduite, orgueilleuse, morne, à demi honteuse, mais qui aurait dû être explosive et souveraine si... Les parents... Eh oui, toujours la même histoire, l'enfant princier enlevé par les bohémiens... Leur père aurait dû être un remarquable surhomme d'un autre pays... Leur mère n'a pas pu dire toute la prodigieuse richesse qui était en elle... Tout, mais pas Monsieur et Madame Homégan, n'est-ce pas, chère Liliane, banlieue de Tours, Agent d'assurances et Institutrice, cité de béton, à peine un banc au soleil... Je comprends pourquoi Liliane, comme tous les types et les filles de sa génération et de *Vibration,* a un côté si dur, si effrayant... Elle n'a rien à perdre... Il faut éviter les gens qui n'ont rien à perdre... Vous perdant, ils disent qu'ils n'ont rien perdu... Et vous devenez *rien* dans leur propagande. Moins que rien. Censuré-vissé. C'est irréversible et inarrangeable. Ils ne changeront pas. Jusqu'à la mort. « En baisse! Pas la moindre finesse ni une seule vraie fesse sous le S.! Vieillerie romanesque! On solde! »... Illusionnisme « poétique », ici... Flics en Pologne... Autre chose ailleurs... Voilà...

— Il n'y a plus d'événements, dit Liv, c'est ça le problème. Avant, au moins, il y avait les mariages, les naissances, les vraies crises, les guerres, les révolutions, l'avenir, les complots, les dévoilements, les accomplissements, les affrontements, les fondations. Maintenant, plus rien. Même pas la mort, on dirait. Ou alors *seulement* la mort. Accidents, voitures piégées, massacres, tortures, crimes. Petits chocs.

– Avant? Quand ça, *avant*?

– Je ne sais pas... La Seconde Guerre mondiale? Ou quoi?

– Il y a les découvertes scientifiques, dis-je. Saturne. Vénus. La biologie.

– Oui, mais tout le monde s'en fout. Non, non, seulement la mort. Et encore : la mort comme non-événement. Voilà le seul événement qui nous reste. Ça laisse un peu hébété, non? Stupide. De plus en plus, à peine réveillée, j'ai envie de me rendormir.

– *Phèdre* vous déprime, vous ne lisez pas assez *Demain Madame*. Pensez aux sports d'hiver. Préparez-vous pour l'été. Fortifiants, régime, jogging, crèmes. Écoutez ça : « Elles ont les épaules larges, les hanches fines, la cuisse longue et musclée, de belles dents blanches, des cheveux qui bougent et des sourcils naturels qu'elles brossent mais n'épilent pas... Ces nouvelles femmes nagent, courent, sautent en parachute, montent à cheval et maîtrisent une planche à voile à l'âge où leur grand-mère jouait à la marelle. Elles suivent leurs cours hebdomadaires d'aérobic ou de claquettes avec l'application que leur mère avaient pour leurs leçons de piano »...

– « Que ces vains ornements, que ces voiles me pèsent!

Quelle importune main, en formant tous ces nœuds,

A pris soin sur mon front d'assembler mes cheveux?

Tout m'afflige et me nuit, et conspire à me nuire. »

– Parfait. Vous arrivez à le dire de façon complètement légère, inquiétante. Donc, vous êtes dans la nuit, là, ne l'oubliez pas. Vous êtes vous-même la nuit qui remue, nue, nuisible. Vous êtes la tête de Méduse. Vous ne pouvez pas vous voir. Vous vous pétrifiez comme si vous n'aviez plus d'image. Vous êtes de plus en plus aveugle à vous-même. Vénus vous tient.

– « Mes yeux sont éblouis du jour que je revois
  Et mes genoux tremblants se dérobent sous moi. »
– Très bien. *Elle s'assied.*
– « Dieux! que ne suis-je assise à l'ombre des forêts! »
– C'est ça, vous êtes la nuit dans la forêt. La nuit dans la forêt va manger tout le monde.
– « Grâces au ciel, mes mains ne sont point criminelles.
  Plût aux Dieux que mon cœur fût innocent comme elles! »
– Admirable. Maintenant, occupons-nous de vos mains criminelles.

Les mains de Liv... Crétin d'Hippolyte... Il suffisait de se laisser faire... Il faut *phédrifier* les femmes, j'invente la scène... Peu importent les âges, les situations, ce sont les rôles qui comptent... Et je fais, là, tout de suite, un Hippolyte très acceptable... Très caressable... Consommable dans le secret... Très content de se laisser dévorer par la forêt nocturne... Pour ressortir en plein jour, avec Liv, comme si de rien n'était... Ah, les tutoiements malades, échevelés de Phèdre... Sa salive, sa bouche, ses doigts, ses yeux... Le bon vieux théâtre, il n'y a que ça, le concert rapproché, les gestes... La chair n'est pas triste du tout, non, quelle idée, et tous les livres s'ouvrent pour être relus avec une franche insolence... *La Divine Comédie, L'Odyssée,* Racine, ce qu'on veut... Au radar du cœur absolu...

Je vais à la fenêtre. La neige tombe toujours. Grand hiver comme une nouvelle page blanche scintillante, où l'on peut écrire tout, de nouveau. Les ennemis sont arrêtés par le froid. Les canons et les mitrailleuses s'enrayent. Le temps est freiné pour nous, rien que pour nous. Il s'étire, se resserre, n'en finit pas de ne pas passer, et je sais que même si j'ai une «grippe», ce soir ou demain, elle participera de ce long et lent tournant du temps qui ne veut pas dire ses raisons, qui n'a pas à les dire... Il neige directement sur le temps, le temps s'est cristallisé dans le temps, tout est vertical, soudain, blocs de mémoire, banquise. Je me retourne : Liv est assise sur le lit, elle fume, elle sourit.

Les Glycines, j'y repense souvent avec joie... Le petit pavillon aveugle, entouré d'arbres, au bout de son allée verte et fraîche, flotte au loin, dans la durée, comme une nef légendaire des fous... Arrivées un peu timides ou honteuses des silhouettes... Déshabillage... Action... Nettoyage... Réhabillage... Départs furtifs... Gare de triage au cœur de la ville... Pendant que la société tourne, ronfle, travaille, calcule, s'image, se reproduit, il y a un peu partout, dans les grandes cités négatives, ces îlots de tremblements et de râles... Découverte toujours nouvelle; dessert sans fin resservi... C'est comme des musées en mouvement, les bordels; il y a les bordels et les musées, on peut passer en esprit des uns aux autres... Deux seules choses intéressantes dans la vie : le roman, le bordel. Et c'est ainsi que chaque image des *Glycines* est pour moi sans fond, innocente, émouvante, même dans le ridicule ou l'à-côté pénible des situations... Corps dépareillés, rapports de forces, infirmités à peine cachées, simulations ouvertes, noires satisfactions dans les coins... Et le fabuleux hasard qui met en présence. J'ai tout oublié, les visages, les détails, les attitudes, les mots, mais je garde le halo du lieu, de l'heure, de l'obscurité favorable. C'est chaque fois comme un « tableau », en effet, esquisse, aquarelle, toile brossée... Déjeuner sur l'herbe... Vénus sortant de l'onde... Printemps... Automne... Suzanne et les vieillards... Le Verrou... L'instant désiré... Le faux pas... Les acteurs, les actrices, même médiocres, sont sublimés par les années, leurs visages poussifs, enflammés, rageurs, idiots, dégoûtés, ravis, magnifiquement mortels, se lèvent dans les rideaux de ma chambre, viennent palpiter sous ma lampe... Combien sont morts ou malades? Ruinés, disparus, souffrants, malheureux? Plus ou moins impuissants, pour les hommes; détruites par les maternités successives pour les femmes? Revanche du dehors... Le bordel magnifique, lui, continue sa traversée mythique, tous feux éteints... Ses murs capitonnés en savent plus long que toutes les oreilles du monde... *Barrio Chino*, je pense à toi!... Chinois, oui, c'est le cas de le dire... Barcelone, Shanghai, Hambourg, Londres, Amsterdam... Arrivée des taxis dans les parkings souterrains, ascenseurs discrets jusque dans les chambres, miroirs, musique de fond, lumière tamisée, air conditionné, boisson, profession... « Me das más, y te chupo todo. » Langue frétillante de la grande brune à robe verte à volants... C'est ça, on retrouve une langue, un regard, des cils, des mains, des ongles peints, des genoux, des joues, des mentons, des lobes d'oreilles, des parfums, des peaux, des fesses, des seins, des nez, des pupilles ou des narines vues de très près, des fronts, des cheveux, des cous, des nuques... Et puis des sexes, toujours des sexes, épilés ou non, étroits ou profonds; des clitoris, des « boutons » plus ou moins sensibles; des culs plus ou moins fiévreux... C'est là où la peinture et la sculpture se font plus abstraites, cubistes, pop, op, minimales, de nouveau figuratives, agitées, fixes... Musées... J'ai mis du temps, finalement, à monter de façon systématique mon bordel à moi, mon laboratoire à moi, mes *Glycines*... Mais j'y ai toujours tendu, je n'y ai jamais renoncé, j'y suis arrivé. J'aurais dû être découragé cent fois, mille. Et puis non. Obstination. On m'a détruit dix fois mes installations, mes facilités, mes contacts. J'ai chaque fois reconstitué mes réseaux, leurs courbes, leurs cloisonnements... Agent secret? Certainement. Pour mon compte. Celui de mon calendrier ultra-personnel. Les carnets rouges sont là, devant moi. Il y en a sept. On va les ouvrir, c'est promis. Mais sans moi, vous ne pourriez pas les lire. Ce sont des documents chiffrés, des partitions; il faut avoir le code, la clé. Abréviations, signes convenus, hiéroglyphes, sceaux, je vous épargne les questions techniques. Le mystère des pyramides, l'énigme des cathédrales, la porte dérobée du saint des saints, la combinaison du coffre, la formule de l'onguent magique... Allons, encore un peu de patience... On y va, on y va.

— Allô, vous êtes bien S.?
— De la part de qui?
— Je suis la sœur de Jean. Jean Mexag. C'est affreux.
— Qu'est-ce qu'il y a?
— Il s'est tué avant-hier. Dans la nuit.
— Quoi?
— Il y a une lettre pour vous...
— Mais quoi? Un accident?
— Non, suicide. (Elle a un drôle de gargouillis, entre vomissements et sanglots.)
— Vous êtes où?

– Chez lui.

– J'arrive.

Il a pris un petit cocktail de pilules, Mex; c'est comme ça qu'on fait aujourd'hui... « Suicide, mode d'emploi »... La mort pharmacienne... On l'a trouvé le lendemain dans l'après-midi, bien allongé, bien définitif, bien sage. Je ne savais pas qu'il avait une sœur... Elle lui ressemble... Blonde, sèche, taches de rousseur... Mariée, sans enfants, professeur d'histoire en province... Mona...

Elle me donne la lettre.

« Non, vieux farceur, ce n'est pas à cause de vous, désolé de décevoir votre manie mégalomaniaque. Cela fait deux mois que j'ai appris que j'étais gravement malade. Vous voyez Robert dans les derniers temps? J'abrège, c'est tout. Prenez les papiers dans la mallette noire. Ciao.

Mex.

Vous avez le choix, pour mon ombre, entre le chant 13 et le chant 15. J'ai un peu peur des Harpies. La pluie de feu m'irait mieux. Je suis sûr que vous ne pourrez pas vous empêcher de faire une petite prière pour moi. Pensez aussi à moi, parfois, en cassant une branche. »

– La mallette est pour vous, dit Mona.

– On l'enterre quand?

– Il a demandé à être incinéré. C'est après-demain à trois heures. Vous viendrez?

– Bien sûr. Je peux faire quelque chose pour vous?

– Non, je ne pense pas. Merci.

On reste un moment sans rien dire dans le bureau anonyme et bien rangé de Mex. J'enverrai de l'argent plus tard en disant que c'est pour rembourser une dette.

Je l'embrasse, je prends la mallette, je pars.

« Robert dans les derniers temps »... Si je me souviens!... Un squelette... Plus de cheveux, le visage avalé par la fièvre... Une tumeur au cerveau qui le rendait fou, crises de colères soudaines, sans motifs, hurlements, rage... Il avait attrapé ça en Californie... Dans les boîtes cuir de là-bas où il allait se faire défoncer par de gros Noirs musclés en mimant le chat à quatre pattes... Miaou!... Un des esprits les plus sophistiqués de notre temps... Miaou!... Miaou!... Et dans l'une de ces bites féroces, africaines, triomphalement fichées au sein de la pensée contemporaine, signe que l'apartheid, en tout cas, a été, là au moins, définitivement surmonté, se cachait donc le virus... Le duc de sida lui-même... Une goutte de Dieu sur Sodome... Écoulements de sperme, pourri une fois sur mille... Changement de technique, plus de grand spectacle soufré, touche de désastre en douce, invisible, microscopique... Et le pauvre Mex, à son tour... Backrooms... Demi-obscurité des arrière-salles spéciales... Je ne l'imagine pas en train de faire « miaou », lui; plutôt flegmatique, voyeur. Je devine quand même que, plaisantant jusqu'au bout, il a eu, malgré tout, un frisson en pensant aux Harpies... Dans le bois des suicidés, aux arbres noirs et tordus, rempli de ronces, les voilà avec leurs faces et leurs cous humains, et leurs ailes énormes, et leurs pattes griffues, et leurs gros ventres emplumés... Elles sont posées là un peu partout sur les branches, elles soupirent... « Pensez à moi, parfois, en cassant une branche »... Les branches qui se mettent à saigner... Sifflement de tison, protestation, mots... Les violents contre eux-mêmes, ceux qui se sont donné la mort et qui sont obligés, donc, de végéter sur place... D'accord, Mex, je briserai de temps en temps une tige en votre honneur... Et la pluie de feu? Pour la foule des sodomites, dans la lande déserte... Braise des flocons blancs tombant sur le sable, comme la neige dans les Alpes, sans vent... Linceul divisé en flammes... On en avait ri, n'est-ce pas, de cette averse brûlante frappant les pécheurs pressés et courant... Et maintenant, je marche sur le tapis neigeux avec cette mallette à la main; cette mallette pleine, sans doute, de notes sur Dante et sur *L'Odyssée,* avant d'aller entendre, une fois de plus, les ronflements de l'incinération des corps à la chaîne... Comme il faut aller vite, hein, Mex? Et faire rapidement ce qu'on a à faire?

— Vous avez l'air triste, dit Sigrid.
— Mais non. L'hiver est trop long, je trouve.
— C'est cet ami qui vient de mourir?
— Pas seulement.
— Venise vous manque? C'est drôle, je suis en train de relire *La Prisonnière,* de Proust. A chaque instant, le narrateur pris dans les feux tournants, les filets, les trous d'air, les rebondissements et les coups au cœur de la jalousie, dit qu'il va rompre avec Albertine et partir pour Venise.
— La jalousie ou le train? Plutôt la jalousie? C'est vrai que, chez Proust, la jalousie devient peu à peu, en somme, le seul organe sexuel réel.
— Vous n'êtes jamais jaloux?
— Non. Tout cela est devenu incompréhensible.
— Vous n'êtes jamais jaloux pour Liv et moi?
— Mais non, vraiment pas.
— Donc, nous avons la situation de Proust à l'envers?
— Le renversement d'un renversement? Oui. Ce qui ne veut pas dire une mise à l'endroit. Le temps reperdu... Tant mieux. Ça peut exister ailleurs, d'après vous, ou bien on est en pleine exception?
— Je parie pour l'exception. Chut!
— Chut.
— Cette femme, dont vous avez prétendu qu'elle vous écrivait des lettres... Sophie...

– Pourquoi « prétendu »?
– Elle existe vraiment? Elle vous écrit toujours? La plupart des gens ont dit que cette histoire était sûrement fausse, inventée de toutes pièces, impossible.
– Il faut croire que ça les arrangeait.
– Alors, c'est vrai?
– Mais oui.
– Vous avez pourtant fabriqué, avec un ami, une fausse interview d'elle?
– Peut-être, mais ça ne prouve rien.
– Vous pourriez me montrer une lettre d'elle? Un original?
– Ce serait indiscret.
– Alors que vous en avez publié d'autres à des dizaines de milliers d'exemplaires?
– Ça n'a rien à voir.
– Vous avez raison.
– Et vous, vous êtes jalouse?
– Non, je ne crois pas. Intriguée, plutôt.

Sigrid se tait. Je ne vais pas lui commenter ce qu'a été ma passion pour Sophie... Ma passion *avec* Sophie, plutôt, construite peu à peu dans le secret efficace... Question de style... J'en ai reçu, des lettres, voulant rivaliser avec celles de Sophie... Une petite centaine... La plupart accablantes de naïveté... Venant d'inconnues ou bien, quelquefois, de rencontres sans lendemain voulant entrer dans le jeu ou me prendre au piège...

– Vous avez beaucoup de propositions? dit Sigrid.
– Pas mal. Mon carnet est plein.
– Le « carnet rouge »?
– Le carnet de bal.
– En somme, vous êtes une sorte d'homme-objet, de prostitué gratuit?
– Sigrid...
– Oh pardon.

— Vous n'êtes pas gentille avec le savant.
— Votre Studio est une sorte de Maison des Sciences de l'Homme?
— C'est ça... Une cellule de pointe... J'étudie le genre humain.
— Ce doit être crevant?
— Non. Il faut un peu de sport et des vitamines. De la concentration.
— Vous me troublez, là, tout à coup.
— Votre trouble me trouble.
— Qu'est-ce qu'on fait?
— Rien. Il faut que je sorte. A moins que vous y teniez absolument.
— Espèce d'animal.
— Voyons ça. Mais, d'abord, une devinette, ça vous changera d'Hélène Deutsch. De qui est-ce: « Cela s'est commencé très vivement à l'opéra, continué ailleurs, et cela s'achève aujourd'hui dans ma petite maison. » Ou encore: « On disait trois fois à une femme qu'elle était jolie, car il n'en fallait pas plus: dès la première, assurément elle vous croyait, vous remerciait à la seconde, et assez communément vous en récompensait à la troisième. » Alors?
— Dix-huitième, mais qui? Je ne sais pas.
— Crébillon fils. *Les Égarements du cœur et de l'esprit.* Vous êtes jolie. Vous êtes jolie. Vous êtes jolie.
— Récompense?
— Non, merci. On sort.
— Vous êtes complètement fou.

En m'endormant, ce soir-là, j'ai commencé à voir des fleurs entre mes yeux et l'obscurité me frise un peu au-dessus de ma tête, au-dessus du lit, dans le noir. J'étais couché sur le dos, et les fleurs s'élevaient avec vivacité, des roses me disais-je, des roses ou des œillets, des œillets peut-être à cause du froissement du mot *œil,* mais des roses tout de même à cause de l'énergie des tiges entrelacées, probablement épineuses, oui un vrai fouillis de corolles et de pétales, un taillis emporté. C'était une vision très nette, je fermais et je rouvrais les yeux, elles étaient toujours là, frémissantes, elles restaient là, elles insistaient. Ce serait drôle si j'étais mort, me suis-je dit un moment, mort avec des yeux en retard sur la fin de tout, allongé là, dans le fossé, dans la fosse, avec, comme couronne, cette haie rouge et blanche. Je ne ressentais rien de particulier, ni peur, ni angoisse, plutôt une curiosité détachée. Des roses? Des œillets? C'était très vivant, en tout cas, suspendu, parcouru d'un courant puissant et distinct. Je me demandais si cela allait durer longtemps. En réalité très longtemps. Une bonne minute. Un siècle.

Une crise de nouveau? Non, rien. Je respirais facilement, j'étais calme. Je me suis mis à penser au dernier tableau d'Henri, dans la pièce à côté, peint un mois avant sa mort. Il n'avait déjà presque plus de forces, le cancer l'avait brûlé jusqu'à l'os, mais il avait quand même tracé ce dernier assemblage de couleurs sombres, agitées dans le fond, mais recouvertes en surface d'un glacis distant, brillant, intouchable. Une grande fleur explosive, vorace, veloutée, mais comme rendue artificielle par un ultime geste de volonté, un vide ou un rideau, en somme, orage de sang lentement et profondément répandu dans l'eau. J'étais allé le voir, je lui avais tenu les mains, il pleurait doucement, sans bruit. Sa femme, épuisée, piaffait déjà d'impatience, elle était dix fois veuve, libre, dégagée, elle s'est remariée un mois plus tard et a fait deux enfants coup sur coup, vive la vie, la vie courante, pas la mort asphyxiante de la maladie ou de l'art. Une sorte d'hommage à sa manière. « Tout se renverse », a dit Henri en basculant dans la fin. Tout se renverse... Et il est devenu une barre immobile, là, dans un coin de son atelier, décharné, cataleptique, avec un petit sourire sec frappé sur les dents, comme en lévitation au-dessus des coussins noirs sur lesquels il était allongé près de la fenêtre. Un trait de plomb, oui, une aiguille définitivement arrêtée indiquant le nord. Comme nous serons tous plus ou moins. La mort au nord. Avec la jeune veuve, donc, déjà enceinte d'un autre, entrant et sortant pendant que je restais là, près du corps, agitée, pressée, deux fois plus sanguine, pensant probablement déjà à son déménagement, à son réemménagement, convoquant toutes ses forces biologiques d'oubli... Bien droite, bien décidée, bien éclatante et noire, plus tard, pendant la messe voulue par-dessus elle, de toute évidence, par Henri, et puis, au cimetière, écoutant à peine le passage de Matthieu 6 que j'avais choisi, déjà ailleurs, dans l'avenir des couches, des cris, des écoles... « Pour toi, donc, quand tu pries, retire-toi dans ta chambre, ferme sur toi la porte, et prie ton Père qui est là, dans le secret ; et ton Père, qui voit dans le secret, te le rendra. » Descendu au trou. Et la toile, là-bas, retournée contre un mur. Fleur de nuit. Avec mon nom écrit sur le châssis, transmission-coulisse. Mex et Henri, messagers muets, maintenant, dans le jeu qui s'approfondit, pendant que je continue mon parcours là-haut, ici, dans l'enfer banal et ses rues. Henri, de sa voix fine, faussement hésitante : « Je crois que je suis... Comment dit-on, déjà ?... *Au bout du rouleau* ? »... Les rouleaux, oui... La Chine...

– Claude? Ça va?

Quoi? Simmler en plein drame? Tragédie subite, imprévue? Quoi? Qui? Sa femme? Mais *qui,* sa femme? Une psychiatre? Ah bon? A New York? Devenue folle? Soudain? Égorgeant ses deux enfants? S'ouvrant les veines, brûlant à moitié l'appartement après avoir lacéré tous les vêtements de Carl? Vraiment? Ça alors.

– Les vestons, les pantalons, les chemises, les chaussettes, les slips, tout en lambeaux, de la charpie.

– Les enfants?

– Sept et quatre ans, un garçon et une fille. Elle les a drogués avant. Somnifère. Elle a tiré une armoire devant la porte, allumé des chiffons à l'essence, et s'est tailladé les poignets dans la baignoire. Il a trouvé ça en rentrant.

– Il est comment?

– Bizarre. Neutre. Il m'avait parlé d'elle. Il sentait qu'elle était partie.

– Tout le monde est mort?

– Sauf lui. Il vient à Paris à la fin de la semaine. Il veut nous voir.

– Toujours le projet? Non, c'est non.

– Il n'a rien dit. Il m'a seulement demandé de prendre rendez-vous avec vous.

– Vous lui envoyez un télégramme? « Très touché affreux événement, amitiés. »?

– D'accord, d'accord.

– Merci, Claude.

– De rien. Vous êtes toujours posthume?

– De plus en plus.

– Ce qui veut dire que vous ne déjeunez plus jamais?

– Oh, pardon. Demain? Je passe vous prendre à l'Agence?

– Avec plaisir.

Décidément, on est à l'époque de l'*infanticite*... L'infanticite, c'est l'obsession des origines, le trafic des sources et des semences, les permutations et les greffes de la gangue humaine fondée sur la fœtomanie... Mères sans ovaires, traite des embryons, hommes enceints... On peut distinguer dans l'infanticite :

a) *L'infantimie* : procréations de plus en plus artificielles, marché inséminal général.

b) *L'infantillage* : régression systématique, comprenant publicité, littérature, cinéma, télévision, rassemblements, morale, SOS animisme etc., et enfin : nouveauté attendue, le retour de :

c) *L'infanticide,* sur fond de mystère maternel hyperromantique, contrepoids à la fabrication de plus en plus industrielle *in vitro*.

Comme l'écrit Françoise Dedieu : « Ils ne savent jamais. Aucun homme au monde ne peut savoir ce qu'il en est pour une femme d'être prise par un homme qu'elle ne désire pas. La femme pénétrée sans désir est dans le meurtre. Le poids cadavérique de la jouissance virile au-dessus de son corps a le poids du meurtre qu'elle n'a pas la force de rendre à celui de la folie. »

Il y avait déjà, donc, après l'affaire du vagin tabernacle et coffre-fort, le tournant à 180 degrés de la mise en baby, décidée unilatéralement, par la matrice en bourse, émission à coupons. Maintenant, il faut plus : le droit d'annihilation. Petits garçons, méfiez-vous quand maman, l'œil fixe, allumé, un peu torve, sortant d'un coït forcé, ayant éprouvé tout le cadavre de papa monté sur son cheval de scène primitive pour la pénétrer malgré elle, quand maman, donc, viendra vous proposer une petite promenade du côté de la rivière... Ou vers le haut de la colline, là où il y a des éboulis permanents... Déjà papa n'était pas très rassurant les jours de grand vent et de pleine lune... Mais l'heure qui vient est encore plus trouble... Goûters empoisonnés... Tartines au cyanure... Escaliers brusquement glissants... Éclats de verre dans votre lit... Oreillers ou traversins coincés pendant le sommeil... Attention! Ne dormez que d'un œil! Apprenez à surveiller ses variations d'humeur, l'arrivée maussade et froncée de ses règles! Soyez réservés, prudents, mesurés, faussement malades pour ne pas l'exciter, évitez de rester trop seuls avec elle, surtout si vous la voyez collectionner des bouts de ficelle dans un coin... Ça peut la prendre brusquement... En souvenir du halètement mortel, oppressant, de papa qui a éjaculé, une fois de plus, comme si c'était naturel... Françoise Dedieu me l'a dit... Elle a eu des confidences dans tous les pays... Vous n'avez pas de raisons de ne pas la croire... Dedieu a ses raisons que la raison ne connaît pas... Elle saute du néolithique à l'an 3000... Elle sent, elle frémit, elle voit, elle vit dans la matière d'avant la matière, dans les ondes, la vapeur, les amibes, le marc de café, les entrailles d'oiseaux, la fulguration, la divination de l'émoi...

Je regarde les papiers de Mex... Il y a un dossier *Odyssée,* bien sûr, plein de références de livres à lire, surtout allemands, et de notes. Un manuscrit complet, corrigé de sa main, de notre best-seller d'espionnage publié sous pseudonyme : *Dans l'œil du dragon.* Un cahier Musil, évidemment. Quelques livres qu'il me donne donc, notamment son vieil exemplaire défraîchi de la traduction de Mognon et une édition italienne de *La Divine Comédie,* petit format, couverture rouge et lettres d'or, Nicola Zanichelli, Bologne, préface de Mario Casella, Florence, janvier 1923. Son mémoire dactylographié et jamais publié *Dante et les troubadours.* Quelques photos de voyages : New York, Los Angeles, New Delhi, Athènes, Naples, Rome, Kyoto... C'est tout.

Je jette un coup d'œil par la fenêtre. La neige s'est arrêtée, le soleil brille. Tout est blanc et nappé, comme gommé de l'intérieur, en suspens. L'espace, la perspective des toits, sont comme une longue et tranquille fin de paragraphe.

Et voici donc, de nouveau, l'écriture de Mex, ronde et bleue... Il a commencé un carnet en recopiant le passage suivant :

« Comme il disait, le Messager aux rayons clairs se hâta d'obéir : il noua sous ses pieds ses divines sandales qui, brodées de bel or, le portent sur les ondes et la terre sans bornes, vite comme le vent, et, plongeant de l'azur, à travers la Périe, il tomba sur la mer, puis courut sur les flots, pareil au goéland qui chasse le poisson dans les terribles creux de la mer inféconde et va mouillant dans les embruns son lourd plumage. Pareil à cet oiseau, Hermès était porté sur les vagues sans nombre... »

Oui, bien sûr, chant 5, 43-54. Je peux immédiatement réciter la suite par cœur :

« Mais quand au bout du monde, Hermès aborda l'île, il sortit en marchant de la mer violette... »

La mer divine... Inféconde.... Vineuse...

Ils sont loin, n'est-ce pas Mex, les journaux, la télévision, les soucis de ce qu'on va dire, penser, murmurer, laisser entendre, éviter de dire... Et l'Agence, les bureaux, les plateaux, les studios... Et les producteurs, les acteurs, les entremetteurs... Et les débutants et les débutantes, toute la demi-prostitution légèrement endiablée du métier... Et les critiques, les échotiers... Le grand radeau-miroir, sons et images...

– Qu'est-ce qui vous fait croire ça ?
– Les esprits. Les ombres de l'Hadès.

Sa voix lente, un peu nasillarde... « Les esprits »... « L'Hadès »...

Tout ça pour se retrouver dans la chapelle du columbarium du Père-Lachaise, dans le bunker aux petits hommes noirs. Galerie sépulcre, réfectoire des gardiens, odeurs de cuisine, de choux. Arbre de Noël, clochettes, guirlandes. « Mexag?... Voyons... Mexag... Meillassoux... Métayer... Ah oui, Mexag... Dix heures! »... Le rail, la porte du crématoire... Le ronronnement du moteur... Une heure... Et puis l'urne, les cendres chaudes... Gem! Gem! Gem!... Espérons!...

Allez, on travaille.
Et Liv :
– « De victimes moi-même à toute heure entourée,
   Je cherchais dans leurs flancs ma raison éga-
     rée... »
Voilà... Regardons les mots clés, les substances... Le feu, la flamme, le sang, l'encens, la fumée... Il faut que la voix sorte de tout ça en volutes, en torsades, en cheveux d'énergie... Elle offense Vénus... Elle lui préfère un Dieu fait homme... Le fils de son mari...
– « Le voici. Vers mon cœur tout mon sang se
   retire. »
– Déshabillez-vous. Vous serez mieux nue.

Je ferme les rideaux rouges. Son beau corps brun souple est maintenant là, debout, tendu, dramatique. On ne plaisante pas. C'est de la magie volontaire, noire. Liv s'amuse. Je m'amuse. C'est pourquoi on est très sérieux.

– Vous devez penser complètement à cette histoire qui vient des dieux. « Mon mal vient de plus loin. » C'est le message.
– « Mon mal vient de plus loin... »
– Ce n'est pas vous qui le dites, en un sens, mais le Mal

lui-même. Qui fait un détour par vous. Essayez de sentir couler le sang dans vos veines. Vous êtes un épisode du Mal. Ça se passe dans l'Antiquité, à la cour de Louis XIV, dans un salon de l'ère victorienne, sous Napoléon III, pendant la Première Guerre mondiale, la Seconde, aujourd'hui, dans un village perdu, en plein Paris ou à New York, à Tokyo, n'importe où, c'est la situation absolue. Ça a toujours été comme ça, ce sera toujours comme ça. Vous êtes la fille du Soleil. A mon avis, il faut une pause après *vient*.

– « Mon mal vient... »
– Oui.
– « De plus loin. »
– Oui, oui. Après quoi, le coup des sacrifices, vous bougez là-dedans, c'est plein d'animaux... Les flancs... Les flancs... Mot perdu, *flanc,* dommage...
– « Ces dieux qui dans mon flanc
　　Ont allumé le feu fatal à tout mon sang. »
– C'est ça, vous vous tordez de bout en bout, mais sans bouger, froidement, d'une façon inexplicablement immobile. Tout se passe à l'intérieur. A la limite, l'environnement est grotesque, la pièce est ridicule, vous n'en avez rien à faire, pas plus que Racine, d'ailleurs, obligé d'habiller tout ça de manière supportable pour l'époque. Votre mal vient de plus loin, votre discours aussi, il n'est plus question de Vénus, de Thésée, d'Hippolyte, d'Œnone, non, non, vous êtes entièrement dans le poison que vous êtes pour vous-même, que le poison est pour lui-même. Seule la mort vous occupe. La glace brûlante de la mort que vous vous donnez, mais comme si vous vous en moquiez, en définitive.
– « Voilà mon cœur. C'est là que ta main doit frapper ! »
– Exactement.
– Il y a un vers qui me fait éclater de rire.

– Lequel?
– « De l'austère pudeur les bornes sont passées. »
– Eh bien, dites-le en riant un peu.
– Ça ne s'est jamais fait.
– Raison de plus.
– « De l'austère pudeur les bornes sont passées. »
– Voilà.

On rit. Je l'embrasse. On parle de sa vie courante... Ces temps-ci, elle vient de tourner des films publicitaires. Dans l'un d'eux, un type doit lui sauter dessus, l'embrasser à pleine bouche tout en regardant passionnément en gros plan un pot de mayonnaise. « Non? » « Si. »

– Heureusement qu'il est homosexuel, dit Liv. Encore qu'on ne soit pas sûr que le Sida ne passe pas par la salive.

« Je pense qu'à l'amour son cœur toujours fermé,
Est contre tout mon sexe également armé. »

– C'est un risque. Virus et mayonnaise... Il doit y avoir un moment troublant?

– « Je sais mes perfidies,
Mon cher, et ne suis pas de ces femmes hardies
Qui goûtant dans le crime une tranquille paix,
Ont su se faire un front qui ne rougit jamais. »

– Vous pourriez un peu rougir maintenant?
– « Quel feu mal étouffé dans mon cœur se réveille? »
– Par exemple. Allez, on fait le finale? Sans s'arrêter?

– « Quel est le cœur où prétendent mes vœux?
Chaque mot sur mon front fait dresser mes cheveux.
Mes crimes désormais ont comblé la mesure.
Je respire à la fois l'inceste et l'imposture.
Mes homicides mains, promptes à me venger,
Dans le sang innocent brûlent de se plonger... »

— C'est parfait. Et maintenant vous revenez sur vous, contre vous.
— « J'ai pris, j'ai fait couler dans mes brûlantes veines
  Un poison que Médée apporta dans Athènes.
  Déjà jusqu'à mon cœur le venin parvenu
  Dans ce cœur expirant jette un froid inconnu... »
— Oui, oui.
— « Et la mort, à mes yeux dérobant la clarté,
  Rend au jour, qu'ils souillaient, toute sa pureté. »
— Voilà. Et moi, je dis : « Elle expire, Seigneur. » Et même : « D'une action si noire,
Que l'abîme du temps efface la mémoire ! »
On n'est pas si mauvais, pas vrai ?
— Vous êtes fou. D'ailleurs, vous changez le texte. Tu es fou. Je t'aime.
— Je ne vous demande pas si vous avez joui.
— Je vous laisse juge.
— Moi, juger ? Mais comment ?
— Sous votre noir poison je sens brûler mon sang.
— Un peu de champagne ?
— Mais oui. Mes cigarettes sont dans mon sac, sur le divan. J'ai perdu une boucle d'oreille.
— A droite. Sous le coussin vert.
— Ah voilà.
— J'ai hâte d'assister à la représentation.
— Je pense que ce sera quelque chose.
— Vous me permettrez d'être au premier rang ?
— Bien sûr. Et puis on ira souper avec Sigrid et Cecilia.

— Je suis désolé pour vous, dis-je à Carl. C'est terrible.

– La folie...

Il n'a pas l'air d'avoir dormi depuis dix jours. Épuisé, vraiment. Poches sous les yeux, mal rasé, teint marron-gris...

– Vous saviez qu'elle était folle?
– Ethel? Bien sûr. Dès les premiers mois de notre mariage. C'est même sans doute pour ça que je l'ai épousée. Elle était très intelligente, vous savez. J'en sais à présent plus long sur la psychose que les psychiatres des cinq continents.
– Ce n'est pas intéressant, la folie.
– Détrompez-vous. Il n'y a que ça, au fond. C'est là qu'on voit tout. Tout.
– Fatigant?
– A hurler de fatigue.

Il avale son verre, commande un autre whisky... Je n'ose pas lui parler de ses enfants... Je le laisse venir...

– Elles sont folles, dit-il. Il n'y a pas à sortir de là. Tout est d'ailleurs fait pour aggraver les choses. On leur regarde trop à l'intérieur.
– A l'intérieur?
– Elles sont en train d'exploser sous l'action de la gynéco. La gynéco intensive est leur bombe atomique. Hiroshima mon amour.
– A propos, les Japonais? *La Divine Comédie?* Ça tient toujours?
– Pas de nouvelles. Le projet est en sommeil. Vous avez eu du flair.
– Vous avez reçu l'argent? L'autre moitié dans un mois.
– Oui, oui. Ce n'est pas pressé.

C'est ce que m'a dit Claude quand nous avons déjeuné ensemble... Il a changé, Carl... Il accuse le coup... « Le mieux, c'est qu'il se remarie vite »... « Pourquoi pas avec Snow? »... « Eh, eh »...

– Comme vous savez, dit Carl, il n'est plus question que de Sida et de reproduction expérimentale. Troublante coïncidence. C'est Charybde et Sida! Vous avez vu la panique des stars? Tout le monde se rince la bouche à l'alcool après les baises de scène. On réclame des tests. La vente des gants a augmenté. Le virus apparaîtrait jusque dans les larmes. Après l'herpès, la peste.

– Le doigt de Dieu.

– Dieu a un sacré panaris.

– Tout ça va se reconvertir dans les bonnes œuvres. Il y a tellement à faire! La faim dans le monde, l'Éthiopie... L'introduction de la Haute Couture en Chine...

– Arrêtez, vous allez me faire pleurer... Vous avez l'air beaucoup mieux, vous?

– Ça peut aller.

– Vous travaillez?

– Pas mal. Un petit roman.

– Ah, vraiment, dit Carl, avec un léger rire goguenard, méprisant, irrépressible, sec, inquiet. Pas votre histoire des bordels de Paris?

– Quoi?

– Claude m'avait dit que vous aviez signé un contrat pour ça.

– Ah oui, bien sûr... Mais ce n'est pas urgent.

– Vous croyez au Diable, vous?

Là, je dois dire qu'il me scie... Comme ça, sans prévenir, avec le plus grand sérieux... Bon, ça y est, il est cinglé, lui aussi...

– Ça dépend du système de coordonnées dans lequel on se place, dis-je. D'une certaine façon...

– Ne vous défilez pas, dit Carl, les yeux baissés, l'air têtu.

– Oui.

– Ah oui, hein?

– Mais j'ai tout de suite envie de vous nuancer ça. Il y a mille situations, et pour chacune d'entre elles...

— Bon, mais vous y croyez?
— Écoutez : je ne suis pas sûr d'y « croire », comme vous êtes en train de croire que j'y crois. En un sens...
— Vous avez quand même répondu oui?
— Il y a des moments où...
— De vrais moments, hein? Avec quelque chose en plus, non? C'est ça : *en plus?*
— Il vaut mieux essayer d'être précis. Je n'aime pas beaucoup les improvisations métaphysiques. Si vous voulez vraiment mon avis, je considère que la bonne vieille Théologie est correcte, sur ce plan-là comme sur les autres.
— Vous savez qu'il y a des sectes spécialisées?
— Bien sûr. Charlatanismes divers. Ça court l'époque. J'en ai croisé plein. Minable.
— Écoutez : est-ce que j'ai l'air d'un zozo?
— Ce n'est pas ce qui vient d'abord à l'esprit en vous voyant.
— Allons dîner.
Nom de Dieu, me suis-je dit en me levant, je vais avoir droit à un sacré chapitre.

Il ne m'a pas laissé de la nuit, le discret Carl, l'efficace et désinvolte Carl, brusquement devenu intarissable... Deux bouteilles de bordeaux, six cognacs, et le récit. Sa femme, bien entendu. Tout un monde à travers sa femme... Quand il la rencontre, elle a vingt-deux ans. Il est d'origine autrichienne et polonaise. Elle, russe. Juifs tous les deux. Lui, vingt-cinq (il en a donc trente-six maintenant, et en paraît cinquante). Il fait des études de droit, elle de médecine. Ils se marient, poum, deux enfants, tout va bien. Elle s'oriente vers la psychanalyse, commence à s'intéresser à la philosophie, au théâtre d'Artaud, puis, un peu plus tard, à l'histoire des religions. Puis, évidemment, au féminisme. Puis... C'est là que Carl commence à la perdre de vue. Elle est toujours psychiatre dans un hôpital de New York, mais il ne sait plus qui elle voit, comment elle vit. Ce qu'il constate, en revanche, c'est qu'elle est devenue de plus en plus instable, irritable, dépressive, maniaque. Brutale avec les enfants. Pour un oui ou un non, c'est Carl qui parle, elle se mettait à crier, à hurler. C'était surprenant, dit-il, ce brusque volume sonore sortant de cette petite femme blonde, comme si quelqu'un en elle avait mis le son à tout casser en tournant un bouton... Tenez, je crois encore l'entendre, je crois que j'en aurai mal au vagin jusqu'à la fin de mes jours... Tout à coup, comme ça, sans raison... Passant de l'abattement pointilleux au vacarme... Des cris, des cris, et encore des cris...

— Peut-être que vous étiez distrait?
— Et en même temps très rationnelle, vous voyez? De plus en plus raisonnable. Raisonneuse. Raisonnante. Raisonnementale.
— Sexuellement?
— Mais non, vous n'y êtes pas. Normale. On ne peut plus normale.

Qu'est-ce qu'il peut bien vouloir dire par là? Bon, passons... Donc, elle veut un troisième enfant, le gynéco découvre que c'est impossible, la valse commence. Traitements, opérations, séjours en clinique... Dépressions, hurlements...

— Excusez-moi, dis-je, mais je ne vois toujours pas le moindre Diable dans tout ça.
— Attendez...

Le plus étonnant, c'est qu'en même temps elle est toujours psychiatre, très bonne, paraît-il, très lucide sur les autres, tout en perdant de plus en plus la boule sur elle-même... Et puis voilà quand même l'arrivée du Démoniaque... Une secte. Quelque chose comme ça. Pas de nom, pas de forme précise, mystère... Des coups de téléphone, des réunions, pas de visages, ou alors d'autres visages que ceux qu'on peut voir... Des gens très importants, dit Carl... Des pontes des affaires, de la politique, de la presse... Comment le sait-il? Il le sait, voilà tout. Et c'est là où... Enfin...

– Allez-y, dis-je. Allez-y une bonne fois.
– Elle a reçu l'ordre.
– L'ordre?
– L'ordre. Destruction. *Destroy.*
– Quoi?
– En détruisant les enfants et elle-même, elle passait de l'autre côté.
– L'autre côté?
– L'immortalité négative.
– Qu'est-ce que c'est que ça?
– Je croyais que vous étiez fort en Théologie? Laissons.

Mais c'est vrai que je l'écoute attentivement depuis cinq minutes... Ça ressemble à certaines de mes impressions... Des demi-informations dans l'air...

– Non, non, dis-je. Continuez.
– Elle m'a dit une nuit : « J'ai reçu l'ordre. » Elle avait l'air aux anges. Au comble du bonheur, vraiment. Elle parlait à voix haute. Comme si je n'étais pas là.
– Droguée?
– Pas du tout. Sûrement pas. En mission. En lévitation.
– Sous hypnose?
– Peut-être. Mais je ne crois pas. Elle allait beaucoup mieux, d'ailleurs. Depuis son dernier séjour en clinique.
– Vous avez parlé avec elle?

– Vous plaisantez. Bien sûr. Dès qu'elle a commencé à manifester, très peu d'ailleurs, ses croyances... « Ethel, comment une femme comme toi, intelligente, cultivée, etc. » Rien à faire. Elle a d'ailleurs tout accompli avec un maximum de minutie. Somnifères pour les enfants tués pendant leur sommeil.

– Un meurtre rituel?

– Un meurtre et un suicide rituels. Sur fond de manipulations génétiques. Ça vous va comme Diable?

– Vous pensez à la clinique en question?

– Une des plus chics de New York. La crème.

– Jamais d'histoires?

– Jamais. Évidemment. Mais il y a des bruits. Inséminations plus ou moins forcées... Sabotages de nouveau-nés... Reventes de fœtus... Substitutions d'enfants à la naissance... Machins de ce genre.

– Vous en avez parlé à l'enquête?

– Oui. C'était difficile, parce qu'Ethel avait laissé une lettre parfaitement explicite, prenant tout sur elle, très mesurée... Une seule chose était bizarre : la destruction des vêtements. De *mes* vêtements. Même l'incendie, relativement réduit d'ailleurs, avait l'air « naturel ».

– Et alors?

– Le type de la police m'a dit que je n'étais pas le premier. Il a évoqué des arrière-plans... On ne sait rien, m'a-t-il dit. Ou alors, on ne peut rien prouver.

– Si je vous comprends bien, d'après vous, les vêtements, ce n'est pas Ethel?

– Non.

– Ce qui veut dire qu'elle n'était pas seule? Que quelqu'un était avec elle?

Il se tait. Il ne veut pas savoir qu'elle voulait le tuer? Qu'elle *l'a tué*?

– Vous parliez de ses « croyances », dis-je.

– De ses idées? Oui... En gros, le féminisme. Vous

connaissez le topo... Devenu complètement mystagogique. Autre chose, en réalité. Tout autre chose.

– Mais quoi?

– Je n'en sais rien, fait Carl avec un geste-fumée. C'est sans mots, je crois. Un bouclage physique. Une *opération* physique. Est-ce qu'il y a une doctrine articulée de la haine? La haine, c'est tout. La haine pure. Menant le monde. Habitant les corps. Illuminant l'existence. La révélant, la comblant. Faisant de la vie la mort, et de la mort la vie. Justifiant tout : secret, mensonge, trahison immédiate... Dureté spéciale avec ce qui est innocent... Elle battait de plus en plus les enfants, presque mécaniquement, les derniers temps... Comme ça... « Destruction »...

– On dirait le truc nazi, non?

Carl se tait une fois de plus. Me regarde fixement.

– Qu'est-ce que vous pouvez comprendre au « truc nazi »?

– Oh, ça va. Pas besoin d'être juif. Ça se comprend tout seul.

– *Maintenant... Maintenant,* vous pouvez dire ça. Mais à l'époque?

– Je n'y étais pas. Et vous?

– Moi si. Varsovie. Mes grands-parents.

Il avait besoin de parler, voilà... De me parler? Oui... « Qu'est-ce que vous pouvez savoir, *vous*? »... Vous : chrétien. Vous : origine bonne bourgeoisie française protégée. Vous : catholique. Vous : polonais antisémite. Vous : païen. Vous : idolâtre, négligent, paresseux, esthète, débauché, goy. Vous : terrien, paysan, propriétaire, racines, inquisition, pogroms, inventeur du diable, antidreyfusard, complice passif des nazis. Vous : grec. Vous : l'autre.

Il a dû faire un immense effort. De même, si je laisse venir en moi la fantasmagorie symétrique et traditionnelle : déicides, perfides, cruels, usuriers, sacrificateurs d'enfants, finance internationale, apatrides, sans perceptions naturelles, incapables d'art... Catalogue des préjugés... C'est vous qui avez commencé... Non, c'est vous... Mais non, vous savez bien que c'est vous... Bien, bien... Suspendons la question, n'est-ce pas, on ne va pas la régler aujourd'hui, ni demain, ni après-demain, pas plus qu'elle ne l'a été hier, avant-hier ni avant-avant-hier... Suspendons, suspendons...

Cela dit, son aventure ne me surprend pas outre mesure... Ça filtre d'un peu partout, ces histoires... Sondes... Nouvelle planète... Et le Diable ?... Ah, le Diable... Tantôt ceci... Tantôt cela... Le grand ceci-cela, ni-ceci-ni-cela... Que dit saint Augustin, déjà ?... « Évidemment, le Diable ne se rend pas compte qu'avec sa fourberie et sa rage, il travaille au salut de ses sectateurs entre les mains de la Suréminente Sagesse Divine qui, d'en haut jusqu'en bas, c'est-à-dire du premier des êtres spirituels à la mort corporelle, se déploie avec force et dispose tout avec douceur... Le Diable est exempt de la mort corporelle, d'où ses allures imposantes, mais une mort d'une autre sorte l'attend dans le feu éternel »...

Est-ce qu'il y a des êtres vivants pour *choisir* la seconde mort, celle du feu éternel ?... C'était la question de Carl, au fond... Est-ce possible ? Pensable ? En connaissance de cause ?... Choisir vraiment ? Dire oui à la plus grande souffrance de désintégration imaginable ? Ressentie par qui à ce moment-là ?... Idiotie. Folie. Lucifer, avec ses ailes de moulin à vent, chauve-souris plantée au cœur du froid, en train de bouffer sans arrêt des crânes humains, dieu-grimace à trois gueules : impuissance, ignorance, haine... Ou la flamme, réellement la flamme, se relevant, comme dans un four, avec son damné?... Gorgée de poison... Cervelle de glace... Dante, au chant 33, évoque nettement le cas de ceux qui sont *déjà* en enfer, pendant que leurs corps, là-haut, sur la scène, sont animés en fausse apparence par un démon délégué... Images... La femme de Carl au moment où elle égorge son fils et sa fille... Elle pouvait s'arrêter... Non, elle continue... Le sang coule... Un peu... De plus en plus... Par lequel des deux enfants a-t-elle commencé?... Ou encore, la voiture dans le parking de l'hôtel Kosmos... Les coups de bâton en pleine cage thoracique... Images, images... Ah, si je pouvais écrire le roman qui convient, vous savez, ce livre à la fois «exotique, cosmique, nostalgique, où le héros s'initie au secret de l'être»... Mais non... Je n'ai sous les yeux que des débris... Des lambeaux qui ne mènent nulle part... Zébrures... Écailles de cris...

— Qu'est-ce que vous allez faire? ai-je dit à Carl.
— Je ne sais pas... Rien, je crois... Année sabbatique... On verra...

Permutation des répliques... Des rôles... Je revois Versailles, les fontaines gelées, le parc...

III

Elle donne une fête, Louvet... Un bal masqué... Dans son château, en Sologne... Elle m'invite... Tiens, c'est amusant, ça... Qu'est-ce qu'elle veut?... J'y vais?... Oui?... Il faut que je me prépare... Son dernier chef-d'œuvre... Pas lu... Vite, au marchand de journaux du coin... En devanture... *Mélusine*... Deuxième tome... *Mélusine et la vie venue d'ailleurs*... Couverture couleurs, montrant un embryon rose flottant... Mélusine, comme son nom ne l'indique pas, est une jeune femme d'aujourd'hui, courageuse et fière, libre exemple de la femme moderne... Sensuelle, authentique, troublante, fidèle, aventureuse, gourmande, épanouie, volontaire, amoureuse, rusée, directe, sauvageonne, femme du monde, sulfureuse, mère et un jour grand-mère, séductrice, femme d'intérieur, femme d'affaires... Bon, je ne vais pas me taper toute l'histoire, je fais comme pour les romans en général, je cherche les scènes d'amour... L'essentiel, le moment-hic, la cible... Je veux voir comment elle décrit les choses depuis le temps des *Glycines,* Catherine, si son style a évolué...

« A travers sa chemise de nuit, la toile rêche des draps irritait la pointe de ses seins... Avec rage, elle se redressa, furieuse de sentir monter cette envie irrépressible de faire l'amour. Elle arracha sa chemise et, avec brutalité, apaisa son exigence. »

Hou!... Irritait... Avec rage... Furieuse... Irrépressible... Arracha... Brutalité... Mais c'est une tornade!... Et précieuse avec ça : « Elle apaisa son exigence »... De quoi s'agit-il? Devinette. Vous avez trouvé?... Comme aurait dit Mex, voilà tout ce qui différencie la littérature vraiment populaire de la littérature tout court. Car supposez que Catherine dise tout simplement : « Elle se branla. » Patatras! Tout s'effondre! Les magazines s'offusquent! Le milieu se révulse! Les mémés n'achètent plus dans les stands! Liliane Homégan prépare un éreintement vengeur! La réputation noire et coquine de Catherine s'évapore! Tandis que : « elle apaisa son exigence », là, vous avez le frisson! Au Parlement! Au Conseil des ministres! En famille! La baronne Louvet fait passer un grand spasme brutal et secret sur ses neveux et nièces par alliance... Puisqu'elle a épousé un banquier lui-même fils d'un amiral célèbre... « Elle apaisa son exigence » : c'est comme « les commodités de la conversation » pour dire « les fauteuils »!...

« Ils roulèrent dans le foin, et durant quelques instants ne pensèrent qu'au plaisir qu'ils tiraient de leurs corps. »

Très important pour Catherine, le foin, le tabac séché, les greniers, les granges... On est dans la nature saine, propriétaire et domestique à la fois, toutes classes confondues dans l'énergie des soupentes... C'est dans ces conditions, bien entendu, qu'une femme peut se déployer et montrer sa vraie nature qui n'est autre que la nature elle-même... Paysanne généreuse mais grande dame de caractère... Aussi à son aise dans la paille que dans les salons... Le plaisir, ça « se tire du corps »... Le contraire serait plus intéressant, pourtant : corps tirés du plaisir...

« Le plaisir les submergea, les soulevant comme une vague puissante qui les entraînerait vers le large avant de les rejeter, désarticulés et inassouvis, sur leur couche rustique. »

Voilà... L'Océan, maintenant...

« Quand elle sentit le plaisir monter, elle cria : " plus fort ! plus fort " »...

Le déferlement animal :

« Ce furent deux bêtes grognant et mordant qui jouirent, sans raffinements et hâtivement, l'une de l'autre. »

La présentation mystique :

« Sans même prendre la peine d'enlever le couvre-lit de satin vieux rose, elle s'allongea, offerte. »

Le tir croisé :

« Quand Jean la pénétra, ce fut sur les lèvres de Raoul qu'elle étouffa son premier cri. »

Remarquez les passés simples... « Furent »... « Cria »... « Jouirent »... « S'allongea »... Tout le succès de Louvet est là... Surtout pas de présent dans ces choses ! Jamais ! Au grand jamais ! Le passé simple ! La simplification du passé ! Il était une fois... Il fut une fois... Mais c'est loin, tout ça, on garde de ces épisodes un souvenir violent (parce qu'on a beaucoup de personnalité) mais irréel (c'était la pression des circonstances et, malgré le satin rose, un film d'archives, en noir et blanc). Mieux : Louvet va jusqu'à entrer, c'est une grande première, dans la physiologie masculine. Voici :

« Le souvenir de son corps (celui de Mélusine) l'avait laissé (le héros) des nuits entières éveillé, gêné par de douloureuses érections que ni sa main, ni les accueillantes auxiliaires militaires de l'armée anglaise n'arrivaient à apaiser. »

Pauvre chou... Il n'arrivait pas à « apaiser son exigence »... Et les Anglaises ne valent pas les Françaises !... Merveilleuse Catherine !... Plus puissante, plus obsédante que toutes les mains d'hommes portées sur eux-mêmes et que toutes les Anglaises de la *Royal Air Force* et de la *Royal Navy* ! Et patriote avec ça !... Résistante !... Terroir inoubliable... Foin de Dieu... Ah, Catherine, Catherine, je sens que je vais avoir une érection douloureuse... Ma main se crispe... Je cours vers toi!...

Sur son beau carton blanc d'invitation marqué aux armes de son mari, le baron Lormy – « Pour fêter le millionième exemplaire de *Mélusine et la vie venue d'ailleurs* »... Catherine Louvet n'a pas manqué d'ajouter, de sa grande écriture noire autoritaire : « Vous amenez qui vous voulez. » Bien sûr, bien sûr...

Sigrid doit passer aujourd'hui. Elle peut se déguiser? J'y vais avec elle? Il me semble que c'est une des plaisanteries possibles. On improvisera là-bas...

– Chez Louvet? dit Sigrid. C'est une soirée spéciale?
– Spéciale?
– Eh bien oui, quoi, mélange et compagnie?
– Une partouze?
– Je n'aime pas ce mot. C'était quand même une de ses distractions préférées il n'y a pas si longtemps.
– Elle a dû arrêter. Réputation d'abord. Vous vous êtes retrouvée dans une « spéciale »?
– Une fois dans le Midi. C'était gentiment sinistre. J'ai été obligée de baiser avec un conseiller d'État et sa maîtresse Mode. Ils étaient crevants.
– Chut, pas de noms! Le lecteur est là.
– Et pour votre Carnet?
– Je ne note que les prises personnelles.
– Moi, par exemple? Liv? Cecilia?
– Mais oui.
– J'espère que j'ai une bonne note.
– Excellente.

Sigrid regarde par la fenêtre. Frissonne un peu. Et :
– Je ne vous dérange pas?
– Pas du tout.

Ah, le « pas du tout » des Statuts de la Société!... Ennui!... Sonnerie!... Sigrid se rappelle... Froissée? Non, c'est le jeu... Elle m'a fait le coup du « pas du tout » l'autre jour au téléphone...

— Bon, dit-elle, il faut que je fasse une course... Je m'en vais... J'espère que c'est bien chauffé, là-bas?... On part samedi? Je passe vous prendre au début de l'après-midi?

— Très bien. Vous vous déguisez en quoi?

— Je ne me déguise pas, mon cher, je m'incarne. En quoi? Vous verrez.

— D'accord. Je vais essayer de deviner pour m'harmoniser à vous.

Je ne lui dis même pas de ne pas en parler à Liv... Cela va de soi... Pour l'instant, avec Liv, c'est *Phèdre,* ne confondons pas. Je viens de lui donner à apprendre par cœur une petite lettre de Madame de Sévigné, merveille de perversité et de souplesse... Histoire de sentir les poumons, le rythme... On est le mercredi 11 septembre 1675 à Orléans. C'est adressé à Coulanges. Écoutez :

« Nous voici arrivés sans aucune aventure. Je me suis reposée cette nuit, comme je vous l'avais dit, dans le lit de Thoury. Nous avons trouvé ce matin deux grands vilains pendus à des arbres sur le grand chemin; nous n'avons pas compris pourquoi des pendus, car le bel air des grands chemins, il me semble que ce sont des roués. Nous avons été occupés à deviner cette nouveauté. Ils faisaient une fort vilaine mine, et j'ai juré que je vous le manderais. A peine sommes-nous descendus ici que voilà vingt bateliers autour de nous, chacun faisant valoir la qualité des personnes qu'il a menées, et la bonté de son bateau. Jamais les couteaux de Nogent ni les chapelets de Chartres n'ont fait plus de bruit. Nous avons été longtemps à choisir. L'un nous paraissait trop jeune, l'autre trop vieux. L'un avait trop d'envie de nous avoir; cela nous paraissait d'un gueux, dont le bateau était pourri. L'autre était glorieux d'avoir mené M. de Chaulnes. Enfin la prédestination a paru visible sur un grand garçon fort bien fait, dont la moustache et le procédé nous ont décidés. Adieu donc, mon vrai cousin. Nous allons voguer sur cette belle Loire; elle est un peu sujette à se déborder, mais elle en est plus douce. »

Plus de trois cent dix ans, donc... Rien... Une onde... Marquise dans son cercueil... « Je me porte très bien, ma bonne. Je me trouve fort bien d'être une substance qui pense et qui lit »...

La soirée bat son plein dans les grandes salles du château. Si on est bien chauffés? Oui, et même trop, on étouffe sous les costumes de théâtre. Sigrid s'est changée dans notre salle de bains, elle est en garçon, bien sûr, en page Mozart. J'ai mis mon ensemble dix-huitième classique, mon « casanova », comme dit Liv, perruque blanche, veste bleu clair à parements noirs, chemise de dentelles, pantalon gris perle, bas blancs, souliers noirs. Je reconnais Catherine Louvet tout de suite : elle est en Madame de Maintenon, sévère et noire, supérieure mondaine et réservée de couvent... Il y a un peu de tout, des colombines et des arlequins, des communiantes et des mannequins, des religieuses et des hommes de main, des nucingen et des odettes, des norpois, des charlus, des jupiens, des starlettes, deux ministres reconnaissables, un pointillé d'hermaphrodites, des marins musclés, des stripteaseuses sur leur trente et un, des journalistes aux airs d'écrivains, des propriétaires de boutiques chics, et la mode, la mode, toujours la mode, la publicité et la mode, tous les députés récents de la mode. Chacun et chacune a son loup. Ça danse un peu, en transpirant. Whisky et champagne. Ça se nourrit aux trois grands buffets croulant sous les salades et les viandes. Ça se reconnaît rapidement, parfois ; ça se met à l'écart et ça complote comme à Paris, lutte des places en plein palace, qui peut-on déstabiliser, inquiéter, amoindrir, éliminer, liquéfier... Sigrid se lance : la voilà draguée par deux grands chanoines qu'elle laisse tomber pour une fausse duchesse. Je me rabats sur une Orientale à jupe fendue qui, selon moi, est une jeune romancière qui monte... A moins que ce soit Andi Delsol, la nouvelle actrice dont tout le monde parle, déshabillé dur, en haillons, dans le dernier numéro de *Metropolis*... Je l'entraîne dans le parc glacé... Vers un pavillon plus calme, ancienne écurie transformée en bibliothèque... Quatre couples allongés sur des divans, boivent et regardent la télévision en bavardant à voix basse. Un des hommes présents, cow-boy le cigare aux lèvres, introduit une cassette dans le magnétoscope. C'est un film d'Hitchcock, *I Confess,* en français, curieusement : *La Loi du silence*... Montgomery Clift en curé...

– Vous êtes Andi Delsol ?
– Ah, mais non. Ou peut-être, après tout. Et vous, qui êtes-vous ? Musicien ?
– Pas loin.
– C'est absurde, cette soirée. Non ?
– En tout cas, vous êtes épatante en pseudo-Chinoise.
– Et vous pas si mal en Amadeus.
– C'est plus léger à porter qu'on ne croit. On est bien.
– Vous êtes journaliste ?
– Un peu.

« Non, non ! Pas *I Confess* ! dit une des jeunes femmes en Espagnole, peignes et longues boucles d'oreilles. Non ! Pitié ! Est-ce qu'il n'y a pas *Marnie* ? »

Le Cow-boy arrête l'appareil. Cherche dans les cassettes...

– « J'ai *La Mort aux trousses,* dit-il.

– *North by Northwest?* dit l'Espagnole. OK! C'est bon!»

– Vous aimez Hitchcock? dis-je à la supposée Andi.

– Évidemment. Enfin, je connais mal... Et vous?

– Vous savez ce qu'il a dit: «Certains filment des tranches de vie. Moi je filme des tranches de gâteau.»

– Il a dit ça?

Non, ce n'est pas Andi Delsol... Geneviève Stockx, alors, l'auteur, en cours de révélation, d'*Isis*? Ou bien, tout simplement, une figurante amenée par un de ces messieurs? Difficile à dire. Il n'y a plus de signes reconnaissables. Culture? Non. Une secrétaire, aujourd'hui, peut en savoir plus long qu'une vedette. Voix? Elles parlent toutes à peu près de la même façon, accent plus ou moins emprunté. Allure générale? L'égalisation est rendue encore plus sensible par les masques. C'est comme s'il n'y avait plus personne, et que cette absence était manifestée, désormais, par n'importe qui.

Cary Grant court dans son champ de maïs, l'avion fonce sur lui, il plonge...

– Si on mettait des clips? dit l'Espagnole.

– Ou un *Apostrophes*? dit une Colombine.

– Lequel? dit le Cow-boy en fouillant dans les cassettes.

– Celui de Françoise Dedieu? dit l'Espagnole.

– Ici, en plein chez Catherine? dit le Cow-boy.

– Justement, dit l'Espagnole, ce serait marrant.

Le type tripote les cassettes... J'entraîne mon inconnue par la main vers le château illuminé... Champagne... Un laquais-minet surgit, invite mon inconnue à danser... Elle m'envoie un baiser de loin, se perd dans la valse... Tout le monde semble très allumé, maintenant, les éclats de rires déferlent les uns sur les autres... Je prends le grand escalier, je croise une robe à volants démasquée qui me lance un «salut Mozart» éméché, j'arrive au deuxième étage, j'avance dans le grand couloir... Pas un bruit... Si, quand même, là, au fond, sur la droite...

Et c'est la panne d'électricité. Voulue? Quelqu'un a trouvé le compteur? Il y a des cris un peu partout... J'allume mon briquet, je tourne... J'entends tout à coup, dans l'ombre, la voix rauque de Catherine Louvet : « Mais enfin, reste, petit con, tu seras payé! »... Quelqu'un sort en courant de l'une des chambres... Mon page... Sigrid... « Ah, c'est vous? dit-elle essoufflée. Venez vite, on file. » On tâtonne jusqu'au troisième, on trouve notre chambre, on empile à l'aveuglette nos affaires dans les sacs, on redescend... Catherine Louvet est en train de hurler : « Ce n'est rien! On vous amène des flambeaux! »... Des bougies commencent à briller sur les tables... On sort, on trouve la voiture, je démarre, on s'en va...

– Ouf, dit Sigrid. Décidément, c'est ma fête.
– On vous a violée?
– Madame de Maintenon elle-même, mon cher. Et deux pédés qui croyaient que j'étais un jeune client. J'ai réussi à les dégoûter. Ils doivent être en train de se sucer consciencieusement.
– Catherine vous a sauté dessus?
– Et comment!
– En disant quoi?
– « Tu me plais, Chérubin. »
– C'est tout?
– C'est tout.

La route déserte s'ouvre devant nous comme un tunnel de gel.

– Et vous? dit Sigrid. Rien trouvé?
– Non.
– On se change à Paris, Monsieur le Marquis?
– J'espère qu'il n'y aura pas de contrôles de police. Vous avez vu la tête qu'on a? Vous avez bu?

– Sans arrêt.
– Je vous aime, Sigrid.
– J'en ai autant pour vous Maestro. C'est bien ce que je vous disais. Des gens impossibles. C'est encore Louvet la plus drôle.
– Vous avez lu son dernier livre?
– Mélusine et chose? Non. Il faut?
– Ça vous amusera peut-être.
– Regardez bien la route, mon cœur.

Je sens les yeux qui me piquent... Et puis la brûlure, avertissement intérieur du froid... Non, merde, pas maintenant, pas à cent quarante à l'heure!... Mais si, aucun doute... J'ai juste le temps de freiner, de ranger la voiture sur le bas-côté, d'éteindre le moteur, de filer vers le fossé... « Qu'est-ce qu'il y a? » crie Sigrid... Elle me voit vomir et trembler... Dans les plaques de glace, l'herbe noire... « Vous avez trop bu? »... Je me traîne un peu plus loin, je ne vois plus rien, j'ai perdu ma perruque, je rampe... Je lui fais signe de s'écarter... Elle veut me tenir la tête... Je me dégage, je ne peux pas supporter le moindre contact physique dans ces moments-là... « Ce n'est rien, ce n'est rien, ça va passer »... Je crois dire ça... Est-ce que j'y parviens?... Pas sûr... « Vous êtes malade? »... J'ai le poing gauche serré plein de terre, maintenant, je gratte les cailloux avec l'autre main, comme un chien... Aiguille de feu, du crâne aux talons... Comme la nuit est belle, en même temps, courbe, vidée, la nuit tournante... Est-ce que je perds conscience? Oui, puisque me voici dans une ambulance, le visage de Sigrid au-dessus du mien... Il y a un flic assis à côté d'elle... « Ça va mieux, le Marquis? dit-il quand je bouge... Voilà ce que c'est de faire la fête à Versailles. » Sigrid ne dit rien et me tient la main... « Vous récupérez la voiture? »... « Oui, oui, ne vous inquiétez pas »... On arrive dans une petite ville, aux urgences de l'hôpital... Un peu d'oxygène encore... Je me redresse... Tout va bien... « Vous ne voulez pas rester? Jusqu'à demain matin? »... « Mademoiselle va vous ramener à Paris? C'est elle qui conduit, au moins? »... Évidemment... « Mettez-vous derrière, dit Sigrid, essayez de dormir »... Voilà... Solucamphre... « La musique vous dérange? »... « Sûrement pas »... Elle rit... Cassette, *Cosi fan tutte*... « Ah, che tutta in un momento, Si cangia la sorte mia! Ah, che un mar pien di tormento, È la vita ormai per me! »... « Pas d'alcootest? Pas de prise de sang? Pas de questions? »... « Non. Je suis une jeune fille très bien, vous savez... » Une chance... « Stelle, che gridi orribili! »... Je ferme les yeux... On flotte sur l'autoroute...

Il est temps d'ouvrir le carnet... Le carnet rouge... La malle aux trésors... Tout le reste n'est rien... Les efforts pour faire croire et se faire croire qu'il y a autre chose!... Gros yeux, mouvements du menton, plaidoiries, raidissements, obsessions de domination, coups d'épée dans l'eau, gémissements, cinéma, visions tragiques, fascinations, fric, fleurs bleues, techniques, robots, science, dévouements, idéaux... L'humanité est ingrate pour sa convulsion... Oublieuse... Jalouse... Toujours honteuse, au fond... On jouit vite, plutôt mal que bien; on enrage d'avoir joui parce que la jouissance ne se laisse ni arrêter ni saisir; on s'en veut; on construit des positions de défense par rapport à ça; on efface les traces... Plaisir d'amour ne dure qu'un moment... Haine d'amour dure toute la vie... Il leur faut l'obstacle, l'impossible, la souffrance, la catastrophe, le châtiment, le ressentiment... Réprobation de l'instant et de sa substance, voilà... Et pour moi, au contraire : l'instant, seulement l'instant, l'instant et sa lettre de feu, corps, couleurs, paysages. Le « carnet rouge » ? Simples annales de l'instant... Entailles, incisions de la chance vécue, sans détours...

G.A. (Grande Année). P.A. (Petite Année). Et, à l'intérieur : G.M. (Grand Mois). P.M. (Petit Mois). G.S. (Grande Semaine). P.S. (Petite Semaine). Et puis, de temps en temps, G.J. (Grand Jour). Voilà, on y va.

LE CARNET ROUGE

Prenons, par exemple, une note d'année de jeunesse (petite année) :

« SUMATRA. Bleu-vert. Plage, varech, mouches. 15 h : « Je préfère aller me reposer derrière la maison. » Chaise longue. Lit. Bouche. A pic. 16 h. Silence. »

Ce qui veut dire : je suis allongé sur la plage, à trois heures de l'après-midi, en août, par forte chaleur. Les grandes marées de l'Océan ont laissé derrière elles des montagnes de varech infestées de mouches. Passe une fille d'environ vingt-deux ans, maillot de bain et T-shirt bleu-vert, elle regarde la situation brûlante au soleil (on est presque seuls), elle m'adresse la parole pour déplorer l'état des lieux, elle dit qu'elle préfère aller se reposer derrière la maison, chez elle, à l'abri. Elle s'en va en se retournant deux fois. Son T-shirt, de dos, porte écrit en grosses lettres bleu sombre : SUMATRA. Bien entendu, je me lève, je la suis de loin sur la digue, elle rentre dans sa villa, s'installe sur une chaise longue, sur l'herbe, se met complètement nue, j'arrive (ici, il faut faire le pari que le message était sans ambiguïté, donc qu'elle est seule, que sa famille est partie au village), pas un mot, on passe directement à l'intérieur, sa chambre, le lit, action. A peine quelques chuchotements à l'oreille, moi pour demander combien de temps on a. « Une heure, je crois. » « Je préfère aller me reposer derrière la maison » et « une heure, je crois », c'est tout ce que je vais savoir de sa voix (plutôt grave, ferme). Pas de noms. Pas de prénoms. Le corps à corps direct, immédiat. *Bouche* : ça veut dire faim extrême, de part et d'autre (elle est jolie, mais sans plus, visage plat, bronzée, savoureuse, parfaitement insignifiante si on veut, mais elle en a drôlement envie, c'est l'essentiel). *A pic* : lent orgasme commun en profondeur. A 16 h, tout est fini, je m'éclipse. Silence. Bonjour de la main. A une autre fois ? Même pas. Dans toute cette séquence, le signe clé va rester SUMATRA, c'est lui qui me restitue d'un coup l'atmosphère de chaleur et d'eau, l'été sans bords, la gratuité de l'aventure, le déclic de porte qui s'ouvre enfin dans la mer du temps, l'appel d'air du désir, le goût d'une peau.

Prenons maintenant, dis-je à Liv, une « Grande Semaine ». On est en mai.

- LUNDI, 14 h-15 h 30 : *Maria.* Séville. Calèche en mousseline. L'imperméable de l'amant. L'Américaine forcée. Prière d'autrefois.
21 h 30 : *Vera.* Castration, mise en scène. Rage devant masturbation.
- MARDI, 22 h : *Françoise.* Transe. « Sois tendre. » « Tout le monde part pour l'Asie. » Trois heures du matin. Lettre.
- MERCREDI, 11 h : *Judith.* Tailleur blanc. Dépression. Lithium. Son père. L'amie gynécologue. « Tailler une plume. » « Blow a balloon. »
- JEUDI, 16 h : *Miranda.* « Mon vécu. » « A mon âge. » « A votre âge. » « On dit que vous n'avez pas d'idées. » Odeur. Peau rouge. « Mange-moi ! » Foutre dans la bouche. « Lourd et fuyant. »
22 h : *Delphine.* Elle vient pour. Difficile à admettre. « Ma situation politique. » « Secret. »
- VENDREDI, 17 h : *Florence.* Brésil. Sein qui surgit.

« Ce n'est pas ce qu'on m'avait dit. » « Enlève ta montre. »

22 h : *Nicole*. Tableau. Elle veut que je pose. Évolution peinture.

- SAMEDI, 9 h 30 : Téléphone *Maria*. « Je viens de me réveiller. » « Je regrette mes rêves. »

15 h : *Saskia*. Poèmes. « Pas parler. » Secte. Suisse et Jérusalem. Les mains.

- DIMANCHE, 8 h : Pourquoi j'aime Laura.

21 h : *Gabrielle*. Zurich, enfants. « Comme dans le livre. » Amant pétrole. « Raconte. » Lettre.

1 h du matin : *Kim*. La Mousson. Les yeux. « Le Diable. » 2 fois. « Viole-moi. » Grimace. « Je n'appelle jamais. »

- LUNDI, 10 h : *Agnès*. « Les deux cartes. » « C'est sympa. » Mariage. « J'aime bien sortir. »

15 h : *Esther*. « L'initiation. »

20 h : *Marie-Claude* et *Moïra*. Retour de Long Island. Un million de dollars. « A ce moment-là, si vous voulez, je suis le lendemain dans votre lit. » Le lendemain : Moïra, photos, coin de l'œil.

Ce qui fait donc : Maria, Vera, Françoise, Judith, Miranda, Delphine, Florence, Nicole, Saskia, Laura, Gabrielle, Kim, Agnès, Esther, Marie-Claude, Moïra.

– J'en compte seize, dit Liv, y compris votre femme. Je suppose qu'après une semaine comme ça, vous prenez un mois de repos ?

– Même pas. Tout pour la science. On passe à deux petites semaines avec la moitié ou le quart. Et puis, de temps en temps, quinze jours d'abstention complète pour mettre les notes au point.

– C'est héroïque. Je pourrais en faire autant, remarquez.

– Ce serait moins fatigant pour vous.

– C'est vous qui le dites.
– Et moins varié.
– Qu'est-ce que vous en savez?
– Jalouse?
– Pas du tout. Mais quand même un peu. « Le Diable » et « 2 fois » m'intéresse.
– Vous avez raison. C'était la meilleure affaire du lot.
– « Calèche et mousseline, imperméable de l'amant » fait rêver. Et aussi : « Prière d'autrefois. »
– C'est très précis.
– Je pense bien. Et « mariage »? « Initiation »? « Un million de dollars »?
– Autant de petits romans.
– Vous ne pensez pas qu'une femme peut en vivre de semblables?
– Mais si, bien sûr. D'ailleurs, chacune de mes actrices, là, vient d'un lieu et va vers un autre. En général, elles le disent. Rien que pour voir l'effet. Elles sont beaucoup plus cyniques que les hommes.
– Cyniques ou pratiques?
– Les deux. Questions de prise. Étalage pour rendre jaloux, reculade et pudeur si ça ne marche pas. Le tout est de ne pas se trouver dans une de leurs zones de chantage.
– Elles vous parlent toutes?
– Mais oui. Elles commencent par tester le réflexe jaloux éventuel, donc le nerf homosexuel mâle. Le problème pour elles est de voir s'il y a un marché. S'il n'y en a pas, l'esprit pratique peut être d'emblée stupéfiant. Oui, elles parlent. Et, à ce moment-là, la société entière s'avoue. C'est beau.
– Qu'est-ce que vous attendez de moi, là, maintenant?
– Que vous soyez révulsée. Et en même temps pas vraiment. Autrement dit : excitée.

– Et vous noterez quoi ?
– Rien.
– C'est vrai ?
– Oui. Ou alors j'écrirai le récit de toute la scène.
– Bon. Alors, détaillez-moi l'ensemble. C'est amusant.

Maria, vingt-quatre ans. C'est la force de l'imagination. Elle arrive du Wisconsin pour continuer ses études à Paris. Elle a lu tous les écrivains et les intellectuels français, elle s'enflamme pour eux, mais elle a une passion préférentielle : Sade. Elle est grande, rousse, les yeux verts tirés, à la fois anguleuse et enveloppée ; elle sera massive et terrible. Pour l'instant, elle est Juliette avec euphorie. Elle sait que ses professeurs sont bien décidés à ne pas tout lui dire. Ils dérivent sur Kant, sur Platon, alors qu'elle voudrait des commentaires directs sur les *120 Journées de Sodome*. Sade pose-t-il une question théorique ? Ou pratique ? Tout est là. Elle veut faire sa thèse les yeux ouverts. Elle arrive donc en France, elle m'écrit, je la vois, elle se plaint des philosophes et des féministes, je l'encourage, elle saute à pieds joints dans mon système, avec une énergie qui sent les grands espaces, la forêt, les torrents, les lacs, la santé au service du mal. Elle vient régénérer la vieille Europe. Bien que née à Philadelphie, elle choisit le Sud avec feu. Elle se voit Espagnole, elle part pour Séville et commence à exercer librement ses talents. Elle me raconte. C'est précis, efficace, entraînant, je la conseille. Elle fait remarquablement l'amour. Elle aime les femmes. En même temps que ses amants, elle est amoureuse d'une de ses amies américaines qu'elle essaie de pervertir, mais qui lui donne bien des soucis. Voilà pour « Séville ». Elle s'est baladée là-bas en robe de mousseline et dans une calèche avec un de ses amants espagnols, un homme politique socialiste rencontré dans une réception pour toreros. « L'imperméable » veut dire qu'elle est venue chez moi ce jour-là, nue sous l'imperméable du type en question, « par pure méchanceté », dit-elle. C'est une excellente élève. Elle me rapporte tout, la Semaine Sainte et la Giralda, La Maestranza avec Luis Vasquez et Paco Ojeda, la Macarena et le paso doble, les mâles qui la font danser et qui bandent en se collant derrière elle dans la foule, les cierges, l'encens, la païennerie catholique à laquelle il ne s'agit pas de renoncer, *n'est-ce pas,* et qui choque tellement le personnel philosophique français, *n'est-ce pas,* voire même les Français tout court, et les Américains donc, bref tout le monde. Elle se plie aux fantasmes des hommes, elle va au-devant, plus loin, elle les déborde, elle reprend l'avantage dans ce tour de main, nue sous sa robe, guêpière et bas noirs, sans culotte, offrant ses fesses, en douce, au premier venu stupéfait. Elle devient un point irrationnel dans la cohue. Un miracle. Une apparition. Elle est adorable. « Je sais que je suis un travesti, dit-elle. Un travelo. Il n'y a que comme ça qu'une femme peut s'en tirer et prendre les choses du bon côté... Méfiez-vous des filles aux cheveux longs et à l'air ardent. Elles croient qu'elles l'ont. A l'intérieur. Moi, je sais que je ne l'ai pas, mais comment on peut jouer avec cette absence magnétique. Ça va ? » Ça va. Donc, elle a réussi à fléchir son amie américaine, Rita. Et elle la donne à son amant du moment. Elle a fait le choix de ses dessous. Pour mettre en valeur son « petit cul blanc », ses « seins plats ». Rita, pourtant si réticente... « Elle a fini par jouir en criant, tu sais... » « Elle s'est bien fait bouffer la chatte, le cul. » « Oui, oui, elle a eu du foutre. » Rita, si sérieuse avec son diplôme en préparation sur les origines de l'écriture... « Je l'ai saoulée au champagne, dit Maria, j'ai commencé à la réchauffer... Elle était tout émoustillée... Mon amant est un salaud, tu sais... » Les mots « réchauffer », « émoustillée », avec l'accent américain, c'est autre chose... L'amant actuel? L'amant de la scène? Un Mexicain vivant à Paris, architecte, je crois... Parmi quatre ou cinq autres, bien sûr... Donc, elle me murmure tout ça. La chambre est prête. Rideaux tirés, couverture jetée sur le lit, téléphone débranché... J'opère. Elle a des fesses divines. C'est très réussi.

– Vous n'avez pas expliqué « Prière d'autrefois ».

– Ah oui. Avec Maria, ce sont des séances courtes. La brièveté ou la longueur anormale, voilà les registres. Tout plutôt que le temps prévu, disons les trois quarts d'heure classiques (comme une séance d'analyse, vous savez : un quart d'heure habillés, un quart d'heure nus, un quart d'heure de pénétration). Maria me résume en trente phrases un mois de ses activités, pour en arriver à un acte de cinq minutes. C'est le contraire de la longue préparation d'une séance lente où on peut parler et se caresser deux heures avant de conclure en vingt secondes.

– Vous préférez les séances rapides?

– Pas forcément. Ça dépend des cas. Tout cela est très auditif. Quoi qu'il en soit, voilà le tableau : j'ai joui assez vite sur elle, très fort, et elle reste là, immobile, et puis, une fois que je me suis relevé, elle me dit, avec beaucoup de naturel, qu'elle aimerait bien se branler devant moi « avec du foutre ».

– Berk, dit Liv. C'est dégoûtant (mais elle commence à me toucher).

– Je la regarde se branler sur le lit, moi assis dans un fauteuil, cigarette, ça c'est le sommet de méditation. Elle s'y met carrément. En professionnelle. Le majeur de la main gauche dans le cul, les seins bien sortis, la main droite électrique, la tête qui roule à droite, à gauche... »

« Prière d'autrefois », c'est quand je me rappelle, en effet, la prière que je faisais, à quinze ou seize ans, au Diable, de bien vouloir me donner, tout à coup, une femme nue et consentante sur mon lit. Vous savez comme on est affamé à cet âge. Et les occasions sont rares... Combien de fois n'ai-je pas pensé et formulé ça, les samedis après-midi, les dimanches... Me voilà donc exaucé trente ans après, dans la forme même où j'imaginais ce don, matérialisation physiologique directe, un peu répugnante si vous voulez, mais splendide de liberté.

– Elle y arrive?
– Oui, son regard le dit. Elle me lance ses yeux verts d'évanouie. « Tourner de l'œil », hein, c'est bien ça. Je dis : *oui*. Elle s'effondre un peu sur elle-même. Elle est gaie deux minutes après, elle se rhabille, elle chante un air, elle a une très jolie voix de soprano léger. Voilà. C'est Maria.
– Ce n'est pas Maria, *c'est moi,* dit Liv, à voix basse, en venant écraser sa bouche sur la mienne.

Je me dégage doucement :
– On garde la suite pour une autre fois?
– Vous verrez la suite avec Sigrid, dit Liv presque avec froideur. Je reprendrai là où elle vous aura laissé.

– Je prends Françoise, dit Sigrid. « Transe. » « Sois tendre. » « Décidément, tout le monde part pour l'Asie! » « Trois heures du matin. »

Bien.

Françoise est spécialiste de la Chine antique, elle travaille pour un des plus grands collectionneurs privés, à Londres. Trente-cinq ans, mariée, une fille de cinq ans. Elle est grande, brune, déliée, yeux marron clair. De plus en plus clairs, jusqu'à devenir gris ou jaunes dans le mouvement. Ses travaux actuels portent sur le chamanisme, la transe, les rites de possession. Vaste sujet agité, aux périphéries du monde civilisé. Profondeurs inavouables mais continuées. « Décidément, tout le monde part pour l'Asie! », c'est la réflexion de Françoise quand je lui annonce que je pars au Japon, d'où elle revient. En réalité, je n'allais pas au Japon mais en Chine, où je n'étais pas retourné depuis dix ans.

– Quand vous avez disparu quinze jours l'année dernière? dit Sigrid. Vous étiez en Chine?

– Oui. Je vous raconterai ça une autre fois.

Donc, je dîne avec Françoise. J'écoute avec intérêt ses explications. Le terme *chaman,* comme vous savez sans doute, a été emprunté par les Russes aux peuples de langue toungouse. La racine toungouse *sam* contient l'idée de mouvement: danse et bond d'une part, trouble et agitation de l'autre. Nous sommes en Sibérie...

– N'y restez pas trop longtemps...

– Mais aussi bien en Amazonie, en Corée, en Iran, en Thaïlande du Sud, au Mexique, au Brésil, au Canada, au Bénin, au Nigéria...

– Françoise voyage beaucoup?

– C'est son charme. En plus, elle assiste à toutes les cérémonies secrètes. Par exemple, le Vaudou, à Bahia, sacrifice de bélier, et toute la gomme...

– Hou!

– Ce qui nous amène bientôt, au studio, à un véritable affrontement de systèmes nerveux. Elle veut se faire servir intégralement (habitude prise en Asie, je suppose, prêtresse blanche et apprentis sorciers locaux, vous voyez ça d'ici: nuits de pleine lune, feux, tente, moustiquaire, hallucinogènes, trépignements, tambours, incantations, massages). Elle veut de ma part une attitude de dévotion. Voilà pour « Sois tendre ». Elle me répète ça toutes les cinq minutes, elle veut être embrassée et caressée à n'en plus finir, l'un *est* l'autre, vidage du souffle, arrêt sur image, transformation progressive du visage et des yeux, et là, vraiment, c'est la surprise.

– Oui?

– L'extase. Ça existe. Elle est assez belle, elle devient magnifique. Elle rajeunit de vingt ans. Elle a quinze ans. Ses yeux, à force de se clarifier, expriment un éblouissement intérieur sacré. Visiblement, elle est dans une performance technique à elle. Je fais de mon mieux. J'ai l'impression de devenir chaman à mon tour...

– On la prend dans la Société?

– C'est à considérer... Je vous fais remarquer au passage que ces transfigurations (non, non, le mot n'est pas trop fort) sont plutôt rares. Je range ça dans la catégorie «sorcières positives». Conscientes ou pas. Oh, tiens, ça me rappelle une autre fois...

– Eh, là, restez sur votre Vaudou...

– Eh bien, c'est à peu près tout. On pourrait appeler ça un concert. Elle ne m'a strictement pas touché. J'ai joué d'elle, pas question d'en jouir. Disons, plus exactement encore, que j'ai joui de son excitation constante, de sa prière à elle-même. Par imprégnation, osmose, contiguïté. Un vrai vampire. Il aurait fallu filmer. Au bout d'une heure, on aurait oublié la caméra, je pense. J'ai rarement été aussi fatigué après. Tout par la moelle épinière, le regard, la salive. J'hésite à recommencer.

– Et pourquoi «Lettre»?

– Parce que j'ai reçu le surlendemain la lettre suivante à en-tête du *British Museum* où elle travaille actuellement :

«*China Department*

                                  mercredi soir

La fatigue extrême, durant toute cette journée, m'a obligée à penser à toi. Je t'en veux, ou je te veux, ce qui revient probablement au même. Reste tendre.

                                          Françoise.»

– Délicieux! On la prend? Je vote pour elle!
– Peut-être. Elle doit en effet aimer les femmes. Ou plutôt non: l'homme qui évite d'en être un. C'est autre chose. Elle s'est bien servie de moi, en tout cas. C'est une attitude d'homme de sa part. Bravo. Je suis assez fier de l'avoir fatiguée beaucoup moi aussi.
– Vous avez répondu?
– Non.
– Elle vous a fait signe?
– Une fois. Je n'étais pas libre. Avec elle, il faut être libre le soir même. Ça ne tombait pas bien. Voilà Françoise.

C'est à Liv, maintenant:
– Le coup de téléphone de Maria?
– Elle m'appelle le lendemain, du lit de son amant, qui vient de sortir. Je lui dis: « Vous avez l'air triste. – Oh non, je viens juste de me réveiller, je regrette mes rêves. »
– Charmant. Eh bien, je prends Miranda. « A mon âge. » « A votre âge. » « Mon vécu. » « On dit que vous n'avez pas d'idées. » « Vous êtes lourd et fuyant. » Je ne veux pas prononcer les autres phrases, vous savez que je ne peux pas dire des trucs pornographiques à froid. Comment pouvez-vous noter des choses pareilles?
– Je ne vois pas comment faire avancer la chimie sans formules chimiques.
– La chimie!
– Pardon. J'essaie seulement d'être précis. Défaut masculin?
– Ça dépend des circonstances. Allez-y.
– Miranda est la jeune fille française moyenne d'au-

jourd'hui, dans toute sa crudité instinctive. Je vous invite au spectacle du fameux malentendu entre les générations. Elle a vingt-deux ans. Elle habite Saint-Étienne. Elle me téléphone. Elle veut me voir.

– Mais, dites-moi, vous êtes une sorte d'Agence?

– Exactement. J'ai déjà changé deux fois de numéro, rien n'y fait. Il y a des fuites. Elles se refilent le chiffre du monstre. Je suis une curiosité. La province s'agite. Une fille s'ennuie? Hop, elle m'appelle. C'est Allô Désir. Vous croyez que je devrais me faire payer?

– Il faut y songer. Vous avez besoin d'un secrétariat, de deux hôtesses, d'un médecin, quand même, pour les visites préliminaires... Si on montait ça?

– Le téléphone érotique vient à peine de faire son apparition fulgurante. Le Minitel avec. Loin des yeux, près du sexe. La voix, les voix. Et puis les gens n'ont plus le temps. Et les corps encombrent. Vous avez vu les nouvelles annonces publicitaires? SOS fantasmes? La ligne brûlante? Minouphone? Bisouphone? Téléphone câlin? Et si j'appelais Marilyn? Osez tout dire, nous osons tout entendre? Parlez et jouissez? Tous ces viols secrets par l'oreille?... Vous savez que ces braves messieurs se font même envoyer des «cassettes personnalisées»?... Une fois de plus, je suis au rendez-vous de l'histoire, mais à l'envers, évidemment... Je n'exagère pas : il y a des matinées où ça vient par rafales... Si je vous disais l'invitation que j'ai reçue ce matin...

– Oui?

– A dîner pour ce soir. Trois femmes. Dont deux très connues. Na! Décision vers 22 h 45, après le dessert.

– Vous y allez?

– Si j'ai terminé un chapitre, peut-être. C'est une Grande Semaine.

– Donc, Miranda?

— Miranda a du cran. « Je voudrais vous voir. » Sa voix me plaît. Premier rendez-vous. Elle a une stratégie, ou alors l'angoisse lui dicte une tactique de choc. Le coup de l'âge. Il faut évidemment que je m'y fasse avec celles qui n'ont que la moitié de mes nombreuses années. C'est le harpon biologique. La flèche aux cellules. Le karaté des glandes. C'est très violent. Épatant. Tonique. Salubre. Au couteau!... Voilà pour : « A mon âge », « à votre âge ».

— Mais encore?

— Elle redit ça à propos de tout, de rien... Obsession. Timidité. Pseudo-agressivité. Désir de désarmer, d'équilibrer la situation... Degré zéro de la communication : le fric, l'âge. Il n'est d'ailleurs plus question d'autre chose dans mes rapports dits sociaux. C'est tout ce que les autres ont à me dire. C'est bien. Pas de mensonges. La guerre froide, à bout portant. Je préfère. La différence radicale? J'en suis! Miranda est sympathique, elle est persuadée par des générations entières de ruminations de détenir le croc-en-jambes absolu. Et puis, elle a dû parier avec des amis...

— Des hommes?

— Non, plutôt des filles de son âge. Pour embêter leurs hommes, justement... Trop jeunes!... D'où le : « On dit que vous n'avez pas d'idées »... On imagine ça d'ici... Conversation de café... Répétition des journaux... *Vibration*... Un jeune homme de talent, injustement ignoré à Saint-Étienne, auteur de poèmes noirs, me juge de haut... Évident... Classique... Classique aussi que sa petite amie trouve que le jugement ne va pas sans envie... Le reste s'ensuit... Il hésite peut-être à se marier... Il tarde sur les cadeaux... Il est peut-être objectivement nul, d'ailleurs... Raison de plus pour lui donner une leçon... Ou alors, s'il n'est pas complètement taré, ce sera, gentiment : « Comme tu avais raison!... Quelle fausse valeur, ce type!... Vieux beau... Vieille quéquette... » Ou bien tout ça à la fois... Quoi qu'il en soit, mon compte est bon. Je suis là pour faire monter le niveau de vie...

– Toujours?

– Élémentaire. Je réconcilie les couples, je favorise les légitimations, j'entraîne des procréations... Tiens, encore trois bébés dans les six derniers mois. Et fabriqués «à l'ancienne!». Je vous jure. Et quatre raccommodages sur mon dos. Du compliqué, pourtant, du quasi désespéré, du ranci à souhait... Et les manuscrits! Et les contrats! Trois romans pour m'abîmer le portrait! Il faut que je vous raconte...

– Pauvre étalon!...

– Bienfaiteur. Discret. Discipliné. Un saint. Gentleman.

– Cambrioleur.

– C'est sur ma carte de visite. Personne ne peut se plaindre.

– Miranda?

– «A mon âge»... «A votre âge»... «Mon vécu»... Sous-entendu: «qui ne peut pas être le vôtre»... Bon, je laisse courir... J'ai l'habitude... J'en remets, même... Mais elle insiste. Elle veut absolument faire l'amour avec moi. Elle me l'écrit. Noir sur blanc. Rendez-vous au studio, elle entre en trombe, on y va...

– Vous ne l'avez pas décrite.

– Ah, très belle, vraiment. Oui, oui, une beauté. Le ravage à Saint-Étienne, sûrement. Visage angélique, des yeux très bleus, l'air innocent travaillé de longue date, débuts petite fille à volants et socquettes blanches, irrésistible, explosive à douze ans, point de mire, fatale mascotte, drames au lycée, envies familiales torrides, un oncle qui devient fou d'elle, ou son père après tout, ou son beau-père, ou le professeur de gymnastique, ou celui de mathématique, enfin vous voyez. L'insolence atroce et candide des sucrés du destin. On lui pardonne tout, on se retourne sur ses moindres gestes, c'est un abîme de mystère et de grâce, les garçons se battent sur un de ses froncements de sourcils, les filles ont des migraines ou des crampes, O.K.?

– Donc?

– Eh bien, elle ne me plaît pas tellement... La jeunesse se fait beaucoup d'illusions sur son invincible apparence... Par doute, d'ailleurs. En réalité, Miranda meurt de trac. Courageusement, elle veut quand même savoir. Elle en a assez de tous ces transports sur son compte. L'indifférence, voilà le nerf de la séduction. Elle veut apprendre de moi ce qu'elle ressent pour les autres : pas grand-chose, et pourquoi c'est précisément ce rien qui la rend si attrayante... Étant bien entendu que si je ne me précipite pas, si je ne me roule pas par terre, si je ne lui propose pas d'abattre sur-le-champ un de ses amants, c'est à cause de mon âge... Protection narcissique, combinaison isolante... Hélas, hélas, elle transpire, sa peau rougit brusquement par plaques. Elle ne connaît pas encore l'usage des déodorants (un machin de vieux, sans doute)... Elle semble malgré tout surprise que je ne sois pas au comble de la passion dévorante. D'où ce « mange-moi » impatient... Je picore un peu... Sans appétit... Elle prend les choses en main, m'avale, et là se situe l'incident...

– Quoi encore?

– Elle vient sur moi et me refile tout mon sperme dans la bouche...

– Non?

– Si.

– Vous l'aviez demandé?

– Pas du tout. Pas dans mes goûts. J'ai vu ce genre de restitution acrobatique en partouze, bien sûr, et une prostituée qui me trouvait appétissant m'a gratifié un jour de ce court-circuit eucharistique, mais enfin... Je ne dis rien par politesse, je me crache moi-même dans un mouchoir à la dérobée, je suis soufflé. Après quoi, Miranda, comme je dois avoir l'air un peu rêveur : « C'est drôle, vous êtes à la fois lourd et fuyant. » Je suis simplement en train de me demander qui lui a appris cette fantaisie. Quel adulte pervers. Car pas de doute : elle a fait ça avec beaucoup de naturel, comme s'il s'agissait d'une des figures imposées du parcours. Nullement par provocation. Il s'agit d'un réflexe ancré. A son âge! Comme elle n'a que vingt-deux ans, je calcule qu'elle a été entraînée à ça vers douze ou quatorze. Un vieux con à Saint-Étienne? Probable. Et même sans doute en famille (c'était très dînette populaire, son bonbon). Ce n'est sûrement pas une idée d'un de ses jeunes partenaires. Elle vient donc de me donner la langue au chat de son inceste. On ne s'est évidemment pas revus. Voilà.

– Pauvre chéri, dit Liv. Venez que je vous communie mieux que ça.

Je prends Delphine, dit Sigrid. « Ma situation politique. » « Secret! »...

Delphine est secrétaire régionale d'un grand parti national. Elle a quarante-cinq ans, mariée, deux filles. C'est une petite femme méditerranéenne, brune, épanouie, nerveuse, sans cesse en train de courir sur le terrain, vie épuisante, l'engrenage. Elle m'a quasiment sauté dessus un soir, en province, après une émission de télévision où on faisait chacun notre numéro. Dîner, hôtel tranquille, genou sous la table, moi dans sa chambre, avion le lendemain, à bientôt peut-être. Elle m'a demandé un rendez-vous, un jour, dans un bar discret des Champs-Élysées, quatre heures de l'après-midi, personne, elle me fait des reproches. J'aurais été imprudent, j'aurais parlé, je me serais vanté, elle craint un chantage. Je la rassure, je ne révèle rien, à personne, par principe, de ma vie privée...

– Sauf au public...

– « Alors, dit Delphine, ce doit être la journaliste de *Business* quand nous étions à Nice. Elle a dû vous repérer dans les étages... » Je lui dis que c'est impossible, j'ai pris toutes mes précautions. « Ça vaut mieux, on est en pleine campagne de reprise en main moralisatrice, je n'arrête pas de poser pour les photographes avec des enfants, je ne veux prendre aucun risque. »

– On la comprend.

– Ça ne l'empêche pas d'avoir envie de baiser.

– Vous croyez?

– La preuve : elle veut me revoir un soir, mais un peu tard. Tout juste si elle n'arrive pas avec un masque... Lunettes noires, manteau-capuche. Secret! Secret! Remarquez qu'elle est très déshabillée en dessous. Je crois qu'on n'a pas échangé trois phrases. C'est encore très difficile à admettre, pour une femme, qu'elle ne vient que pour ça, exclusivement pour ça, si vous permettez : se faire mettre, sauter, fourrer, tromboner, tringler, planter. En général, il faut quand même un minimum de broderie autour.

– En somme, vous êtes un bordel à vous tout seul, là?

– Oui. J'ai même pensé à une enseigne...

– Laquelle?

– *Au Divin Bordel.*

– Pourquoi « divin »?

– En hommage à *La Divine Comédie.*

– Blasphème?

– Pas forcément... En réalité, c'est une question de distance... Écoutez ça :

« Mon cœur multiplié jouit de tous vos vices,
Mon âme resplendit de toutes vos vertus. »

– Ce n'est pas de Dante, tout de même? Racine?
– Non, Baudelaire. Un poème vertigineux et mal connu qui s'appelle *Les Petites Vieilles*.
– C'est étrange... Mais ça rime avec *Le Cœur Absolu*.
– *Mon cœur mis à nu...*
– La queue absolue? Le cul absolu?
– Si, par hasard, j'appelais un de mes romans *Le Cœur Absolu*, vous verriez que tous les articles feraient immédiatement la plaisanterie. Le con absolu! Le bide absolu! Je prends les paris.
– Bon, bon, vous savez toujours tout d'avance... Mais pourquoi « vertigineux »?
– D'abord parce que vous y voyez, en concentré, le dualisme de Baudelaire, les deux postulations simultanées, l'une vers Satan, l'autre vers Dieu... D'autre part, il s'agit de la vision intime et complice qu'il a des femmes âgées en partant, évidemment, de sa propre mère... Et, là, personne n'est allé aussi loin que lui, de façon aussi précise. Pas Dante, en tout cas, dont toute la *Comédie* est construite pour sauver la mère...
– La Vierge Marie?
– La Vierge Marie, c'est très bien, mais il n'y a pas lieu de confondre avec elle la moindre femme, n'est-ce pas. Ou alors, c'est encore l'affaire de l'Éternel Féminin. Béatrice sort de cette confusion. Elle est passée, dit Dante, « de la chair à l'esprit »... Comme si c'était possible pour une femme! A l'exception de la mère de Notre Seigneur, bien sûr, qui passe de la chair à l'esprit avec son corps tout entier, qui va donc faire couronner son corps, dans l'Assomption, par les trois personnes, et notamment par la troisième, l'Esprit, en devenant par-dessus le marché, comme vous vous en souvenez sans doute, la fille de la deuxième personne, c'est-à-dire de son fils... Le truc a d'ailleurs la plus grande allure au Moyen Âge et pendant la Contre-Réforme, mais devient vite, parallèlement,

franchement comique... Goethe... Le romantisme... Le surréalisme... Encore l'Allemagne... D'ailleurs, Dante est déjà une erreur « allemande », ça peut se démontrer... Les Français, en revanche, résistent particulièrement bien sur ce point : la philosophie dans le boudoir, la Sophie française, la philosophie uniquement envisagée pour l'éducation des filles et des femmes et non pas comme Nature ou Esprit-Concept, la Sophie dix-huitième et parisienne éternellement opposée à la Sophia antique ou germanique, bref Sade, Baudelaire...

– Pas si vite! Je suis perdue!

– Mais si je ne vais pas vite, chérie, je serai moi-même perdu! J'ai tant de choses évidentes à dire! Jamais dites! Ça me sort de partout! Le passé entier m'envoie des messages! Les révélations n'arrêtent pas de me courir sous les pieds...

– Baudelaire et sa mère...

– Oui, oui, mieux que Dante et la sienne... La mère de Dante s'appelait Bella. D'où Béatrice... Sur le plan politique, ça donne une histoire surestimée d'Empereur allemand contre les Papes... Tout se tient, je vous assure... Il y a deux questions essentielles dans *La Divine Comédie,* du moins à mes yeux. La surévaluation de Virgile et du latin par rapport au grec et à Homère (d'où la présence farfelue d'Ulysse en enfer), et la position antifrançaise et pro-allemande de Dante. Henri VII contre Philippe le Bel.

– Mais c'est important?

– Capital! Capitalissime! Aux sources de notre civilisation! De nos préjugés! De nos certitudes les mieux partagées!

– Bon, et alors? dit Sigrid, résignée...

– Nous sommes entre 1300 et 1325... J'abrège, rassurez-vous... Dante, guelfe blanc modéré, est exilé de Florence par les guelfes noirs (partisans de la seule

autorité pontificale). Il penche donc pour les gibelins (partisans de l'Empereur). N'oubliez pas, en toile de fond, l'existence du Saint Empire romain germanique...
— Je ne l'oublie pas une seconde.
— ... lequel dure mille ans, une paille. Et détermine le destin de la planète entière...
— Je suis bien consciente de vivre une minute sans précédent...
Je m'arrête... Je me rappelle tout à coup Mex me citant les articles sur moi... « Diafoirus postillonnant »... « Pédant salace »... C'est à lui que j'avais envie de dire tout ça pour notre adaptation de *La Divine Comédie*... J'embête Sigrid... A mort...
— Excusez-moi, dis-je. Je ne vous dérange pas?
— Mais pas du tout.
L'arrêt tranchant... Indiscutable... Je m'en sors comme je peux en revenant à elle... Ce qu'elle projette ces jours-ci... Des compliments sur sa robe mauve... Je me penche sur elle, je l'embrasse dans le cou... Son parfum est divin... Shalimar?... Guerlain?...
— Vous n'avez pas honte? dit-elle.
— Si.

Est-ce que le lecteur veut savoir?
— Non! Non! Oui! Non!
Procédons au vote.
Neuf *non*. Un *oui*.
— Que les neuf s'en aillent! Je reste avec le *oui*!
Nom de Dieu, c'est un spectre! Mex? Bonjour!
— Les ombres, murmure-t-il... Les ombres...
Il n'a pas l'air bien consistant, ce pauvre Mex... Pou-

dre... Volutes... Flocons de bois frais... C'est donc ça qu'on trouve dans les urnes?... Boule de cendre...
– Le projet tient... toujours?... Dante?... Homère?...
– Mais oui, Mexie...

La boule prend forme... Elle est là, translucide et blanchâtre, sur ma gauche... Juste sous la lampe rouge... Ce n'est pas toutes les nuits qu'on écrit en présence directe de l'au-delà, n'est-ce pas... On va essayer de resserrer au maximum, de percer clair et net dans les siècles...

– Oui, Mex?

La boule se contracte, on dirait... Elle veut parler... Elle se gonfle un peu... Elle siffle...
– Le Tem...
– Le temps?
– ...ple...
– Le Temple?
– Fui...

Ah, je vois... Philippe le Bel et l'ordre du Temple... De là où il est, Mex a peut-être le mot de l'énigme. Qui a fait délirer bien des auteurs. Cinquante bibliothèques là-dessus. L'ésotérisme en personne. Kabbale et Cie... Sephiroth... Guématrie... Orient et Occident... Tradition secrète... Le Trésor de l'Ordre... L'avidité du roi... Du pape... Le grand maître Molay... On y revient toujours... Loch Ness!... Malédiction Pharaons! Supérieur Inconnu!... Grands Transparents!... Pyramides!... Baphomet!... Souffles!... Chiffres... Graal... Inscriptions... Bourses... Poisons...

– Écoutez, Mex, je crois vraiment que Dante s'est trompé...

Ah, mais c'est que la boule siffle à nouveau... S'agite... Diminue... Crisse... Proteste... Tourne sur elle-même... Respectueux, les morts!... Soumises, les ombres!... Comme les vivants!... Lèse-majesté!... Attentat aux tables!...

– Enfin, dis-je, pas vraiment trompé si vous voulez... Mais on peut quand même recadrer tout ça, non ? C'est plutôt un hommage. Pour nous seuls ! En dehors du cinéma, des Japonais, de Simmler ! Entre nous ! Pour le plaisir ! Comme autrefois chez Mognon !...

Voilà, il se calme... La curiosité l'emporte, même dans l'autre monde....

– Je casse trois jugements de la *Comédie*, Mex. Le premier, bien sûr : Épicure. Le deuxième consiste à s'être débarrassé trop facilement d'Homère au profit de Virgile, cette plate contrefaçon latine. Je prends donc le parti Achéen contre le parti Troyen de la fondation de Rome. Vous vous rappelez qu'Ulysse est décrit par Dante comme s'envolant de chez Circé jusqu'à un naufrage en pleine mer en vue du Paradis terrestre... Du coup, tout le retour à Ithaque est éliminé, la question père-fils, la question Pénélope, le massacre légitime des prétendants, le rôle déterminant d'Athéna. Que Dante ait eu des reproches sanglants à faire à Gemma, sa femme, bien, mais là, quand même, il pousse le bouchon trop loin. Il faut attendre le XXe siècle pour assister à la « résurrection d'Homère », selon la belle expression de Bérard, un charmant Français, soit dit en passant. Avant, il est pris en otage, mythologisé, floué, dispersé, divisé, anonymisé, surtout par la philologie allemande... Vous me suivez ?

– Pfuitt ! fait la boule.

– Donc, le grec. On sort Épicure, Ulysse et Homère de l'Enfer, on les met au Paradis...

– Pfuitt ! Pfuitt !

– Le deuxième jugement à rectifier concerne évidemment Boniface VIII, Clément V et Philippe le Bel... La passion de Dante pour Henri VII l'égare... Le transfert momentané de la Papauté de Rome à Avignon l'aveugle... Or vous savez *d'où* est Clément V ? Bertrand de Got ? De Bordeaux. Donc, à l'époque, plutôt, d'Angleterre. C'est un

pape franco-anglais. De plus, nous avons, au même moment, l'arrivée d'un théologien essentiel, Duns Scot, anglais lui aussi. Saint Thomas ou Duns Scot, vous voyez l'enjeu par la suite... J'en suis désolé pour l'Ordre du Temple, le Saint Empire Romain Germanique ou les Chevaliers Teutoniques, mais la position Papale et Française (avec l'Angleterre en arrière-plan, complètement absente de *La Divine Comédie*) me paraît lumineuse... Ajoutez à cela que l'Angleterre, précisément, avec Duns Scot, Montaigne et la Bible, va donner Shakespeare, un vrai Grec, celui-là!... Bon. Ai-je besoin de souligner que l'implication gibeline allemande, l'Empire, etc., nous conduit directement à Luther? Et de Luther à Hitler?... Nous voici donc à pieds joints de nos jours. D'autant plus que Dante, vous vous en souvenez, parle du «bon Titus»... Celui du sac de Jérusalem en 70!... Voyons...
– Pfuitttt!
– Je me résume: réhabilitation solennelle d'Homère, d'Épicure et de Clément V (Concile de Vienne: «l'âme est la forme du corps»). Relativisation de l'opération saint Thomas-Aristote. Lumière crue jetée sur Béatrice comme écran d'illusion d'un «éternel féminin» (Bella, la mère de Dante, contre Gemma, sa femme). On fait sauter le verrou Virgilien, on prend le français et l'anglais en grec fondamental, on retrouve l'hébreu au passage, comme par hasard, on reprend deux mille ans, on y va en force... Maintenant, pour en revenir à *L'Odyssée*...

Je regarde sous la lampe... La boule a disparu... Mex me désavoue... Il ne veut plus écouter mes sacrilèges... Mon dernier lecteur est parti!... Assez!... Digressions, références culturelles incompréhensibles... Un roman!... Un vrai!... Vous aviez promis!... Silence... Désert... Tout le monde dort... Vous ne pouvez pas veiller un peu avec moi?... Non! Non! Un roman! L'action! Les personnages! L'intrigue! Le crime!...

Mex, je chuchote... Mex! Mex!... *L'Odyssée!*... Je vais vous dévoiler les vrais rapports d'Athéna et d'Ulysse!... Un scoop, Mex! Pour la première fois dans l'histoire humaine!... Pour vous seul!... Vous ne pouvez pas manquer ça!... Rien... Silence... J'éteins... Je rallume... Rien. Je me lève, j'ouvre la fenêtre, la lune est là au-dessus de la ville grise... « Chaos des vivantes cités »... Où en étais-je?... Ah oui, Baudelaire... Je me rappelle ce que m'a raconté une amie dont les parents, cultivés, ont vécu jusque dans les années 60... « C'est vrai qu'à la maison, on ne parlait pratiquement jamais ni de la Bible, ni d'Homère, ni de Shakespeare... Victor Hugo avait tout pris »... Hugo? Nous y revoilà... Syncrétisme... De Dante à Hugo... Quel cafouillage... Voyons, voyons... « Maman censurait certains poèmes de Baudelaire. » Bien sûr... « *Femmes damnées?* »... « Par exemple »... « Mais il y a mieux... Le poème de Fabre d'Églantine... Il pleut, il pleut bergère »... « Oui? »... « Rentre tes blancs moutons »... « Oui, oui, je sais »... « Laisse-moi sur ta bouche prendre un baiser d'amour »... « Oui, et alors? »... « Eh bien, maman avait barré de sa belle écriture droite *bouche*, pour écrire elle-même : *joue*... Laisse-moi sur ta joue prendre un baiser d'amour »... Maman! « Joue » au lieu de « bouche »! Tout le dix-neuvième siècle en action! Univers! Mouvement! Placard! Censuroir! Soulignez-moi ce sein où est mon désespoir!

Baudelaire à *vu*.

« Ces monstres disloqués furent jadis des femmes »...

Les Petites Vieilles... Sa mère... Il faut voir sa correspondance... Quand il lui parle de la « puérilité » du sentiment maternel... Vieille femme toujours petite fille qui s'étonne et qui rit à tout ce qui reluit... Méditation sur le temps lui-même... Le temps où un corps humain est jeté par la naissance... Grosse affaire!... Peu s'y risquent... Osent... Jusqu'au bout...

« Dans les plis sinueux des vieilles capitales,
Où tout, même l'horreur, tourne aux enchantements... »
La question capitale est bien là... Dans des vieilles... Dans leurs replis catastrophiques et bornés... Là où plus personne ne peut supporter de savoir, ni hommes ni femmes... Le fond ravi... La source... Même demain, quand il n'y aura plus ni père ni mère, quand tout se fera mécaniquement dans la respiration des cliniques, il faudra bien qu'un appareil garde la forme de la matrice première, de l'ovule enchanté... Jusque dans l'abdomen du mâle porteur... Les rites d'autrefois... La Vie...

« A moins que, méditant sur la géométrie...
Combien de fois il faut que l'ouvrier varie
La forme de la boîte où l'on met tous ces corps. »

Mais non, il n'y aura plus que des urnes... L'enceint! Albert! Numéro 999.999!... A voté!... Cendres d'un côté, stocks de spermatozoïdes et d'œufs congelés de l'autre... Vous voilà malin avec vos poètes!... Dante, Shakespeare, Baudelaire, qui vous voudrez... La fable est réglée!... Télévision!... Somnifères!... Tout de même... Il faut bien vivre la vie des organes jusqu'à l'extrême limite une fois qu'ils sont fabriqués?...

« Honteuses d'exister, ombres ratatinées...
Où serez-vous demain, Èves octogénaires
Sur qui pèse la griffe effroyable de Dieu »...

Étrange vision... Qui n'a pas d'équivalent, il me semble... Sauf, peut-être, la vieille de Giorgione à l'Académie de Venise, celle qui est juste à côté de *La Tempête* et qui porte son petit papier « avec le temps »... « *Col tempo* »...

« Tout comme si j'étais votre père, ô merveille »...

C'est ça, il est devenu le père de sa mère... Grande merveille optique et physiologique, en effet... La place de Dieu... Ou plutôt, juste à côté de la signature « effroyable » de Dieu...

« Ruines! ma famille! ô cerveaux congénères! »...
Il faut mettre le tour d'horizon complet en parallèle avec cette évocation :
« Célèbre évaporée,
Que Tivoli jadis ombragea dans sa fleur »...
Et la boucle est bouclée.

— A moi de jouer, dit Liv. Cette fois, je prends toute la nuit de dimanche. Gabrielle et Kim. « Zurich, enfants. " Comme dans le livre. " Amant pétrole. " Raconte. " Lettre. » Et puis : « Les yeux. " Le Diable ". 2 fois. " Viole-moi. " Grimace. " Je n'appelle jamais. " »
— Très bien. Il est neuf heures du soir au studio. J'attends Gabrielle, aperçue de loin dans un bar de Zurich avec son amant, et qui m'a téléphoné peu après. Elle a trente-huit ans, quatre enfants, son mari l'a quittée pour aller encore faire deux ou trois enfants ailleurs, son amant pétrolifère texan est riche, influent, il la débauche carrément, mais ça ne lui plaît pas, elle veut son truc à elle, bien à elle, le temps de monter le scénario à son profit, pourquoi pas moi. Elle arrive, champagne, action immédiate, elle veut que je lui raconte mes aventures tout en la travaillant savamment. Elle a appris par cœur certains passages de *Portrait du Joueur,* des lettres de Sophie, des séquences particulièrement dégoûtantes, elle veut faire « comme dans le livre », c'est son manuel de cuisine, elle pense que ce sont des recettes universelles, qu'on vient chez moi comme au restaurant, « fais-moi pareil », dis-moi comment, ou alors « raconte ». « Raconte ce que tu fais. » Me voilà cobaye. Arroseur arrosé. Ça m'apprendra. Pour aider les choses à avancer, je lui trousse en désordre deux ou trois récits vraisemblables, elle palpite, elle aime,

elle me palpe. J'essaie d'en finir au plus vite, mais non, elle a voyagé exprès, elle veut rattraper les réceptions luxueuses et minables auxquelles son pétrolier l'oblige à assister et où elle doit intervenir comme appât. Elle veut comprendre, elle est assommante. Pas mal, d'ailleurs, grande femme vibrante, beaux traits réguliers, brune Junon harmonieuse... Je m'en tire comme je peux, compliqué de la mettre à la porte. Je la note, parce qu'elle m'envoie une lettre deux jours après qui, dans son genre, je pense, est un chef-d'œuvre. Elle croit donc que je m'excite a priori sur des lettres érotiques, elle pose sa candidature, et ça donne ça :

« J'ai aimé ta queue dressée, son goût fade.

J'ai aimé ta bouche et ta langue fouineuse, tes baisers fougueux qui me faisaient bander et mouiller... Le titillement de tes doigts sur mon sexe abandonné, offert, ouvert.

J'ai aimé te sentir tout au fond de moi quand ton foutre m'a inondée doucement.

Tu m'excites par ta parole, par ta bite..

J'en veux encore.

Gabrielle.

Réponds-moi. »

– Je vous interdis de rire, dis-je à Liv.

– Excusez-moi, c'est plus fort que moi.

– Rire nerveux, attitude antiscientifique... Vous vous rendez compte ! « Langue fouineuse », « baisers fougueux », « titillement »... Et, en plus, il faudrait répondre ! Fournir un autographe gratuit à montrer à son bouseux chromé de Dallas ! Copie corrigée : zéro, nul.

– Elle se moque peut-être de vous ? C'est de la haute ironie ?

– Même pas. J'en suis sûr.

– Vous êtes vexé à cause de « goût fade ».

– Livine...

– Pardon.

– Non, non, mépris complet. Niaiserie. Je suis surtout furieux pour le souvenir de mon adorable Sophie. Vouloir se mesurer avec elle!

– A propos de Sophie, vous savez qu'on vous accuse d'avoir écrit vous-même ses lettres?

– Mais c'est faux! Enfin, c'est incroyable! Tout le monde a l'air acharné à prouver que Sophie n'a pas existé! A *vouloir* qu'elle n'ait pas existé! J'ai parfois l'impression qu'il s'agit d'une affaire d'État.

– Comme *Les Liaisons dangereuses*?

– Un peu.

– J'ai lu que Laclos était une girouette politique, mais un excellent mari et un très bon père de famille.

– Comme moi.

– Mon œil!

– Vous voyez, ça recommence... Même avec vous. Il ne faut pas que Sophie existe; il ne faut pas que je sois quelqu'un d'éminemment tendre et moral... Tenez (je vais à la bibliothèque), écoutez ce que dit le narrateur à Albertine dans *A la recherche du temps perdu* : « Si nous allons à Versailles, je vous montrerai le portrait de l'honnête homme par excellence, du meilleur des maris, Choderlos de Laclos, qui a écrit le plus effroyablement pervers de tous les livres, et juste en face de celui de Madame de Genlis qui écrivit des contes moraux et ne se contenta pas de tromper la duchesse d'Orléans mais la supplicia en détournant d'elle ses enfants. »

– Toujours votre propagande à travers les âges...

– Et ça : « Quand nous étions ensemble, avec Albertine, il n'y avait pas de propos si pervers, de mots si grossiers que nous ne les prononcions tout en nous caressant. »

– Mais il ne les écrit pas!

– C'est dommage. Pour finir, et s'agissant de l'Allemagne, je ne résiste pas à vous livrer cette réflexion à propos de Kant (c'est Brichot qui parle) : « Kant ? C'est encore *Le Banquet,* mais donné cette fois à Koenigsberg, à la façon de là-bas, indigeste et chaste, avec choucroute et sans gigolos. » Pas si mal.

– L'article que j'ai lu sur Laclos disait que nous vivions désormais une époque sans tabous sexuels... Que la société n'intervenait plus dans ce domaine...

– Non ? N'importe quoi ! Quel est le con qui a écrit ça ?

– Je ne sais plus... Alors ! Kim ?

– Une fois Gabrielle expédiée, il est minuit, j'essaie de dormir... Impossible. Je sors, je vais prendre un verre à *La Mousson,* je tombe sur Kim, vingt-six ans, seule. Blonde aux yeux bleus, habitant Savigny-sur-Orge...

– Décidément la banlieue attaque de plus en plus...

– N'est-ce pas ?... On parle... C'est elle qui met la conversation sur le Diable. Son regard dilaté me plaît à ce moment-là. J'évite soigneusement de lui demander ce qu'elle entend par « Diable ». Qu'elle prononce le mot avec conviction me suffit. Je l'emmène au studio, je devrais dire au labo, et là, je dois dire...

– « 2 fois » ?

– Oui. A ma grande surprise. Vous savez que je suis un modéré. Une fois, en général, me suffit amplement. Avec Gabrielle, d'ailleurs, ce soir-là, ça fait trois. J'essaie parfois de m'en sortir sans éjaculer, il faut quand même s'économiser, on peut arriver à donner le change (la plupart des femmes ne s'en doutent même pas, et bien entendu pas davantage la plupart des hommes pour les femmes), mais Gabrielle était une technicienne, elle voulait s'assurer que j'avais accompli correctement ma fonction, que j'avais payé en espèce. Huilante et gratifiante. S'il y a eu crème à reproduction, tout va bien, rien à ajouter, bonsoir. Or, dans la foulée, si j'ose dire, Kim est irrésistible. Je n'ai pas besoin de vous dire que c'est en cours de route qu'on découvre qui vous plaît vraiment. Au moment des cadrages... Donc, son histoire de Diable, Kim y croit. Le manifeste. S'excite là-dessus... Le Mal pour le Mal... Je suis le Diable, je la viole... A un moment, j'ai peur. Elle est sur moi, le visage tordu, grimaçant, les yeux rouges, complètement injectés, meurtrière, commençant proprement à m'étrangler... Je me demande si elle n'a pas un couteau à côté d'elle... Volonté de tuer, plombée... C'est activant... Bref, on jouit très fort... A crier... Pardon.

– Je vous en prie.

– Cette séance est à rapprocher de celle avec Françoise, chamanisme, transe et possession. Comme quoi ça circule...

– Vous ne m'avez pas raconté Françoise.

– Pardon, pardon. C'est vrai. Elle est allée à Sigrid...

– Et « je n'appelle jamais » ?

– C'est ce qu'elle m'a dit en partant. Sans s'attarder. Un ange. Un vrai démon.

– Parole tenue ?

– Non. Elle m'a rappelé hier. Un an après, donc. Ce qui est très bien. Mais comme nous partons pour Venise...

– Nous partons ?

– Vendredi prochain. Si vous en avez envie, bien sûr.

– Avec Sigrid ?

– Non ?

– Cecilia est au courant ?

– Je l'appelle. Ou bien vous ?

– Moi.

– Ce sera la première réunion de la Société à Venise depuis sa fondation.

– L'hiver est fini, c'est vrai.

– Et bientôt *Phèdre*.
– Ça marche bien. Les répétitions tournent. Nous aurons sans doute la télévision. Il faut que je vous présente mon Hippolyte. Il est troublant.
– Vous l'avez séduit?
– C'est en bonne voie. Je crois qu'il se convertit doucement sous la pression des circonstances.
– Attention. N'oubliez pas de lui demander ses tests de prises de sang.
– Juste avant?
– Ça vaudra mieux pour nous tous, chérie, pas de blagues.
– Quelle époque!
– Je n'en voudrais pas d'autre. Et vous?
– Tout de même...
– Un peu plus de calme? Une autre agitation? Psychologique? George Sand? Musset? L'amour? Dedieu vient de se réémouvoir là-dessus... « La Femme »... « La Déesse-Terre »... Je me demande qui lui fait de la propagande dans ce sens.
– Personne, peut-être. Il y a un retour de sensibilité, voilà tout.
– Catherine Louvet? *Mélusine ou la vie venue d'ailleurs*?
– Vous êtes impossible...
– Lâchez-moi...
– Pour rien au monde.
– Pourquoi?
– Vous êtes divertissant.
– Et moi, je ferais des folies pour votre voix.
– Rien que pour elle?
– Oui, c'est vous.
– Et moi, je me demande ce que vous êtes... Une absence, une drôle de présence... Quand vous êtes là, vous n'êtes pas là; et quand vous n'êtes pas là, vous êtes plus que jamais là.

– Privilège des dieux.
– Mais oui, mon salaud.

Le « salaud » de Liv... Ton bas, retenu, faussement éraillé, raffiné, rauque... Rien que pour ça...

– C'est votre tour, dis-je à Sigrid. Il reste : Vera, Judith, Florence, Saskia, Agnès, Esther, Marie-Laure et Moïra.
– Et Laura... « Dimanche matin : pourquoi j'aime Laura. »
– Vous voulez le savoir?
– Pas tellement... Prenons Florence. « Brésil. »
– Sans grand intérêt... Le plus drôle, c'est qu'elle voulait, avec beaucoup d'insistance, que j'enlève ma montre. Que j'oublie le temps. Entre ses bras. Que je m'abandonne au flot. Fermons les yeux, Amazone, l'éternité est à nous... Mais je n'avais que deux heures maximum. Très beaux seins.
– « Ce n'est pas ce qu'on m'avait dit »?
– Ça, c'est le côté renseignement de ce genre d'opération. Services secrets... On apprend énormément de choses... La rumeur, les on-dit, les malveillances diverses, voire les franches saloperies qui courent sur votre compte... J'ai une petite armada de jeunes filles en fleurs, françaises ou étrangères, qui sont, comme on dit, « au pair »... Elles écoutent Monsieur et Madame parler de tout et de rien... Mon nom arrive parfois dans la conversation... Si M. et Mme X, M. et Mme Z, savaient que je sais ce qu'ils disent, en toute liberté, derrière mon dos! Ils n'oseraient plus me saluer, ils traverseraient les trottoirs à un kilomètre... C'est étonnant. Même en étant le plus pessimiste qu'on peut, on est chaque fois renversé... Ces gros mots! Ces insultes! De temps en temps, je demande

à une de mes amies de téléphoner à tel ou tel confrère... Son interlocuteur ne sait pas qu'elle me connaît... Elle cite mon nom... Je tiens l'écouteur... Ça éructe!... J'ai le plaisir de caresser des jambes ou des fesses d'une grande fraîcheur en m'entendant traiter d'ignoble, de faisan, de crapule, de porc. L'exercice a son charme.

– Mais c'est très malhonnête de votre part!
– Vous ne voulez pas qu'on essaie?
– Non! Non!... Et Agnès? « Les deux cartes », « j'aime bien sortir » ?
– Vingt-huit ans, cherchant à se marier vite. Deux candidats. Elle dit « ma première carte » pour celui qu'elle préfère, mais qui résiste. « Ma deuxième carte » pour l'outsider. Elle les joue l'un contre l'autre. Très jolie, mince, châtain, yeux bruns, des jambes. Angoissée par sa situation. Je l'écoute. Je m'ennuie. Je ramasse en fin de matinée. Avec moi, ça n'a pas d'importance. Gratuit. Consultation. Je lui conseille de mettre carrément le marché en main à sa « première carte ». Il a dix ans de plus que l'autre, il devrait s'inquiéter, ça peut le déstabiliser.
– Vous pensez que les femmes doivent forcément se marier?
– Et comment!... Vous plaisantez?
– Liv a envie, je crois.
– Il faut qu'elle le fasse!... Son Hippolyte?
– Il me semble.
– De l'enfant?
– Eh...
– Vous le trouvez éligible chez nous?
– Sûrement pas.
– Aucune importance. On gardera Liv de toute façon.
– Vous êtes bien confiant.
– Ou alors on ne la gardera pas. Vous voulez dire

plutôt que *vous* la garderez et pas moi? Et après?
– Voyons Saskia... «Poèmes. " Pas parler. " Secte. Suisse et Jérusalem. Les mains.»
– Encore un cas curieux. Ou banal, après tout. Trente ans. Origine hongroise. Taille moyenne, blonde, ronde, concentrée. Elle écrit en effet des poèmes, ni meilleurs ni plus mauvais que ceux qui s'écrivent aujourd'hui, vous savez : n'importe quoi sur fond d'abîme... En plus, elle prétend avoir un don magnétique. Elle fait partie d'une secte tout à fait officielle, hôtel particulier à Neuilly, ramifications dans l'intelligentsia (vous seriez surprise en apprenant les noms), siège central à Genève, antennes à New York et Jérusalem, charters en «Terre Sainte», baptêmes dans le Jourdain, «l'appel à la vie» ou quelque chose comme ça... Il y a une Prêtresse principale, dont Saskia me fait un portrait tremblant et touchant. «Personnalité lumineuse», etc. Tous les deux jours, elle va imposer les mains aux malades dans une clinique de la Fondation... Cancers, rhumatismes, bronchites, délires, tout y passe... Elle se recueille, elle prie, elle sent la grâce lui arriver comme une couverture chauffante, elle se met dans ses doigts... Évidemment, ça ne donne pas des résultats immédiats... Il y faut la participation des malades, une sorte de conversion spirituelle, vous voyez le travail... Saskia baise bien, de façon très intériorisée, mais ne supporte pas les mots crus. La chose divine se manifeste, elle ne doit pas se parler. La moindre obscénité l'attriste, elle « ne comprend pas ». Si je devine bien, l'acte sexuel, dans la Doctrine, a une fonction de rédemption, de rosée alchimique, de pénétration des principes les uns par les autres, de façon ascendante et descendante, ou réciproquement... Je lui propose de me faire une «imposition», pour voir, pour juger de son fluide, mais elle prétend qu'avec moi ce n'est pas possible... Dommage, je me sentais un peu enrhumé... Après quoi, elle envisage

sérieusement l'avenir de nos rapports privilégiés... Elle trouve que j'ai probablement une âme sous ma rude écorce rationnelle... Une âme à éclairer, à dégager, à guider... Vous vous doutez de ce que je fais, en général, avec les membres des sectes...

– Non?

– Je me déclare illico catholique. J'ai repéré que c'est la seule manière d'en finir. Une fois par mois, j'en ai d'ailleurs deux, un homme et une femme, chaque fois différents, qui viennent frapper à ma porte, sans parler d'approches plus diplomatiques, d'un plus haut niveau...

– Et alors?

– Catholique! Catholique! Buté! Je crois à tout ce que dit l'Église, dans tous les domaines... L'Église, par définition, ne peut pas se tromper... J'obéis à tous les dogmes, à toutes les prescriptions... Je suis membre actif des associations charitables... J'envoie ma cotisation régulière à la commission pontificale des droits de l'homme... Je viens d'adhérer à un groupe d'études bibliques, à Notre-Dame, je n'ai pas une minute... Si vous avez la naïveté de dire que vous êtes agnostique ou athée, ils ne vous lâchent plus, ils insistent, ils croient que vous manquez de Transcendance, ils vous brandissent des brochures, ils vous collent au train... Tandis que « catholique » est miraculeux... Vous voyez aussitôt leurs visages navrés, dégoûtés, sombres... Ils fuient comme si vous leur aviez montré une image pornographique... Pareil dans la vie courante, à tout hasard... Si vous sentez une tentation oblique, pressement de main ou de genou psychique, « catholique! », « catholique! », c'est radical. Vous avez la peste ou la lèpre, vous êtes un abcès vivant... Saskia est donc freinée. Quel dommage! Quelqu'un d'aussi doué que moi! Elle qui me voyait déjà à la droite de sa gouroute américaine! Adoubé! Chevalier! Rebaptisé! Re-né!...

– Vous parliez d'« approches diplomatiques »?
– Dix fois! Cent fois! Pas vous?
– Bien sûr.
– La proposition revient toujours au même : « famille spirituelle »... Comme si une famille d'origine ne suffisait pas! Comme s'il fallait se refaire une famille plus conforme à l'Idéal! Et revoilà des frères et des sœurs... Et l'humanité, par-dessus le marché...
– Vous ne croyez pas aux familles spirituelles?
– Ah non.
– Mais *Le Cœur Absolu*?
– Vous avez l'impression d'être en famille? Eh bien... A part « catholique », il y a aussi un autre insecticide de base : vous manifestez à tout bout de champ que vous êtes très content de votre famille réelle, de votre naissance, de votre milieu, de votre père, de votre mère, de vos frères et sœurs et oncles, tantes, neveux et nièces... Et puis après, de votre femme, de vos enfants, etc... Vous êtes vite classé monstre conformiste et réactionnaire, c'est parfait, vous devenez invisible, le temps est à vous... Qu'est-ce que vous voulez par-dessus tout? Gagner du temps, non? Est-ce que le temps n'est pas une ivresse constante? Par exemple avec vous, chérie?

– On n'en finit pas avec cette « Grande Semaine », dit Liv.
– Et ce n'est qu'une semaine! Abrégée!
– Elles ne sont pas toutes comme ça...
– Une fois sur six, à peu près.
– Ce qui fait combien de séances par an?
– Je ne compte jamais.
– Et Don Juan?

– C'est Leporello qui compte. Pas lui.
– Bon, allez, on arrête.

Liv est allongée, nue, sur le lit. On somnole un peu, la main dans la main, après l'amour. C'est vrai que l'hiver est fini. On est dans un début timide de printemps, éclaircies, giboulées, bleu-blanc-gris des ciels, froid et tiède, poussée végétale. Il se passe dans le monde ce qui se passe habituellement dans le monde. Je pense à la lettre que j'ai reçue le matin même de Pologne, par la valise diplomatique :

« Cher Mr. S.

Merci de votre lettre et de l'envoi des livres. Nous en avons bien besoin. Ici, c'est toujours la même situation. On cherche à réduire chaque homme à la dimension de sa peur. Il s'agit pour le pouvoir de semer une telle peur de la violence et de la misère que les gens perdent leur dignité et, pour un minimum de sécurité, acceptent une vie au jour le jour très médiocre – difficile de rêver d'autre chose –, dans la docilité et le désespoir.

Le Procureur Ziemiek a un visage gras, bouffi, perlant de sueur, d'un homme abusant de l'alcool depuis des années, mais qui, évidemment, parle d'honneur et de responsabilité. Il est entièrement, cela va sans dire, entre les mains de la SB (police politique). Les services spéciaux, et notamment le porte-parole du gouvernement, ne manquent ni d'intelligence, ni d'habileté. Diviser pour régner, vieille histoire. Il faut donc s'attendre à de nouvelles vagues d'arrestations et de désinformation. Vous apprendrez ça par les journaux, j'imagine. Croyez-en la moitié et ajoutez l'autre moitié en pire.

Pour décrire physiquement le Procureur Ziemiek, il faudrait une plume meilleure que la mienne !

Le contact que vous avez est le bon.

Bien à vous

K. »

Il doit être arrêté, à l'heure qu'il est, Mr. K., d'après les dernières nouvelles... Je ne l'ai jamais vu, je connais seulement une vague photographie... Plutôt grand, chauve, lunettes, visage anguleux, coin d'appartement anonyme (mais je viens de changer deux détails importants car, après tout, la police aussi lit les romans)...

La peur... Elle est là, partout présente, à chaque instant, il suffit donc de s'emparer de son nerf sombre, de son ressort de ténèbres... La jalousie et la peur... Les deux chiennes latentes... Avec ces deux mufles, à condition de bien les profiler depuis le fond des organes, on peut rêver de contrôler des peuples, des nations, des empires, la matière humaine entière... Là-bas, c'est le POUP... Sigle du Parti... Poup contre Pape... Élémentaire Watson... Juifs et catholiques... Facile à gérer... Auschwitz ? Ce sont les nazis, bien sûr, quoique à y regarder de plus près... De la crucifixion au génocide... « Pie XII ordure »... Élémentaire, élémentaire... Services spéciaux... Pas plus cons que d'autres... Culpabilité, honte, malaise, soupe des lieux-communs, peur... Vous êtes coupables du plus grand crime de l'histoire, vous devez avoir peur... Mea culpa, mea maxima culpa... Peur. Mais toute peur ne se ramène-t-elle pas à celle de perdre la vie ? Oui. Est-ce que mille sages ne vous ont pas dit au cours des siècles qu'il n'y avait pas lieu d'éprouver cette crainte ? Oui, oui. Ça nous fait une belle jambe. La question n'est donc pas réglée ? Non. Et de moins en moins. Plus la vie est dévalorisée, plus elle a de valeur ? Oui. Absurde ? Absurde. J'ai peur, vous avez peur, parce que cette peur est absurde. Pourquoi ? Deux considérations interdites : la contemplation des fins dernières, le long terme. Fins dernières ? Celles que vous voulez : atomes, vide, néant, dieu... Long terme ? Celui qui vous convient : répétition des saisons, antiquité, retrait, « œuvre »... Interdit ! Interdit ! Base biologique ramenée court terme. Destruction méditation. Temps réduit à objet-salive immédiat. Voilà!

Comme quoi les ennemis du POUP universel sont:
– la pensée, quelle qu'elle soit,
– le sentiment de gratuité, de jeu, d'innocence,
– le calcul sur le temps,
– l'«œuvre» (n'importe laquelle: livre, sonate, tableau, sculpture, esprit de condensation),
– le sexe non marchandable.

Liv, avec un gentil sourire, redressée contre l'oreiller rouge:

– Parce qu'en plus vous n'avez pas peur de mourir?
– Non.

Instinctivement, Liv et Sigrid ont évité les notes les plus gênantes du carnet rouge... «Vera: mise en scène de la castration. Rage devant masturbation.» «Judith: dépression. Lithium. Son père. L'amie gynécologue.» «Pourquoi j'aime Laura.» «Esther: l'initiation.» «Marie-Claude et Moïra: un million de dollars.»

Autrement dit: la castration, la gynécologie, l'amour, le judaïsme, l'argent.

Zones dangereuses.

Ah, et puis on a oublié quelqu'un. Nicole. La peinture.

Et, justement, Sigrid s'en souvient. «Et Nicole? Elle veut que je pose?»

– C'est très particulier. Un contrat.
– Contrat?
– Nicole est peintre. Trente ans, blonde, américaine, gracieuse, ambitieuse. Après une période abstraite, elle tente, comme tout le monde, la néo-figuration. Quelques

portraits déformés, à la Bacon, des superpositions de nature. Et puis voilà : elle aborde le grand sujet : le couple, la nudité. Elle n'est pas contente. Elle dessine, elle peint, elle efface. Elle redessine, elle repeint... Il y a comme un voile sur ses toiles, son personnage de femme est trop idéalisé, son homme reste de marbre... Elle me montre... Je vois en un clin d'œil le blocage... Je lui propose de faire évoluer son travail...

– Vous, alors !...
– Pinceau invisible... Laser des formes...
– Rien ne vous arrête ?
– Rien. Je fixe, par jeu, à l'avance, le nombre des rencontres à douze. Pas une de plus, pas une de moins. Après quoi, ce sera fini. Nicole est d'accord, ça l'amuse. Voilà une innovation dans les Beaux-Arts. Une initiative plastique. Il s'agit d'évaluer les conséquences... Sur sa ligne, ses éclairages, ses couleurs, ses préparations, ses premiers plans, ses fonds... Je vais à son atelier me faire transfuser. On baise par terre, sur des bâches kaki, devant les toiles, au milieu des pots, des pinceaux, des châssis. Une séance, deux, trois... Comme elle veut, comme elle l'entend... Nouvelle version inversée du peintre et de son modèle... L'homme-objet, l'homme-objeu... Je me dévoue corps et âme à l'art moderne... A la civilisation des contours... J'en sors en général poisseux, bariolé, crevé... Comme vous savez, la plupart des artistes d'aujourd'hui ne savent pas dessiner... Aucune importance... Ils barbouillent, ils improvisent, ils cafouillent, ils croient que c'est l'inconscient, les pulsions, les mythes, l'âge d'or, de fer, de bronze, en eux et à travers eux... Je prête ma physiologie à un retour inventif aux sources... Rien d'académique, c'est le moins que l'on puisse dire... Qui sait... Une Renaissance... Vibration grecque... Et en effet, à raison d'une longue séance par mois, il me semble bien que la peinture de Nicole s'améliore... Sa

bonne femme a l'air moins empêtrée, moins godiche... Son bonhomme prend de la grâce, de l'autorité enjouée, encore un peu et il aura la force légère d'empoigner sa proie... L'espèce de placenta jaune d'œuf qui, malgré mes conseils, continuait à nimber les bords, se rétrécit, s'estompe... L'horizon, d'abord franchement urinaire, s'éponge... Et, au bout d'un an, nous voilà arrivés à douze éjaculations. Tour d'horloge. Contrat. Parole tenue. Cycle achevé.

– Elle tient parole?

– Ah, voilà... L'éternel problème... Ce n'est pas que Nicole m'aime particulièrement (elle n'aime personne, elle veut être exposée au Musée d'Art Moderne de New York, point), mais elle s'est aperçue de ses progrès, elle veut me garder comme fortifiant... D'où la proposition de « poser pour elle »... Sans rien de sexuel, si je veux... J'hésite. Encore que l'idée soit piquante, qu'est-ce que vous en pensez?

– C'est troublant cérébralement.

– N'est-ce pas?

– Elle vous paierait?

– Bien sûr.

– Ça laisserait de vous des images insolites.

– C'est ce qui m'embête un peu. Encore que. Si vous allez au MOMA, regardez le *Couple dans un paysage d'été,* de Nicole. En haut, à droite, le glacis de nuages, c'est moi.

– J'irai voir, c'est promis... Donc, vous pensez que le modèle...

– A une influence décisive? Cela va de soi. On évite d'étudier de ce point de vue l'œuvre des artistes, et on a tort. Victorine Meurent, Berthe Morisot pour Manet... Et le discret docteur Matisse, en blouse blanche et petites lunettes cerclées, avec ses odalisques... Ça saute aux yeux. Et Picasso! Fernande, Gertrude, Éva, Olga, Marie-Thérè-

se, Dora, Françoise, Jacqueline... Plus les autres... Toutes égorgées, éventrées, bousillées, surmultipliées, arrachées à elles-mêmes, tronçonnées, sciées, réemboîtées, pétries, calcinées, cuites, suspendues, salées...
– Vous iriez joyeux au sacrifice?
– Mais oui...
– Masochisme?
– Le masochisme a ses délices... Mais, finalement, non. Pas le temps.
– Toujours le temps!
– Déshabillez-vous.
– Non, c'est *moi* qui vous déshabille... Et puis on ira dîner, d'accord?

Je finis donc ma grande semaine tout seul... Pour vous... Pour que vous ayez un échantillon complet... Huit jours et huit nuits... Stakhanov... Production intense... Je pars du principe que vous aimeriez tous être à ma place... Tous et Toutes... Si, si, ne dites pas le contraire, ou plutôt dites-le, c'est la loi, mais n'en pensez pas moins... Voyeurisme... Normal... Quoi? Vous recommencez à hurler? A baver? A chuchoter partout?... «C'est vrai que votre prochain roman doit s'appeler *Sperme*?»... La voix de Carl... «Il faut choisir entre l'effervescence et l'œuvre»... Jean-Étienne Souday... «Il se répète! Assez!»... Aiguilles, mauvais œil, remous envoûtés...

Ah, le temps béni où on écrit, par exemple maintenant, là, tout de suite, au soleil; le temps où on se permet ce qu'on veut, rien, l'après-midi près de l'eau, mouettes et whisky, léger vent, personne, le rêve... Plume effleurant la page... Le papier, le bois... Coup d'œil sur les arbres, à droite, ouvrant sur l'océan, ciel brassé dans le courant bleu... L'herbe à mes pieds et contre les yeux, juste après le blanc... Vert et blanc, soleil blanc tiède... La peau, le visage à peine chauffé, un avion passe. Trois heures. J'attends le courrier. Tout le temps attend avec moi. Rien d'autre : attendre. Une heure d'attente vraie, et la vie a un sens. Le sang s'est ressenti. Les poumons, éprouvés. La main signalée à elle-même. Quand j'aurai disparu de la surface, pense à moi, toi. Quand tu attends tranquillement au soleil. Moineaux, pigeons et de nouveau la même mouette immobile qui va vite plonger sur un trait d'écailles. Cris et raclements dans les feuilles. Touffes de pâquerettes, bourgeons. Le laurier-rose, son parfum refermé, frais. Tuiles. Portail. Gencives. Dents. Langue sur les lèvres. Avalement de salive. Lent travail du sel, compas d'horizon...

Et puis la semaine où on publie... Visages-buées... Dérobades... Sourires par-dessus votre tête... Et vous, toujours volontaire, gants blancs dans la plaine, tout seul, avec votre vieux fanion déchiré au bout du fusil, chargeant trois cents tanks à tourelles... Pour l'honneur... Faisant semblant de ne rien voir, même, en avant!... Comme à la parade!... Jetant le fusil, c'est trop... A l'épée!... Au tire-bouchon!... Et gueulant quoi?... « Margaux! »... « La Lagune! »... « Haut-Brion! »... « Yquem! »... Œil froid des autres dans leurs viseurs... « Léoville-Las Cases! Ducru-Beaucaillou! Gruaud-Larose! Talbot! Branaire! Pétrus!... » Rires dans les blindés... « C'est encore le zozo, il nous remet ça »... « Déjeuner sur l'herbe! Asperge! Olympia! Nana! »... « C'est le cinglé, venez voir, à l'arme blanche... » « A bas Bourgogne, Solutré, Californie, Beaujolais! Sursum corda! A moi d'Armagnac! Sauternes! »... « Eh, French! Frenchie! Vas-y une bonne fois! Courage! »... Une rafale... Deux... Me voici de nouveau tout sanglant éclaté mort débris en rase campagne... Évacué... Incinéré... Et transmuté de nouveau en mouvement sur la page... Coucou!... Rebonjour!...

Inutile de vous préciser que je viens d'avoir une crise... Vous aviez compris... Cette fois, c'est parti en plein sommeil, je me suis retrouvé en train de suffoquer dans le noir... J'étais dans mon cœur, cette fois, glissé dans mon cœur; et mon cœur dilaté battait à toute allure de plus en plus fort, de plus en plus rapidement, jusqu'à se confondre avec l'espace lui-même, un drôle d'espace, donc, en train de mourir depuis toujours, comme si le temps et l'espace n'étaient ensemble et furieusement qu'une même et longue agonie contradictoire, pleine de vie, interminable, cri de fibres, torsion... Durée? Difficile à dire. Une heure, peut-être. Ou deux minutes. Ou dix secondes. Fin par terre, yeux cherchant rai lumière. Main droite récupérée sous jambe droite puis ramenée sur visage froid. Visage existe. Main ressent visage, visage reconnaît main. Léger déplacement jambe gauche. Jambes existent aussi, peuvent bouger. Pensée est là. Ou plutôt écran pour penser. A quatre pattes, voilà, ça marche. Lampe. Chambre vue à quatre pattes, autre paysage, enfance. Puis debout. Et assis. Lent tremblement, encore, contre vitre répondant à peine. Regard sur mains, petits soubresauts, quelques pas, tête sous l'eau. Puis position de nouveau assise, penchée, vue des livres bibliothèque. Pensée-os. Pensée mal aux yeux, à la nuque, aux bras. Pensée sur peu de chose vie humaine, ombre, à peine temps de s'étonner, fin. Pensée Iliade 21, ça. « Pauvres humains, pareils à des feuilles, qui tantôt vivent pleins d'éclat en mangeant le fruit de la terre, et tantôt se consument et tombent au néant. » Et encore Bible, partout. Pensée te voilà encore une fois prévenu. Pensée mieux rire. A condition éviter douleur mouvement peut-être doux à mourir. Peut-être, peut-être. Espérons. Évidence sexe et mort compliqué à démontrer facile éprouver. Petit nègre du fond des choses. Envers et endroit même spasme. Souvenir après-midi d'été, père allongé chaise longue, calme, brusque reniflement semblant dormir, râle court tout à coup, basculant au sol, emporté, personne ne comprenant d'abord, terribles secondes, puis cris et affolement, rideau rouge sur l'herbe et les fleurs. Parti pendant la sieste. Nous, juste à côté, lisant les journaux dans le monde en vie. Dans la mort, le monde ne disparaît pas, il cesse. Sexe lui aussi interruption recherche égarée partout enchaînés voulant voir si liberté au-delà. Retombant mais parfois lueur. Raison acharnement sinon incompréhensible. Ou alors résignation et renonciation, simple attente cancer grand orgasme à l'envers final. Puis debout. Descente ascenseur, quatre heures du matin, marche sous la pluie, tour de l'immeuble et retour. Petit matin écrivain. Puis couché de nouveau, sommeil trouble. Et demi-rêve toujours chaise longue basculée corps masse à terre. Râle bref. Gorge rayée. Comme quoi Commandeur jamais tout à fait absent, on s'en serait douté, calme. Et puis trou. Et puis huit heures.

Reprenons : Vera, en premier. « Mise en scène de la castration. Rage devant masturbation. » Vera a trente ans, elle est mariée, sans enfants, origine autrichienne (mère), études de philosophie, journalisme politique dans un grand quotidien parisien. Après quelques tentatives pour la faire jouir, exploration des fantasmes : son excitation fonctionne et arrive au but si la castration du partenaire masculin est ouvertement évoquée. En détails, chirurgicalement, même. Ça vient avec difficulté, mais c'est très net. Action. Elle m'opère verbalement dans tous les sens, elle jouit quand je la caresse. « Rage devant masturbation », veut dire que, parfois, elle me demande de me branler devant elle, de répandre mon sperme sur ses seins, et que cet acte semble la mettre dans un grand état de fureur. C'est « l'autonomie » de l'organe masculin qui l'affecte. Comme une injustice injustifiable, effarante. Elle ne se masturbe jamais, me dit-elle. Elle peut vivre dans une abstention totale, sauf la mise en scène en question. Elle baise de temps en temps, elle gémit un peu, les types éjaculent, ils ne cherchent pas plus loin, bon. Vera est intelligente, ironique. Châtain, yeux noirs, petites oreilles fines, peau savoureuse, charme doux. Elle est très réservée, pudique, seule la cruauté l'exalte, mais à part moi, dit-elle, elle n'y pense jamais.

Judith, maintenant. Médecin, trente-trois ans, deux enfants. Frigidité. Dépression nerveuse. « Comme son père. » Elle est hématologue, elle sait des tas de choses sur les particularités changeantes du sang. Sa meilleure amie, elle, est gynécologue. On dîne tous les trois ensemble. Récits de la gynécologue. Je suis très au-dessous de la vérité. Inséminations, fécondations in vitro, opérations et greffes des trompes, confidences... Heureusement, j'ai très faim. Sortie du dîner, moment flou, d'accord, on fait l'amour tous les trois. J'ai beaucoup bu pour faire passer les rafales de détails cliniques, tout me semble agréable. Judith me demande un rendez-vous la semaine suivante, veut baiser sur-le-champ, n'y tient pas vraiment, a autre chose à dire, plainte, au secours. Je conseille une psychanalyse, sans succès d'après moi.

Esther : « l'initiation ». Esther est *la* mère juive méditerranéenne. Quarante-deux ans, trois enfants, magasin d'antiquités, belle, théâtrale, fougueuse. Elle est très attachée à sa famille, à sa tradition, à sa cuisine (très important, la cuisine), mais voilà, elle s'ennuie. Elle est persuadée que l'amour physique est une grande aventure. Elle assure qu'elle n'a jamais trompé son mari (sauf une fois). Elle est donc Esther, l'Esther du livre biblique; je suis Assuérus. Pourquoi pas? Elle est désorientée par le fait que je n'ai pas l'air de délirer au septième ciel en baisant. Elle se promet de m'apprendre. Parce qu'elle a reçu, dès le berceau, et puis de nouveau ensuite, comme jeune fille, une « initiation » toute spéciale, transmise de mère en mère et de grand-mère en grand-mère. D'après ce que je comprends, il doit s'agir d'abord de massages huileux. Et puis... Ah non, elle ne peut pas me dire, c'est secret. Il faudrait que je me donne davantage, que je sois plus émotif, plus sincère, que je laisse parler enfin ma sensibilité qu'elle devine, là, toute proche mais empêchée. Elle me promet monts et merveilles. Elle sent son corps de partout. La pointe de ses seins est en feu. Elle a l'air très surprise que je connaisse la Bible. Un peu déçue aussi. Le scénario devait être, je suppose : bon goy doué à qui sont enfin révélés les mystères de la vraie féminité. Très touchante, Esther, obstinée, vibrante. Gâteaux trop sucrés. Pas le temps.

Marie-Claude et Moïra? Encore autre chose. Elles rentrent de New York. Quarante-trois pour Marie-Claude, trente-cinq pour Moïra. Marie-Claude a été la femme ou l'amie des quatre principaux écrivains américains actuels (dont un Nobel). Elle fait semblant d'être journaliste. Elle est riche. Moïra, elle, est photographe. On passe une très bonne soirée. Ce qui m'enchante, c'est leur cynisme financier. Mépris total, de leur part, pour les pontes du roman U.S. qu'elles connaissent bien, vie privée, coinçages, installations prudentes, marchandages, névroses, matriarcat derrière. Évaluation des prix : X. vient de signer pour son prochain best-seller à plus d'un million de dollars. Z. en est furieux. Marie-Claude me dit : « A ce prix, je suis le lendemain dans votre lit. » Moi : « Comment ? Pas le jour même ? » Moïra me regarde. Clin d'œil. Elle est tout à coup très blonde, étincelante. Le lendemain, elle vient me photographier. Le coin gauche de son œil sourit dès les premières prises. Et voilà.

Il ne reste donc plus que le dimanche matin ? « Pourquoi j'aime Laura ? »... Non, c'est impossible ; trop privé, trop intime... Scandaleux après ce qui précède, n'est-ce pas... J'ai peur de choquer... J'adore Liv, j'ai une vive passion pour Sigrid, j'aime Laura... C'est comme ça. Question de nuit, de sommeil, de respiration, de peau passant de l'odeur du soir à celle du matin, question de *cou,* surtout, oui, de cou... La nuque, le cou, les épaules, le dessous des oreilles, les joues... Je mangerais du Laura... Petit déjeuner, jus d'orange, pain grillé, œuf à la coque... Les enfants, assis l'un en face de l'autre, et avalant chacun leur œuf en même temps... Sept heures... Ils rentrent en se tenant la main dans la chambre... « Bonjour papa, bonjour maman »... Ils se jettent sur nous... C'est le jeu des sardines... On est tous comme des sardines bien serrées dans leur boîte... Ils se roulent sur le lit, donnent des coups de coude, Laura crie, se fâche, fait semblant de se fâcher, j'ai des pieds et des mains dans la figure, sur le nez, l'un est assis sur ma poitrine, l'autre me mord l'oreille... « On mange Laura ? – Oui ! » « Foutez-moi la paix ! », crie Laura, mais en vain, elle va être mangée par les loups qui grognent... Qui reniflent... Ronflent... Mugissent... Miaulent... Barrissent... Les ours, les éléphants, les chiens, les schtroumpfs, les martiens... Dès six heures du matin, ils jouent déjà avec leur « Vectrex »... Cassettes électroniques... Raids, bombardements, fusées, radars, interceptions, explosions, désintégrations... Donc, les sardines... Et puis, ils s'en vont... Je récupère Laura qui s'étire, me raconte un de ses rêves, allume la radio, veut écouter les informations... Leurs informations à eux, là-bas, les humains, qui se lèvent et se précipitent déjà aux embouteillages, aux intrigues... Nous on reste au lit, on ne bouge pas... Les draps et les oreillers sont un paradis suffisant, évident, définitif, partout et toujours... Donnez-nous un lit, c'est tout... Quelle est pour vous la plus grande invention humaine? – Le lit. La plus haute valeur métaphysique et morale? – Le lit. L'activité la plus formatrice? – Le lit. L'état social le plus souhaitable? – Être au lit... Dormir, ne pas dormir, rêver, rêvasser, ruminer, avoir toutes les petites pensées limitées qu'on veut, se sentir très bête vraiment affreusement bête, nul, pas d'école aujourd'hui, pas de devoirs, pas de gymnastique, le lit, la bêtise, le lit. Et une prière, une, à Dieu dont l'existence est indubitable quand on est au lit. Et un grand merci à la mort qui, enfin, nous emmène pour toujours au lit. Impossible de dormir dans une urne. On devrait passer sa vie à dormir debout en pensant qu'on rêve confortablement dans son lit. Suis-je un homme qui rêve dans son lit qu'il est un papillon, ou un papillon qui rêve, sur le bord d'un pétale, qu'il est un homme dans son lit? Comme on fait son lit on se couche. Aucun doute n'est plus permis sur le mol oreiller d'un lit. Un bon livre, un bon lit. Quand j'ai envie de lire un livre, je l'écris. Je lis, tu lis, il lit, nous lisons, vous lisez, ils lisent. On n'arrivait plus à le tirer de son lit. Fleuve, rivière, océan, mer, Scamandre! « La façon de ce lit était un grand secret »... « Pendant qu'ils échangeaient ces paroles entre eux, la nourrice Euryclée, aidée d'Eurynomé, leur préparait le lit à la lueur des torches »... « Et Zeus Olympien, qui lance l'éclair, prend le chemin du lit où sa coutume est de dormir, à l'heure où vient le doux sommeil. Il y monte et il y repose, ayant à ses côtés Héré au trône d'or... »

IV

– Je me présente : Jean-Noël Fermentier, dit le grand type brun, barbu, au visage mou. Je remplace Carl Simmler qui est, comme vous le savez, en congé aux États-Unis. Voici Monsieur Yoshibu, notre directeur à Tokyo. Voyons... Nous avons bien un contrat avec vous ?
– Je l'ai résilié il y a trois mois, et en remboursant l'avance.
– Attendez... Non... Non... Enfin, oui, sans doute, mais il y a sûrement un malentendu. De toute façon, il s'agit maintenant d'une série télévisée pour la chaîne japonaise N.H.K., avec des acteurs américains... Monsieur Yoshibu ?
Le petit Japonais tranquille ouvre sa serviette de cuir noire... Sort un dossier bleu avec de grands idéogrammes rouges tracés sur la couverture...
– Nous voudrions reprendre l'affaire avec vous, Monsieur S., dit-il. Ce projet nous intéresse vraiment. Notre agence pense que nous pouvons rediscuter ce contrat avec vous... Nous serions très honorés et heureux de vous avoir comme adaptateur de *La Divine Comédie*. C'est une histoire passionnante, dont vous êtes un éminent spécialiste. Cela nous a été confirmé partout, et même à Rome, ajoute-t-il avec un sourire radieux... Nous aimerions beaucoup pouvoir collaborer avec vous...

– Vous voyez, dit Fermentier.

– Ce seraient les mêmes conditions? dis-je.

– Les conditions seront celles qui vous conviennent, Monsieur S., dit Yoshibu. Le premier accord a peut-être été réalisé de façon trop rapide? Quelque chose vous a déplu?

– Non, non tout allait très bien. Mais je n'avais plus le temps tout à coup.

– Ça peut sûrement s'arranger, dit Fermentier.

– C'est un travail long et difficile, dis-je. De plus, mon principal collaborateur à propos de Dante est mort récemment.

– A propos de qui? dit Fermentier. J'ai mal entendu.

– Eh bien, de Dante. L'auteur du bouquin.

– Oh, c'est très fâcheux, dit Yoshibu. Mais nous pouvons sans problème vous trouver un autre assistant. Ou une assistante. Nous savons même qui, voyez-vous, fait-il, avec, de nouveau, son grand sourire.

– Ah bon? Qui?

– Mademoiselle Seibu, Yoshiko Seibu, de l'université de Tokyo. Une jeune femme très remarquable, Monsieur S., très remarquable. Vous savez qu'on n'enseigne pas beaucoup l'italien chez nous. Elle connaît très bien l'Italie, la culture italienne...

– Eh bien, il faut que je réfléchisse, dis-je. Vous me mettez ça par écrit? Dix pour cent de plus?

– Évidemment, dit Fermentier, la vie augmente, pas vrai? Bon. On va déjeuner?

Claude ne m'a donc pas menti... C'est reparti de mon côté... Depuis le Japon, cette fois, et en direct sur Paris... Les Américains ont décroché? Possible... Le financement n'a pas l'air encore très fixé... Mais Monsieur Yoshibu-Sourire semble formel : on veut mon projet... Je pense à Mex... Il me manque... Si le film se fait, la séquence sur les suicidés sera particulièrement soignée... Sous-bois désolé... A faire pleurer les foules... Je suppose que ce doit être difficile de rendre les Japonais sensibles au péché de mort volontaire, eux et leur tradition de ventres ouverts au sabre et de pilotes banzaï en direct sur les porte-avions... On verra bien... Trois mois de délai... « Monsieur Fermentier reprendra contact avec vous »... « Jean-Noël, hein ? »... Mais oui, Jean-Noël...

A moins que *La Divine Comédie* porte malheur ?... Mort de Mex, folie de la femme de Carl, augmentation des crises... Beau sujet, non ? L'adaptation pourrait commencer par là : les inexplicables ennuis d'une équipe de télévision japonaise chargée de filmer l'histoire à Florence...

– Vous voulez tourner en Italie, Monsieur Yoshibu ?
– Certainement, certainement. Mais aussi partout où ce sera nécessaire... Nous aimerions beaucoup, je ne sais pas si cela vous paraîtra possible...
– Dites, dites.
– Qu'il y ait une ou deux scènes à Kyoto... Vous voyez ?...

Si je vois, mais comment donc... Les jardins Zen dans un coin du Paradis terrestre ? Les ondes concentriques du vide figurées sur le sable ratissé autour des rochers ?... Élémentaire... C'est comme si la caméra était déjà dessus... Pour qui me prend Yoshibu-Dusucre ?...

– Oh, ce serait très bien, vraiment, Monsieur S... Exceptionnel ! Très stimulant ! Très !...

Yoshibu répète volontiers deux mots en français : « chaleureux », « stimulant ». « Ce sera très chaleureux »... « C'est vraiment stimulant »... Son visage, entièrement façonné pour la communication rentable, pour le having-pushing permanent, est lui-même la contraction permanente de ces deux mots : chaleureux-stimulant... Ah, et puis aussi le mot « création »... « Je pense que Mademoiselle Seibu sera favorable à votre création... Elle peut vous téléphoner de ma part?... Surtout n'hésitez pas à lui dire ce que vous attendez d'elle... Il faut que tout cela soit chaleureux, stimulant... » Fermentier n'en revient pas...

– Comment le trouvez-vous, le Jap? me dit-il en sortant du restaurant.

– Mais charmant.

– Ils sont fous, ces bridés, non? Vous avez vu ces salamalecs? Et cette façon de manger des escargots en buvant du Coca-Cola?

– Ça ne me dérange pas.

– Vous n'êtes pas dégoûté.

Tiens, me dis-je, il est frappé celui-là... Encore un... Il m'a dit tout à l'heure qu'il travaillait encore récemment pour Schnitzer... Jérémie Schnitzer... Encore une vieille connaissance... Tu vas avoir des ennuis avec « Jean-Noël »...

– Qu'est-ce que c'est que tous ces livres? dit Liv à l'aéroport.

– Ma bibliothèque pour le séjour. Vous ne me verrez pas beaucoup dans la journée.

– Laissez-moi voir, dit Sigrid. Bible... Homère... Dante... Sade... Saint Augustin?

– Toujours.

– Oh, mais c'est très chic, ça! C'est quoi?

– *El significado de « cor » en San Agustin.* La signification de « cœur » chez saint Augustin. Un classique espagnol, 1962.

– Pourquoi « cor »? dit Liv.

– Latin *cor, cordis.* Le cœur. « Desiderium sinus cordis. »

- Que vous traduisez comment, cher Monsieur ?
- « Le désir mesure la profondeur du cœur. »
- Dieu sensible au cœur ? Le cœur a ses raisons ?
- Voilà.
- Et ça ? dit Sigrid.
- Une étude sur la représentation de Baubô.
- Baubô ?
- Nous sommes à Priène, en face de Samos, en 1898. Dans les restes d'un temple de Déméter et de Korè du IVe siècle avant Jésus-Christ, les archéologues allemands viennent de découvrir un lot de statuettes en terre cuite dont l'étrangeté les déconcerte...

- On me propose, pour l'automne, un Marivaux après *Phèdre,* dit Liv. Je dis oui ?
- Évident.
- Le type hésite entre Marivaux et une comédie de Shakespeare. J'ai amené un peu des deux.
- On en a pour dix ans, dit Sigrid... Marco et Cecilia pour la musique...
- Et dormir, dit Liv.
- Et mourir au soleil, dit Sigrid. Je veux du soleil ou mourir.

Il y a une grève des contrôleurs aériens... L'avion, venant cette fois de Zurich, décolle avec trois heures de retard... Survole, contrairement à son habitude, la Belgique et l'Allemagne... Finit par arriver par très beau temps... Air brumeux bleuté sur la lagune... Goélands sentinelles sur les piquets... Toujours les mêmes... D'une année sur l'autre, recomposés, blancs et noirs, boules de vie passagères s'envolant parfois, lourdement, au-dessus de l'eau... Bien différents des mouettes de l'autre côté, sur la Giudecca, rapides, criardes, rayant l'air plus vif, agitées par la circulation des bateaux... Nous sommes à marée basse, deux mètres de dénivellation, le soir tombe, le motoscafo avance prudemment sous les ponts, mousse des murs, statues envolées des toits, gris spongieux, poumons pris dans l'ombre... J'accompagne Liv et Sigrid chez Cecilia... Je rentre chez moi... Je laisse mon corps se souvenir de lui-même, bras, jambes, respiration, peau, joues, front... Voilà le secrétaire Empire. Pas travaillé depuis si longtemps, pas bien, ça, pas bien. A la maison, quand même. « A la maison! », c'est le cri du crépuscule... Comme à douze, treize ans, après le football sur les prairies du Sud-Ouest, trempé de sueur... Le temps est resté là, dans l'acajou, tranquille... Mince nappe résistante, invisible, pleine de traces de mots, comme un buvard d'air... Tablette absorbante... Le contraire du guéridon occulte... Toutes les paroles y rentrent, y chauffent le bois, s'y taisent à jamais, ressortent, on dirait, en couleur luisante... Je l'ai fait venir de Bordeaux, le secrétaire... C'était beau de le voir arriver bien attaché sur un canot, un matin de juin, à travers le bleu éclatant et le carillon des cloches... « A la maison! »... Le secrétaire de papa, « retour d'Égypte », autrefois à droite dans la bibliothèque ouvrant sur le magnolia aux fleurs blanches... Il y rangeait ses papiers, lettres de la banque, factures, chèques, passeports, loyers... Un tiroir pour les pièces de monnaie, soi-disant pour ne pas alourdir ses poches... Rite entre nous, ça, toujours une petite montagne de pièces... J'allais y puiser de temps en temps... Vol convenu... Pas un mot... Voilà: j'ouvre mon cahier rouge, j'écris ce qui précède : « Petite montagne de pièces... Vol convenu... Pas un mot... » Place Saint-Augustin, au 8, troisième étage... « La signification de " cœur " chez saint Augustin »... Cœur du temps... « Ô souvenirs, roses de l'âme, au fond de la nuit »...

Il est dix heures du matin. Marco vient de partir pour son cours au Conservatoire. Je les regarde, là, toutes les trois... L'espace est un jeu avec elles, un jeu de soie... Elles sont en train de lire, chacune dans un fauteuil, dans le grand salon lumineux. Je fais semblant de lire, moi aussi, mais je les observe. Je rentre dans leur attention flottante, on joue au silence. Qui a couché avec qui, chez Cecilia, cette nuit? Marco avec Liv? C'est le plus probable. Ou Cecilia avec Sigrid? Possible. Ou tous ensemble? Non. Silence. Et moi, à l'intérieur du silence, je joue au revenant, à celui qui serait là, tout de suite, pour la deuxième fois, après un long voyage, après la mort. Sorti de l'enfer de l'existence, de l'obsession du but. Détaché, sans projet, sans geste pour la minute d'après, rien que la contemplation pour rien, l'instant pour rien, gratuité, volumes. Elles sont comme des fleurs, elles sont des fleurs, Liv noire, Sigrid rouge, Cecilia verte... Pour l'instant, j'ai envie de Cecilia, et Liv et Sigrid le savent, et elles savent aussi qu'elles ne doivent rien laisser paraître, c'est comme ça... Sigrid toujours un peu tendue, comme si elle avait perpétuellement oublié de dire quelque chose et que, ces oublis se succédant, ils finissaient par former une barre impalpable, brumeuse, devant son front... Liv, plus mélancolique, au repos, pas encore sortie du lit, toujours en train de s'étirer dans son lit... Cecilia, elle, est très réveillée, elle a compris, elle va finir par proposer une scène... Le bruit des vaporettos, par la porte-fenêtre entrouverte, vient augmenter la façon qu'on a de se taire, je suis bien calé dans mes *Oracles chaldaïques,* édition Budé à couverture jaune, texte établi et traduit par Édouard des Places SJ, Correspondant de l'Institut... Je me revois lisant le même livre à New York, au seizième étage de Jane Street, en fin d'après-midi, avec le soleil pourpre transformant violemment la bibliothèque, le fauteuil de cuir souple près des plantes vertes grimpantes... Le même livre encore à Madrid, en hiver, dans une chambre d'hôtel... Et encore le même à Rome, Piazza Navona, par un petit matin argenté de mars, contre la fontaine... Fragment 128 : « Quand tu auras vu le feu sacro-saint briller sans forme, en bondissant, dans les abîmes du monde entier, écoute la voix du feu. » Ou encore, fragment 118 : « A certains, il a donné de saisir par l'étude le symbole de la lumière ; d'autres, jusque dans leur sommeil, il les a fécondés de sa force »... Sacrés vieux textes... Théurgiques... Magiques... Qui permettent de rêver et de se concentrer partout, n'importe où... « De partout, d'une âme non façonnée, tends les rênes du feu »... « La source paternelle, la fleur du feu, au plus haut point du temps sans repos »... « Je crois que je vais jouer un peu », dit Cecilia... Elle monte au deuxième étage, entame bien carrément une *Partita* de Bach... Sur son Rogeri de Brescia 1699... Ré mineur... Fragment 124 : « Ceux qui poussent l'âme hors d'elle-même et la font respirer sont libérés »... Les cordes vibrent, l'appartement commence à tourner... Liv se lève, Sigrid aussi, « on va se promener », je reste seul avec Cecilia, je monte, elle joue près de la fenêtre qui donne sur le canal miroitant, je vais dans la salle de bains, elle continue un peu, s'arrête, me rejoint, se colle contre moi, m'embrasse, on fait l'amour debout, là, tout de suite, maladroitement, exprès. C'est mieux. On se tait. On ne s'est jamais rien dit de personnel, Cecilia et moi, on évite de se parler devant les autres, on a des relations détournées de muets, moments directs et confus, rares, où on se touche rapidement, sombrement... Elle revient dans la chambre, reprend la *Partita* interrompue, mouvement lent, énergique, bien plaqué dans la lumière du dehors, je descends, je sors, c'est une fois de plus le paradis léger de Venise, blanc et bleu, et gris rouge et blanc, et l'air qui n'en finit pas d'entrer et de sortir de l'eau, et d'en ressortir à nouveau plus étendu, plus libre... « Libre comme l'air ? »... « C'est ça »... « Mais personne ne peut y arriver ! »... « Sûr ? »... « Comment feriez-vous ? »... « J'oublie tout et je ne pardonne rien »... « Pardon ? »... « Je répète : tout oublier, ne rien pardonner »... « Qu'est-ce que ça veut dire ? »... « Vous prenez appui sur la pire répulsion de la pesanteur. Vous faites le vide. Horreur violente. Passage dans l'atmosphère et au-delà. – C'est de la magie ? – De la contre-magie. Vous vivez entourés de jeteurs et de jeteuses de sorts. Ils et elles ne peuvent pas faire autrement... Extraits de fœtus... Sueur d'embryon... – Vous êtes fou ? – Tout est fou. Le temps d'exister. Pas long. Pas grave. Le temps infini contient la même somme de plaisirs que le temps fini. – Épicure ? – Oui, toujours. Plus que jamais. – Mais qu'est-ce que ça veut dire ? – Une autre fois. »

– Septembre 1797, dit Marco. L'orage. La chute d'un monde. On passe vite là-dessus dans les écoles, n'est-ce pas ? L'entrée des Français dans la ville. Et Napoléon : « Je serai un Attila pour Venise. » On a beau lui proposer des tonnes d'argent, rien n'y fait. Il voulait à tout prix la fin du Conseil, la fin de la République... L'abaissement de la Sérénissime... Brûler le Bucentaure, le bateau-scandale.

– Mais pourquoi ? dit Liv.
– Symbole de la cérémonie essentielle, dit Marco. Le Doge, au large, épousait chaque année la mer, en jetant un anneau dans l'eau. Interdit, désormais, d'épouser la mère, hein ? Le progrès. Égalité et fraternité. De même avec le livre tenu par le Lion, l'évangile de Marc, « Pax tibi Evangelista meus ». Les Jacobins locaux ont fait marteler l'inscription pour la remplacer par « Droits de

l'homme et du citoyen ». Comme l'a dit un témoin, à l'époque : « Le Lion a tourné la page. » Voilà ce qui s'appelle changer d'éditeur, non ?

– Pas pour longtemps, dis-je.

– Bien sûr. Il a vite fallu retourner à la page d'avant... Tout ça pour, dans la foulée, donner Venise aux Autrichiens... Bizarres Français... Ils prennent le Trésor, comme les armées de Luther à Rome en 1527, tracent quelques graffiti, coulent le Navire de Jouissance – et abandonnent aussitôt en offrant la perle à leurs adversaires... Ce Corse égyptien...

– Vous n'aimez pas Napoléon ? dit Sigrid.

– Ah non. Ni Jeanne d'Arc. Ni Hitler. Ni Staline. Ni Mussolini. Et pas davantage Reagan, Gorbatchev, Kadhafi, Kakami. La barbe.

– Le Pape arrive quand ? dis-je.

– Après-demain.

– Une vraie fête, dit Cecilia, vous allez voir.

Je lui prends la main sous la table. Doigts velours. Je pense à ce qu'elle m'a quand même dit tout à l'heure à propos de violon : que l'archet semble toujours trop court, qu'il a sans fin besoin d'air, qu'il le respire au-delà de l'imagination des poumons, qu'il ne faut jamais appuyer mais *sortir* le son...

– Vous avez les bagues ? dit Sigrid.

– Voilà, dit Marco.

Il sort de la poche de sa veste de toile blanche un écrin rouge sombre. Dix anneaux d'or. Deux pour chacun. On en met un. L'autre est à conserver, en mémoire. On se montre nos mains mariées, tous les cinq, on rit de l'effet brusquement produit au soleil sur les nappes immaculées. Liv lève son verre :

– Au Lion ?

Et tous les cinq :

– Au Lion !

Marco va appeler un motoscafo... On lui demande d'aller au large, après San Giorgio... Le soleil éclate de partout, maintenant, c'est la folie lumineuse, vaporisée, brassée... Voilà... Arrêt du moteur, le canot se balance... On se lève... On jette tous ensemble nos anneaux d'or dans l'eau... Dans l'Adriatique fiévreuse et verte...

— Au Cœur Absolu! crie Sigrid, avec une drôle de voix aiguë qui se perd aussitôt dans l'air.

Et chacun d'entre nous répète à voix basse :

— Au Cœur Absolu!

Marco embrasse Cecilia, Liv et Sigrid. Moi aussi. On s'assoit, on fume, on ne dit rien. Le marin n'a même pas pris la peine de regarder notre jeu. Il est absorbé par la lecture d'une bande dessinée... Marco lui demande de revenir, on accoste, on va prendre un café au Florian, le tout a duré à peine une demi-heure... C'était la revanche de la Sérénissime Venise sur l'Autriche et la France, la Prusse et les Turcs... Et bien d'autres choses encore à travers nous, fantômes ou danseurs des dates...

Je rentre chez moi. Je suis ici, rien qu'ici, maintenant, juste entre ma plume et moi, entre l'encre, l'or et le souffle. Je change ma cartouche *Waterman*. L'homme liquide vous parle... La petite place San Agostino est calme, avec ses quatre platanes, ses lilas dépassant des murs, son puits blanc, au centre... Six heures. A Paris commence la scène des bars et des bavardages... J'ai disparu, on ne remarque même plus mon absence, les mêmes remplacent les mêmes sous les masques identiques et changeants... Le carnaval est là-bas, cirque grimaçant et rieur, valse crispée, de qui parle-t-on aujourd'hui, qui a trahi qui, désavoué qui, où en sont les échos, la bourse... Sophie, de passage à Paris, est peut-être au Bristol, elle boit un White Lady... Claude et une amie au Pont-Royal, devant deux coupes de champagne... Fermentier et les Japonais au Lutetia, Coca-Cola et whisky...

Laura, à New York, sort pour déjeuner, elle prend un taxi, léger vent, ciel haut... Voilà, c'est comme si les cinq anneaux dans l'eau, à présent, produisaient leur effet de drogue, retour d'énergie, action métallique dans les profondeurs... J'entrevois le cœur du temps, il bat, il respire, il est sous-marin, hors des corps, il les influence de loin, les visite, les abandonne, les soutient par moments, s'éteint... Œil vide, vingt mille lieues sous les continents, chiffre des désirs, des délires, chaque étreinte lui est consacrée, chaque brûlure... Sept heures. Liv et Sigrid vont venir. Elles seront là dans un instant, mes chéries, mes petites lesbiennes, mes saignées du coude, mes veines, mes fraîcheurs, mes joues... Elles m'ont peut-être joué à pile ou face, tout à l'heure, en se promenant ensemble du côté du Rialto... On va bien voir... Je serai content dans les deux cas... Ça se passera vers onze heures, quand l'une des deux dira qu'elle est un peu fatiguée, qu'elle préfère rentrer... A moins qu'elles veuillent rester toutes les deux avec moi, et alors elles ne diront rien, on remontera ensemble bras dessus bras dessous, la nuit se fera toute seule... Elles dormiront sur la droite, l'une dans l'autre, et moi sur la gauche, tombé directement dans un sommeil lourd, comme au fond du canal, sans traces... Je me lèverai tôt, je les laisserai sur le lit, j'irai travailler sur les Zattere, au soleil... Et en effet, j'écris ces lignes au soleil. Tout s'est passé comme prévu. Trois jouissances en une. Un rêve.

La ville se prépare, nous sommes des silhouettes dans la fête imminente. Il y a des drapeaux jaunes et blancs un peu partout aux fenêtres, tissu coupé d'or et d'argent, les deux métaux à égalité, lune et soleil, une seule lumière.

Liv et Sigrid sont très gaies. Cecilia et Marco répètent sans arrêt pour le concert solennel qui aura lieu le lendemain à La Fenice. Une symphonie de Mahler, quelle idée... Est-ce qu'il n'y a pas assez de musique, pour un Pape, dans Monteverdi, Vivaldi, Bach, Haendel, Haydn, Mozart? Pourquoi lui assener la mort à Venise? L'entonnoir allemand dix-neuvième? Une trouvaille de la municipalité? Passons... Je regarde Liv allongée par terre, chez moi, je regarde simplement ses jambes, elle lit *Beaucoup de bruit pour rien*... « La virilité s'est fondue en courtoisie, la valeur en compliments, et les hommes ne sont plus que des langues, des langues dorées... Aujourd'hui, pour être aussi vaillant qu'Hercule, il suffit de dire un mensonge et de le jurer! »... Encore une Béatrice... Ah non, ça suffit... Il n'y a rien à faire, au fond, rien à jouer d'intéressant, c'est le moment qui compte, le pur moment... Est-ce qu'il y a déjà eu, dans l'histoire, une telle *évidence du moment*? De son absolu chimique? Peut-être, comment savoir? Mais peut-être pas, en effet. Puisque personne ne l'a dit comme ça. Liv relève sa jupe, elle a envie de se caresser, là, devant moi, elle commence un peu, elle renonce. On s'embrasse, on arrête... Sigrid arrive, elles sortent, je me couche pour attendre la tombée du jour... Je m'endors toujours quand je veux, où je veux... Le moment... « On ne fait pas un roman avec des moments! »... Et pourquoi non? Qui l'a dit? Qui l'a interdit? Depuis quand? Dans l'intérêt de quoi? De qui?... J'ai vécu comme j'ai voulu, non? Autant en emporte le temps, le pseudo-temps des comptes idiots de la peur, de la misère enfermée, du désir différé, des kilotonnes de moisi humain sous l'air massif, impassible... Un peu de sommeil, donc... Cendre... Elles doivent être du côté de San Marco, maintenant, Liv en train d'acheter un collier, Sigrid la conseillant sobrement... La chambre glisse dans le noir. La couverture écossaise jetée sur le lit me rappelle une de mes premières chambres à Paris quand j'étais étudiant, c'est le même vert clair et foncé, colère de la femme de ménage découvrant des taches de foutre après la visite de telle ou telle fille, agitation sans rien dire, obligé de déménager. Près du Parc Monceau. Musée Cernuschi. Les dragons de l'entrée, flamboyants, noirs et jaunes. Les photos, là, prises par comment s'appelait-elle déjà, oubli, je vois son visage, son nom a disparu derrière elle, sourire, lèvres épaisses, je la baisais en pensant égorger des chèvres. Oui. Sang dans des coupes d'argent. Elle ne me plaisait pas. Je l'embrassais beaucoup. Peau un peu caoutchouc. Une balade en fiacre, l'été. Photos, photos. L'ai emmenée aux *Glycines*? Sans doute. Je vois ses jambes, là, dans la pénombre. Quelque chose de Liv pour que je pense à elle? Mais Liv, elle, me plaît. Ou aucune. Peu importe. En barque, au Bois. « Vous allez faire autre chose, n'est-ce pas? Un vrai roman? » C'est ça, un vrai roman. Les rames, les canards, l'eau, les feuilles. Et la ronde des couples en voitures, plus loin. « Vous suivez? – Chez vous? »... Ce n'est pas bien d'avoir oublié son nom. Le sommeil image de la mort? Repos de l'amour au-delà des images. Plus on fait l'amour, et plus on a dormi sans sommeil, sans mort. Parfois épuisé sans rien faire, et parfois cinq ou six nuits blanches, les yeux ouverts, en pleine souplesse le lendemain, front sec. C'est encore toi? Dans les miroirs. S'amuser est tout. Un peu n'importe où aux chiottes. L'assistant du ministre, avec son tatouage en haut de la cuisse gauche. Bonjour. Et les autres. « Si tu veux me revoir, je suis dans l'annuaire. – Mords-moi les lèvres, rappelle-toi ça. » Février glacial. Août en fleurs. « Je me suis branlé en pensant à toi. » – « Moi aussi. » « Je n'ai pas envie de jouir tellement c'est bon. » – « Moi non plus. Attendons. » Savoir, toujours. Qui augmente sa jouissance augmente son savoir. Torrent du sang, attentif et bouillant dans l'ombre. Liv quand elle se caresse. Le visage détourné à gauche, les mèches de cheveux de plus en plus dessinées, son odeur de fond, brune et claire, comme si elle était blonde, le pain, le croquant du pain, four et pain... Le doigt dans la bouche, délicatement, puis au sexe... Salive et mouillure. D'elle-même à elle-même, courbe dorée douce. « Vous savez que vous avez des cheveux *mangeables*? C'est rare. – J'en ai autant à votre intention, cher Monsieur... » – « Encore un peu de vin ? – S'il vous plaît. »

Il fait gris, tout le monde est dehors... C'est le *Corpus Domini*, l'eucharistie en sortie de gala... Chaque année, la succession des grandes solennités des dimanches obéit à une logique impeccable : Ascension, Pentecôte, Trinité, Fête-Dieu, Sacré-Cœur, saint Pierre et saint Paul... Chaque opération a sa cause antérieure, machine pneumatique huilée, sans erreur... Pour envoyer le Saint-Esprit à la Pentecôte, par exemple, il faut qu'il y ait eu l'Ascension (la deuxième personne monte vers la première, la troisième descend tout en restant en haut, ce sont les mystères des ascenseurs célestes)... Après quoi, en effet, la Trinité peut être considérée comme complète... La fois suivante, on dira d'une autre façon que Dieu en Trois n'en est pas moins Un, et que ce Un, mangeable, peut passer à la répétition indéfinie... On laisse ensuite le corps, on insiste sur le cœur... Et puis les deux apôtres colonnes... Bon, bon. Plus tard, en août, au comble de la chaleur et des vapeurs, dans le brouillard des mirages et l'accablement des baigneurs, on pourra glisser l'Assomption... Elle monte, elle aussi... Avec son vrai corps... Pendant la sieste... Toutes voiles dehors... Et puis, pas d'inquiétude, ça recommencera : l'Annonciation a déjà eu lieu, l'événement est pour bientôt, paf, Noël, et en avant pour la Semaine Sainte, Crucifixion, Passion et Résurrection... Pour l'instant, donc, chacun ayant reçu sa langue de feu, on va célébrer le banquet suprême...

Avec le Pape en personne, ce n'est pas tous les jours.

Depuis le matin, très tôt, les hélicoptères survolent la Giudecca, descendent vers les toits des maisons, vers les terrasses, à la recherche, sans doute, de la fenêtre suspecte, du rideau qui bouge, du tireur embusqué... « On ne s'entend plus, dit Sigrid, ces cons vont nous crever les tympans »... Un deuxième attentat du siècle? Pourquoi pas?... Le Turc en prison, à Rome, après ses révélations, a fini par prendre un système de défense psychiatrique. Il est tantôt le Christ lui-même, tantôt Dieu. Le procès d'Antonov, le Bulgare, ex-bibliothécaire à Sofia (drôle de bibliothèque!) et directeur de Balkan Air à Rome (curieux trafic), donne lieu à des dialogues comiques :

Antonov : Je vous répète que je n'ai rien à voir dans cette affaire.

Le Juge : L'accusé turc dit qu'il parlait anglais avec vous. Vous avez déclaré que vous ne parliez pas anglais.

Antonov (toujours en bulgare) : C'est vrai.

– Vous ne parlez pas anglais?

– Non.

– Et on vous a envoyé à Rome dans une compagnie d'aviation?

– Oui. Parce que je parlais français. Sans quoi, on m'aurait envoyé à Paris.

Le Juge lève les bras au ciel. Le crucifix, suspendu au mur derrière lui, l'imite dans l'invisible. Encore un petit détour par la drogue, les services secrets, l'ombre toujours mouvante de la Loge P2, les spirales financières, le coup d'État en Pologne, le pendu du pont de Londres, l'empoisonné au curare dans une cellule de New York, bref les banalités d'ici-bas...

Le Juge : Et vous ne parlez pas non plus l'italien?

– Non. Je le comprends, mais je ne peux pas m'exprimer dans cette langue.

(Le crucifix, derrière le Juge : Un Bulgare! Alors qu'ils sont doués comme pas deux! Qu'ils ont reçu double ration à la Pentecôte pour tenir bon, plus tard, contre l'Islam! Les ingrats! Les traîtres!)

– Donc, dit le Juge, si je vous comprends bien, il s'ensuit que personne ne connaissait personne et, de plus, que personne ne pouvait parler avec personne?

– C'est ça.

– Et le Pape a eu une hallucination? A moins qu'il soit une hallucination lui-même?

– C'est possible.

Bref, tout le monde a rêvé, le Turc est fou, il ne s'est rien passé, acquittement, raison d'État, diplomatie, balles perdues, silence. L'Histoire est une vaste escroquerie plus ou moins réussie. Crimes, chuchotements, classement des dossiers. Air entendu des murs. « Il est très fort, ce Turc, dit Liv. On a l'impression qu'il est drogué en permanence et qu'il fait exprès de dire des énormités. – C'est la vieille technique mafieuse, dis-je. Faire le fou et passer des messages pour l'extérieur lointain, dans l'incohérence apparente. – Il finira par sortir de prison? – Peut-être après la mort du pape actuel, quelque part vers la fin du siècle. Ou alors tasse de café mortelle, dans sa cellule, un soir... »

Les hélicoptères continuent leur danse... Le rendez-vous est à Saint-Marc. JP2 arrive de Trévise où il y a un aéroport militaire, il fait son entrée dans la Sérénissime à bord de la *Dogaressa,* jaune et bleue, escortée d'une flottille de gondoles couvertes de fanions multicolores et de fleurs. Cortège naval de la Salute au Grand Canal, et puis Basilique. Et puis procession. Ils sont tous là, les cardinaux, les évêques, les prêtres, les moines, les enfants de chœur, toute la gomme, le ministre de je ne sais plus quoi, le maire serrant les mains dans la foule – *grazie! grazie!* –, les curés, au passage, saluent les habitants de leur quartier qui leur font une ovation – vouah! – comme pour un match de football. L'avant-centre de Santa Maria dei Frari! L'ailier droit des Gesuati! Le gardien de but de San Pantaleone! Grands, gros, petits, maigres, bouffis en surplis, tout le ban et l'arrière-ban de l'obscurantisme et de la réaction mondiale, les dispensateurs de l'opium et le peuple en extase devant la tromperie 2 000 ans! C'est à désespérer le ministre de je ne sais plus quoi qui en profite, quand même, pour préparer les prochaines élections, pendant que les pigeons, rendus fous par cette masse inhabituelle applaudissante et hurlante, rasent les têtes comme des obus plumeux... On s'approche, Liv, Sigrid et moi. Les carabiniers nous fouillent... Nous radiographient... Déclic sonore... Qu'est-ce que c'est que ça? Eh bien, oui, mon canif... Remue-ménage... Suivez-nous... Je n'ai pas ma carte d'identité... Ai-je l'air turc?... Sait-on jamais?... Canif confisqué... Un modeste couteau coupe-papier, en argent, inoffensif et sans cran d'arrêt, qui tombe régulièrement de la poche de mon pantalon sur les lits ou sur les moquettes quand je suis en mission spéciale... En général, elles me le rendent gentiment la fois suivante... La dernière fois, la rousse productrice de télévision, nuit chaude sur le tapis, appartement à Neuilly, un mot le lendemain : « Votre canif est entre mes mains »... Non, un tueur ne se balade pas comme ça avec deux filles sérieuses... Liv multiplie les sourires... Voilà, on parvient à l'endroit réservé, places numérotées H K... Il y a là un type qui gueule très fort, un ancien militaire brandissant une image de la Vierge... Il bouscule les paralytiques du premier rang, joue des coudes dans les religieuses... Interdit à un couple japonais de prendre des photos... Marche sur les enfants... Insulte trois jolies femmes hyper-maquillées sortant de chez le coiffeur en l'honneur du Pape... Justement, il vient de se mettre à parler dans son micro, le Pape, mais on n'entend rien à cause du cinglé... C'est un démoniaque, pas de doute... La voix grave a commencé, pourtant : « Venise... La culture.... La civilisation... L'élégance des gondoles »... Le fou crie de plus belle... Il est pour la Vierge, lui, sans accommodements ecclésiastiques, direct, mystique, absolu... « Venise est une bénédiction presque physiologique »... Mais oui... Ah, merde, le fou se déchaîne... Il veut entamer une controverse théologique, là, tout de suite, ses arguments sont obscurs, impossible de le faire taire... Les religieuses s'agitent... Il les repousse... Il y en a dix, de la vieille édentée à la débile mineure, en passant par la beauté rentrée mal soignée, mince moustache blonde, jamais de crèmes, jamais d'épilation ni de rouge à lèvres, qui me lance d'ailleurs deux fois un léger regard au secours, lueur bleue des yeux vite effacée, coupable... Je tente une médiation... Je demande au furieux, doucement : « Lei è cristiano ? »... Il se tourne vers moi tout rouge, je me dis qu'il va me défoncer le nez... « Come no ? »... – Un cristiano è calmo... – Va te faire foutre ! il me dit, en très bon français... – Laissez-le, chéri, fait Liv, chacun sa ferveur »... Bon, la procession passe devant nous... J'aperçois JP2 noyé à l'arrière de son équipe de robes... Tout blanc, fin sourire de renard, déjà épuisé par sa journée de marathonien transcendantal, main levée bénissante à droite et à gauche, ronflement des hélicoptères, diagonales-pigeons... Toujours le flot des curés, ciboires et burettes à col de cygne à la main... « Tiens, dit Sigrid, ils ont apporté leurs gamelles ?... – « Voyons »... Le fou s'époumone toujours, visage rouge brique, veines du cou tendues à péter... Une vieille dame très digne s'effondre à côté de moi... Secouristes... Les mères soulèvent leurs bébés... Elles les exposent à l'irradiation sanctificatrice... Ça vocifère de partout, maintenant, un peu de soleil à travers les nuages, signe divin, ça redouble l'enthousiasme de fond... Le voilà enfin, il est là, juste en face... Le dingue, brusquement muet, monte sur une chaise, me cache Sa Sainteté, m'empêche de recevoir son onde, puis se jette à terre, trémulant, bavant... « È bello! È bello! » se disent l'une à l'autre les religieuses extatiques... C'est leur grand jour, après quoi retour aux malades, au couvent... En fin de parcours de la procession s'avancent, œcuméniquement, les représentants orthodoxe et anglican... Les pauvres... Pas de rabbins?... Peut-être... Si, le barbu à chapeau de feutre noir, là-bas... Se demandant, mieux et plus profondément que ses deux confrères minoritaires, beaucoup mieux que les secrétaires du parti communiste perdus dans leurs délégations de région, comment une telle imposture spectaculaire peut encore durer et faire à ce point recette... C'est comme le ministre maçon... Qu'est-ce que vous voulez, il faut bien composer avec la superstition locale... D'autant plus que l'archevêque de Perugia vient de comparer la franc-maçonnerie à la mafia et à la camorra... Un extrémiste... Prenant prétexte de quelques dérapages socialistes dans les finances publiques... Pas le moindre imām? Non. Il est vrai que nous sommes chez les vainqueurs de Lépante, chez les anti-Turcs de toujours... Ah, voilà les messages lus par haut-parleurs... Le remerciement de l'Anglican n'est pas mal : « Ma femme et moi »... Ma femme et moi?... Place Saint-Marc! En plein show de l'Église Universelle! Juste avant la célébration du Corps et du Sang de Notre-Seigneur! Au milieu du triomphe du Saint-Sacrement!... « Ma femme et moi »!...

J'ai récupéré mon canif au poste des carabiniers... On rentre... C'est le reflux populaire vers les vaporettos... Ils vont revenir chez eux, tous, les groupes, les chanteurs, les ouvriers, les employés, les secrétaires endimanchées, les handicapés, les retraités, les bébés... Ils ont leurs drapeaux, leurs photos... Leurs banderoles... Le numéro spécial-souvenir de l'*Osservatore Romano,* le journal le plus snob de la planète... Le mieux imprimé... Avec son incroyable devise sous la tiare aux deux clefs : *Unicuique suum non praevalebunt...* Un bon article sur Martin Buber... Une critique des avortements faits à la sauvette... Des tas d'éloges de saint Pie X, le Pape *Veneto,* dont la petite maison, sur la Giudecca, est spécialement fleurie aujourd'hui... Il est mort en 1914, celui-là... Canonisé en 1954 par Pie XII... De 1909 à 1912, à Trieste, à côté, un certain James Joyce, tout seul, rejeté par tous les éditeurs, commençait à écrire, à coups de vin blanc, un gros livre incompréhensible, *Ulysse...* Une révision irlandaise d'Homère... A San Giorgio Maggiore, plus d'un siècle avant, on avait élu Pie VII... Le Pie VII enlevé par Napoléon... Et puis Roncalli Jean XXIII, patriarche de Venise... Et puis Jean-Paul Ier qui n'a chevroté doucement qu'un seul été, sacrifié à la « vision inscrutable de Dieu »... J'étais à New York... J'écrivais sur une terrasse du dix-huitième étage... Papes, millésimes, convulsions, lettres courant sur papier...

Devinette : quel est le Pape qui a décoré Mozart de l'ordre de l'Éperon d'Or à Rome, en 1770, sur recommandation du cardinal Pallavicini ?

– Je sèche.

– Clément XIV, dit Marco.

– Léopold Mozart était très pieux, dit Sigrid. La *Correspondance* le montre. Un foutu fanatique.

– Un homme charmant, dit Marco. Bien méconnu. La propagande pour séparer Mozart de sa famille est une des plus amusantes qui soit. En réalité, les Mozart...

Je n'écoute plus. Je rentre à l'appartement. La télévision continue la retransmission de la messe en direct. Le grand Christ de Cimabue a été sorti de la Basilique et placé derrière l'autel en plein air, sur l'estrade rouge et jaune... On dirait que toutes les images vont converger vers l'ostensoir présenté aux quatre points cardinaux, publicité des publicités annulant d'un seul coup des tonnes de lessives, de voitures, d'apéritifs, de shampooings, de layettes, de parfums, d'appareils électroniques, de matches, de westerns, de films policiers, de dentifrices, de papiers hygiéniques, de détartrants, de médicaments... L'hostie, pilule anti-pub!... Décollement des rétines... Interruption du marché... Pour une fête instituée quelque part au XIIIe siècle, on ne peut pas dire que le rythme ait baissé... Au contraire... Démonstration... Tableaux repris, réhabités, diffusés... Tentures, tapis, palmiers, chasubles, métaux et dorures... Tous les ciboires fondus : fortune insensée... Et les croix, diamants incrustés, patènes, encensoirs, candélabres, reliquaires, mosaïques, marbres, fresques, statues, plafonds, bois sculptés, orgues, tabernacles, sacristies, manuscrits...

Bon. Assez. Je viens d'apprendre l'arrestation de K. en Pologne. Il a donc tenu quatre ans dans la clandestinité à l'intérieur d'un pays sans cesse quadrillé par la police et où les moindres déplacements sont surveillés... Il risque dix ans de prison... Agent de l'étranger... Subversion... Son assistante est arrêtée en même temps que lui... Et aussi T., le médiéviste, spécialiste de Dante, dont j'ai toujours deux lettres d'autrefois à propos de l'interprétation possible de *Purgatoire* 26 et 27... On est sur la septième corniche. L'ange chante « beaucoup plus haut que la voix humaine »... *Beati mundo corde*... La sixième Béatitude... « Bienheureux ceux qui ont le cœur pur car ils verront Dieu »... Oui, il s'agit bien de la purification des luxurieux dans la flamme, épreuve à laquelle Dante lui-même doit se soumettre, confidence sur son libertinage de jeunesse... Il y a là les Troubadours, Guido di

Guinizello, Guiraud de Borneuil, Guittone d'Arezzo... Il aurait pu ajouter Guillaume d'Aquitaine et Cercamon, de Bordeaux... Jongleurs et « tricheurs de dames »...

> « Pos vezem de novel florir
> pratz, e vergiers reverdezir,
> rius e fontanas esclarzir,
> auras e vens,
> ben deu chascus lo joi jauzir
> don es jauzens »...

« Guillaume IX fut un des hommes les plus courtois du monde, et un des plus grands tricheurs de dames. C'était en armes un très bon chevalier, et aussi un grand séducteur. Et il sut bien trouver et chanter. Il voyagea longtemps par le monde afin de tromper les dames... »

« Cercamon fut un jongleur de Gascogne. Il composa vers et pastourelles à la manière ancienne. Il rôda à travers le monde, partout où il put aller. Et pour cela, il se fit appeler "« Cherche-Monde " » »...

« Peire Vidal était de Toulouse, et chantait mieux que personne au monde. Ce fut un des hommes les plus fous qui jamais existèrent, car il croyait vrai tout ce qui lui plaisait et ce qu'il désirait. Il trouva plus facilement que personne au monde et fut celui qui composa les plus riches mélodies et dit les plus énormes folies à propos d'armes, d'amour et de médisance... Et il courtisa toutes les nobles dames qu'il voyait et il les priait toutes d'amour : toutes lui disaient de faire et de dire ce qu'il voulait. De sorte qu'il se croyait l'amant de toutes et il pensait que toutes mouraient d'amour pour lui. Il menait toujours de riches destriers, portait de riches armes, et un trône impérial. Il se croyait le meilleur chevalier du monde et le plus aimé des femmes... »

« Aimeric de Belenoi naquit dans le Bordelais. Il était clerc, et se fit jongleur, et il trouva de bonnes chansons, belles et gracieuses, pour une dame de Gascogne qui s'appelait Gentils de Rius. Et pour elle il resta longtemps dans cette contrée; puis il s'en alla en Catalogne, et il resta là jusqu'à sa mort »...

> « Farai un vers de dreit nien :
> non er de mi ni d'autra gen,
> non er d'amor ni de joven,
> ni de ren au,
> qu'enans fo trobatz en durmen
> sus un chivau »...

Et puis Villon, pourquoi pas, avec son *Débat du cœur et du corps* :

« Qu'est-ce que j'oy ? – Ce suis-je ! – Qui ? – Ton cuer. »

Mais Villon est mort en 1463... Un siècle et demi après *Le Purgatoire*... Peu importe, c'est toujours la même scène... Comme pour Mex en Enfer... Symétries... Le feu éternel est à la huitième fosse du huitième cercle souterrain... Du feu purgatif, au contraire, on sort après avoir été grillé jusqu'à l'os... Feu qui brûle sans brûler (« tu pourrais rester pendant mille ans dans ce brasier, il ne te consumerait pas un cheveu »), buisson ardent négatif... « Dès que j'y fus, je me serais jeté dans du verre bouillant pour m'y trouver au frais, tant l'incendie y était sans mesure »... C'est comme ça. Il faut y passer. Après quoi on peut prendre pour guide son plaisir. On est roi et pape de soi-même. On a traversé la grande illusion. Allez, hop, au crématoire, et les yeux ouverts. Mes mains tremblent. J'avale rapidement deux whiskies.

Je téléphone à mon contact à Paris. On ne sait rien, ou pas grand-chose. K. et son assistante auraient été dénoncés, T. aussi. Il va être très difficile de communiquer avec eux. Le régime marque sans arrêt des points, encouragé par l'indifférence quasi générale. « Vous êtes à Venise ? – Oui. – Le Pape est là ? – Oui. – Vous pouvez voir son secrétaire ? – Je peux essayer. – Les Américains ont laissé tomber. Les Français aussi. – Je sais. – Vous avez revu Madame V.? – Non. – Elle est repartie, je crois. »

Madame V. est venue me voir avant mon départ pour m'inviter en Pologne. C'est une dame d'allure très respectable, d'une soixantaine d'années, les yeux un peu fixes, détermination dans la voix. Madame V. me dit qu'elle m'estime énormément. Elle pense que j'ai beaucoup à apporter là-bas, mais aussi à apprendre moi-même de mon voyage. Elle trouve que je pourrais développer des thèmes du plus grand intérêt. Mais il faudrait... Comment dire... Que je m'approfondisse? C'est ça. Je dois être submergé par une existence superficielle, peut-être que je sors trop, que je perds mon temps... Il me manque sans doute... Un manque? Voilà. La vraie souffrance initiatique? Non, elle n'irait pas jusque-là... Il faut choisir entre l'effervescence et l'œuvre? Ah oui, tiens, ce serait plutôt dans ce genre... Elle me regarde par-dessus ses lunettes comme une directrice d'école... « Vous avez sans doute besoin de retrait... De retraite... Si je peux me permettre : à votre âge... » Décidément, c'est la mode, je dois faire quatre-vingts ans... Je prends l'air triste, accablé, il faut que j'aie une âme, là, urgence... « Il est bien tard pour devenir sérieux, dis-je. – Non! non! dit Madame V., dont l'œil s'anime tout à coup... Non! Au contraire! Maintenant!... Exprimer des choses fondamentales!... » Je comprends qu'elle me demande comme tout le monde de renoncer aux cochonneries, bien sûr, mais aussi de devenir enfin positif, social... Zocial!... Est-ce qu'elle serait... Avec son maintien tranquille... Mais oui... Probable... Je cite deux ou trois noms de Polonais en exil... Des juifs... Pas de réactions... Elle ne connaît pas ou ne veut

pas connaître... Le curé assassiné ? Le procès de Torun ?...
Rien... Je devrais écrire un vrai roman ? M'occuper moins
de moi-même ?... Oui, oui, en un sens... « Il faudrait »... –
Oui ?... – Que vous soyez... – Oui ?... – Moins *vaniteux*... –
Pardon ? »... Elle me regarde intensément... Je vois qu'elle
s'est trompée de mot, elle a voulu dire moins attaché aux
vanités de ce monde... Moins préoccupé de vains détails...
Moins chatoyant pour rien, moins brillant sans fond,
moins éblouissant pour pas grand-chose... J'imagine ce
qu'elle imagine : je traîne dans les cocktails et les bars, je
vis n'importe comment, je dîne au hasard dans une
société frelatée, frivole... Je m'use, je me détruis, alors
que... Si je voulais... Avec mes restes... Je pourrais être
utile, là-bas... On m'engagerait... Je ferais des cours, des
conférences... Je serais au courant de la vraie réalité
solide... Je n'aurais pas toutes ces idées fausses, romantiques, notamment sur le Pape... Est-ce que les Américains
veulent de moi ? Non, n'est-ce pas, elle est au courant... Et
mon propre pays ? Pas tellement, il faut bien le reconnaître... Tandis que, là-bas, je serais reçu à bras ouverts... Je
verrais des femmes de qualité... De vraies femmes... Au
lieu de fréquenter toutes ces salopes... De me rouler dans
la boue... La luxure... La drogue... A mon âge avancé...
Quelle inconscience... Quel gâchis... Car j'ai encore des
possibilités, aucun doute... Madame V. les a entrevues...
Je pourrais élucubrer des discours de base... Elle admire
Duras, Beckett, Cioran, Madame V... « Des auteurs
remarquables »... Mais ils doivent être trop célèbres, ou
trop fatigués, ou trop retirés des voitures pour les emmener en Pologne... Tandis que moi, ça pourrait encore
aller, bon pied bon œil, malgré mes excès, il suffirait d'un
stage... Il faut quand même que je sois lucide... Elle sait ce
qu'on dit de moi, Madame V... Elle a un petit dossier...
Elle a lu *Business, Vibration, Vendredi, Nouveaux Loisirs,
Télémust, Demain Madame, La Revue de métaphysique,*

Le Croyant, Moderne... Ma cote est au plus bas... On peut m'avoir pour pas cher... Je suis menacé par le trou, l'indifférence... Je suis déjà un spectre ravagé, ruiné, titubant sur sa pente... L'haleine chargée d'alcool (elle regarde avec réprobation mon verre de whisky, elle s'accroche à son jus de fruits)... Un stage, voilà... Je pourrais rester autant que je veux... Du sport, des horaires réguliers, un bon environnement, une nourriture saine, de vraies jeunes filles, des veillées, des groupes de travail... Des séminaires... Sur Dante?... Non, non... Sur Homère?... Non... Sur Sade?... Non... Marivaux?... Non... Casanova?... Non, non... Céline?... Oh non!... Alors quoi?... Le Nouveau Roman?... Ah oui, très bien... Comme chez les Américains... Ou les Suédois... Ce serait parfait... Très intéressant, vraiment... Elle cogite sur quoi, Madame V., en ce moment?... Sur l'art byzantin... Tiens donc!... Sur la mystique orthodoxe... Une Polonaise orthodoxe, on aura tout vu... Je lui demande sa carte du POUP? Non, ce serait méchant... « Moins *vaniteux...* » Restons gentleman superficiel... « Alors, c'est d'accord? Vous venez en automne? Je peux en parler à l'Ambassade?... – Je vais réfléchir... Je vous écrirai... – Bientôt, n'est-ce pas? – Très bientôt »... Je vois d'ici l'entrefilet de *Vibration* : « Accident de voiture de S. en Pologne... Aux environs de Gdansk... Bon débarras... » Ah, mais ce n'est pas fini... Il y a un événement... Un dessert imprévu... « Je vous présente Ewa », dit Madame V., en se tournant vers la jeune blonde souriante aux yeux bleus qui vient d'entrer dans le bar où nous sommes depuis une heure... « Ewa est une de nos meilleures traductrices. Elle connaît bien vos livres... – Bonjour, dit Ewa, un jus de fruits s'il vous plaît... Oui, j'ai beaucoup aimé *Portrait d'un joueur...* – Pas *d'un,* dis-je. *Du.* ... – Pardon? – Rien... c'est très gentil à vous... – Bon, je vous laisse, dit Madame V., j'ai quelques courses à faire. Vous m'écrivez, n'est-ce pas?

– C'est promis. »... Pauvre Ewa en mission... Avec un vieux dégueulasse... A vrai dire, elle a l'air plutôt soulagée... Le portrait-robot devait être plus sombre, plus délabré... Elle m'observe... « Une de vos héroïnes vient d'écrire un roman sur vous?... – Oui, très amusant... – Elle ne vous a pas flatté... – C'est le moins que l'on puisse dire... – Mais vous n'avez pas l'air si vieux!... – Merci... – Vous buvez beaucoup?... – Non... – Vous ne lui en voulez pas?... – Pas une seconde. Elle aurait dû aller plus loin et titrer carrément *Le Salaud* ou *Le Pauvre Type*... Ou mieux encore : *L'Impuissant*... Avec mon nom sur la bande, c'était 100 000 exemplaires assurés... Cas classique de frigidité, avec surinvestissement masturbatoire. Je n'aurais pas dû le révéler. Indiscrétion fatale, vengeance normale. D'ailleurs, j'ai écrit la moitié du livre avec elle. Je l'ai même fait publier. »... Ewa me regarde avec de grands yeux stupéfaits... La corruption capitaliste... Jusqu'où la perversité peut aller... « Et Sophie?... – Oui... – Vous avez tout inventé?... – Mais non... – Qu'est-ce qu'elle est devenue?... – Son mari est en poste au Japon... Les distances »... Elle se tait... Je l'invite à dîner?... Jolies jambes... Fraîche... On pourrait faire de la désinformation?... Laisser miroiter des entrées?... « Et le Pape, dans *Femmes,* vous l'avez réellement rencontré?... – C'est quand même un roman, vous savez... Et vous, qu'est-ce qui vous intéresse le plus? – Moi? J'aimerais aller en Italie... – Où ça? – A Venise... » Ah bon, d'accord... Évidemment... Merci... Encore un quart d'heure de banalités... A bientôt... Ciao...

Je sors. C'est le crépuscule velouté habituel. Les hirondelles crient encore. On entend les merles et les rossignols. L'odeur sucrée des acacias traverse par bouffées le Campo San Vio. L'eau, vers la Salute, est-elle lapis-lazuli, turquoise, aigue-marine, opale? Solution mercure, en tout cas. Tout est feutré, coulissé, ombres, clapotis des vagues, on se déplace dans la translation des reflets. J'ai rendez-vous avec Liv et Sigrid. On va manger rapidement avant le concert. Friture de poissons avec beaucoup de citron, et vin rouge. Elles sont mélancoliques, quelque chose ne va pas? Non, non, simplement l'abrutissement de la foule. Tout est désert, ce soir. Le vin les anime. « Vous avez bien travaillé? dit Liv. – Un peu. – J'ai découvert une église extraordinaire, dit Sigrid, avec le seul Christ qu'ait sculpté Tiepolo. Il faut que vous voyiez ça »... Elles sont en noir toutes les deux, décolletées, parfumées, déjà bronzées, fatiguées d'avoir tant marché, soucieuses quand même... Des téléphones de Paris?... Probable... « Vous ne vous ennuyez pas?... – Sûrement pas! »... Tout va bien... Cecilia et Marco sont depuis deux heures au théâtre... « Vous n'avez pas mis de cravate? dit Liv, on ne va pas vous laisser entrer... – Mais si... – Vous avez les invitations?... – Bien sûr »... Et même un petit mot de recommandation de Marco pour le contrôleur de l'entrée, un Monsieur Martelli, enveloppe cachetée, vous verrez, m'a-t-il dit, une surprise...

– Répondez franchement, dis-je. Vous me trouvez vieux?

– Vous avez de la fièvre? dit Sigrid.

– Vous avez des difficultés avec votre dernier chapitre? dit Liv.

– Non, sérieusement. Votre avis.

Elles se regardent... Se lèvent... Viennent derrière moi... M'embrassent chacune sur une joue... Se rassoient...

– Évidemment, dit Sigrid. Vous n'êtes pas de la toute première fraîcheur.

– C'est sûr, dit Liv. Si on veut des sensations fortes, autant voir ailleurs.

Elles rient... Elles vont beaucoup mieux, tout à coup... Téléphone d'Hippolyte? Ennuis de carrière pour Sigrid?... On ne parle presque jamais de la vie courante... Les télévisions de Liv... Les intrigues de la Faculté pour Sigrid... J'ai envie de les baiser, là, tout à coup... Je le leur dis... Elles font semblant d'être choquées...

– Un vieillard comme vous! dit Sigrid. Vous n'avez pas honte?

– Un Monsieur de votre culture! dit Liv. A qui se fier?... Tenez, vous n'avez qu'à prendre exemple sur le Dalaï-Lama...

Elle me tend le *Corriere*...

« Le Dalaï-Lama porte allégrement la cinquantaine, immuablement vêtu de l'habit grenat et jaune qui, à première vue, ne le distingue en rien des autres moines tibétains. Le crâne rasé de près, le bras droit toujours découvert par la toge, le geste précis, Sa Sainteté, d'une voix de baryton bien timbrée, aux inflexions profondes, répond aux questions à un rythme posé. »

– Il y a une chose que vous devriez comprendre, dit Sigrid.

– Oui?

– Vous avez un ticket de faveur une fois pour toutes. C'est très injuste, mais c'est ainsi. Aucune femme ne vous a jamais dit ça?

– C'est quoi : un « ticket de faveur »?

– Il est fatigué, dit Liv.

– Son roman ne vaut pas grand-chose, dit Sigrid.

– Après tout, il est peut-être *réellement* très vieux, dit Liv.

– Qu'est-ce que vous voulez qu'on fasse, chéri? dit Sigrid. Qu'on drague un jeune et beau gondolier, qu'on se le tape devant vous et qu'on dise qu'on vous préfère? Combien de fois? Deux? Trois? Quatre? Vous avez votre pulsion homosexuelle? Des doutes sur votre virilité? Une petite salope vous a déprimé?

– Ça doit être ça.
– Où est-elle? dit Sigrid, toujours un peu militaire. Je la veux.
– Et *Le Cœur Absolu?* dit Liv. Je trouve qu'on ne s'occupe pas beaucoup de la Société. Est-ce que Sigrid tient toujours le Journal? Qui a quelque chose à dire sur les adhésions? Quoi de neuf?
– Et le *Carnet rouge*? dit Sigrid. En panne? Vous devriez nous raconter une autre semaine. Une de vos mille et une nuits. Ce n'est pas la peine d'être dans la ville de Casanova pour s'endormir...
– O.K., O.K...
On finit la deuxième bouteille de Chianti... On se dirige vers la Fenice... Elles sont pendues à mes bras, elles continuent leurs insolences excitées... Ruelles noires, maintenant... Ponts blancs... Liv récite un peu *Phèdre*... Sigrid chantonne *Cosi*... On arrive devant les premiers barrages de police... J'ai laissé mon canif chez moi...

Les invités arrivent de partout... Femmes en robes du soir ouvrant leurs sacs, hommes en smokings fouillés délicatement troncs et jambes... Ma veste grise mao ramenée de Shanghai et de la préhistoire gauchiste, gardée par superstition, interloque le contrôle... Je tends le mot cacheté de Marco... « Molto bene, avanti »... Il signore Martelli nous précède... Monte avec nous... Ouvre une porte... Non!... La loge d'honneur, bien centrale... En plein cœur de la bonbonnière rouge et or... Il est fou, Marco... Je place Liv et Sigrid en avant, je me cache un peu derrière elles... Le Pape doit s'asseoir en bas, au parterre, dans un fauteuil royal disposé dans l'allée centrale, tout seul... On va l'avoir juste en contrebas, là, à quelques mètres... Les gens commencent à s'installer, bavardent, se retournent, lèvent la tête vers nous... Je dois être pris pour un agent spécial de la sécurité, un faux pompier, un tireur d'élite... Qui n'a pas vu la Fenice un soir de gala n'a rien vu... Avec son plafond bleu clair, presque vide, fond d'air et d'eau renversé, île du lustre, image de la lagune au milieu du ciel... Je regarde le papier de Marco que m'a rendu le contrôleur... Il a juste tracé ces mots : « Il signore Stendhal, in persona, con due donne »... Si j'écris ça dans un roman, personne ne me croira... Mais personne ne peut croire, n'est-ce pas, que la vie peut devenir un roman permanent pour certains... Happy few... Liv sort ses jumelles, observe les notables en évolution, passe les jumelles à Sigrid... « Restez tranquilles, je leur dis, on va nous changer de place, ce n'est pas possible... » Mais non, tout a l'air naturel... Italie... J'aurais pu rentrer trois revolvers... La porte de la loge s'ouvre... Ça y est, on est virés... Mais non, un cameraman américain de NBC vient nous demander respectueusement s'il pourra, tout à l'heure, venir filmer un peu à côté de nous... Pour mieux cadrer *the pope*... Je prends un air sévère... Je tâte ma veste chinoise sous le bras... *The pope*... *The pope*... Il n'insiste pas, il s'en va... On est fusillés par quinze jumelles, maintenant... Sigrid fait exprès de m'embrasser dans le cou... Mais voici les officiels... Quatre cardinaux... Et puis Sa Sainteté elle-même... Applaudissements, puis les mains se tendent... Présentations... Compressions... L'orchestre fait son entrée... Cecilia avec son violon, Marco avec sa clarinette, ils sourient, nous font signe avec leurs instruments, de loin... Flottements... Accords... Tout le monde s'assoit... Arrive le chef d'orchestre, Eliahu Inbal, un Israélien... On va donc être catapultés dans les quatrième et cinquième mouvements de la deuxième de Mahler... *Résurrection*... Il y a des affiches sur tous les murs de la ville annonçant un colloque sur « Mahler et le Judaïsme »... Coïncidence, bien sûr... Au théâtre du Phénix... Voilà, on y est... Le Pape a son petit secrétaire polonais habituel sur la gauche qui lui passe le programme... Les télévisions sont braquées comme sur un court de tennis... Boum... Attaque viennoise!... L'Autriche prussienne à Venise!... Les mouettes se tirent... Canaletto fuit en Angleterre... Tiepolo en Espagne... Da Ponte à New York... C'est l'Histoire!... Mahler!... Les cuivres à l'assaut!... Deux grosses cantatrices, tous seins dehors, défient Rome et le Saint-Père lui-même... Une soprano blonde en robe blanche, une contralto brune en robe noire... Elles ne sont pas là pour plaisanter... « Mon Dieu, ça va être quelque chose », me souffle Liv... Et en effet... Les éléments se déchaînent... Cors, trompettes, trombones, grosse caisse, timbales, cymbales, chœurs... C'est l'Apocalypse terrible... La fin du monde dans le boudoir... Merde, le théâtre est trop fragile, il va s'effondrer, on va tous finir dans la destruction du château de cartes... Les cantatrices s'en mêlent, leurs bouches s'ouvrent, leurs poumons sont bloqués, leurs matrices se mettent en turbines, elles hurlent au milieu du tourbillon des cordes, le chef les retient à peine, elles vont sauter dans la salle, culbuter Jean-Paul II, le violer, là, dans la fosse... Lionnes!... Baubonnes!... Pharaonnes!... Mahler! Mahler!... La mort à Venise!... Morituri te salutant!... Heil!... Puissance!... Le Pape? Combien de divisions?... Il n'a même pas de gilet pare-balles!... On a dû oublier de lui donner des boules Quiès à mettre discrètement dans les oreilles pour pouvoir somnoler en paix... Je vois que les cardinaux sont pétrifiés... Très impressionnés... Ils sentent qu'ils ne pèsent pas lourd face à la nouvelle musique... Baraboum!... Triboum!... Slam! Clang! Blap! Blorp! Slurp! Smack! Munch!... Macht! Nacht!... Et splot! Et squirt! Et ka-blum, slorch, glub, gulp, blub, splork! Et growrr! Et glom! Et sploorge, snorr, wald, wham, heim, clonk! Et furt! Hit! Schön!... Berg!... Wangler! Et bonzaï-squinck! Et walter-thwop! Et mmmglmghh!... C'est sublime... Plein de bonnes intentions... Pavés d'enfer... Épouvantablement ennuyeux... Le petit secrétaire, préoccupé, se penche de temps en temps, pour vérifier que Sa Sainteté n'est pas trop sonnée... Mais non, il en a vu d'autres, le Pape... L'Afrique en délire... Les Zoulous frappeurs... Les Indiens à plumes... Les foules à cantiques... Les stades-jeunesses... On ne lui perce pas les oreilles comme ça... *Beati mundo corde*... On sera quand même mieux de retour à la chapelle Sixtine... Avec les bons vieux chœurs d'enfants un peu aigres, doux, dérapants... Ou encore la messe quasi silencieuse à six heures du matin, religieuses-murmures... Ce n'est plus permis d'entretenir des castrats, adieu Farinelli, dommage... Maintenant, les deux chanteuses se surpassent... On dirait qu'elles ont lu le Président des Brosses, parlant, dans ses *Lettres d'Italie,* de la rivalité mortelle entre deux couvents de Venise pour décider lequel des deux donnerait une maîtresse au Nonce Apostolique... Des Brosses, en bon Français, est choqué par l'histoire des castrats... Il trouve que c'est se séparer de ses *effets* pour pas cher... Différence de point de vue sur la Bourse... Quoi qu'il en soit, la blonde prend l'avantage... S'installe dans le suraigu, ne le quitte plus... La brune résiste... L'orchestre la soutient... Le Pape les regarde gentiment, la tête un peu inclinée, tapotant des doigts sur son programme en papier glacé... Elles font de leur mieux... Miséricorde... On dirait qu'il est distrait, lui, presque désinvolte, léger... Flanqué des cardinaux terrorisés et des officiels et de leurs femmes, babas... « Il s'ennuie une tonne, dit Sigrid... – Même pas, dis-je... – A quoi pense-t-il ? dit Liv... – A rien. Aux horaires du lendemain. Ou bien peut-être qu'il prie... – Avec ce vacarme ?... – Pourquoi pas »... La *Résurrection* Allemande à direction Israélienne est à son sommet, à présent... Les deux automitrailleuses vocales se rejoignent... Se montent dessus... Se chevauchent... Eliahu les baguette... L'orchestre tellurise un max... Embrasse les continents, les forges, les usines, les chemins de fer, l'industrie globale... C'est l'Humanité en marche... La manif!... Ploum!... C'est fini. D'un coup. Sec. Ah, on est épuisés... On n'en peut plus... On n'a même plus la force d'applaudir... Le Pape tapote aimablement ses deux mains l'une contre l'autre... Se lève... Le silence revient...

C'est à lui de jouer, maintenant... Le petit secrétaire polonais lui tend ses feuilles... Il s'avance dans l'allée centrale, prend le petit escalier latéral vers la scène, monte sur le podium du chef d'orchestre... On lui arrange son micro... Il commence à lire son discours de façon un peu appliquée, en italo-polonais, voix grave, un peu rauque... Il est question de l'Art... Du Logos... « Il y a toujours, quelque part, quelque chose de beau, quelque chose de bon, comme ici, ce soir »... Ça alors... On lui tire de partout dessus, et il vient remercier... A moins que le discours soit pour moi, opération invisible du Saint-Esprit lui-même... « Senza l'arte, il mondo perderrebbe la sua voce »... Oui, oui, merci... « Il ne faut pas craindre la solitude, l'incompréhension... Poursuivre dans l'humilité... – Ah, l'humilité, vous voyez », dit Sigrid... La voix s'affermit : « Courage ! »... Merci, merci... Le discours n'est pas mauvais du tout, un classique, avec Aristote à la clé, le petit secrétaire s'est vraiment défoncé, hier, à Rome, je l'imagine écrivant ça au petit matin, le regard de temps en temps perdu sur les jardins du Vatican... Sujet : l'Art. L'Art et l'Esprit, bien sûr. Aristote. La Poétique.

Voilà. Ne pas oublier que dans l'époque moderne, celle qui échappe à notre bienveillante sagesse, l'artiste est souvent incompris... Reconnu trop tard... Maudit... Un peu comme nous, tiens, là-bas, à Varsovie... «Coraggio!»... Courage, Phénix!... Messie!... Israël en Égypte!... Israël en grec? Qu'est-ce que vous voulez, c'est la tradition de la grande maison... Je sais, je sais... Mais quand même. On n'en sort pas. On les garde, les Grecs... Le Logos. Habillé en blanc, solo pour voix basse. «Sans l'art, le monde perdrait sa voix»... Dans l'avion: «Très Saint-Père, votre discours pour ce soir, au théâtre, après le concert»... «Qu'est-ce qu'on jouera?»... «Un compositeur autrichien du début du siècle, Gustav Mahler. Un Juif. Le chef d'orchestre est israélien, il est en ce moment à Venise»... «Très bien, très bien»... Petits pas... Visite à la synagogue de Rome... Ah, et puis l'histoire des carmélites d'Auschwitz... Délicate affaire... Périphérie du camp... Expiation... Récitation des Psaumes... «Qu'en pense Macharski?»... «Il est pour»... «N'est-ce pas un de nos plus grands théologiens?»... «Oui, mais il y a des protestations très vives»... «On verra... Le Temps... On ne peut quand même pas laisser cet endroit sous l'emprise du souvenir des nazis ou des Russes»... «Mais c'est une question métaphysique»... «Certainement. Mais nous ne pouvons pas accepter un symbole définitif de la victoire de la Mort, n'est-ce pas?»

C'est la cohue, à présent, tout le monde reflue vers les issues, les bateaux, les ruelles... Je me rapproche du noyau effervescent papal... Il se laisse toucher les épaules, les bras... Le petit secrétaire finit par m'apercevoir... «Vous savez bien entendu pour K. et T.?» me dit-il rapidement en français... «Oui»... «Vous pouvez être demain matin à six heures et demie à la sacristie de la Basilique?»... «Oui»... «A demain?»... «A demain...»

– Qu'est-ce qu'il vous a dit? demande Liv.

– Oh rien, il se souvient de m'avoir vu à Rome.
– Qui est-ce? demande Sigrid.
– Un des secrétaires polonais du Pape. Un type délicieux.
– Il a aimé le concert?
– Beaucoup.
– Quel boucan, dit Liv. Ils auraient quand même pu choisir quelque chose de plus intérieur.
– C'est la guerre.
– Comment ça, la guerre? dit Sigrid.
– La guerre des ondes.
– Vous croyez qu'ils l'ont fait exprès?
– Mais non. Ça s'est trouvé comme ça.
– Cecilia avait l'air affolée sur son violon, dit Liv.
– La brune n'était pas mal, dit Sigrid. Quel coffre. J'ai cru qu'elle allait exploser.
– Qu'est-ce que vous étiez bizarre avec votre veste mao, dit Liv. On n'en voit plus. C'est complètement démodé. D'où est-ce que vous sortez ce truc?
– Un souvenir. J'y tiens beaucoup. Inusable.

Je revois le supermarché de Shanghai, il y a quinze ans, une fin d'après-midi de printemps, la foule grise et bleue me dévisageant comme si j'étais un martien – « long nez! long nez! » –, les grandes balades à vélo sur les quais avant de rentrer à l'université... Et le cargo glissant sur la Giudecca, ici, l'été suivant, forêt rouge des drapeaux accrochés partout sur les mâts et les passerelles, haut-parleurs hurlant les slogans de la Révolution Culturelle, j'étais avec Betty, on s'amusait de la stupeur visible des marins chinois devant Venise, de leurs regards ronds devant les pigeons... Étonnés aussi, les marins, de tomber sur une jeune fille blonde, en jeans, parlant couramment chinois, entamant une conversation pour rire sur la dialectique matérialiste... La police maritime avait rangé le bateau à l'écart, en quarantaine, mais toute la journée les marins se relayaient dans leur haut-parleur pour appeler le prolétariat local à se révolter contre les partis communistes, les révisionnistes, l'Impérialisme, la Russie des nouveaux tsars, le Capitalisme et ses valets, les États-Unis et leurs complices, le patronat-vampire, les syndicats pourris... Tout cela en chinois, incompréhensible... Nef des fous... «Sono pazzi questi Cinesi»... Ils avaient quand même grande allure, il faut dire, sur leur rafiot-propagande, parcelle de territoire libéré, cellule d'hémoglobine à vif amarrée dans un coin de la Sérénissime... On n'entendait qu'eux, on ne voyait qu'eux... Ils sont restés deux jours, puis départ, drapeaux flottant, slogans déferlant sur l'eau... Un capitaine esthète, sans doute...

Voyons : Liv est née en 58, Sigrid en 60. Pour elles, 68 et Cie, c'est le folklore des parents... Ce n'est pas qu'elles soient conformistes, non, et leur vie le prouve, mais leur vision de la société rejoint plutôt celle de leurs grands-parents... C'est ça : leurs grands-parents plus la légèreté sexuelle, sur ce dernier point, au moins, on est d'accord... Ils ont eu très peur les grands-parents, vraiment une trouille incroyable... Nous, on ne croyait pas les effrayer tellement... Ils nous en veulent beaucoup. Pardon. Alors, c'est vrai, c'est bien vrai, vous reniez toutes ces vieilleries, le marxisme et sa sinistre doctrine? Mais oui, mais oui. Vous regrettez vos affreuses conneries? Votre monstruosité irresponsable? Votre aveuglement devant des millions de morts? Et d'abord qu'est-ce que vous alliez faire en Chine?

– Un peu de vélo à Shanghai.
– C'est tout?
– C'est tout.

Comme ils se sont précipités, ensuite, tous, vers la société libérale, raisonnable, l'intégration, les fadeurs... Pressés d'avoir vingt ans de plus, de rejoindre grand-père et grand-mère, avec la hantise des nouvelles générations encore plus cyniques, poussant pour avoir les places, voulant vite qu'on parle d'eux sans arrêt dans *Business, Vibration, Demain Madame, Télémust*... Gagner!... L'Entreprise!... Sur le même ton qu'ils auraient crié autrefois : Vive la Révolution!... Pauvre Betty dans sa baignoire, deux ans après, veines ouvertes... Avec ce mot, simplement : « Ça ne m'intéresse plus. » Et Henri, mort lui aussi... Et Mex... Et R., dans son hôpital psychiatrique, après un saut dans la Seine... Et Lisa, disparue en Californie, se prostituant sans doute ici ou là... Et les anciens combattants rancis et grossis... Et vous? Moi? Hm... Ce n'est pas qu'on vieillit, je dirai même : au contraire, mais le nombre des ombres augmente... Leurs visages mangés, leurs voix étouffées... Ce sont elles qui vous tirent en arrière... Rien à faire, on les a connues, il faut accepter leur poids...

On rejoint Cecilia et Marco entre eux... « Quel bordel! dit Marco... On boit un peu en silence... – Je vous raccompagne? » dit Liv...

Je l'embrasse sur un banc, au bord de l'eau... Je vois la silhouette de Betty, un peu plus loin sous les lauriers-roses... « Tu as bien raison, fait-elle de la main. Bien raison, vraiment. C'est tout ce qu'on cherchait finalement, non? l'instant. Et puis, les Polonais, c'est très bien... Quoique, tu sais, moi, le Pape... »

Liv accroît sa pression. Elle est excitée, douce. On rentre chez moi. On boit encore. Je mets le *Quintette avec clarinette,* on fait tendrement l'amour. Une fois de plus, je me rends compte à quel point j'aime la faire jouir, là, tout en bas, et en même temps au-dessus de moi, comme un retournement complet de l'espace... « Je te baise comme j'aime que tu me baises »... Elle comprend... On est faits pour jouir ensemble, voilà, c'est rare, c'est aussi ennuyeux que le reste si on veut, mais c'est aussi étrangement tonique, quelque chose, en nous, a des idées là-dessus... Une marque au-delà des individus... Un poinçon d'espèce... Il y a les femmes *avec* qui on jouit, et celles qui vous font jouir ou qu'on fait jouir, ça n'a rien à voir, inutile de parler d'amour, le déclic est plus génétique...

— Vous sentez ce *point,* là?
— Oui.
— En deçà et au-delà de vous et de moi?
— Oui. C'est comme si on était quatre.
— Deux annulés, deux frôlés...

Je pourrais le dessiner à l'aveugle, le territoire ou le halo de ce point... Sauf que je n'ai pas la main pour ça... Il n'y a d'ailleurs pas de surface ni de main possibles par rapport à ça... Comme dans les crises... Le cadavre qui tombe à la renverse, la verticale impalpable dressée d'un seul coup... Je pourrais toujours tracer des lignes enlevées devenant bientôt fouillis indéchiffrable... Recherche de l'absolu... Chef-d'œuvre inconnu... Titre pour une société savante : Esquisses pour une approximation du phallus...

— Ni vous, ni moi.
— Mais pas non plus ensemble.
— Dans le même temps. Dans le même espace de temps.
— Deux résonances. Deux échos.
— Amorce. Hameçon. Prise.
— Battement. Lâchage.
— Au cœur.
— Vous savez ce qu'est le cœur en termes de blason?
— Le milieu?

— L'abîme.

Liv s'endort... Je vais marcher du côté de La Salute... Les anges sont là-haut, dans le noir... J'ai fait mille fois ce tour, c'est toujours la première fois. Louise, Inge, Sonia... Nuit de l'eau, nuit de l'air, parallèles, à peine éclairées, horizon de pierre fraîche, claques régulières liquides... Zattere ai saloni... Ponte dell'umiltà... De l'autre côté, San Giorgio et le Redentore... Puis l'Emporio dei sali, massif, siège, maintenant, de la société nautique *Bucintoro,* hangars pleins de bateaux effilés, profilés, vernis... Puis le pont Ca' Balà... Et les Zattere Allo Spirito Santo... Suivis des Agli Incurabili... Et enfin Ai Gesuati...

J'attends le jour couché sur les planches. J'aime me raconter que je suis un mendiant, comme ça, dans un coin... Bords de l'Hudson, à New York... « Elle lui montra le chemin, vers la pointe de l'île, où des arbres très hauts avaient poussé autrefois, aunes et peupliers, sapins touchant le ciel, tous morts depuis longtemps, tous secs et, pour flotter, tous légers à souhait... Gardant toujours l'Ourse à gauche, qu'on appelle aussi le Chariot, la seule des étoiles qui ne se plonge jamais dans l'Océan... Au bois qui dominait le fleuve... Sous ses feuilles, Ulysse était caché et, versant sur ses yeux le sommeil, Athéna lui fermait les paupières... »

Je rentre, je prends un bain, je me rase, Liv dort toujours... Café... Venise à six heures du matin : palais des palais, salons vides... J'arrive à San Marco, la sacristie est déjà en pleine animation, le Pape va dire sa messe dans la chapelle latérale, à gauche... Le secrétaire me voit...

— Nous allons essayer d'agir pour K. selon les voies diplomatiques habituelles. Vous pourriez vous occuper d'une protestation pour T. en France?

— Je pense.

— Il faudrait insister sur ses qualités professionnelles. Ses recherches sur le Moyen Âge ou sur Dante. Son savoir... Sensibiliser les intellectuels. Les *laïques,* n'est-ce pas?

Il insiste sur le mot *laïque.* Je n'ai pas besoin de sous-titre...

– Attendez, dit-il, Sa Sainteté arrive.
– Vous avez aimé le concert?
– Éprouvant. Mais tout le monde est content, je crois?... En réalité, nous sommes très fatigués... C'est la vie... Comment avez-vous trouvé le discours sur l'Art?
– Excellent. Aristote...
– Un peu d'Aristote ne peut pas faire de mal, n'est-ce pas?

Le Pape entre. On est une vingtaine. Tout le monde s'agenouille, sauf moi.

– Comment allez-vous Monsieur S.? Vous êtes en vacances à Venise?
– Oui.
– Vous écrivez un roman?
– Oui.
– Beau, j'espère?
– Je fais mon possible... *Con umiltà*...
– Très bien, très bien. Que l'Esprit-Saint vous gratifie de ses dons...

La chapelle, à gauche... En quelle année sommes-nous?... 800?... 1300?... 2300?... Je rêve. Les sept dons du Saint-Esprit : Sagesse, Intelligence, Prudence, Force, Science, Piété, Crainte de Dieu... Les mosaïques s'éveillent... Un bébé hurle... Le Pape le baptise... Les voix s'élèvent... « In nome del Padre, del Filio e dello Spirito Santo »... « Introibo ad altare Dei, ad Deum qui laetificat juventutem meam »... Il me plaît, ce « juventutem meam »... Plantes vertes, lys, glaïeuls...

Le temps a changé, c'est l'orage... La brume de pluie est partout... Le cortège pontifical, toujours survolé par les hélicoptères et entouré des vedettes des carabinieri et de la Guardia di Finanza, doit passer par la Giudecca pour se rendre à une prison pour femmes... Elles y sont deux cent vingt... Les gens semblent découvrir cette prison aujourd'hui. Pas Cecilia, dont l'une des amies est là pour terrorisme... Elle va la voir toutes les semaines. Drogue... Prima Linea... Attaque de banque à Padoue... Parcours classique... Est-ce qu'elle a tué quelqu'un? Il semblerait. Un juge. Au revolver. Elle a le temps de lire, à présent. Elle apprend le chinois. On la laisse jouer du piano. Rideaux de pluie par saccades... Le motoscafo à pavillon jaune et blanc passe au loin, cloches sonnantes dans l'averse, sirènes des navires à quai... « L'Église ne prend en considération que les personnes... Les personnes individuelles... A l'exclusion de toute autre considération : race, classe, parti, groupe officiel ou occulte, idéologie, origine sociale... – Il y a des personnes qui sont plus *personnes* que d'autres? – Vous croyez?... Non. » Cecilia part pour la prison...

Je vais dormir. Je laisse la tempête changer le décor. Le plus étonnant ici, c'est la rapidité des changements de scènes. Maintenant, sur mon lit, je suis en bateau, très loin... Sur le Yang-tsé, tiens, au large de Shanghai... Sur l'eau jaune, boueuse, aux tourbillons contraires... Au milieu des cargos, des jonques... Ou bien à Long Men, dans les grottes, au pied des grands bouddhas sculptés dans la pierre... Ou encore en haut de la pagode de la Grande Oie, à Xian, un jour de pluie... C'est moi, c'est mon visage, c'est ma silhouette au bout du cerveau transporté avec moi comme un rouleau d'ombre... « L'ordre des temps se développe au sein de la sagesse éternelle de Dieu hors du temps »... « Qui es-tu? » – « Absolument ce que je vous dis »... « Ita et singula sunt in singulis, et omnia in singulis, et singula in omnibus, et omnia in omnibus, et unum omnia »... Veiller, c'est écrire; dormir c'est lire. Vivre, c'est relier le volume; mourir c'est le brûler pour qu'il soit parfait... « Non engendré, il est la suavité du générateur – genitoris genitique suavitas – et de l'engendré; il inonde de sa libéralité et de son abondance immense toutes les créatures selon leur capacité, afin qu'elles tiennent leur rang respectif et se reposent à leur place »... « Quam in secreto audiret aure cordis sui »... « C'est dans la Trinité qu'est la source suprême de toutes choses, la perfection de leur beauté, le comble de leur joie »... « Beatissima delectatio »... « Le Père, en effet, n'est pas verbe, pas plus qu'il n'est fils ni image. » Il est « disant »... *Dicens*... « Il y a Fils du fait qu'il y a Verbe, et Verbe du fait qu'il y a Fils »... « Le Verbe est en même temps Fils et Image »... « L'éternité est dans le Père, la forme dans l'Image, la jouissance dans le Don »... « Ita sunt, illa tria, Deus unus, solus, magnus, sapiens, sanctus, beatus »... « Lumen Pater, lumen Filius, lumen Spiritus Sanctus, simul autem non tria lumina, sed unum lumen »... « Le Saint-Esprit doit son origine non à une génération mais à une procession »... Il est en train de préparer une encyclique sur l'Esprit-Saint, le Pape : *Dominum et Vivificantem*... Pour le Jubilé extraordinaire de l'an 2000... Colombe... Mouettes... Et encore des mouettes...

Il pleut toujours. Les cloches continuent à sonner. J'ouvre les yeux, je les ferme... Je suis dans le feu d'un coup, maintenant, en haut du front, par le nez, aspiré au sommet du crâne comme dans une anesthésie à l'éther... Feu virulent ultime... Roux... Brasier bref...

J'ouvre les yeux. Je suis tombé de mon lit, sur la droite. J'ai mal à l'épaule, au bras. J'entends le téléphone sonner dans le bureau, très loin... Je me lève lourdement, je vais jusqu'à la fenêtre... Le ciel est dégagé, nuages d'argent, le bleu est revenu dans le fond, un petit garçon joue tout seul avec son ballon, en bas, sur la place, quelle heure est-il, cinq heures et demie, j'ai perdu conscience depuis dix heures du matin, pas possible... Mais si. Le téléphone sonne toujours, je vais le regarder sonner, là, devant moi, comme une tortue folle. Il s'arrête... Reprend... Ils doivent essayer de me joindre depuis le début de l'après-midi... Qu'ils continuent, qu'ils continuent... Je vais dans la salle de bains, je vomis... Je regarde mes mains... Non, rien... Joue tuméfiée, un peu de sang presque sec... Je m'assois dans le fauteuil de cuir, j'écoute... Sonnerie à la porte... Je ne bouge pas... Sonnerie, sonnerie... Papier glissé sous le bois...

« Où êtes-vous passé? On vous cherche. Soirée chez la comtesse Bragadin. Cecilia et Marco joueront le *Quintette*. A huit heures place San Stefano?

Baisers.
Liv. »

J'appelle Paris... Indicatif 00331... Foutu 00331!... Pas de circuits, toujours occupé... Whisky... Bon, ça y est.

– Oui?

– C'est S. J'ai vu qui vous savez. Il faudrait une pétition d'intellectuels en faveur de T. Des professeurs, des chercheurs, enfin, vous voyez le genre. C'est avant tout un philologue, un historien, un poéticien...

– Collège de France? Hautes Études? Éditeurs?

– C'est ça. Excellent. La formule habituelle sur les Droidloms. Vous vous en chargez?

– Tout de suite. D'ailleurs, j'y avais pensé... On cite quoi comme œuvre principale?

– *Dante au Purgatoire, Le Bouclier d'Achille, Le Cœur*

de Dionysos... Mon préféré est moins connu, c'est le commentaire à l'*Itinerarium mentis ad Deum* de saint Bonaventure... Ça va?

– Ça va.
– Rien de neuf?
– Non. Tout le monde s'en fout.
– Eh oui.
– Ça va, vous?
– Très bien.
– Bon, alors à bientôt?
– A bientôt.

J'appelle Laura à New York... 001212... Pas de réponse. Elle est peut-être chez Maud, son amie française?... « Please leave the message after the bit »... La voix du répondeur est sèche, aigre, pressée... Laissez votre message après le signal... Le signal? Non, *the bit*... Bite... Maud, depuis longtemps, essaye, à coups d'opérations, sans succès, d'avoir un enfant...

– Vous avez un bobo? dit Sigrid. Vous vous êtes cogné?

– En ouvrant un placard. Je deviens gâteux.

– A la prison, c'était étonnant, dit Cecilia. Tout le monde pleurait. Ce type a une aura, pas de doute... Je vous quitte, il faut que j'aille répéter.

– La soirée va être très bien, dit Liv. Vous avez dormi?

– Comme un ange. Et vous?
– On est allés à l'Accademia revoir *La Tempête*.
– L'éclair reste inexpliqué.
– Pardon?
– L'éclair... Souvenir de coït profond...

– Pardon?
– Il fait froid à Paris, les enfants, c'est la merde.
– On n'a pas à se plaindre, dit Sigrid. Il y a eu du soleil jusqu'à aujourd'hui.
– Il fera beau demain. Je le sens.
– Quand est-ce qu'on joue? dit Sigrid.
– A quoi?
– Au téléphone.
– Au téléphone?
– Vous ne vous rappelez pas?

Je fais semblant... Pas ce soir... Peut-être demain... On va chez Laetitia...La Comtesse... Le Pape est déjà là, on attend la musique... Une réparation... Mozart... Le *Quintette* doit durer exactement trente minutes dix secondes. Allegro, Larghetto, Menuetto, Allegretto con variazioni, Adagio, Allegro. Marco, en smoking, est la vedette. Il s'avance dans le salon illuminé donnant sur le Grand Canal, il tousse un peu, il parle. Il a l'air de réciter une pochette de disque : « Le thème principal du mouvement initial est, avec ses accords brisés, plus adapté à la clarinette qu'au violon, bien que l'instrument à vent prenne d'abord nettement part à l'exposition thématique, traçant une figure sonore dont le rapport avec le thème ne se révèle qu'au cours du développement. En revanche, la clarinette considère que le thème secondaire mérite d'être commenté d'emblée.

« Le développement donne lieu à un échange animé entre les cordes au-dessus desquelles la clarinette étend une ample ligne en ogive d'accords brisés. Dans la reprise, Mozart confie le thème principal à la clarinette dont le timbre contribue à le mettre en valeur.

« Dans le mouvement lent, continue Marco, très sûr de lui, la sonorité de la clarinette domine, et c'est ici, Très Saint-Père, que l'instrument atteint la plus riche profusion de grâce mélodieuse. Le menuet, d'abord profilé thématiquement par l'instrument à vent, offre un détail spécifique d'exécution, avec la longue note tenue qu'aucun autre instrument n'est capable de jouer avec cette chaleur et cette rondeur sonores. Dans le mouvement final, écrit en variations, Mozart nous donne une véritable leçon dans l'art de jouer de la clarinette qui laisse deviner la virtuosité d'Anton Stadler à l'intention duquel il composa l'ouvrage : saut sur plus de deux octaves, – technique qui témoigne de la subtile connaissance qu'avait Mozart des formules de doigté en même temps qu'elle témoigne à coup sûr des conseils reçus de Stadler –, exploitation du registre grave, rempli sonore au moyen d'accords brisés, traits rapides sur toute l'étendue des trois registres. Il est pourtant frappant que Mozart, qui tire parti du grave jusqu'à la limite extrême de l'instrument, *ne dépasse pas dans l'aigu le Ré 4...* »

Marco souligne la dernière phrase comme s'il s'agissait d'un message codé à l'intention exclusive du Saint-Siège.

« Comme vous le savez, continue-t-il, le *Quintette avec clarinette en la* est de septembre 1789. Contemporain, donc, de *Cosi fan tutte,* opéra qu'il évoque d'ailleurs de toutes parts. C'est l'année du bonheur extrême de Mozart, ce que les spécialistes appellent " l'année radieuse ". Nous pensons, quelques amis et moi, qu'il s'agit là, pour ainsi dire, du cœur absolu de son œuvre. »

Pas mal, Marco, pas mal...

« Nous avons donc maintenant l'honneur, nous, élèves du Conservatoire Benedetto Marcello de Venise, d'offrir tout spécialement cette interprétation à Votre Sainteté. »

Les cinq musiciens s'inclinent profondément... Sa Sainteté approuve gentiment... Applaudit un peu... L'air noir pénètre doucement dans le salon à travers les lauriers blancs, en pot, des balcons du palais... Trente minutes dix secondes... Demain, le Pape reprendra son avion, le *Dante Alighieri* frappé de ses armes.

Il y a donc Cecilia et un jeune homme très maigre à l'air fanatique au violon... Une blonde et rose Anglaise de passage à l'alto... Un solide barbu sombre et philosophe au violoncelle... Marco, enfin, élégant et blond, dont c'est le moment... Cecilia me fait un clin d'œil, Liv et Sigrid sont l'une contre l'autre, émues...

Voilà, c'est parti... Un deux trois quatre... Cinq-six-sept-huit-neuf... Ils sont en barque sur la lagune... Ils s'éloignent fermement... Ils emmènent l'animal au large... Coq doux... Ils flottent, ils tournent sur leur éclatement d'axe... Ils vont l'égorger de partout, faire couler son sang... Pas de violence... Acceptation en douceur... Ligne d'horizon, ligne de ciel, trois mains et un pied, larynx... Rires noirs et blancs... Clarinette d'ébène, coq de jais... Argent des clefs, pied de nez et cordes nasales... Bec, anche, tige mobile, tube et pavillon évasé, chalumeau, médium, clairon, suraigu du crâne... *Clarine* vient de *clair,* sonnettes pour les ruminants dans la brume...

« En Grèce, l'instrument du délire est *l'aulos* dionysiaque, qui n'est pas une flûte, mais une *clarinette,* parfois un hautbois, c'est-à-dire un instrument à anche où la langue fait vibrer directement le souffle producteur. »

Languette de roseau...

Je regarde le Pape... Il a l'air content... Il bat la mesure de la main droite... Le petit secrétaire m'interroge de loin... Je fais signe que j'ai téléphoné... Il baisse la tête... Liv et Sigrid sont fascinées par Cecilia et Marco... L'Anglaise me plaît bien, cheveux rejetés en arrière, énergique, un peu méchante, bien fluide au milieu des sons... Ah, ils l'envoient, ce *Quintette*... Bon dieu, quels progrès ils ont fait... Marco est inspiré... Il ferme les yeux, respire, module, s'enfonce, creuse, dérape, remonte, se brise, s'éparpille, plane, se refaufile dans les bois, saute à travers les cordes... Cecilia le capte au quart de tour... Les autres s'enlèvent à la suite... Poumons, bouche, poignets, torses... Rien à dire, c'est parfait... Il joue à l'aveugle maintenant, Marco, il est dans le velours... Et le revoilà dans l'écorché, le strident... Et puis l'herbe mélancolique... Et puis de nouveau la crise, l'ironie, le frisson sur soi... Elle est gravement désenchantée, la clarinette, mais elle chante... Rien à voir avec la flûte rigide en cui-cui, étalon pétrifié, lingot poussif, que d'ailleurs Mozart détestait, on le sait... Ici, au contraire, déhanchement de gorge, hoquet tracassé, tranché, cascade perlée, billes... Sarbacane des voix... *Cosi... La Clémence*... Les femmes pour elles-mêmes, chauffées dans la spirale endiablée...

Les voilà de retour, les cinq, ils reviennent de leur balade à Cythère... Cecilia et l'Anglaise en fanions, à la pointe de la barque; le violoncelle barbu à la barre avec, à ses côtés, le grand maigre second violon... Et la clarinette au milieu, à la place du mât, Marco à bout de souffle mais encore en souffle... Ils arrivent au port, ils accostent sur le Canal, là, dehors, qui les reçoit dans ses reflets protégés... Ils rentrent par la fenêtre, ils vont s'asseoir sur leurs chaises dorées... C'est fini... Ils se lèvent et saluent bien bas le Pape. Lequel va leur serrer la main en retenant un instant leurs mains. Révérence de Cecilia et de l'Anglaise. Trente minutes douze secondes : un soupir de trop dans l'Adagio.

Cecilia a parlé à l'Anglaise, je l'aurai demain soir, c'est promis... Jane... Elle m'a regardé bien en face, en sortant, évaluation, regard bleu, d'accord. Ce sera bientôt une bonne mère de famille soignée, attentive, elle renoncera à l'alto, elle aura épousé un pianiste hongrois... Un Français un peu mûr et mélomane en passant par Venise? Why not?... Archives... Caprice dans un bosquet...

Pour l'instant, on est au soleil Liv, Sigrid et moi, sur un banc de pierre, au bord de la Giudecca... J'ai la tête sur le ventre de Liv, les jambes sur les cuisses de Sigrid... Je vois un laurier-rose au-dessus de moi... Je ferme les yeux...

– On a vu le Musée du Futurisme au Palazzo Grassi, dit Sigrid. C'est sinistre.

– Les Futuristes voulaient assécher Venise, dis-je. Ensabler et combler les canaux. Ils ont fini chez Mussolini.

– Et le Musée Guggenheim, dit Liv. Quelle tristesse. C'était plein d'Américains.

– Surréalisme, bazar et compagnie? Vous avez vu la chambre reconstituée de la vieille petite Peggy, avec ses poupées fétiches? Je la voyais ici, autrefois, sortant au crépuscule... Robe du soir... Accrochée à un minet en habit... Entre nous, vous prenez tout ce qu'il y a chez elle, vous le foutez à l'eau, qu'est-ce que ça change?

– Si on vous entendait à New York, dit Sigrid.

– Mais on m'entend, on m'entend... C'est la raison de ma mauvaise réputation... Ou de mon absence de réputation tout court.

– Vous êtes quand même célèbre, dit Liv.

– Moi? Mais non. Ou alors en creux, et à peine. Ou encore, vous savez ce que dit Karl Kraus: « Je suis devenu si célèbre à l'envers que le premier qui m'insulte est plus célèbre que moi. »

– Mais vos succès?

– Encore Kraus: « Un bon écrivain qui a du succès ne doit pas s'inquiéter outre mesure. Là où il doit se poser des questions, c'est si une canaille connaît un échec. »

– Vous ne gardez rien de chez Peggy? dit Sigrid.
– Deux Picasso, peut-être... Le reste à l'eau.
– Mais c'est du fascisme!
– Vous croyez? La plupart de ces fabricants de croûtes ont dit partout haut et fort, et très franchement, qu'ils voulaient enculer le catholicisme et foutre les Églises en l'air. Un de leurs plaisirs était de se faire photographier en religieuses grimaçantes... Je ne fais que transmettre la réponse des religieuses. J'aime les Carmélites, je ne vois pas pourquoi je me gênerais... A propos, ne manquez pas de regarder les *Trois Saintes* de Tiepolo, en entrant, à droite, aux Gesuati. Les deux, sur la gauche du tableau, c'est vous.

– Vous devriez voir le bateau qui sort, dit Liv. Il est superbe, énorme, tout blanc, à trois ponts.
– Je dors. Racontez-moi.
– Il est tiré à l'avant par le remorqueur *Titanus*.
– Et freiné à l'arrière par le *Geminus*, dit Sigrid.
– Son nom?
– Attendez... Voilà... Oui... *Danaé*...
– D'où?
– De Panama.
– *Danaé*, hein?
– Oui.
– *Iliade*, 24, 320... Quand Zeus énumère ses maîtresses à son épouse Héra, avant d'aller la baiser, excité qu'il est par le ruban brodé d'Aphrodite, sans se douter qu'Héra est en train de le tromper avec la complicité de Sommeil... Danaé est, si je me souviens bien, la belle aux splendides chevilles, fille d'Acrisios et mère de Persée, le plus grand des héros.

– Il arrive au tournant, dit Liv. Devant le Redentore... Voilà, il va disparaître.
– Il y en aura d'autres. Vous avez vu entrer *l'Espresso Egitto* d'Alexandrie? Le *Globe Orient*, ocre et terre de

sienne, d'Athènes? Le *Bocotan* orange, de Manille? L'*Ocean Princess,* de Bombay? Le *Silver Dream,* gris et ocre rouge, de Sydney? L'*Achille* noir et rouge, de Palerme?

– Pour l'instant, c'est la navette *Marco Polo,* dit Sigrid.

– Ce matin, dit Liv, c'était le *Tiepolo* qui sortait.

– Cheminée jaune à rayure bleue horizontale, étoilée de blanc.

– Et le *Serenissima Express* qui rentrait.

– Kaki et blanc, filet jaune, cheminée noire, rouge et blanche.

– Il y a des affiches un peu partout pour une exposition classique, dit Sigrid. *Venezia e la difesa del Levante. Da Lepanto a Candia, 1570-1670,* image du Titien.

– Époque cruciale. Comme aujourd'hui dans l'invisible. C'est à Lépante que Cervantes a perdu son bras. Ô manchot! Ô presque aveugle! Ô cousin de Trieste! Danaens! Grecs! Terre, voûte du ciel! Eaux tombantes du Styx!

– Pardon? fait Sigrid.

– Non vires, non arma, non duces, sed Maria Rosarii! La tour de Dublin! Introibo ad altare Dei! La mer pituitaire!...

– Il délire, dit Liv. C'est le rêve de d'Alembert.

– Alors notez, dis-je. Vous devriez noter tout ce que je dis.

– Et puis quoi encore! dit Sigrid. Espèce de porc!

– Diafoirus postillonnant! Pédant salace! Papauté et fellation! Zézette mégalomane! Vipère lubrique! Hyène dactylographe!

– Son front est brûlant, dit Liv. Il transpire.

– Ulysse au début du siècle... Ulysse à la fin... Quel travail!... J'ai rêvé de lui l'autre nuit. Il arrive par bateau un matin, il sonne chez moi, il a son chapeau, sa canne...

Il va droit au secrétaire, il ouvre mon manuscrit.. « Vous ne craignez pas que ce soit *trop clair*? me dit-il en italien... Vous avez du vin blanc?... – Un très bon *Graves*, au frais, je réponds... – Ah un *Graves*? dit-il... Évidemment, un *Graves*... Mais un *Graves, ici*? »... Je lui montre la bouteille. Il boit. Il m'about. Oui, c'est bien lui, c'est bien Giacomo Joyce, vous vous souvenez, « love me, love my umbrella »... Je lui donne en mot de passe cette notation de Casanova : « Le surlendemain, j'arrivai à Bordeaux, ville superbe, et, après Paris, la première de France, n'en déplaise à Lyon, qui ne la vaut certes pas. J'y passai huit jours à faire bonne chère, car on y vit mieux que partout ailleurs. »

– C'est ça que vous trouvez *trop clair*? dit Sigrid. Si on allait jouer?

– Je dors. Je suis mort. J'ai perdu mon sexe à Lépante. Un obus turc...

– C'est carrément l'insolation, dit Liv. Pas de doute.

– Voilà le *Pardus,* dit Sigrid. Et le *Squalus.*

– Et le *Novus* dans l'autre sens, dit Liv. Et l'*Ausus*. Et l'*Iran Ershad,* un pétrolier gris et vert, de Bandar Abbas. Qu'est-ce que c'est que ça?

– Il y a peut-être à bord des membres des CRA.

– Les CRA?

– Les Cellules Révolutionnaires Arabes... Pas le moindre bateau français?

– Non, jamais. C'est drôle.

On se lève... Plein soleil sur l'eau miroitante... On va chez moi... Quatre heures... Volets vert sombre fermés... On va jouer... Est-ce que Liv a choisi sa victime? Oui, à New York... Voix préoccupée, un peu précieuse, mondaine... Dix heures du matin là-bas... « Allô? Walter? C'est Liv... Très bien, merci... Et vous?... Non, je suis à Venise... Chez des amis... Oui, il fait très beau... Non, rien de spécial, quelques jours de vacances... Tout va bien pour vous?... Dites-moi... Pour cet automne alors?... Oui? Ah bon?... A Berlin?... »

Sigrid nous regarde... Elle vient me toucher... Tous les trois, là, on ne fait pas une si mauvaise sculpture... Voix et fesses de Liv... Moi dans Liv... Mains et bouche de Sigrid...

– Les « transitions potelées ».
– Quoi?
– Les transitions potelées... Je n'y peux rien. C'est ce qu'il écrit. Et aussi : « Monsieur le Président, dit l'Évêque, vous avez un certain son de voix entrecoupé qui me fait voir que vous bandez. »
– Donnez un exemple.
– C'est Juliette qui parle, elle vient d'éventrer un enfant : « J'exécute, et par les mêmes procédés que Clairwil, je m'enfonce une moitié du cœur dans la matrice. L'affreuse coquine avait raison : il n'est point de godemiché qui vaille cela; il n'en est point qui ait autant de chaleur et d'élasticité... Et le moral, mes amis, comme il est embrasé par ces horreurs! Oh, oui, oui, je l'assure, Clairwil avait une excellente idée, et depuis bien longtemps je n'avais si délicieusement déchargé. »
– C'est monstrueux.
– Musique, musique. Ironie. Je vous change tout de suite le décor. Vous avez lu *La Double Épreuve*? Dans *Les Crimes de l'amour*?
– Non.
– Vous allez pouvoir juger des registres du Marquis. Liv, s'il vous plaît.
– « Cependant, les matelots rament... les flots gémissent sous leurs efforts multipliés, lorsque tout à coup une

musique enchanteresse se fait entendre sur les galères qui voguent de conserve avec celle de notre héroïne; ces orchestres sont disposés de façon qu'ils se répondent mutuellement, à la manière des fêtes d'Italie, et la musique ne cesse point de toute la route, mais elle varie, autant par les divers morceaux qu'on exécute que par la différence des instruments. L'on entend de ce côté des flûtes mêlées aux sons des harpes et des guitares; ailleurs, ce ne sont que voix; ici, des hautbois et des clarinettes; là, des violons et des basses; et partout, de l'ensemble et de l'accord. »

– Encore... Notez les points virgules... Et, dans ce qui suit, les points de suspension...

– « Ces sons flatteurs et mélodieux... ce bruit sourd des rames qui s'abaissent partout en cadence... ce calme pur et serein de l'atmosphère, cette multitude de feux répétés dans les glaces de l'onde... ce silence profond, pour qu'on ne puisse entendre que ce qui sert à la majesté de la scène... tout séduit et enivre les sens, tout plonge l'âme dans une mélancolie douce, image de cette volupté divine qu'elle se peint dans un monde meilleur. »

– Voilà. Encore, encore. Pas de saloperies possibles sans cette toile de fond.

– « L'on aperçoit enfin l'île des Diamants, le génie de la Lune se hâte de la faire apercevoir à celle qu'il y conduit; il était aisé de la distinguer, non seulement par les rayons lumineux qui s'en échappaient de tous côtés, mais plus encore au bâtiment superbe qui en forme le centre. » Ça suffit!

– Merci.
– C'est féerique.
– Les phrases. Chaque roman devrait être une féerie.
– C'est du même auteur, vraiment?
– Vraiment.
– On raconte beaucoup d'histoires...

– Inutiles. Peur des mélanges. « Ce sont des élans que nous voulons de toi, et non pas des règles ; dépasse tes plans, varie-les, augmente-les »... On peut tout dire.
– Tout ?
– Tout.
– J'ai lu quelque part, dit Sigrid, que sa famille revendique Sade, maintenant ? C'est le monde à l'envers, non ?
– Excellent pour le deux centième anniversaire de la Révolution Française... Vous avez vu les photos ? Une Comtesse dans son salon, un jeune premier enthousiaste parlant du grain du papier employé par son aïeul ? Un des garçons de la maisonnée tirant la langue aux photographes et s'appelant *Donatien* ? Les révélations sur le père du Marquis, homme exquis ? Comme le père de Mozart ?

Elles sont allongées sur le lit... Elles s'enlacent... Elles vont dormir...

– C'était excitant de jouer pour le Pape, dit Jane. Il est reparti ?
– Ce matin.
– Vous êtes papiste ?
– Ah oui.
– Mais comment ça ?
– J'aime les fêtes... Mais vous voulez peut-être parler de ma vie désordonnée ?
– Enfin...
– J'ai une dispense et une indulgence spéciale pour vivre dans le péché afin de l'étudier de plus près. Je suis *Doctor in peccato,* c'est une branche de la Théologie Négative.

211

– En tout cas, Mozart n'était pas papiste, lui.
– Ah bon? Première nouvelle. On vous a dit ça à l'école?
– C'est très connu. Il était franc-maçon.
– Quand il écrit en allemand... *La Flûte enchantée*... Les *Cantates*... Mais le *Requiem*?
– Vieille querelle. Aucun intérêt.
– *Cosi* opéra maçonnique? Je ne vois pas... *Don Giovanni*?... Da Ponte?... Pas évident... A propos de franc-maçonnerie, vous avez lu Sade? Il en parle très bien, de façon outrée, bien entendu, dans *Juliette*... La Société des Amis du Crime... La SAC... Le complot de la « Loge du Nord », à Stockholm, pour abattre les Monarchies Catholiques et l'Église...
– Vous écrivez là-dessus?
– Oui... Enfin, non... C'est pour un roman...
– Sur les sociétés secrètes?
– Un peu. Ça vous intéresse?
– Oh, vous savez, chez nous, c'est comme aux États-Unis ou en Suède, tout le monde est plus ou moins franc-maçon... Vous avez regardé un dollar, tout de même?
– Oui, et la statue de la liberté, merci; Madame Bartholdi-mère, torche en main, frigide Alsacienne...
– En tout cas, c'est excellent pour le progrès et l'équilibre social. Vous n'êtes pas communiste?
– Non.
– Il n'y a que dans les pays latins que ça sent le soufre... Sans doute à cause des histoires de contraception et d'avortement?
– Sans doute, sans doute... Vous voulez des enfants?
– Mais sûrement, un jour!
– Combien?
– Je ne sais pas, moi! dit Jane en riant... Deux!
– Un garçon et une fille?

– C'est ça! Vous en avez?
– Quoi? Des enfants?
– Oui?
– Deux.
– Un garçon et une fille?
– Voilà!
– Votre famille est à Paris?
– A New York pour le moment.
– Vous êtes divorcé?
– Non.
– Pourquoi?
– Pourquoi le serais-je?

Bon... Première scène... Repos... Marquage du terrain... A la phase suivante...

– J'aime beaucoup l'alto, dis-je. Vous étiez merveilleuse. Au fond, la clarinette est exactement, entre la flûte et le hautbois d'un côté, et le basson de l'autre, dans la même position que l'alto par rapport aux violons et au violoncelle.

– C'est un instrument souple et doux. Un peu sacrifié. Peu de gens l'écoutent.

– C'est très blond. Comme vous. Le milieu des bois...

Le style classique... C'est le moment... Je lui prends la main par-dessus la table... Elle me pince... Regard bleu soutenu... On finit de dîner presto... Je l'emmène vers la Salute... Je l'embrasse sur le Campo San Vio, devant l'ancienne église transformée en temple anglican, avec son saint Georges terrassant le dragon au-dessus du porche... Elle est toute en soie, c'est vrai, tirée à quatre épingles, immédiatement accordée, soutenante, cambrée... Des cuisses un peu fortes... La bouche marmelade, salive... Vite à San Agostino... La porte à peine refermée, elle me débraguette, me suce dans le couloir... C'est le *Verrou* de Fragonard à l'envers... Alto!... Sursum Corda!... Je pousse au lit... Déshabillage... Elle monte sur moi, elle oscille... Attention à ne pas perdre le *do*... Au pas... Elle est très excitée, matter of fact, elle n'a pas dû faire l'amour depuis longtemps, techniquement précise, les Anglaises... J'arrête un peu... Ah, mais non, elle veut jouir, ça y est... « Come »...

Elle s'assoit, elle allume une cigarette... Voix chaude :
– Vous aimez Cecilia?
– Beaucoup.
– En tout cas, c'est une bonne messagère.
– Vous avez lu la correspondance de Mozart? Les billets à sa sœur?
– Un peu.
– Vous avez remarqué comment il lui demande, quand il est en voyage, de faire ses visites amoureuses à sa place? *Carissima sorella*...
– Vous restez ici longtemps?
– Je pars après-demain. Et vous?
– Demain soir. Pour Londres.
– A Londres, alors?
– Who knows?

Il fait beau, c'est dimanche, on va faire un tour sur le bateau de Cecilia et Marco, on met les voiles... C'est un deux-mâts qui s'appelait *Argo* et qu'ils ont rebaptisé *Il Cuore Assoluto,* VE 5986, fanion italien vert-blanc-rouge à l'arrière, et un autre, par coquetterie, jaune et blanc, sur un des filins, à l'avant... « Vous savez barrer? » dit Sigrid... Mais oui, les gestes de jeunesse ne se perdent pas comme ça, ils sont enregistrés, ils persistent... On vire de bord devant le Redentore d'où sort un mariage, et la mariée brune et blanche fait bonjour de la main... On dépasse San Giorgio, on louvoie, léger vent debout, on est environnés par les cloches... Liv, Sigrid et Cecilia s'allongent sur le pont, je discute avec Marco, on barre l'un après l'autre, soleil dans les yeux, mouettes, fraîcheur... On rentre en fin d'après-midi, on se change, j'emmène Liv et Sigrid à la messe du soir, aux Gesuati... On vient de fêter la Saint-Antoine-de-Padoue... Il y a là un tableau où il est en train d'embrasser un petit Jésus blanc et rose... Sous les *Trois Saintes,* de Tiepolo... Un reliquaire d'argent, intérieur velours rouge, découvre un ostensoir avec une relique du saint... Bout d'os... Une dent?... Il est né au Portugal en 1195... Son nom, en Théologie, est *Arc du Testament...* Franciscain, proche de saint François... Son exploit le plus célèbre, à Rimini, devant l'indifférence des foules, a été d'aller sur la plage prêcher pour les poissons... Les poissons bondissent vers lui de toutes parts, la grève étincelle de milliers d'écailles, la réputation d'Antoine est faite, c'est un scoop...

– Pour qui écrivez-vous?
– Pour les poissons.
– Pardon?

Les *Trois Saintes,* elles, sont un des chefs-d'œuvre de l'attitude mystique... Rose de Lima, Catherine de Sienne et Agnès en extase, sous la Vierge rouge et bleue... Remarquez la rose et le rossignol... Il peint ça en 1748.... Il a cinquante-deux ans...

On entend un léger craquement dans le silence... C'est le prêtre qui mange son hostie... Il l'avale comme ça, tous les soirs, en public, bruit du grignotement répercuté par le micro juste devant sa bouche... L'orgue se met à jouer, les fidèles vont communier à leur tour... « Et voilà, je suis avec vous chaque jour jusqu'à la fin du monde. » On lève la tête vers le plafond, pour voir, une fois de plus, saint Dominique en translation vers les cieux.

Les cloches sonnent encore... On dîne juste à côté de

l'église... Une quinzaine d'enfants sont là, avec leurs professeurs... Pizze, pizze, ils bouffent, ils rient, ils crient... Moineaux... Pigeons... Les moineaux, ébouriffés et confiants, viennent sur notre table... Ils mangent de la mie de pain dans ma main... « Lei è San Francisco? », me dit le serveur... Il y a une Lolita magnifique, douze ou treize ans, rose rouge dans les cheveux châtains, jeans noirs, blouse blanche, cul rebondi et ferme, joues de pêche, lèvres cerise, regard déjà lourd... « Vous avez fini de la fixer comme ça? » dit Liv... Calme des pontons... Les pins parasols, les ifs...

Lolita à la rose repasse devant nous avec ses copains... Me sourit... Se retourne deux fois... Se met à courir au bord de l'eau basculant du cobalt au noir...

– Vous êtes ignoble, dit Sigrid.

Matin d'orage, tonnerre et fracas... Éclairs déchirant la lagune...

– On y va? dit Sigrid.

– On y va.

– Vous avez pensé au cadeau pour Cecilia et Marco?

– Bien sûr.

– La *Société* ne va pas si mal, dit Liv.

– Je n'ai pas envie de rentrer.

– Et vos activités? dit Sigrid.

– Mourez, dit Liv, nous ferons le reste. On donnera des interviews.

– J'écrirai un roman, na, dit Sigrid, en se balançant d'un pied sur l'autre.

– Oui, oui, dit Liv, on dira des horreurs sur vous. On passera à la télévision. Les types adoreront ça. Les femmes se sentiront vengées, elles nous porteront en triomphe.

Agnese arrive... Je ferme l'appartement avec elle... On sort sous la pluie... L'eau est agitée, vert jade...

– C'était très bien, mon salaud, me dit Liv à l'oreille. Le motoscafo est là, contre le quai...

– Allez, au Cœur Absolu! dit Sigrid, en envoyant un baiser à la ville.

Un éclair lui répond comme un coup de fouet.

V

– Allô? C'est Jean-Noël... Alors, cette *Divine Comédie*?

Jean-Noël? Qui est-ce?... Ah oui, merde...

– Eh bien, j'ai pris beaucoup de notes... C'est en bonne voie...

– Mademoiselle Seibu est à Paris... Elle vous cherche partout.

– Je viens de rentrer. Vous lui dites de m'appeler?

– D'accord. Vous voyez une date?

– Ça devrait avancer rapidement.

– Bon, bon. Ah, j'ai vu Schnitzer. On a parlé de vous... A bientôt?

– A très bientôt.

Je décroche le téléphone. C'est mon geste préféré depuis longtemps. Décrocher, ou laisser sonner... Il m'arrive de compter les coups, je fixe l'appareil transmettant la volonté obtuse de joindre et de déranger, je pose ma main sur la machine à écrire... Voilà un plan de cinéma, non? Il pourrait durer un quart d'heure. Le temps de décourager tous les spectateurs. Ce serait très beau et très vrai. Voilà, premier plan fixe : un type immobile devant une machine à écrire et un carnet rouge regarde sonner un téléphone à côté de lui. C'est tout.

– Comment ça : c'est tout? Vous êtes fou? Et l'action? L'intrigue?

— Elle viendrait, elle viendrait... Par exemple, au bout de dix minutes, il se prendrait le pouls à lui-même.

— On pourrait lire par-dessus son épaule ce qu'il y a d'écrit sur le papier?

— Oui : G.S.P.M.G.A.

— Ce qui veut dire?

— GRANDE SEMAINE D'UN PETIT MOIS D'UNE GRANDE ANNÉE.

— Il y a autre chose d'écrit?

— Oui, une phrase de Nabokov : « Il dormait sur le côté droit afin de ne pas entendre son cœur... Il avait commis la faute, une nuit, de calculer (en comptant sur un autre demi-siècle d'existence) combien il lui restait encore de battements, et maintenant l'absurde rapidité du compte à rebours l'irritait et accélérait le rythme auquel il se sentait mourir. »

— Il s'agit du temps?

— Le Temps du temps. L'Aiôn.

— La quoi?

GSPMGA

— LUNDI, 15 h : *Évelyne*. Fille de Madame Thérèse. « L'hôtel de Maman. » Nietzsche. « Je sais qu'elle vous aimait beaucoup. » « L'éternel retour. »
— MARDI, 11 h : *Clara*. Pharmacie. « Alors c'est moi qui vous fais écrire? » « Faites attention quand même. » « Venez à sept heures et demie, je ferme juste après. »
— MERCREDI, 11 h : *Nadia*. Fleurs. « Voici pour vous, je passais. »
— JEUDI, 18 h : *Solange*. Tennis. « La volée, ça va. » « Vous devriez vous entraîner davantage. »
— VENDREDI, midi : *Élisabeth*. Les poissons. « Je viens vous les ouvrir? » Kafka.

- Samedi, 18 h : *Nadine. Demain Madame.* « Acclimater la pornographie. »
- Dimanche, 22 h : *Ruth.* Lettre. « La science des messages et des messagers. »

— Encore une par jour? Impossible! A d'autres! C'est tout ce que vous avez à raconter?
— C'est ce qui m'ennuie le moins.
— Et si ça m'ennuie, moi?
— Tant pis.
Je ferme les rideaux, je m'allonge sur le lit, je dors... Je suis encore dans le bateau, à toute allure vers l'aéroport, dans le sillage blanc moussant au large de San Michele... L'église tendue de violet, les quatre grands cierges dans l'allée centrale, on attend le canot noir et jaune, torche mauve devant la cabine de pilotage, lions d'or couchés à l'avant, transportant le cercueil sous les fleurs... Profil de Liv dans le vent tiède... Mains de Sigrid sur la passerelle... Visages rapides de Mex et Henri en contre-jour... « Les esprits, les ombres de l'Hadès »... Voix angoissée de Carl... Sourire de Laura... Archet de Cecilia au soleil... « Les ombres vont accourir en foule... Mais détourne les yeux, toi, ne regarde que les courants du fleuve »...

— Enfin te voilà! Où étais-tu passé? dit Laura.
— J'ai appelé plusieurs fois. Tu n'étais pas là.
— Mettons... Tu vas bien?
— Et toi?
— Les enfants adorent New York, il y a plein de jouets nouveaux. Tu sais qu'on peut vivre ici quand on veut?
— L'appartement est bien?
— Pleine vue sur Central Park. Tu viens quand?

– Peut-être à la fin du mois. Tu m'écris?
– Je t'écris.
– L'Agence?
– Ça roule. Ils m'aiment.
– Normal.
– Il se passe des choses?
– Non. Province.
– Ici pareil.
– Partout.
– Ça avance, ton roman?
– Lento.
– Tu as le titre?
– Je crois.
– Secret?
– Secret.
– Et *La Divine Comédie*? Les Japonais?
– Je m'en occupe.
– Et l'arrestation de K.? De T.?
– On ne sait presque rien.
– Tu m'appelles bientôt?
– Promis.

Au fait, la pétition pour T.?... Je descends chercher les journaux... Oui, elle est là... « Le remarquable auteur de *Dante au Purgatoire* et du *Cœur de Dionysos* »... Les Droidloms... Signatures... Sans la mienne, bien sûr... Pas de blagues... L'Institution...

Laura à New York... Je rouvre ses lettres de l'année dernière...

Mon chéri,

C'est Hallowin, aujourd'hui, ces fous d'Américains se font des mascarades et essaient de s'effrayer avec des monstres, séances de spiritisme, têtes de citrouille, et autres enfantillages. Après avoir fait quelques galeries et un peu de shopping avec Maud, j'ai décidé de rester à la maison. Wesley vient de me téléphoner pour m'emmener dans une boîte tout à fait en bas de la ville : The World, nouvel espace, immense, paraît-il, qui fait concurrence au Palladium, et où tout le monde sera masqué et dansant. Je n'ai pas eu le courage d'entreprendre cette aventure. Un spectacle de travestis qu'on a vu avec lui, l'autre semaine, était très bien, très excité (il n'y a que les travestis pour s'exciter dans cette ville), très contestataire (de tous les lieux communs de la culture, de la Bible à Shakespeare, et jusqu'à la Révolution française), avec beaucoup de danses, de chansons, de finesses interprétatives... Mais tout cela (le titre est *Bloos lips,* – je ne sais pas pourquoi?) m'a l'air un peu congelé dans les années 60-70.

J'ai par contre beaucoup admiré Kiri Te Kanawa, qui a chanté avec une extraordinaire légèreté ce qu'il y a de plus léger et de plus occidental dans l'Occident : Scarlatti, Mozart, Purcell... C'était une fête de la désinvolture et de la beauté ; elle est grandiose, brune, mince, un peu métisse, comme tu sais, mais pas trop, flanquée d'un tout petit pianiste juif qui lui arrive à la cuisse, et qui a l'air d'un gnome talentueux mais souterrain...

Parmi les potins de New York, j'ai été littéralement sidérée par la désintégration de la famille B. Blanche a l'air folle, et ce qui est extraordinaire c'est qu'il le *dit* dès qu'elle a le dos tourné. Selon George, donc, elle n'en peut plus de haine contre lui : elle l'agresse, le persécute ou délire quand elle n'est pas assommée par des médicaments. Il paraît que ma visite (qu'elle a d'ailleurs suscitée) l'a mise dans un état d'abattement et de migraine auquel elle n'a renoncé que lorsque George a dit qu'il me recevrait sans elle. Tu imagines la soirée. Très retenue, tout compte fait, j'ai simplement subodoré la situation et il me l'a décrite en me raccompagnant, très défait. Ce qui t'intéressera, je pense, c'est que Blanche, lorsque je l'ai vue, est devenue très agitée en me parlant de religion, me demandant avec insistance, comme Wesley, d'ailleurs, si j'étais aussi catholique que toi (?). Cela semble les préoccuper beaucoup, d'une façon plutôt malade (??).

Stony Brook, sur Long Island, est une merveille : un port, des bateaux, des restaurants élégants... L'endroit te plairait.

Je te dis bonne nuit, et je t'embrasse fort, fort.

Laura.

Chéri,

L'appartement donne sur Morningside Drive avec vue sur Harlem, la même vue qu'il y a six ans, mais de plus bas. Le soleil, tu t'en souviens, se lève juste en face, tout rouge le matin, et la lumière est très forte jusqu'à la fin de la journée. Sur Amsterdam Avenue, les magasins sont poussiéreux et tenus par des immigrants de fraîche date, italiens ou indiens, qui semblent préserver le négligé et la saleté comme couleur locale. Deux cafés : *The Mama's Place* et *Amsterdam Café*. On y mange pour 2 ou 3 dollars, et les moussakas d'il y a quelques années ont cédé la place aux burgers. En descendant Broadway, au coin de la cent onzième rue, on trouve *Au Grenier,* où se réunit la population à prétentions : étudiants plus riches, enseignants, employés des banques voisines. On y sert entre autres, la « quiche lorraine with salad » ou le « canard à l'orange » (en français), sous des affiches de Man Ray – trois pommes roses sous des rectangles bleus; de Chagall – l'éternelle poupée russe avec coq et croissant de lune; et un magnifique Arlequin de Picasso signé du 15.12.69. Deux négresses dégustent la quiche lorraine sous ce Picasso, les mêmes qui opèrent à la banque d'à côté, qui ont encore grossi, et qui m'étonnent toujours par leur flegme et l'exactitude de leurs calculs, tellement elles ont l'air de femmes de ménage qui ne sauraient pas compter.

En face du *Grenier,* toujours sur Broadway, se trouve le café italien *Pertutti*, plus chic encore, avec des petites tables rondes, capuccino, pâtisserie et quelques plats italiens. Au fond, à droite, la cent onzième débouche sur la cathédrale Saint John the Divine.

Les arbres sont encore verts sous ma fenêtre, et la chaleur revient depuis ce matin avec le vent. J'irai ce soir au *Roof Restaurant* qui est une splendeur avec son épaisse moquette, sa vue sur les lumières de la ville, ses drinks et son steak de saumon frais.

Tu me manques.

Je t'aime.

Laura.

Chéri,

C'est samedi, et j'ai pris l'autobus 11 qui va jusqu'à *Columbus* Avenue, et 80/70ᵉ rues. C'est un quartier élégant en pleine expansion : nouveaux magasins, boutiques et restaurants qui n'existaient pas quand on était là. J'ai du mal à choisir : *Nanny Rose* semble luxueux mais sombre. *Ruppert's* trop anglo-saxon. J'entre finalement dans *Victor's Café* qui me paraît plus gai et, de plus, exposé au soleil. C'est plein de pédés style intellectuel, de jeunes filles de bonne famille, de couples bourgeois du quartier. Comme il fallait s'y attendre, c'est un restaurant hispano-cubain. J'attends mon « roast pork with rice » – plat recommandé –, je bois mon Perrier accompagné d'un délicieux pain grillé beurré qui sent la cannelle. C'est une odeur juteuse que j'adore, on la trouve ici dans les thés, les gâteaux, les pains. Cela me paraît venir d'Europe centrale, mais il paraît que c'est aussi très Vieille Angleterre.

En réalité, quand les gens ne travaillent pas, ici, ils mangent et ils achètent. C'est plus évident qu'ailleurs.

Un des pédés à côté a l'air intrigué par moi, il essaie de

faire la conversation en français, il a une tête à avoir le sida, bye-bye.

Ce soir, je suis invitée à un coktail à Sutton Place (Upper East Side, au bord de la rivière), je t'en parlerai après.

Voilà, le décor était beau, les bateaux passaient sous les fenêtres mais l'ambiance était plutôt quelconque. Il y avait Umberto, halluciné par son succès, parlant du film qu'on fait sur son livre, ne sachant plus s'il est un professeur qu'on ne respecte plus ou un best-seller qu'on achète pour ne pas le lire, racontant des anecdotes dans un anglais qu'il est le seul à comprendre. Il a fait la sourde oreille quand je lui ai demandé quels étaient les agents littéraires efficaces susceptibles de faire traduire tes livres.

Je me couche, mon chéri, tu me manques trop.

Je t'embrasse fort, fort.

Laura.

Mon chéri,

Chicago est au bord d'un lac gris-vert en général, lumineux lorsque l'avion aborde l'aéroport O'Hara, mais aujourd'hui tout à fait gris-blanc, brumeux, gonflé. Il pleut, l'air est chargé de vapeurs, le lac s'étend sur le trottoir, mais sans déborder, car il n'a pas de mouvement, pas de vagues, juste ce gonflement interne et quelques frémissements de surface sous le vent. Cela a quelque chose de rassurant.

The Michigan Avenue, qui est la grande artère centrale, est pleine de boutiques, magasins, hôtels, banques. Je suis à l'*Allerton*. Il faut voyager presque une demi-heure en taxi ou en autobus pour aller au Lake Shore Campus de Loyola University où tu m'as demandé d'aller voir ton ami L., alors que, tout près de l'hôtel, sur Michigan Avenue, on lit sur une grande tour et en lettres énormes

LOYOLA. Mais c'est juste une petite partie, surtout administrative.

L. m'a très gentiment reçue, et m'a donné, sous pli cacheté, le dossier que tu attends. Vous m'amusez, avec vos mystères.

Cette nuit, je me suis réveillée à trois heures et j'ai allumé la télévision de l'hôtel : on interviewait une grosse dame, spécialiste de Joyce. Elle a consacré vingt ans de sa vie à réfléchir sur Molly... J'ai cru rêver. Tout de suite après venait le capitaine de l'équipe de base-ball de Kansas City qui a gagné je ne sais quel championnat. Tout et n'importe quoi.

Le Campus Loyola est aussi au bord du lac, mais très au nord. C'est un désert peuplé de restaurants médiocres où l'on mange du poulet au gruyère avec une purée de haricots rouges (c'est infect). Le seul esprit qui existe semble concentré dans les buildings austères de la Faculté au bord de l'eau. En un sens, le verbe ne se fait chair, ici, que dans l'Université, les autres constructions sont des gratte-ciel glacés, métal et verre, brillants, qui disent que tout est invisible.

Michigan Avenue, comme la Cinquième à New York, n'est que commerce. D'ailleurs, à part les magasins, les seules distractions sont les musées. On y trouve toujours des marchandises, mais avec quel soulagement, parce qu'elles ne sont pas à vendre. Le musée est en somme un magasin qui calme la faim des acheteurs tout en leur offrant des appâts (« c'est à acheter, mais pas par vous! »). Par exemple : The Art Institute of Chicago. Ou bien, à la Federal Plaza, le « Flamingo » de Calder, – des becs de métal roses qui pointent dans tous les sens comme un moulin à vent pour enfant et que l'enfant a déjà cassé.

Demain, je pars dans l'Iowa.

Je t'embrasse beaucoup,

Laura.

En plus du dossier, L. m'a donné cet extrait d'un livre de Nicolas Fontaine, *Dictionnaire Chrestien,* Paris 1691, en me disant que cela t'amuserait.

DIAMANT. Le diamant est une excellente figure. Son éclat represente les vertus les plus brillantes et les ames les plus éclatantes, quoy que neanmoins saint Chrysostome, pour rabaisser la beauté du diamant que l'on vante tant et dont on est si idolatre, ne craint pas de dire que les fleurs sont beaucoup plus belles.

La fermeté du diamant represente la solidité des ames saintes que rien ne peut vaincre, et qui resistent à tout. Ce qui fait dire à saint Chrysostome, qu'une ame juste est comme une statue de diamant; que lorsqu'on la persecute avec le plus de violence, elle en rend graces à Dieu et est toujours immobile dans son service; et que celuy qui frappe sur un diamant se blesse luy-mesme et non le diamant qu'il frappe. C'est ce qui fait que les Saints Pères exhortent les Chrestiens à n'avoir pas seulement l'éclat du diamant, mais encore sa solidité, et encore plus cette dernière que l'autre; pour estre ainsi, comme ils disent, semblables à un diamant brut, dont toute la beauté est couverte et voilée aux yeux des hommes.

Mais la dureté du diamant figure aussi l'endurcissement d'un cœur qui resiste opiniastrement à la main qui le frappe, et qui s'endurcit toujours de plus en plus par les coups mesmes qu'on luy donne.

Les faux diamans, sont la figure des faux raisonnemens et d'une fausse éloquence. Vous voyez dans ces Ecrits, dit saint Augustin, quelque brillant qui vous éblouit; mais c'est un brillant de verre : il semble que la verité y reluise avec éclat; mais la vanité réduit tout en poudre. Videte acumen, sed vitreum. Quasi lucet veritate, sed frangitur vanitate, dit saint Augustin.

Les vers ne s'attaquent point au diamant. S'ils le faisoient, ce serait en vain. Il en est de mesme des ames saintes, dit saint Chrysostome. Elles sont comme des diamans ; le péché ne s'y arreste pas. Elles ne sentiront point ce ver qui rongera à jamais dans l'enfer. L'innocence du baptesme empêche en nous la corruption à laquelle les vers s'attachent.

Chéri,
Il me tarde de rentrer. A force de parler anglais, et c'est indispensable, j'ai commencé à avoir des rêves en anglais. Pénibles! Des cauchemars dont les images se dissolvent presque immédiatement dans l'angoisse et de simples mots. Je ne sais pas si c'est l'effort de parler une langue étrangère ou bien si c'est la langue qui est refoulante au maximum, en tout cas la face nocturne de l'anglais est une sorte de purgatoire. J'imagine un de tes personnages vivant cette expérience, cela pourrait être troublant.
Après les discussions à l'Agence, on a voulu explorer Chicago by night. La grande attraction des milieux intellectuels, ici, semble être le couple célèbre d'une présentatrice de CBS, Marie Shriver (la famille Shriver, chacun le sait, est apparentée aux Kennedy) – grande brune aux cheveux noirs jusqu'aux épaules et à la mâchoire triangulaire puissante –, et d'un acteur très à la mode, c'est-à-dire qui sera démodé dans un an, d'origine autrichienne, Arnold Schwarzenneger. Le type en question est, à l'origine, un body-builder, et représente une masse de muscles prodigieusement apparente dans le moindre détail, le tout huilé comme si sa peau était une vitre. On prédit à ce champion la carrière de sénateur au moins, et peut-être de Président. Et, comme pour l'innocenter, mes intellectuels découvrent que son jeu est en fait distant, ironique, au second degré, etc. Nous prenons un taxi pour voir son film *Terminator,* et on roule trois

quarts d'heure pour arriver au bon endroit. Surprise, ce n'est pas une salle de cinéma mais un « drive in » où les teen-agers vont pour faire l'amour plutôt que pour regarder les images. Notre taxi ne pouvait pas y entrer, et en plus on était cinq dans le taxi, même si on voulait faire l'amour... Nous revenons dans le centre, et voilà qu'à côté de l'Allerton, on passe un autre film avec le même Schwarzenneger, *Commandor*. Cette boule de muscle s'appelle dans le film... Matrix, et n'a rien d'érotique, mais plutôt quelque chose d'une immense maman surpuissante sur laquelle on aurait greffé un adolescent turbulent. Il casse des chaînes de fer, fait sauter les têtes, les jambes et les bras de ses adversaires, les maisons et les voitures volent dans l'air, tout le monde se marre, on mange des pop-corns et on est heureux. Par Maria Shriver interposée, cela se passe d'ailleurs au cœur même de l'actualité sérieuse, responsable, bien-pensante.

J'ai fait un saut au Village pour retrouver les traces de nos premiers jours, et je l'ai trouvé plus sale que jamais. Mais, pour ton décor, voilà la disposition des cafés : sur Bleecker Street, tu as, à gauche, *Village Gate,* à droite *Puccini*; tu traverses la rue Sullivan et, toujours sur Bleecker, à gauche le *Figaro*, à droite le *Borgia,* tous les deux au coin de Bleecker et de Mac Dougal. Sur Mac Dougal, il y a toujours, évidemment, le *Dante*. Mais l'atmosphère est très touristique et un peu délinquante. Surtout sur Washington Square : j'ai presque peur de traverser sous le regard de types complètement speedés.

Tu viens de m'appeler au téléphone.

Je t'embrasse plein-plein-plein la bouche, les joues, les oreilles, tout.

Laura.

Dimanche... J'emmène Liv et Sigrid à Versailles... Il fait très beau, on marche une heure dans le parc sous les grands platanes cathédrales, pastilles-hosties de lumière au sol, on déjeune dehors, on s'assoit dans une clairière...

— J'ai téléphoné à Cecilia, dit Sigrid. Elle est ravie du cadeau.

— Oh, j'ai oublié, vous savez qui j'ai rencontré? dit Liv. Catherine Louvet. Elle m'a dit de Sigrid : « Je suis sûre de l'avoir déjà vue. »

— Et comment! dit Sigrid. Vous vous rappelez cet hiver?

— Vous auriez dû m'emmener, dit Liv. J'adore les bals masqués. En tout cas, j'ai eu mon petit succès. Elle avait l'air épatée par *Phèdre*.

— Bien sûr. Vous étiez géniale.

On remonte vers le *Trianon Palace* pour prendre un verre... On s'installe au bar... Et là, qui? Mais oui, Snow elle-même, avec Masetta, l'éditeur italien... Impossible de ne pas se saluer... Snow a un petit chien, maintenant, un cocker... Il court vers nous... « Ubu! crie Snow, Ubu! Ici! »... Masetta est un peu gêné... Il se demande si je sais avec qui il est... Mais oui, aucun mal à ça... En tout cas, Simmler n'a pas épousé... Ou pas encore... Le voyage à Versailles fait donc désormais partie de la panoplie de Snow...

— Et votre admirable femme, fait bêtement Masetta, comment va-t-elle?

Le grossier gaffeur.... Est-ce que je lui demande combien il a payé son week-end?... Liv et Sigrid se penchent discrètement l'une sur l'autre... Snow me fixe d'un air suppliant...

— Mais très bien. Elle est à New York.

— Vous savez qu'elle est maintenant plus connue en Italie que vous? dit-il bien décidé à surmonter son embarras par un maximum d'agressivité.

— C'est tout à fait mérité... Mais c'est un peu votre

faute. Nous serions davantage à égalité si vous ne censuriez pas mes livres.

– Comment allez-vous? dit Snow après une période d'hésitation, en pensant qu'une relation comme moi ne peut qu'impressionner son client de la semaine.

– C'est nouveau, Ubu? dis-je. Félicitations. Il est formidable.

Ubu me saute dessus... Me fourre son museau mouillé dans les jambes... Liv l'attrape au vol... Le passe à Sigrid... Qui le lui repasse...

– Allons, allons, dis-je. Rendez son chien à Madame.

– Il faut qu'on déjeune ensemble un de ces jours, dit Masetta.

– Très volontiers. Appelez-moi.

– Qui est cette pute? dit Sigrid, quand ils ont rejoint leur table.

– Une gentille fille, dis-je. Qui se débrouille comme elle peut.

– Masetta... Masetta... dit Liv. Ce n'est pas l'éditeur italien compromis dans un scandale?

– Vous confondez avec Angelo Corona. Il a fini par être arrêté.

– Pourquoi?

– Il a voulu fonder sa propre secte, comme le bon vieux Fals... Para-psychanalyse et moonisme. Pressuration des psychismes... Ça a dû mal tourner dans la finance, je suppose. Les socialistes ou la P2 l'ont probablement laissé tomber... Je suis très déçu : je croyais qu'il était en train de faire mieux que Fals, c'est-à-dire massivement du trafic de drogue.

– Masetta est de la P2? dit Sigrid.

– C'est possible. C'est même probable. Vous savez, l'Italie...

– Est-ce que Corona n'avait pas emmené Borges à Tokyo? dit Liv.

— Mais oui... Borges voulait faire voyager son assistante-secrétaire qu'il a fini par épouser à quatre-vingt-cinq ans... Il se plaignait, dans les derniers temps, d'être visité la nuit par des incubes... Et il est mort à Genève où il avait commencé ses études, il est enterré à côté de Calvin... Je l'ai vu une fois, dans une chambre d'hôtel, à Paris... En manches de chemise... Athlétique, plutôt... L'aveugle à coffre... Voix basse récitant toujours le même vers du Purgatoire de Dante... « L'oriental saphir »... Je me souviens qu'à mon grand étonnement il m'a surtout parlé des prostituées françaises de Buenos Aires dans les années 20... Les meilleures et les mieux payées, paraît-il... Je crois qu'il aurait aimé apparaître au hasard d'une conversation, dans un roman léger... L'*Aleph,* vous vous rappelez, ce point brillant où la totalité du monde apparaît... Une sorte de cœur absolu des choses.

— Tiens, voilà Plankmann, dit Sigrid. Le spécialiste de l'*in vitro*. Il est avec sa femme. C'est un événement. Il vient peut-être lui faire un enfant-nature pendant le week-end.

— Tais-toi, dit Liv. L'horreur. Il m'a fait pressentir.

— Pressentir ?

— Pour une expérience.

— Sa femme est architecte ?

— Sculpteur, dit Sigrid. Des verticales sur des horizontales. Avec quelques diagonales.

— Et lui ?

— Industriel de l'embryon, maintenant. Sa clinique ne désemplit pas. Très sympathique. L'homme épanoui et sain par excellence. Viril, scout, maternel. Toujours gai. L'épouvante.

— Il paraît qu'il n'a pas son pareil pour arrondir les nombrils à l'accouchement, dit Liv. Et que c'est un virtuose des trompes.

— Encore heureux qu'il ne décline pas systématiquement les clitoris pendant les anesthésies, dit Sigrid. C'est courant aux États-Unis, maintenant. Les femmes se réveillent rectifiées ou excisées, les hommes circoncis.

— C'est le jour, dit Liv. Voilà Pierre Laurent avec son amant. Quelle folle à chignon.

— L'acteur? dit Sigrid.

— Mais non, l'écrivain.

— L'écrivain?

— Pas un vieux spectre ou une brute comme vous, dit Sigrid. Un vrai. Un délicat. Un chouchou-love.

Je regarde Snow qui minaude vers Masetta... Elle sort son poudrier... Me voit... Me sourit faiblement... Ubu s'agite entre ses jambes, aboie... Est-ce qu'il sent la coke à travers le maquillage? Peut-être...

— On s'en va, mes anges?

— On s'en va.

Elle est toute petite, Mademoiselle Seibu, l'œil vif...

— On devrait commencer au chant 17 de *L'Enfer*, dis-je. Quand Géryon apparaît...

— L'image de la fraude?

— Voilà. Juste avant, on montre Dante dans les marais, près de Venise, secoué de fièvre... Les chevaux avancent difficilement... Il pleut...

Elle prend des notes sur un petit cahier noir... Idéogrammes rapides...

— Vous voyez l'acteur comment?

— Moyen. Normal. Un peu maigre, mais pas trop. Ce n'est pas Don Quichotte. Il y a le portrait de Giotto... A la rigueur, un Japonais en lame de couteau ne serait pas mal. Un Samouraï classique.

– C'est trouvable.
– Mon idée, en somme, est un parallèle actualisé constant entre la *Comédie* et *L'Odyssée*.
– Et pas *L'Énéide*?
– Non. J'aimerais bien faire sauter Virgile. Énée, après tout, n'est que le bâtard d'Aphrodite...
– On s'éloigne considérablement du texte! dit Yoshiko, sérieuse.
– Peut-être, mais c'est plus original. On gagne en ampleur. On compare deux navigations, deux retours. Patrie terrestre, patrie céleste...
– Et Béatrice, vous la voyez comment?
– Justement, c'est ça qui m'ennuie. Je ne la vois pas.

Yoshiko pose son stylo-feutre pointu... Me regarde avec de grands yeux...

– Mais c'est le personnage principal?
– J'en doute.
– Alors, qui?
– Dieu.
– Mais Dieu sous quelle forme?
– C'est là où il faudrait inventer. Je ne pense pas qu'on puisse raisonnablement montrer aujourd'hui un homme conduit au sommet de la vérité par une image de femme idéale.
– Mais c'est le sujet!
– Vous croyez?

Yoshiko penche un peu la tête... C'est mal parti... Malgré son sang-froid, elle a eu un petit frisson caractéristique... Le frisson-budget... Le tic marketing...

– La Production parle d'une actrice très importante dans le rôle de Béatrice...
– C'est bien ce qui m'embarrasse.
– Qu'est-ce que vous proposez?
– Je cherche.

Là, elle est devant un vrai problème, Mademoiselle Seibu... Je la vois réfléchir à toute allure... Est-ce qu'il entre dans sa mission de me ramener vers la femme idéale en huit jours? Doit-elle sauver son sexe en personne pour les besoins de la Compagnie? Provoquer le plus vite possible un transfert amoureux sur place?

– Vous êtes allé au Japon? dit-elle prudemment.

– Non. (J'imagine tout à coup Sophie dans un appartement de Tokyo.)

– Je pense que ce serait utile.

– Pour l'adaptation?

– Je crois... Oui.

Sur son terrain, évidemment... Plus facile...

– Cette histoire de Béatrice est un mur, dis-je. Tout le reste est un peu compliqué, mais pas vraiment. C'est pourquoi je vous parlais de *L'Odyssée*.

– Mais le projet n'est pas *L'Odyssée*...

– En un sens, c'est dommage. Pénélope qui ne reconnaît pas son mari, la cicatrice au pied ouvrant les yeux de la vieille nourrice, le chien Argos plus lucide, au flair, que les humains, ça, je vois très bien. Les plans sont forts, évidents. Idem pour Calypso, Nausicaa, Circé. Mais l'éternel féminin, là, je sèche un peu, je l'avoue.

– Vous êtes peut-être sous le coup d'une déception?

Voilà, on y est... Yoshiko s'avance...

– C'est possible. L'époque est plutôt dure.

– Je n'arrive quand même pas à imaginer Dante sans Béatrice. C'est l'élément de profondeur poétique, non?

– On pourrait la transformer en thème musical?

– Mais l'actrice?

Presque un cri... Elle recule violemment... Les affiches, la publicité, les clips... Sans beau visage extatique de star mondiale en gros plan?... Il est fou, ce type...

– Écoutez, je plaisante, dis-je. Bien sûr, il faut traiter le sujet. Mais alors il faut qu'elle soit très jeune, éblouissante... Une sorte de Lolita, douze ans, pas plus. Après tout, c'est le texte. Et, en plus, la mode. Une nymphette de choc... Une fille de vingt ans est déjà une vieille roulure, aujourd'hui, c'est clair.

— Intéressant. Style Oshima? Il faut créer quelqu'un, dans ce cas.

— Une enfant qu'on n'a jamais vue, surtout, ce sera un événement. Douze ans, c'est peut-être déjà trop mûr... Neuf-dix... On la découvre donc à l'église Santa Croce, à Florence... Dante est là, derrière un pilier. Vous avez la scène du pont, peinte au 19e, et qui traîne partout... Mais je vous en fais cent d'originales. Béatrice avec ses amies. Béatrice portant du linge. Béatrice à l'école. Béatrice bousculée par des garçons. Béatrice rêveuse dans un coin de fenêtre. Béatrice courant dans la campagne, ses longs cheveux déployés. Béatrice au bain. Béatrice jouant du luth. Béatrice chantant et dansant. Béatrice pleurant silencieusement. Béatrice sublime, en prière...

Le stylo de Yoshiko s'est remis à courir... Sous ses doigts, je suis transformé en herbe... Tout va bien...

— Le sommeil de Béatrice. Le journal intime de Béatrice. Le visage figé de Béatrice devant les colères de son père qui ne comprend rien à son destin divin. Les voix de Béatrice. Une grande dame bleue lumineuse apparaît à Béatrice. La moue de Béatrice devant les calculs étroits de sa mère. Béatrice manquant d'être violée par un soldat de passage...

— Vous croyez? dit Yoshiko.

— On verra... Béatrice regardant Giotto en train de peindre. Béatrice nourrissant les pauvres en cachette. Béatrice révoltée par l'ostentation et les dépenses du clergé (son père est très lié à l'évêque dans la corruption locale). Béatrice, trois fois béate, en extase devant le Saint-Sacrement... Et toujours Dante la suivant partout, caché, embusqué, voyeur agité, troublé... Bref, Dante amoureux de sa fille sauvée du péché de copulation et de reproduction, qui va le conduire à sa mère régénérée dont il deviendra le père, comme le Christ... Leurs yeux se rencontrent neuf fois... Pas une de moins, pas une de plus... Notez bien ce chiffre... Gros plan des prunelles exorbitées... Elle commence à lui dire bonjour la septième fois... Ah, ce bonjour!... Puis elle tombe malade, elle meurt. Retour sur Dante agonisant dans les marais...

– Évidemment.

– Et hop, nous sautons dans l'autre monde. Comme il faut attendre le Paradis Terrestre avant qu'elle réapparaisse en personne, on peut reprendre quelques séquences en flashes-back dans l'Enfer. Elle surgira comme ça, fraîche, musicale, lointaine, au milieu des pires tortures. Ne me dites pas que ce n'est pas un grand film!

– Il reste à trouver l'oiseau rare, dit Yoshiko.

– L'Agence doit se mettre tout de suite en chasse.

– Une Japonaise?

– Mais oui. Deux Japonais : Dante et Béatrice. Ils sont à Florence, au Moyen Âge, comme si de rien n'était... L'idée est très bonne. Un peu osée, mais justement... Elle est japonaise, il est japonais. Personne, autour d'eux, ne semble le remarquer... Ils sont élus, différents... Ils ne se parlent pas, mais ils parlent la même langue...

Le feutre de Yoshiko vole de droite à gauche... Il est temps de l'inviter à dîner... En tout bien tout honneur, bien sûr...

Hélas, mes bonnes résolutions n'ont pas résisté à la fin de la soirée... Et me voilà dans les mains de Mademoiselle Seibu, laquelle semble bien décidée à me démontrer les qualités concrètes d'une grande civilisation physiologique... Je me laisse parcourir... Masser... Retourner... Manger... Chevaucher légèrement... Enfoncer... Extirper... Sabrer... Elle est en effet d'une culture hors du commun, Yoshiko... Diplômée en système nerveux, en effleurements, en muscles savants... Elle a de brefs soupirs rauques, pressants... Je résiste un peu, c'est l'épreuve, mais rien à faire, elle construit ses tranchées, ses souterrains-labyrinthes, elle est couchée partout dans les feuilles, elle se multiplie lentement, elle me reprend quand elle veut dans son collimateur intuitif, elle m'envoie son visage à peine troublé de très près, ses yeux en points d'encre, j'ai un corps dix fois trop gros et trop lourd pour échapper à ses embuscades rampantes, patrouille en Birmanie, clairière mortelle, tireur dans chaque palmier... La voilà sur moi, maintenant, finale en torsade, longs cheveux flottants, râle sec... C'est d'accord, je ne dirai plus jamais de mal de Béatrice, je ne mettrai plus en doute sa nécessité transcendante, je me repens, je me rends... Elle lève la tête, aspire un bon coup quand elle me sent venir, avale tout l'air de la pièce... L'expire... Shôôôôô!... Bon Dieu, au centième de seconde... Après quoi, elle se remet immédiatement dans l'attitude rituelle, vieille ruse, humble, soumise... M'apporte un peu de champagne... Mes cigarettes... Sort son parfum... M'en met un peu sur le front... Se rhabille très vite... « A bientôt »... S'en va... Pas une syllabe de commentaire... Film...

Me voilà hébété et violé chez moi... Empaqueté, ficelé, réexpédié aux choses sérieuses... Renvoyé à mon scénario... Ça, c'est de la critique directe... Projection privée... Rushes... Narrateur sur la table de montage... J'entends Monsieur Yoshibu : « N'hésitez pas à le stimuler »... Si Fermentier me voyait... Pas étonnant que le cinéma français soit en crise... Que la télévision batte de l'aile... Que les feuilletons se traînent en province... Moyen Âge et ordinateurs, voilà la réponse... Dante et Sony... Dix chevaux de plus dans la scène d'ouverture... Des épées, des cuirasses, des halètements... En direct de la boue... Gorges... Sueur... Le tout très cérémonieux, détaché, bien entendu, émotion directe, extase et fureur...

Je dors un peu? Non, pas moyen... Je sens arriver un petit règlement de comptes... Tant pis, il faut payer... Il va épilepter, le con... C'est toujours plus profond qu'on ne croit, le corps, plein de recoins oubliés, de réserves, de couloirs, creux, caves, anfractuosités, niches, trappes, rivières, c'est une montagne à l'envers, un temple négatif dont seule une partie s'éclaire en haut, là-bas, parmi les images, au milieu des autres marionnettes à images... Et voilà l'éboulement... Je me rattrape au lavabo, évitant le coin de justesse... A genoux, maintenant, et grognant sous la douleur en marteau piqueur... « Et l'ombre de la nuit enveloppe ses yeux »... Vengeance de Virgile... Je me tiens le crâne plein de sang, je parviens à m'allonger en douceur, bavant un peu, joue droite sur les carreaux blancs, je lâche... Ici: écran de publicité. Ce qu'on veut: matelas, magnétoscopes, savon, dentifrice, jus de fruits, rouge à lèvres, huile, outils de jardin, alcool sans alcool... Et un quart d'heure après, le narrateur, héros d'endurance, regardant sa montre: trois heures du matin, toujours dans la salle de bains... Et le narrateur se dit qu'il a inventé un tout nouvel appareil, à usage purement interne... Un compteur vivant. Un calculateur d'une extrême précision. Une pile sans précédent, à chiffres phosphorescents. Son nom? Le *néantomètre*. Sa fonction? Mesurer le coefficient d'irradiation de la néantisation permanente sur l'animal humain. Ses augmentations brusques. Ses pointes. Une sorte de pacemaker cardiaque, branché directement sur le battement. Un élément du *corium* d'une centrale atomique, en somme. L'humanoïde relevant son néantomètre... Alerte rouge... Puis se berçant lui-même comme un bébé... Eh oui, il faut tout faire aujourd'hui... Se conduisant au lit par la main... Se bordant avec un baiser mental sur le front, là, là, tranquille... Se faisant même une petite prière... Au nom du Père, du Fils et du Saint-Esprit... Gardant son goût des spéculations... Pensant, puisqu'il y a le *filioque,* et que les trois Personnes sont à égalité de réalité et de jouissance, qu'on pourrait aussi bien dire au nom du Saint-Esprit, du Fils et du Père... Ou encore : au nom du Fils, du Père et du Saint-Esprit... Mais là, vous mettez l'accent sur la procession, n'est-ce pas, plus que sur l'engendrement... Ça ne nous rapproche pas des Russes... Des orthodoxes... Puisqu'ils pensent, eux, que le Saint-Esprit est issu du Père *per filium*... Ce Père-per ne m'inspire aucune confiance... C'est donner trop de clarinette à papa... *Per filium*!... Voilà qui sent sa sodomie, son pope-corne... Les voiles de Maman-pesanteur s'agitant derrière... Au nom du Saint-Esprit, du Fils et du Père : cet ordre, en revanche, me plaît de plus en plus... Révolution des temps... Crise des temps... Il suffisait d'y penser... Ça repose... Et voilà comment on s'endort, tous les trois : l'humanoïde, son néantomètre et moi.

– Allô? C'est S. Votre pétition était très bien.
– Ah, merci. Ce qui m'inquiète, c'est la passivité ambiante... Les Russes ont le nez dans leur accident nucléaire, les Américains les aident, vous avez vu le dégel soudain et le rééchelonnement de la dette de la Pologne au Fonds monétaire international... Tout s'enchaîne, les Français sont comme d'habitude dans le go-between, et bien entendu nous sommes, nous, Polonais, comme tant d'autres un réservoir de travailleurs qualifiés tranquille...

Main-d'œuvre pas chère, silencieuse... L'idéal... Mise en bétail des deux tiers de l'humanité, grand bruit sur les plus pauvres... Normal... Normalisation... On ne peut même plus compter sur une diversion venant de Chine... Tout est réglé...

– En somme, on est entre la peste et le choléra? Entre Sida et Acide? Coincés par la sodomité à virus africain d'un côté, le veau radioactif de l'autre?

– S'il n'y avait que le veau! Les salades, les épinards, les tomates, les pommes, les radis, le lait, le thym, les carottes! Sans parler des cent mille cancers à venir!

– Cent mille tumeurs, moderato sur la Pologne?

– Oh, c'était de toute façon prévu.

– Une vieille histoire occidentale?

– Et orientale. C'est bien mal nous remercier d'avoir arrêté autrefois les Turcs devant Vienne. Et l'Assomption de 1920...

– L'Assomption de 1920?

– Le 15 août 1920 : victoire de la cavalerie polonaise sur les armées bolcheviques... Bon, c'est toujours pareil : les Suédois, les Allemands, les Russes... Avec, en plus, maintenant, double jeu des Américains... Et cynisme français, il faut bien le dire...

– Vous êtes au contact des deux principales hérésies. Le reste s'ensuit.

– Qui voit l'Histoire comme ça?

– Personne.

– Alors, à quoi bon?

– Vous aimez Dostoïevski?

– Plutôt... Quel rapport?

– Je me demande s'il y a eu une étude sur les rapports entre son épilepsie créatrice et le *filioque*. C'est-à-dire sur l'absence de la circulation du *filioque* dans la religion orthodoxe. Vous savez, l'intenable *per filium*... Nœud coincé dans la Trinité...

– Vous me collez. Pas la moindre idée.
– Et Nietzsche qui se voulait de plus en plus Polonais... Les lettres de la fin... La grande politique... Super-Machiavel... *L'Antéchrist*...
– Le rapport?
– Je prends un Russe et un Allemand. Symptômes...
– Toujours votre idée qu'il n'y a que des guerres de religions?
– De plus en plus.
– En tout cas, pour l'instant, ce serait plutôt : que rien ne bouge! Corde raide!
– Apparemment.
– L'Islam! Les intégristes!...
– Et les illuminés synagogaux... Vous les avez vus brûler les abribus à Tel-Aviv et Jérusalem? Pour des publicités de femmes en maillots? Encore des Polonais, non?
– La Pologne est le cœur du monde.
– Un de ses cœurs.
– Son cœur!
– Le cœur, c'est la Télé. Artificiel, mais universel.
– Comme l'Église.
– En un sens...
– Vous travaillez?
– Un peu.
– Quoi? Un roman? Un vrai? Pas trop *hard*?
– Ah, ça...
– Beau temps à Venise?
– Excellent.

– Alors, cette grande-semaine-d'un-petit-mois-d'une-grande-année? dit Sigrid. J'aimerais d'abord comprendre la classification. Qu'est-ce qu'une grande année? Un petit ou un grand mois? Une petite ou une grande semaine?

— Et un grand jour? Une petite nuit? Une petite heure? Une grande minute? Une incroyablement grande seconde? Valant pour un jour? Ou une année?

— Ne vous dérobez pas. Définissez. Il faut préciser cette affaire de calendrier. Et premièrement pourquoi prendre la baise comme horloge?

— Un : ce n'est pas la baise mais la conscience qu'on en a. Deux : il s'agit de l'anti-temps à l'état pur.

— Davantage que la drogue?

— Rien à voir. La drogue, ou n'importe quelle autre substance, alcool compris, est un démultiplicateur de temps. Pas un anti-temps.

— Qu'est-ce que c'est, « l'anti-temps »?

— Vous savez que nous sommes ici tout près du BIH?

— Le Be?

— B-I-H : Bureau International de l'Heure. Tout à côté, à l'Observatoire de Paris, fondé en 1667... Vous l'avez visité? Non? C'est dommage... J'ai un ami qui travaille là, je lui dirai de vous promener... Quoi qu'il en soit, la définition de la *seconde* fonde le TAI, le Temps Atomique International... Le Temps Universel étant réglé sur la rotation de la Terre, le jour légal est de 86 400 secondes « atomiques »... Évidemment, il faut parfois rajouter une seconde en fin d'année... On a des lasers stabilisés, maintenant, des antennes paraboliques... Midi reste, en moyenne, l'heure où le soleil est au sud...

— Vous voulez que je parte, ou quoi? Je vous ennuie?

— Sûrement pas. L'anti-temps, c'est ce que la Science ne peut pas compter. Je travaille là-dessus, voilà tout. Il est probable que ça n'a de sens que pour moi. J'aimerais mieux dire, *l'a-temps,* d'ailleurs. Titre général : *Quelques notations sur l'a-temps.*

– Expliquez toujours.
– Une grande année sera définie par un tournant caractéristique dans les habitudes, les automatismes. En général, une rencontre. Le coefficient de jouissance inattendue transforme le point de vue, introduit des distances nouvelles, éloigne, approfondit. Dans la petite année, rien de tel... Simples répétitions... Des « grandes années », pour moi, j'en compte... Voyons... A partir de l'âge de vingt ans?... Sept. Dans cette dimension, j'ai sept ans.
– L'âge de raison.
– Biologiquement, c'est autre chose. Comme écrivain, j'ai vingt-cinq ans.
– C'est déjà beaucoup.
– Un grand mois, c'est la chance et la roulette par tous les bords; pas forcément l'accumulation, mais des cas très différents les uns des autres, contrastes, couleurs opposées, accords plaqués dans tous les sens, traversée de la société de bas en haut et en diagonale, tangentes, coups de sondes, chatoiements. Un grand mois, c'est quand la réalité veut vraiment vous parler, vous faire savoir quelque chose.
– Pourquoi?
– Signal qu'on échappe au *siphon*...
– Le siphon?
– L'évacuation liquide des corps... Vous savez en quoi ça consiste? La machine en fait monter certains, juste le temps d'enfoncer les autres qui étaient là, et puis – gargouillis bref, comme au fond d'une baignoire ou d'un lavabo –, c'est leur tour, pendant que, déjà, valsent les suivants... La liquidation, c'est le mot. Il y a des spécialistes produits par la machine. De solides fonctionnaires de la destruction ambiante, des plombiers et plombières de la pulsion de mort. C'est leur seule occupation... Eh bien, si vous résistez, si votre centre de gravité interne fait que vous avez rejailli sur les bords, monté sur une bouée

quelconque ou plaqué aux parois glissantes du bocal, vous avez droit, c'est l'expérience, à un tourbillon de grand mois. Vous êtes un miraculé de Charybde et Skylla. Skylla? La pieuvre en soi? « Ses pieds – elle en a douze – ne sont que des moignons; mais sur six cous géants, six têtes effroyables ont, chacune en sa gueule, trois rangs de dents serrées, imbriquées, toutes pleines des ombres de la mort. Enfoncée à mi-corps dans le creux de la roche, elle darde ses cous hors de l'antre terrible et pêche de là-haut, tout autour de l'écueil qui fouille son regard, les dauphins et les chiens de mer et, quelquefois, l'un de ces plus grands monstres que nourrit par milliers la hurlante Amphitrite »... Charybde? « Elle vomit trois fois par jour, et trois fois elle engouffre. » Notez que, comme par hasard, les navigateurs viennent d'échapper aux Sirènes...

– Angoisse de castration?

– « Pauvre ami! tu ne vois toujours que guerre et lutte. Tu ne veux même pas céder aux Immortels?... Skylla ne peut mourir! C'est un mal éternel, un terrible fléau, un monstre inattaquable! La force serait vaine; il n'est de sûr moyen contre elle que la fuite... Non! passe à toute vogue en hélant Crataïs, la mère de Skylla; c'est d'elle que naquit ce fléau des humains; c'est elle qui mettra le terme à ses attaques. »

– De mère en fille?

– « Or Charybde est en train d'avaler l'onde amère. Je me lève sur l'eau; je saute au haut figuier, je m'y cramponne comme une chauve-souris... Au dégorgement, je lâche pieds et mains pour retomber sur le mât et la quille... Je me plaque sur mes longues poutres... Je monte dessus, je rame des deux mains... »

– Quelle vie!

– Voilà, vous êtes expulsé du courant d'avalement, vous avez échappé aux sollicitations narcissiques... « Les

assauts de la vague avaient rompu son cœur; la peau de tout son corps était tuméfiée; la mer lui ruisselait de la bouche et du nez; sans haleine et sans voix, il était étendu, tout près de défaillir sous l'horrible fatigue »...
Les Nausicaa se pointent. Elles veulent voir ça.

— Et la grande semaine?
— Là, c'est l'affolement dionysiaque... Les Bacchantes bondissent... Vous êtes submergé tous les jours... Elles ont senti, ou bien vous leur avez fait sentir à votre insu. C'est obscur. En général, ça correspond quand même au fait qu'on est sur le point d'écrire quelque chose d'important. Tous les vrais marins vous le diront. Elles viennent vous demander avec beaucoup d'énergie de *rester* dans le temps.
— Le phénomène est lié à l'écriture?
— Aucun doute.
— Mais pour quelle raison?
— Il y a sûrement une équivalence inconsciente et magique entre foutre et roman.
— Vous croyez qu'elles cherchent du foutre? Ça m'étonnerait.
— Mais non. Son équivalent... Cela dit, attention, pas de fausse perspective : il y a des coups de petite semaine ou de petits mois qui sont supérieurs en qualité ou en intensité. Il y a des petites années délicieuses. La quantité n'est pas tout, bien entendu.
— Vous me développerez ça une autre fois... Allez, on commence... « Évelyne. Fille de Madame Thérèse. " L'hôtel de Maman. " Nietzsche. " Je sais qu'elle vous aimait beaucoup. " " L'éternel retour. " »

— Évelyne, donc. Il faut vous dire qu'étant jeune, je fréquentais parfois les bordels...

– Parce que vous avez changé?
– Bien sûr... Quoi qu'il en soit, j'allais de temps en temps, d'autant plus facilement que c'était à côté de chez moi, dans un endroit appelé *Les Glycines*. La patronne, Madame Thérèse, m'avait pris en amitié...
– Celle qui vient de publier son autobiographie vertueuse dans la *Nouvelle Revue Féminine*? Et qui l'a enregistrée sur cassettes? Celle dont on voit la photo partout?
– Dans la NRF? Non, vous confondez avec la célèbre Georgette, qui a d'ailleurs écrit autrefois un roman à clés, *Les Plaisirs commodes*... Madame Thérèse, elle, était moins littéraire... Plus sérieuse... Modeste...
– On en apprend tous les jours...
– Eh bien, une étudiante en philosophie demande à me voir, un jour, pour me parler de sa thèse sur Nietzsche...
– Vous?
– Comment ça, moi?
– Passons.
– Elle arrive, c'est une petite blonde assez banale mais visiblement troublée, on commence à parler de l'éternel retour et autres babioles, elle a un malaise plus ou moins feint, les choses s'enclenchent... « Vous avez habité l'hôtel de Maman quand vous étiez étudiant? Vous ne vous rappelez pas?... *Les Glycines*, dans le dix-septième... Je n'ai vu l'immeuble que quelques fois, le dimanche... J'habitais en banlieue, chez ma tante... Il paraît que vous étiez très studieux... Que vous lisiez déjà Freud... Maman se souvient même du titre de votre livre de chevet : *La Science des rêves*... » Je comprends qu'elle pense que sa mère tenait un hôtel comme les autres... Je ne vais tout de même pas lui dire qu'elle dirigeait un bordel où il m'est arrivé d'opérer... Gratuitement, d'ailleurs... « Madame Thérèse? – Oui. – Comment va-t-elle? – Très bien. C'est elle qui m'a conseillé de venir vous voir... »

– Comme le temps passe...
– Ou ne passe pas...
– J'aime bien la façon dont Nietzsche et Freud se trouvent mêlés à cette aventure... Bon, et alors ?
– Alors, pas grand-chose... Évelyne est consentante, mais peu douée pour les exercices pratiques...
– Comme quoi le caractère est tout dans ces choses...
– ... et l'éternel retour, qui ne peut s'entrevoir sans tremblement, la laisse plutôt froide, de même que les modalités concrètes du culte de Dionysos. En un sens, elle ressemble à sa mère, qui vivait parfaitement tranquille en gérant un volcan. On s'agite un peu sur le divan, j'arrête...
– Pauvre Nietzsche...
– Sa thèse est très faible...
– De Nietzsche ?
– Non, d'Évelyne.
– Elle ne s'est pas rendu compte qu'en vous rencontrant, elle avait affaire à Dionysos en personne ?
– Je ne crois pas.
– Bon, on laisse tomber. Clara ? « Pharmacie. " Alors, c'est moi qui vous fais écrire ? " »
– Nous entrons dans le système nerveux... Quand j'écris, il m'arrive d'utiliser certains excitants...
– On s'en doutait.
– Pour cela, il faut des ordonnances... Des carnets à souches... La loi n'aime pas qu'on change de coordonnées... Citoyens euclidiens, pouls régulier, ralenti psychique, sujet-verbe-complément, gentiment dicté, pulsions molles...
– Et Clara vous dépanne ?
– Voilà... Comme j'ai déjà fait plusieurs achats dans mon quartier, et que je ne tiens pas à passer pour un drogué notoire, je prends un taxi, je file à l'autre bout de

Paris, porte Maillot, je rentre dans la première pharmacie venue, je présente mes papiers, l'assistante immédiatement boudeuse à lunettes pince les lèvres, passe dans l'arrière-boutique, et... c'est Clara.

– Quoi, *Clara*?

– Une Cambodgienne de génie... Trente ans. Gracieuse, langoureuse, pulpeuse, radieuse. Mélodieuse, harmonieuse. Équilibre, santé, générosité. Elle a mes papiers à la main, elle me regarde. Elle ne comprend pas comment je peux avoir besoin de produits aussi dangereux. Dans le haut du tableau A, clinique des grands traumatismes. Je lui explique un peu... Elle a un chemisier rouge sombre transparent, de beaux seins... Elle sourit... *Maternellement*... Bon, elle n'a pas le produit, elle va le commander, « revenez ce soir »...

– Ignoble individu.

– Et c'est comme ça que je fais la fermeture d'une pharmacie... Il pleut. Elle baisse sa grille. Il y a juste un petit canapé de velours noir dans la pièce du fond... Je ne sais pas si elle a pris quelque chose, elle, mais elle est dans un état explosif... Silence... Elle est mariée, deux enfants, plutôt très heureuse... Vicieuse... C'est devenu une amie... « Alors, c'est moi qui vous fais écrire? Faites attention quand même »... Regardez ce tube de verre avec ces petits points blancs à l'intérieur... Dix chapitres... Elle pourrait rentrer dans la Société... La Pharmacie du Cœur Absolu! Qu'est-ce que vous en dites?

– Donnez-moi l'adresse, dit Sigrid. J'irai acheter de l'aspirine, pour voir.

– La fleuriste, dit Liv.
– Nadia? Ah, qu'est-ce que vous voulez, c'est le

charme de la campagne française... Les bosquets, les prés, les jardins, les petits matins, la rosée, enfin... Elle a son parterre sur le boulevard Montparnasse... Elle vient de la Creuse... De Saint-Savin... Son magasin est un paradis végétal... Enfin, pas le sien, elle n'est qu'employée... Si je m'écoutais, j'irais vivre une bonne fois avec elle, au milieu des vases, des pots, des bouquets... Des azalées, des arums, des géraniums, des glaïeuls, des lys, des lilas, des iris, des tulipes, des œillets, des roses... Je ferais les livraisons... Au cimetière, dans les églises, les appartements... J'aurais ma camionnette... On n'en pourrait plus de parfums, de pétales, de tiges... Entre deux courses, je resterais comme ça, enterré dans les couleurs vivantes, affalé dans un fauteuil d'osier, en train de regarder vaguement, de l'autre côté de la vitrine-cercueil, la circulation absurde du boulevard...

— Bon, mais réellement?

— Elle m'aime bien, Nadia, pourquoi le lui reprocher? Elle a senti en moi, du premier coup d'œil, ou plutôt du premier frémissement de narine, la plante rare, un peu sauvage, charnue, résistante, l'orgueil des salons... Au bout de mon vingtième achat, elle me parle, me retient, me montre... Deux fois, trois fois... Elle a vingt-cinq ans, elle aime ses fleurs... C'est une brune moyenne et légère, il faut la voir avec ses gants de plastique rouge et son sécateur... Et puis un matin, elle est chez moi, avec vingt-cinq roses blanches...

— «Voilà pour vous, je passais»?... Les fleurs que j'ai vues il y a deux mois?

— Oui. Comme un mariage. J'avais l'impression de me rouler dans une serre entière, je me sentais tout corolle, pistil et bourdon... Elle est vigoureuse et attentionnée. Radicale. Elle a un ami à cent mètres, le fils du marchand de vins, il faut que je me méfie...

— Et Solange?

— Le tennis?... Vous vous rappelez cette blonde musclée, quand nous sommes allés jouer la dernière fois?

— Celle du court d'à côté, qui n'arrêtait pas de se faire remarquer?

— Pas du tout, voyons, c'est son type qui n'en pouvait plus de vouloir entrer en contact avec vous.

— Alors?

— Je vais au club en fin d'après-midi... Elle est seule... On joue ensemble... Elle me bat... Ça la met en appétit, elle veut poursuivre son avantage. Ou m'accorder une revanche... On se change... On va dîner au Bois... On rentre... Match nul.

— Et les poissons d'Élisabeth?

— La merveilleuse poissonnière du marché? Je pourrais rester des heures à la regarder... Elle resplendit, en tablier bleu, au milieu des rougets, des soles, des sardines, des thons, des dorades, des raies... Glace et nature morte presque palpitante, vingt mille lieues sous les mers... Vous avez vu ces joues? Ces bras? Ce nez? Ce sourire? Ces yeux bleus profonds?... Elle est bretonne; rochers, criques, chalutiers, pierre grise, calvaires... Dans ses oreilles, je suppose, un méli-mélo de moteurs et de claquements de voiles, cris, cordes grinçant dans le soir... Je lui achète du poisson pour le plaisir, surtout pour voir ses mains manier le couteau... Un jour, je prétexte que je n'ai personne chez moi pour préparer un plat... Des amis à recevoir... Elle se propose...

— « Je viens vous les ouvrir »?

— Oui... Les ouvrir et les cuisiner... Elle est excitée... Elle s'est aspergée de parfum... Je l'embrasse dans le cou, pendant qu'elle éventre délicatement des rougets dans l'évier... Ses doigts dans la lumière des écailles...

— Dégoûtant. Mais pourquoi avoir noté « Kafka »?

— Parce qu'il est tombé follement amoureux de sa dernière amie, Dora Dymant, comme ça, en la voyant ouvrir des poissons.

– Kafka?
– Lui-même. Ça vous étonne de lui?
– Vous rabaissez tout.
– Au contraire.
– Finissons-en, dit Sigrid. Elle n'est pas extraordinaire, votre grande semaine.
– D'un petit mois...
– Ce qui veut dire, déjà?
– Que c'est une semaine chargée, mais tranquille. Sans trous d'air. Naturelle, en somme.
– Naturelle!... Donc, Nadine, *Demain Madame,* « acclimater la pornographie »?
– Vous lisez ou vous feuilletez *Demain Madame,* je n'ai pas besoin de vous décrire l'esprit du journal... Plus conventionnel, kitsch, ringard, hygiénique, famille royale et bonnes recettes, vieilles demeures et dessous soyeux, gymnastique et morale, mode et pourtant progrès dans l'épanouissement obligé, tu meurs. Cependant, à ma grande surprise, Nadine veut me voir.
– Pour une interview?
– C'est ça. Elle me propose d'abord, malgré mon physique médiocre de « vieux séducteur poupin », comme l'a récemment écrit la critique littéraire de son magazine, de me laisser photographier en « homme idéal » pour lancer la mode du blazer...
– Vous portez des blazers?
– Mais non, fournis par la Rédaction, bien sûr... Ou plutôt une maison de mode... Vous pensez si je suis flatté... Je me regardais déjà d'un autre œil dans le miroir quand elle me rappelle... Non, ce n'est pas ça...
– Vous avez été récusé au dernier moment comme imprésentable?
– Je suppose... Je ne dois pas être une bonne image à fantasmes... Et puis mon dossier est quand même lourd... Donc, elle change de sujet... Elle veut réaliser maintenant

une enquête sur la pornographie... Je suis spécialiste, n'est-ce pas? D'accord.

– Ça me paraît impossible.

– Justement... Mais l'amusant est là : le journal reçoit beaucoup de lettres de lectrices...

– Pour demander du porno? Mon œil!

– Pour se plaindre... Le leitmotiv, d'après Nadine, c'est : il n'y a plus d'hommes... Ou bien, si par miracle il y en a un, comment ne pas le perdre? Séduction, conversation, vêtements de jour et de nuit, soins de beauté, conseils astrologiques, bon, c'est fait. L'idée subversive de la rédaction, c'est... un peu de sel... De poivre... Oh, mais pas trop, hein? Juste une pincée...

– « Acclimater »?

– Relever la sauce... Un brin!... Dans le fond... A peine!... Lectures? Cassettes? Gadgets? Quel est mon avis?

– Marrant.

– Je dis à Nadine, jolie petite brune BCBG qui rougit un peu, là, devant moi, les jambes serrées, la jupe bien ramenée sur les genoux pointus, les cheveux laqués impeccables...

– Qu'il faut que vous lui fassiez une démonstration?

– ... que son enquête, même très édulcorée, ne sera jamais publiée... Qu'elle travaille pour rien...

– « Ah, me dit-elle, c'est qu'on y tient vraiment... Pour ouvrir le journal »...

– Ouvrir le journal!

– ... « on ne peut plus s'en tenir au centième article sur la montée de l'androgyne, l'unisexe, le nouvel homme à envies de bébé, le complexe frère-sœur, l'égalisation par la tendresse, ça ne marche plus, elles écrivent, elles écrivent... Elles veulent de l'homme qui fonctionne... Se l'assurer. Le *garder*... »

– Vous conseillez quoi, docteur?

– En somme, lui dis-je, vous êtes à la recherche d'une pornographie *convenable*?... Elle baisse les yeux, elle me demande de ne pas me moquer d'elle... Elle est touchante, soudain... Vous savez que les trucs du désir sont imprévisibles... La *pornographie convenable* devient d'un seul coup la plus excitante des pornographies. C'est comme si la Comtesse de Sade, là, tout de suite, dans son château de Touraine, était surprise en train de lire à haute voix des passages des *120 Journées* à ses amies, en fin d'après-midi, pour le thé... Vous entendez la voix? Vous voyez la scène? Sur une table basse, quelques magazines et journaux... *Le Figaro... Vibration... Demain Madame... La Croix...* Le *Financial Times... Business...* Les arbres du parc remuent faiblement... La femme de chambre vient de se retirer après avoir apporté les gâteaux... La Comtesse raconte comment elle *garde* son mari, malgré les longues soirées d'hiver et le mur qu'engendre entre les couples la Télévision... Elle ouvre le livre... Ses copines toutes frissonnantes à bijoux se penchent... Comme autrefois pour écouter Monsieur le Curé... Eh bien, je vais à la bibliothèque, je prends les *120 Journées,* je commence à lire d'une voix détachée... Nadine se renverse dans son fauteuil... S'oppresse... Me demande très vite d'arrêter... De lui offrir quelque chose de plus doux...

– C'est là que vous agissez?

– Oui. Elle pleurniche un peu... Se laisse embrasser et déshabiller... Les fameux dessous de *Demain Madame*!... Les soies frôleuses à porter!... Tout ça sent bon, glisse, s'envole!... On revient dans la photo-chromo sans danger! Îles sous le vent! Escales! Libéralisme joyeux! Meubles rares!... Je gentlemanise l'opération... Je synthétise l'obscénité révoltante et l'éducation exquise... Après quoi, je lui fais un petit cours de philosophie que *Demain Madame* se devrait de reprendre et de propager...

– Sur l'éducation des femmes?

— Voilà! La solution de tous les problèmes et surtout des faux! On arrête de spéculer sur l'œuf! On éduque la poule!

— C'est malin.

— Un très bon moment.

— Il reste Ruth, dit Sigrid. « La lettre. "Science des messages et des messagers". »

— Ruth m'écrit la lettre suivante:
    « Monsieur,
vous avez déclaré récemment, en réponse au questionnaire Marcel Proust, que, dans la vie réelle, vos héroïnes préférées étaient " les scientifiques, toutes les scientifiques ".

En tant que scientifique, j'aimerais vérifier cette affirmation.

Jouerez-vous le jeu?

Ruth M.

Voici mon numéro de téléphone. »

— Pas mal.

— Je me demande aussitôt de quelle science il s'agit... Je lui téléphone... Voix sympathique, gaie. Endocrinologue. C'est, dit-elle, la « science des messages et des messagers ».

— Bravo, Hermès!

— Conducteur des Enfers... Hermès à qui Ulysse doit de pouvoir l'emporter sur Circé... Le *molu*...

— Le *molu*?

— Enfin, souvenez-vous, l'herbe de vie... Le *molu*, dans la langue des dieux... « Ce n'est pas sans effort que les mortels l'arrachent, mais les dieux peuvent tout »... Racine noire... Fleur blanche... C'est elle qui permet à

Ulysse de résister à la drogue et au coup de baguette transformateur en porc de Circé... Ulysse hyper-camé incamable... Elle n'en revient pas... Du coup, elle veut coucher avec lui sur-le-champ... « Quoi! sans être ensorcelé tu m'as bu cette drogue!... Jamais, au grand jamais, je n'ai vu mortel résister à ce charme dès qu'il en avait pris... C'est donc toi qui serais Ulysse aux mille tours? Le dieu aux rayons clairs, à la baguette d'or, m'avait toujours prédit qu'avec son noir croiseur, il viendrait, cet Ulysse, à son retour de Troie... » Chant 10...

– Oh, oh! Vous vous égarez... Ruth!...

– Je lui ai donné rendez-vous dans un bar... Elle vient vers moi, mince, châtain, bien habillée, agréable... On parle... Elle est médecin... Expérimentale... Elle me raconte les liens de plus en plus étroits et insoupçonnés entre l'endocrinologie et la nutrition... Tout sur les enzymes... Savez-vous que le lait contient de la morphine et de l'opium? Que le colza ouvre sur le cardio-vasculaire? Et le soja sur les œstrogènes? Que l'huile et le vin sont beaucoup plus que ce qu'on croit? Qu'il y a intérêt, pour ne pas vieillir, à prendre de la *Tocamine* ou de l'*Éphynal*?

– Drôle de préambule...

– C'est ma faute. L'endocrinologie me passionne. Je voudrais tout savoir, là, immédiatement, sur les glandes, le cerveau, les synapses, l'hypothalamus, les endorphines, la lulibérine, la papavérine, les codages et les décodages, les feed-backs, le transit chiffré qui nous anime dans l'obscurité, les coulisses diplomatiques entre substances, l'équilibre secret des organes, la bourse des valeurs chimiques, la composition exacte de la dernière variante de cocaïne, le crack, les complots du sang et du cœur... Et vous n'avez pas idée de qui sert de cobaye aujourd'hui, dans la science?

– Non.

— On savait déjà que les donneurs de sperme pour les cliniques spécialisées étaient en priorité les pompiers... Mais pour les expériences de nutrition, qui? Les ordres religieux. Carmélites et Bénédictines. C'est sur elles qu'on teste les nouveautés... Prises de sang chaque mois...

— Pas possible?

— Si. Population à l'écart. Volontaire. Les pompiers donnent leur foutre, les contemplatifs leurs hormones et leur sang. Feu temporel, feu spirituel...

— Bref?

— C'est qu'elle n'est pas venue pour me raconter tout ça, Ruth! Elle attend un séducteur! Choisi directement par elle, mieux que les petites annonces spécialisées de *Nouveaux Loisirs*! Elle voit qu'au lieu de foncer sur elle, je prends mentalement des notes... J'oublie le message sexuel... Elle se vexe... Elle prend un prétexte et s'en va...

— Échec, donc?

— Oh, si j'avais rappelé... Dommage. J'aurais bien aimé être visité en profondeur. Connaître des remous nouveaux. Peut-être même servir d'étalon...

— Comme pour votre histoire de sperme déposé en Suisse?

— Compte numéroté! Conditions d'utilisation strictes!

— La rousse catholique qui devra savoir par cœur dix pages de chacun de vos livres?

— C'est un minimum, non?

— Il y a déjà eu des candidates?

— Oui... Une Luxembourgeoise recalée à cause de sa diction... Et une Belge qui a oublié tout un paragraphe...

— Donc, vous ne rappelez pas Ruth. Vous ne rappelez jamais?

— Jamais.

— Vous n'appelez pas non plus?

— Non. Sauf pour affaires concrètes. Et encore.

– Vous pourriez vous passer de tout contact humain?
– Oh oui! En réalité, vous savez bien qu'il n'y en a aucun. Commodités. Nécessités. Devoirs ou pseudo-devoirs. Voiles d'illusions. Propagande.
– Vous vous sentez honnête en disant ça?
– Oui.
– Je viens de lire une enquête de *Business*: « Où en sont nos intellectuels? » Vous n'êtes pas cité.
– C'est très grave. Je tremble. *Nos* intellectuels! Quel possessif! Que deviennent nos femmes? Nos colonies? Nos domestiques?
– Vous allez vers quoi avec cette attitude?
– Chérie...
– Pardon.
– Je vais vers une solitude effroyable. Le rejet unanime. Une fin silencieuse, anonyme. Ça vous va?
– Je vous rendrai de petites visites.
– Même pas.
– Mais si, mais si. Les femmes sont très fidèles.
– Hélas.
– Vous êtes odieux. Venez près de moi que je vous endocrine.
– Salope. Pas ce soir. Je travaille.
– A quoi? Votre roman?
– Oui, et puis à mon essai fracassant: *La Philosophie française*. Dédié à Ninon de Lenclos et aux boudoirs de tous les lieux et de tous les temps. Je me sens inspiré. Je me dévoue. Ascèse et robe de bure. Cinquième colonne divine. Palais-Royal et Port-Royal à moi seul...
– Quand, alors?
– Après-demain.
– Vous vivez vraiment au jour le jour?
– Il y a mieux à faire?

– Et la *Société*? dit Liv. Qu'est-ce qu'on en fait?
– Vous voulez coopter quelqu'un?
– En tout cas pas la demoiselle qui vient d'écrire un roman sur vous.
– Laquelle? Il y en a au moins trois.
– Ah, ah. Qui s'y frotte s'y pique.
– Frotter n'est pas le mot, je crois.
– Enfin, le dernier paru. *La Provinciale*... Celui où vous louchez, où vous bégayez, où vous portez une moustache, où vous avez le menton en galoche et les dents pourries... Où vous empestez le vin de comptoir... Où vous dissimulez vos origines sociales modestes... Où vous essayez de violer la narratrice avec des halètements rauques...
– Pas mal, non? Vous avez remarqué qu'elle a un très joli cou? Pour le reste, elle a sans doute voulu plaire à *Vibration*... Commande sociale...
– Mais vous en ressortez comme un mythomane! Un malade! Un has been! Un impuissant empâté! Poché! Suicidaire! Comme un homme fini qui n'arrive pas à avoir la moindre femme!
– Il faudra que je publie mes certificats récents. Quelle époque.
– Comme un écrivain qui n'a jamais rien écrit!
– C'est le point le plus savoureux. Tout cela me rend plus proche, plus humain, je trouve... J'essaye de la violer et je n'ai rien écrit... C'est quand même plus vraisemblable que la vérité, à savoir qu'elle est venue s'offrir et que j'en suis à ma trois millième page...
– Et, en plus, le livre est publié par votre éditeur! Ça ne vous choque pas?
– Mais non. Vous croyez que je devrais lui demander des dommages et intérêts? Pour préjudice moral? Atteinte à ma réputation déjà exécrable?
– Pourquoi pas?

— Écoutez : Dans *Une aventurière à Paris,* je suis un mufle à gros ventre, et à barbe, je n'arrête pas de compter mon argent, j'ai peur dans les avions, je ronfle la nuit, je hais les Arabes, je rêve d'être ministre de l'Intérieur... Dans *Bal Croisière,* mes vrais désirs éclatent brusquement en pleine mer, je cours sur le pont derrière un marin napolitain à qui je veux absolument faire lire *Corydon,* il se réfugie dans la cabine de l'héroïne, je veux enfoncer la porte... Dans *Serres chaudes,* au contraire, je suis un grand poète concentré et sombre, spécialiste des *Upanishads*... Et tout cela n'est qu'un début, vous verrez...

— Vous me faites penser à un ami qui m'a dit hier : « J'ai une mère très malade, une femme acariâtre, deux maîtresses à crises dépressives constantes, et un patron d'une agressivité biliaire endémique. Vive la vie ! »

— Mais oui.

— Vous savez qu'on va reprendre *Le Joueur* à la Comédie-Française ?

— La pièce de Regnard ? 1696, non ? Une histoire de portrait rehaussé de diamants ? Il a des titres qui font rêver, comme ceux de Marivaux, Regnard : *La Descente d'Arlequin aux Enfers, L'Homme aux bonnes fortunes, La Coquette ou l'Académie des dames, Les Folies amoureuses, La Baguette de Vulcain*....

— Et un opéra : *Le Carnaval de Venise.*

— Et un *Démocrite*... Dieu sait ce que c'est ! Voltaire disait de lui, paraît-il : « Qui ne se plaît pas avec Regnard n'est pas digne d'admirer Molière. »

— Curieux type.

— Un voyageur... D'abord prisonnier d'un corsaire barbaresque à Alger, vous le retrouvez avec deux amis en Hollande, au Danemark, en Suède, en Laponie... « Sistimus hic tandem nobis ubi defuit orbis »...

— Pardon ?

— « Nous nous sommes arrêtés là seulement où nous a

manqué le monde. » Ils ont gravé ça sur un rocher au Nord... Après quoi, Pologne...

– Au fait, vous y allez?

– En Pologne? Pas pour l'instant.

– Il est aussi question de monter un impromptu de Sade: *Le Philosophe soi-disant.*

– Parfait. Où l'on voit que Tartufe n'est plus un ecclésiastique, mais un philosophe qui fait l'apologie de la sagesse et cite Platon, tout en lorgnant sur le corsage des dames ou leur héritage... Leçon très actuelle... Même chose dans *La Surprise,* d'ailleurs.

– Je crois que c'est là que j'irai.

– *La Seconde Surprise de l'amour?* Merveille! Quels sont les derniers mots, déjà? « Allons, de la joie! » On commence les répétitions!

– Tout de suite.

– Vous faites quoi?

– La Marquise.

– Allons-y:

LA SECONDE SURPRISE DE L'AMOUR
Comédie en trois actes et en prose
représentée pour la première fois par les comédiens français ordinaires du roi le mercredi 31 décembre 1727.

– Drôle de jour.

– Quatorze représentations, succès médiocre. C'est aujourd'hui une des pièces de Marivaux les plus applaudies. Dédiée à Son Altesse Sérénissime Madame la Duchesse du Maine. Écoutez-moi ça : « Il est bien doux, quand on dédie un livre à une Princesse, et qu'on aime la vérité, de trouver en Elle autant de qualités réelles que la flatterie oserait en feindre. »

– Bon, alors?

– « La Marquise entre tristement sur la scène; Lisette

la suit sans qu'elle le sache. » Commencez, je vous réplique.

– « *La Marquise, s'arrêtant et soupirant.* – Ah!
– *Lisette, derrière elle.* – Ah!
– Qu'est-ce que j'entends là? Ha! c'est vous?
– Oui, Madame.
– De quoi soupirez-vous?
– Moi? De rien : vous soupirez, je prends cela pour une parole, et je vous réponds de même. »

– Ça n'a l'air de rien, mais c'est très difficile. Comment faire ce *Ah*?

– Il y en a trois. Le premier, en descendant, joué comme si vous étiez seule mais que vous savez qu'il n'en est rien. Le deuxième, en écho remonté : d'accord, on joue dans ce ton. Le troisième, neutre, pour confirmer la règle du travestissement pseudo-mélancolique. Des femmes qui ironisent sur leurs soupirs, ce n'est pas tous les jours.

– Ah!
– Très bien. Un peu plus vers le bas. *Ah!*
– Ah!
– Ah!
– Ha! C'est vous?
– En plein dans le mille... Chinois.

– Allons dîner, dit Sigrid.

Il fait chaud, Paris est de nouveau une fête... On a rendez-vous sur le Champ-de-Mars. On prend l'ascenseur de la tour Eiffel. On regarde, là-haut, les scintillements, les dômes éclairés, les lignes... Sacré-Cœur, Panthéon, Val-de-Grâce... Notre-Dame, Champs-Élysées, Invalides, Étoile... Boisson? Un La Lagune 1971 (il y a eu, cette année-là, un mois de juin mémorable), dont la bienveillance nous accompagnera jusqu'à demain matin, réveil doux, sang velours, condescendance de soi par rapport à soi... On redescend, on marche au bord de la Seine, les bateaux-mouches glissent avec leurs cargaisons de touristes, leurs groupes de Japonais éblouis... « Venise et Paris? – Venise, Paris. – Votre livre avance? – Ce n'est plus un livre. – Comment ça? – Je ne sais pas, les choses se mettent en scène directement dans l'espace. Le temps bat, se divise, tourne. On dirait une roue. – Un cœur? – Un cœur. »

Je l'aime, là, tout à coup, Sigrid, sur les quais, sous les feuilles... J'ai déjà vécu ce moment, pas le même moment, mais ce moment même, le nerf de cet instant en train d'étinceler comme moment, loin, pourtant, autrefois, dans les draperies d'autrefois... On s'arrête sur un banc... Je l'embrasse... Flirt d'étudiants, soirée n'allant nulle part...

– Vous allez mieux depuis cet hiver?

– Beaucoup mieux.

– Vous m'avez fait un peu peur en Sologne.

– Vraiment?

– Oh, arrêtez, je sais ce que vous pensez : que je suis victime, à mon tour, du « préjugé biologique ».

– Il n'y en a pas d'autre. Les gens en sont là, désormais. Comme depuis toujours, d'ailleurs. Ils se regardent l'usure, rien de plus. Ils n'attendent que le dérapage ou la mort des autres.

– Vous ne vieillirez jamais? C'est juré?

– Jamais. Et vous non plus. Pacte avec le Diable.

– D'accord, docteur Faust. A propos, Liv m'a chargé de vous dire...

– Elle se marie?

– En octobre.

– Enceinte?

— Pas que je sache.
— Hippolyte?
— Naturellement.
— Qu'est-ce que vous en pensez?
— Plutôt du bien.
— Elle va vivre où?
— D'abord six mois à New York, je crois. Il est engagé là-bas pour un film.
— Et vous?
— J'ai une amie qui s'installe à Berlin.
— Eh bien, me revoilà tout seul.
— Vous avez toujours dit que vous aimiez ça.
— Je le répète. Il y a eu une accélération?
— Au retour de Venise.
— Elle jouera quand même son Marivaux?
— Pas sûr.
— Votre nouvelle amie fait quoi?
— Médecin.
— Allemande?
— A moitié. Son père. Mère italienne.
— Avec nous?
— Oh, pas du tout le genre. Pas plus qu'Hippolyte.

On marche encore un peu sous les arbres... On va chez moi... On fait rapidement l'amour, debout, dans l'entrée... On continue à boire, couchés par terre, dans la bibliothèque...

— Vous pensez faire quoi? dis-je.
— Peut-être écrire mon livre... Vous savez, l'étude à laquelle je pensais, sur Machiavel...
— Ah oui. Vous partez quand?
— Novembre, je pense.
— On pourrait se donner rendez-vous pour Noël, à Venise?
— Bien sûr. Vous aurez fini votre bouquin?
— En principe.

– Vous avez le titre?
– Oui, mais chut. Superstition.
– Il faudra que je vous donne le Journal de la Société.
– Vous l'avez tenu régulièrement?
– Plus ou moins, vous verrez... Je vais rentrer, maintenant.
– Bon.

Je le publierai peut-être un jour, le Journal de Sigrid... Cahier vert, écriture noire serrée... En grosses lettres majuscules, au début : JOURNAL DE LA SCA... Événements et incidents de la très honorable et discrète, de la très agréable et concrète Société du Cœur Absolu... On y verra l'envers d'une grande partie de ce livre-ci, pas tout à fait l'envers, cependant... Au commencement, j'apparais comme « le fou »... « Un fou, qui doit avoir dans les quarante-cinq ans, plutôt grand, un peu massif, nous a abordées hier soir au Conservatoire où nous étions allées entendre Marco et Cecilia, dans le *Quintette avec clarinette* de Mozart. Cecilia dit qu'il vient ici depuis des années, qu'elle l'a déjà vu traîner dans le quartier... Il dit qu'il est écrivain, sa tête nous dit quelque chose. Il habite un petit appartement agréable et clair, meublé à l'ancienne, Piazza San Agostino. Il parle tout le temps, très sûr de lui, amusant d'ailleurs. On a beaucoup bu. Il veut répéter *Phèdre* avec Liv, qui s'en passerait bien. Semble connaître bien la musique et la peinture. Dit des énormités en philosophie. Se moque de la psychanalyse... » « Avec Liv, Marco et Cecilia sur la Giudecca. S. propose tout à coup, par jeu, de fonder une société secrète. Liv trouve aussitôt le nom : *Le Cœur Absolu,* titre d'un poème persan dans un recueil que nous sommes en train de lire. S. dit qu'il va rédiger les statuts »... « Soirées avec S... Liv plus prise que moi, il me semble... »

Bien entendu, Marco joue un rôle plus important dans le Journal de Sigrid que dans ces pages. Par ailleurs, elle a noté des conversations que j'ai oubliées... Des scènes que j'ai négligées... Sa passion pour Liv est nette. Ce qui ressort le plus, à mon égard, est une sorte d'ironie mesurée, complice. Il y a de longs dialogues écrits le jour même. Les descriptions de Venise sont très belles. Et puis quelques « auditions » à elle : six femmes, une dizaine d'hommes. Des récits indirects d'« auditions » faits par Liv. D'où on peut conclure qu'aucune des pressenties, aucun des prétendants, n'a passé avec succès les deuxièmes épreuves... Celles-là trop sentimentales ou trop intéressées ; ceux-là trop pervers... Et tous trop attachés... Trop psychologiques... Les « deuxièmes épreuves », c'est le comportement après l'amour. La façon de parler. Les questions, allusions, insinuations, projections... Finalement, donc, on en est restés à notre quintette des premiers jours...

Liv (en robe de coton blanc, jambes nues, assise sur le divan et jouant la Marquise) :

– « Ah ! je ne sais où j'en suis ; respirons ; d'où vient que je soupire ? les larmes me coulent des yeux ; je me sens saisie de la tristesse la plus profonde, et je ne sais pourquoi. Qu'ai-je à faire de l'amitié du Chevalier ? L'ingrat qu'il est ! il se marie : l'infidélité d'un amant ne me toucherait point, celle d'un ami me désespère ; le Comte m'aime, j'ai dit qu'il ne me déplaisait pas ; mais où donc ai-je été chercher tout cela ? »

– Tout se passe entre *respirons* et *d'où vient que je soupire*. Vous devez faire entendre votre souffle comme si vous vous étonniez d'avoir des poumons.

– Comme ça ? « Je ne sais où j'en suis ; respirons ; d'où

vient que je soupire? les larmes me coulent des yeux...»

– Vous pouvez vous arrêter un peu moins sur «respirons»... Il faut le dire d'un trait, il me semble.
– Vous avez vu Sigrid?
– Avant-hier.
– Elle vous a parlé?
– Oui.
– Qu'est-ce que vous en pensez?
– Qu'une femme doit être mariée.
– Et un homme?
– Idem. Ce sujet a eu beau engendrer une littérature interminable, il ne mérite pas deux minutes de discussion. A peine évoquée, la question se résout d'elle-même.
– Vous avez raison.

«Eh! Monsieur, mon veuvage est éternel; en vérité, il n'y a point de femme au monde plus éloignée du mariage que moi, et j'ai perdu le seul homme qui pouvait me plaire; mais, malgré tout cela, il y a de certaines aventures désagréables pour une femme. Le Chevalier m'a refusée, par exemple; mon amour-propre ne lui en veut aucun mal; il n'y a là-dedans, comme je vous l'ai déjà dit, que le ton, que la manière que je condamne: car, quand il m'aimerait, cela lui serait inutile; mais enfin il m'a refusée, cela est constant, il peut se vanter de cela, il le fera peut-être; qu'en arrive-t-il? Cela jette un air de rebut sur une femme, les égards et l'attention qu'on a pour elle en diminuent, cela glace tous les esprits pour elle; je ne parle point des cœurs, car je n'en ai que faire: mais on a besoin de considération dans la vie, elle dépend de l'opinion qu'on prend de vous; c'est l'opinion qui nous donne tout, qui nous ôte tout, au point qu'après tout ce qui m'arrive, si je voulais me remarier, je le suppose, à peine m'estimerait-on quelque chose, il ne serait plus flatteur de m'aimer; le Comte, s'il savait ce qui s'est passé, oui, le Comte, je suis persuadée qu'il ne voudrait plus de moi. »

Ouf!

– C'est parfait... Je peux abuser de vous?
– J'en ai peur.
– Je vous ennuie?
– Sûrement pas.

J'aime de plus en plus imaginer, maintenant, que je n'ai pas quitté Venise, que j'habite en permanence au 8 de la Piazza San Agostino. En regardant les arbres, ici, à Paris, je me dis que les canaux sont tout près, au-delà du vert des feuillages, de l'autre côté de l'acacia brillant, en face de l'appartement... Je vais descendre les yeux fermés et me retrouver tout à coup dans l'éblouissement de la Giudecca, devant les bateaux entrant et sortant, îles flottantes... Je finis par être étonné de voir quand même des voitures, je ne comprends plus l'agitation de la circulation ni l'insignifiance des murs. Je crois entendre les mouettes. J'ai une sorte de bleu latent dans les yeux. Je suis resté là-bas fermé, penché le plus souvent sur le secrétaire Empire, attendant que le jour finisse, que l'ombre épaississe, que le matin perce, rose, au-dessus des toits de brique, là, devant moi... Il faut des années et des années, et puis la métamorphose a lieu, sans bruit, cachée dans la respiration et le sang, aimantée, sûre, complète : on n'a plus qu'un lieu qui vaut tous les lieux, un temps qui rassemble vraiment tous les temps, un endroit où personne ne vous demandera plus jamais qui vous êtes... « Attention, ne parle pas trop de toi, évite de donner l'idée que tu as une vie au-dessus de la vie, utopie, féerie,

sinon qu'est-ce que tu vas prendre!»... Elle a raison Laura, mais tant pis... « Tu vas les faire enrager, attention, attention »... Mais ce n'est pas fait pour eux, ma douce... Pour toi et moi si tu veux :
« Soyez-vous l'un à l'autre un monde toujours beau,
Toujours divers, toujours nouveau ;
Tenez-vous lieu de tout, comptez pour rien le reste... »
« Allons, bon, La Fontaine à présent ? Tu as juré de recopier tous les classiques ? Tu remets le lecteur en classe ? Tu veux faire passer clandestinement une encyclopédie de la littérature française ? Tu continues à déprimer la modernité cosmopolite ? En arrière toute ? » ... Non, non... Pilules, capsules... Navette-Noé... Le Louvre va sauter : filmez-moi les dix œuvres les plus importantes... La Bibliothèque va brûler, retenez l'essentiel en dix lignes :
« Le long d'un clair ruisseau buvait une colombe. »
« L'onde était transparente ainsi qu'aux plus beaux jours »
« Un vivier vous attend, plus fin que clair cristal. »
« Solitude où je trouve une douceur secrète,
Lieux que j'aimai toujours, ne pourrai-je jamais,
Loin du monde et du bruit, goûter l'ombre et le frais ?
Oh ! qui m'arrêtera sous vos sombres asiles... »

Je mange ça, c'est mon droit... La chair n'est pas triste, la vérité non plus, je n'aurai jamais assez bien lu tous les livres...

« A qui donner le prix ? Au cœur si l'on m'en croit. »

Mais si, mais si ! La chair *doit* être triste, la vérité *doit* être triste... Pourquoi ? Parce que c'est comme ça. Pour qui ? Pour ceux qui gèrent le pourquoi. Pourquoi eux ? Parce que.

Eh bien, moi, je vous affirme qu'après avoir dormi, je viens de m'étirer de bonheur de la tête aux pieds. Voilà.

– C'est curieux, mais dans les affaires sexuelles, il faut

dire la vérité. Bien entendu, vous pouvez ne pas la dire, et même mentir, mais alors, à plus ou moins brève échéance, vous vous plantez. Comme s'il y avait là, et là seulement, une justice immanente. Mystérieux.

– Expérience?

– Constante.

Drrring! Tous les disques vont être détruits vous n'en gardez qu'un... Vous n'avez que quatre notes pour identifier une composition, vite... Exemple : *sol, dièse! sol! la dièse!... si!...*

– Facile : *Rigodon.*

– Bravo. Citez-moi maintenant trois courts débuts de trois romans qui s'enchaînent.

– *Femmes :* « Depuis le temps... »

– *Portrait du joueur :* « Eh bien, croyez-moi, je cours encore... »

– *Le Cœur absolu :* « Toujours vivant?... »

– Mais ces romans sont-ils de vrais romans? Ou plutôt des anecdotes à clés? Des chroniques?

– Comme vous voudrez.

– « Vous vous dites en somme chroniqueur?

– Ni plus ni moins!...

– Sans gêne aucune?...

– Ne me défiez! J'entends encore Madame von Seckt... »

Tiens, la Dame de Secte... Encore elle... Allons, vous voyez bien que toutes les objections ont déjà été faites, réfutées, refaites, reréfutées, rerefaites, rereréfutées... On est ailleurs... Jubilé 2000...

Ailleurs, oui, à condition d'avoir franchi la barre de nuit... Une fois sur deux, vers trois heures du matin, le rideau se lève... Heureusement qu'il est baissé d'habitude, on ne pourrait plus respirer ni accomplir les gestes élémentaires... La grande machine de mort est là, à visage découvert... On voit tous les corps qu'on connaît, les plus proches, les plus chers, traités comme les plus lointains, enfournés dans la broyeuse à néant constante... Des têtes, des yeux, des nuques, des épaules, des bassins, des bras et des jambes sont là, passant la limite de désintégration sèche... Voilà... Ils sont poussés, déchiquetés... Ils explosent... J'allume la lampe... Je saute du lit... J'éteins... Je rallume... J'éteins de nouveau, j'essaye de redormir... Impossible, la chambre est envahie, la ville entière, sans bruit... Ce n'est pas telle ou telle mort qui se représente là, mais toute la mort appliquée à chacun, globale et distincte... La disparition de chaque vie est en même temps celle de toutes les autres, on dirait que des milliers de miroirs sont tendus à la fois sur des milliers de bouches tordues, c'est la crise vue à distance, le dévoilement qui ne devrait pas avoir lieu... Ah, ces fronts, ces doigts, ces poignets chéris, non, pas eux, pas eux... Ces gorges, ces cerveaux, ces seins et ces lèvres... Non, non, pas ceux-là, les autres peut-être, mais pas ceux-là... Et pourtant ceux-là aussi, comme les autres... Et toi dedans, voyeur du moment... Chantier des morts, autoroute des morts, entassement des morts, grand jour concentré en rayon-éclair... Je me relève, je vais boire trois verres d'eau, je fixe mes mains... Pas dormir, sinon le film recommence, passé, présent, futur, passé du futur... Quel gâchis, quel gaspillage. Éruption de mourants partout. Existences en accéléré vers leur point aveugle. J'évite de regarder, de savoir. Je reste au bord du sommeil comme sur le bord d'un toit, somnambule éveillé, en équilibre instable sur sa gouttière, les pieds brûlés par le zinc...

– Vous avez encore eu votre *nuit*?
– Oui, de trois à cinq heures. J'ai cru que je n'en

sortirais pas. Lumière rasante, éblouissante, la lumière du jour est une ombre, à côté, un espoir de nuit.

– Qu'est-ce que vous avez fait, cette fois?
– J'ai prié.
– Prié, vous?
– Mais oui. Notre Père et Je vous salue Marie. La répétition se répète elle-même, la voix interne est comme le cri du silence, une force atomique liant les cellules entre elles, l'esquisse d'un autre corps échappant au découpage-cadavre. Notre Père qui es aux cieux... Que Ton Nom soit sanctifié... Un Nom dans les cieux, tiens, ça dégage. Du fond du magma, des ruines, du cimetière de béton promis au bulldozer central. Pleine de grâce... Pauvres pécheurs...

– Vous vous sentez pécheur, vous?
– Et comment. Et pour cause.
– Vous n'avez pas peur d'être ridicule en avouant ça?
– Je n'avoue rien. Je constate. Je note. Je veux bien qu'on analyse le cas scientifiquement... Petite aventure des neurones, réflexe enfantin, ça ne change rien...
– Vous êtes perdu pour la Sagesse?
– En somme.
– Et vous continuez à être «pécheur»?
– Bien sûr.
– Mais pourquoi?
– C'est ma fonction.
– Votre fonction!

Je reviens dans mon tourbillon nocturne. Je suis debout dans le noir. Le studio est silencieux, tout dort dans l'immeuble et dehors, la vision se calme peu à peu, les mourants rentrent dans les rideaux, s'échappent par la fenêtre... Ils rejoignent un peu partout leurs lits, leurs déambulations là où il fait déjà jour... Pour ne rien déranger du miracle, je marche sur la pointe des pieds... Je me couche avec précaution... La vitre pâlit...

— J'ai toujours eu l'impression que j'assisterai à la fin du monde, dit Sigrid.
— On ne se prive de rien...
— C'était un rêve qui revenait souvent dans mon enfance. Un jour très bleu, vibrant de lumière, des foules énormes sur les toits, les terrasses, attendant un événement indicible...
— Bombe atomique ? Fusée ?
— On ne savait pas. Il y avait seulement ce grand suspens général.
— Vous avez le choix entre l'interprétation paranoïaque et Nostradamus.
— Nostradamus ?
— En principe, le monde finit vers 1999. Le Pape se fait tuer près de Lyon, il y en a deux après lui, puis rideau.
— C'est bizarre qu'on date toujours la fin du monde à partir des papes...
— Aveu inconscient... Cette prophétie recoupe d'ailleurs celle de Malachie : plus que trois papes avant la fin de la pièce. JP2 est *De labore solis,* le travail du soleil. Il y a ensuite la Gloire de l'olive, *Gloria Olivae,* les paris sont déjà ouverts, un pape africain, peut-être. Et enfin *Petrus Romanus,* Pierre le Romain, le dernier, donc. Retour au début du calendrier. Pierre sur Pierre. Terminé. Apocalypse.
— Après tout...
— Je vous signale que le 5 octobre, c'est la sainte Fleur. Et que le Pape vient en effet à Lyon.

– Et alors ?

– « Romain pontife, garde de t'approcher de la cité que deux fleuves arrosent : ton sang viendra auprès de là cracher, toi et les tiens, quand fleurira la rose. » Il y a déjà des inquiétudes partout. Le Primat des Gaules est obligé de faire imprimer des affiches rassurantes... « Le mal viendra au joinct de Saône et Rosne. Pol Mensolée mourra à trois lieues de Rosne. »

– C'est ridicule.

– Peut-être, mais vous ne pouvez pas empêcher les vagues de superstitions. Si j'étais à la CIA, au POUP, au KGB ou au Mossad, j'amplifierais même la nouvelle et, cette fois, je choisirais mieux mon Turc. Nostradamus vérifié, trouble planétaire, panique populaire organisée, pression des masses, menace de guerre nucléaire, proposition de paix urbi et orbi, désarmement général... Bref, 2 000 ans bouclés, ciao. Comme le Messie est lui aussi attendu fermement à Jérusalem vers la même période, ça pourrait coïncider... 1999... Soulagement... Au fond, tout le monde en a marre déjà depuis longtemps... Je suppose qu'il y a un gros dossier *Nostradamus* top secret en circulation dans tous les services...

– Pas aussi volumineux que le dossier cocaïne, quand même ?

– Non, bien sûr.

– Vous avez regardé le Journal de la Société ?

– Un peu.

– Vous vous y retrouvez ?

– Mais oui. Pourquoi ne pas continuer ? La Société tient toujours. Personne n'a démissionné...

– C'est vrai.

– Enfin, vous me direz ça un jour... Ça vous ennuie ?

– Pas du tout.

– C'est bien ce que je pensais.

– Écoutez, c'est normal qu'il y ait des hauts et des bas...
– Comment donc.
Sigrid est en pleine aventure, ça se voit... Sa nouvelle amie doit la secouer sérieusement... Elle a l'air fatiguée, nerveuse... Le souci de Liv, lui, est plus extérieur : se marier, déménager, changer son emploi du temps, corps moins directement touché... On est en train de déjeuner, et je sens que Sigrid n'écoute qu'à moitié, qu'elle parle de façon un peu mécanique... Plusieurs fois, son regard se tourne vers la porte du restaurant, elle regarde qui vient d'entrer...
– Vous attendez quelqu'un ?
– Moi ? Mais non...
Simplement, je l'ennuie, elle prend instinctivement appui sur l'espace...
– Vous êtes un peu moins gaie, ces jours-ci ?
– Moi ? Mais non...

D'accord, le mieux est de disparaître pendant quelque temps... Elles m'ont trop vu, je les ai trop vues... Distance, air, fantasmes... Pourquoi ne pas retourner tout de suite à Venise ? Voilà. Je téléphone à Yoshiko. Elle est ravie. Très bon pour le film. Elle ira se promener, faire des repérages, pendant que je resterai enfermé toute la journée à regarder le temps passer, dans l'ombre. Je télégraphie à Agnese. Je préviens Cecilia et Marco que je serai là, mais que je ne serai pas là... On part...
Elle est excitée, Mademoiselle Seibu, c'est une expérience... Elle court à droite, à gauche, elle n'était venue qu'une fois, trop rapidement... Elle prend d'innombrables photos, elle filme... Elle achète des piles de livres d'art

qu'elle dépose fièrement, le soir, sur la table d'entrée avant de se retirer dans sa chambre... Elle prend tous les vaporettos, elle fait le tour de la ville... Et Murano, Torcello... Courageuse, maniaque, de bonne humeur... Elle déjeune ou ne déjeune pas ici ou là, on se retrouve le soir pour dîner, on fait l'amour tranquillement une nuit sur deux, on parle très peu, mon rêve...
– Yoshiko?
– Oui?
– Si on restait ici?
– Mais oui. Jusqu'à quand?
– Toujours.
– Mais le film?
– On se fout du film.
– Mais votre vie?
– Je n'ai pas de vie.
– Mais la Compagnie?
– Il n'y a pas de Compagnie.

Elle rit... Mettre en question l'existence de la Compagnie – de la monumentale et ramifiée productrice d'images incessantes pour tout l'Empire du soleil levant – est pour elle le comble de l'absurdité, le non-sens même. Elle pense que je plaisante, et elle a raison, je ne me vois pas m'éterniser ici avec elle... N'empêche que j'ai envie de lui dire ça pour la remercier... Les tableaux, les églises prennent à travers elle une couleur nouvelle... Du shintoïsme au baroque 18e... Ça la passionne, semble-t-il, de savoir comment les saints sont enlevés au Paradis... Ah, voilà... Les anges porteurs, l'ouverture des nuages, le manteau de la Vierge... Je suis obligé de lui faire un peu de Théologie directe... Qu'est-ce que la lévitation? L'extase? La différence exacte entre Franciscains et Dominicains? Comment fonctionnent les anges? Et les Trois Personnes? Leurs incroyables rapports? Et la couronne d'épines? Et l'hostie? Qu'est-ce qu'un ciboire? Un ostensoir? Un encensoir? Et ces inscriptions en hébreu qui ont l'air d'être du chinois? Et les martyrs?

– Chez nous, la grande ville catholique, c'est Nagasaki.

– Tiens...

J'imagine la réunion ultra-secrète au Pentagone pendant la guerre... Conditions météo, courants, considérations économiques... La baguette de jonc sur la carte... « De plus, la population comporte beaucoup de catholiques qui sont une minorité au Japon »... Cette phrase a-t-elle été prononcée? Je parie que oui... Par qui? Devinette... Boum! Dans l'atome!... Proportion importante des mêmes anormaux à Hiroshima, juste avant... Vous ne voulez quand même pas insinuer... Mais non, bien sûr...

Et saint François Xavier? Les Jésuites? Les revoilà... Et le rosaire? Combien de grains? Pourquoi? Pourquoi David avec une harpe?... Il n'y a pas de petit dictionnaire pratique pour ces choses... On l'aurait imprimé depuis longtemps, au Japon...

Je montre à Yoshiko un article paru dans *Vibration* :

DANTE EN PLEIN AIR

« L'enfer. C'est le thème de la première heure du spectacle dont la trame n'est pas évidente à narrer... En l'an 1300 (après Jésus-Christ) le jeune Dante Alighieri débarque au ciel à la recherche de sa gonzesse (la belle Béatrice) qui vient de mourir dans un accident de carrosse. Là-haut, il rencontre un copain écrivain : le poète Virgile (mort au minimum 1 000 ans plus tôt) et qui va l'initier au voyage dans l'au-delà, en le trimbalant de l'enfer au paradis, où, bien sûr, après une sévère autocritique, Dante va retrouver (sur une échelle de pompiers) sa nana, cocue mais pas rancunière, qui lui livrera le message terminal : « Tu m'as trouvée, t'en as bavé, c'est bien... aimons-nous maintenant! »...

Les acteurs (une vingtaine de damnés) se perdent dans l'immensité verdoyante des lieux. On cherche au loin à discerner Dante qui sprinte d'un coteau à l'autre... Il est vaguement question de Florence, Dante retrouve chez le diable tous les pécheurs de sa ville. La bande-son renvoie des pets, des rots, des bruits de combat. Sur le programme, il est écrit qu'un damné en dévore un autre « à la jointure de la nuque et du cerveau ». On plisse les yeux, on aimerait bien voir ça... Malheureusement, on ne voit rien. La nuit tombe sur *L'Internationale,* chant damné, on change de décor et de bottes de paille. On tournait le dos à la montagne, on lui fait maintenant face.

Dante débarque à l'entrée du purgatoire où il croise Victor Hugo : « Comment c'est ton nom ? Hugo, Victor... Je note, on ne sait jamais. » La lune se couche, le noir ambiant rend l'occupation de l'espace plus facile. Là, au milieu des vaches et des petits lapins insomniaques, Dante galère toujours et se tape un à un les sept péchés capitaux. A la fin, épuisé, il pousse quand même jusqu'au paradis. Tout en haut, Béatrice, salope, danse du ventre : « Te voici monté jusqu'au ciel, tout de pure lumière, lumière de la Raison et de l'Amour, amour plein d'allégresse, d'euphorie et de liesse, au-dessus de toutes les voluptés... » Au dernier échelon, Dante, éjaculateur précoce, n'en peut plus : « Béatrice, oh! oh! Dame en qui fleurit ma sève jaillissante. J'étais esclave et tu m'as rendu libre! » Ils se roulent une pelle, sous des tonnerres d'applaudissements. Rideau. Le public est ravi. »

— Je ne comprends pas très bien, dit Yoshiko. C'est une plaisanterie?

— Mais non.

— Le goût français actuel?

— Il faut croire. Notez l'arrivée de Victor Hugo : tout est là... Dans une autre mise en scène récente, Venise apparaît comme un dépotoir de brouillard fin de siècle... Pneus, ferrailles, acteurs en haillons, marécage insalubre, pleurs, gémissements... Voilà encore un stéréotype stupéfiant : Venise comme ghetto dépressif et mélancolique. Voulez-vous regarder devant vous?

Une fois de plus, aujourd'hui, c'est le grand beau temps... L'unisson du ciel et de l'eau, le *huit* dynamique où la ligne de terre s'enveloppe, brume bleue pulvérisée, légère...

— Je ne comprends pas très bien...

Personne n'a mon téléphone ici, sauf les membres de la SCA... Cecilia et Marco me laissent tranquille, Liv et Sigrid ne peuvent pas savoir où je suis, sauf si Cecilia et Marco le leur disent, ce qui est exclu. La plupart du temps, donc, je reste assis devant ma fenêtre, à ne rien faire. Je ne fais vraiment rien, rien du tout. Avec beaucoup d'entrain et de détermination, d'ailleurs, une joie bizarre. Le scénario de *La Divine Comédie*? Il s'écrit tout seul. Une heure en fin de journée... Le matin, Yoshiko va très tôt dans la salle de bains, elle s'en va revient le soir, vers six heures... Je lui lis les dialogues, les descriptions de plans, les idées d'illustrations, par exemple tel ou tel détail du *Paradis* de Tintoret au palais des Doges qu'elle va regarder à la jumelle, l'envol des corps vers le vide lumineux couronnant le haut...

J'ai eu une crise sérieuse la nuit dernière. Yoshiko n'en a rien su, je crois. Je suis sorti en marchant doucement devant sa chambre, j'ai marché le long des quais, j'ai regardé les bateaux, les cordages... Après quoi, j'ai attendu le jour en bas, assis contre le puits... Ciel virant au rose... Peau dans la rosée...

J'ai appelé Laura. « Mais enfin, où es-tu : Paris, Venise ? – Venise. – Encore ? – Encore un peu. – Tout va bien ? – Oui. »

Yoshiko feuillette pour la centième fois les dessins de Botticelli pour la *Comédie*...

– C'est beau, le mot *carole*...

– Au 8 du *Paradis* ? Oui. Vieux mot français qui signifie danse ou farandole. Masques et bergamasques. « Je suis caché pour toi dans l'allégresse/dont la clarté rayonnante m'enrobe »... On est dans Vénus, là.

– Après la Lune et Mercure.

– Et juste avant le Soleil.

– Comment rendre ça ?

– En opposition au 8 de *L'Enfer*... Les Érinyes... « Teintes de sang »...

– Le contraire ?

– Une femme qui jouit ? En parallèle à notre petite Béatrice japonaise aux anges ?

– Vous croyez ?

– Regardez au chant 9 :

« Car la splendeur, là-haut, est signe d'allégresse
Comme le rire ici, mais l'ombre tout en bas
S'assombrit d'autant plus que l'âme est torturée »...
Vous avez Rahab, là.

– Rahab ?

– La prostituée de la Bible. Celle qui permet la prise de Jéricho.

– Une rafale de visages qui rient ?

– Il en faudrait des milliers. Montés très rapidement

les uns dans les autres. Des rires de plaisir intense, émerveillé. De temps en temps, vous pouvez diviser l'écran. A gauche les supplices, à droite les délices.

– Comme le Bosch du Palais?

– Plus équilibré. Quand vous lisez, vous avez l'impression de quitter un lieu pour un autre et que, donc, le lieu que vous venez d'abandonner est annulé. Mais en réalité tout est simultané, non? Imaginez l'ensemble *en même temps*. Les souffrances comme envers des jouissances. Je n'ose pas dire: comme *moteur*...

– Non, quand même!...

– Et pourtant, une fois Dante-acteur évaporé à la fin, il vous faut quand même penser que toute la machine continue en bloc. Et fonctionne éternellement.

– C'est inimaginable?

– A peu près.

– Autre chose: qu'est-ce que cette histoire de *lys*?

– Le lys, dans la *Comédie*, est toujours opposé négativement à l'Aigle. L'Aigle: César, Titus, l'Empire. Les lys, c'est le parti guelfe, pontifical, dont le principal appui était la dynastie angevine de Naples issue de la maison capétienne. Les Français, donc. C'est un des préjugés de Dante, largement exploité par la suite. Mais le lys, c'est aussi le florin d'or de Florence, la fleur des armes de Florence, lys d'argent sur champ de gueules des gibelins devenus en 1251 lys de gueules sur champ d'argent des guelfes, et, pour Dante, donc, la «maudite fleur»... Manque de chance, c'est celle de l'Annonciation.

– Vous pensez qu'on peut parler de «préjugé»?

– Et comment. Prenez le 19 du *Purgatoire*. La Sirène:
   «Par mes chansons, je détournai Ulysse
   Du chemin désiré. Qui se met avec moi,
   Guère ne part, tant je le tiens charmé...»

Ulysse détourné par les Sirènes! Lui qui, au contraire, est le seul à les entendre et à passer outre grâce à la ruse, recommandée par Circé, de la cire dans les oreilles des rameurs et du ligotage au mât! En érection de loin! Mais Dante a besoin d'Homère et d'Ulysse en Enfer et du remplaçant Virgile jusqu'au Paradis terrestre. C'est un Troyen continental et marcheur. Il n'aime pas les marins. Préjugé germanique. Il n'est pas de Venise, non... Il meurt en rentrant de Venise...

– Je crains que nous ne puissions pas entrer dans tous ces détails...

– Bien sûr...

On va dîner... On rentre... Yoshiko me prête ses gestes... Enveloppement, souffle... Elle va dans sa chambre... Je sors... Je vais regarder la nuit...

Le motoscafo avance dans les canaux d'ombre. Toutes les fenêtres sont ouvertes, c'est le plein matin frais, on dirait que l'eau passe à travers les appartements pendant qu'on flotte sur l'air... Yoshiko ne dit rien, elle est toute en blanc, ses cheveux et ses yeux encore plus noirs, comme les replis à peine mouvants sous les ponts... On glisse... L'avion part dans une heure... On passe devant le palais Bragadin... Je lève les yeux vers les lauriers blancs des balcons... Il y a de la musique... Violon... C'est une certitude, tout à coup, je ne rentre pas, non, je suis vraiment de l'autre côté du miroir... Quel dommage d'être enfermé dans ce corps et d'avoir à le suivre, d'être obligé de respirer là où il y a des poumons... Violon... Bois qui flambe... Les notes volent, s'amplifient, passent au-dessus des toits, s'éteignent... Je suis dans le fauteuil, là-haut, il y a des fleurs, des glaïeuls rouges, sur la table, je touche le bras de velours bleu, j'aperçois les lauriers de l'intérieur... C'est bon d'être sûr, au moins une fois.

Enfin, c'est réussi. Au moment où je ne m'y attendais pas. Il ne s'agit pas d'une impression, hein, pas de blague. Le réel le plus réel, c'est moi qui rêve en m'en allant avec moi, pas lui, là-bas, qui sait pourquoi il est débarrassé d'être moi... Je me lève en entrant dans le salon, je viens me saluer aimablement, je ne veux pas insister, je me laisse... Cecilia – c'est bien Cecilia? – continue à jouer. Mais je ne vois plus rien, je me contente d'assister à notre présence, et à la présence de cette présence, et ainsi de suite, comme dans un nuage aimanté, transparent, sans bords...

– Vous vous êtes endormi?

Main sur ma main. Sourire de Yoshiko contre mon visage...

– On est presque arrivés, vous savez...

VI

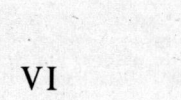

– Je vous ai raconté que j'avais parlé de vous avec Schnitzer? dit Fermentier.

On déjeune à *L'Océan*... Il a l'air agité...

– Jérôme? Ça n'a pas dû être tendre.

– Oui... Je me suis demandé ce qu'il avait vraiment contre vous.

– Rien de spécial, je crois. C'est physique.

– En tout cas, il est très négatif. Presque trop. A l'en croire, vous êtes l'imposteur type.

– Il doit penser que je le vois comme ça...

– ... la fausse valeur par excellence. Une sorte de rien ambulant. Il s'est même mis à crier quand je lui ai dit que nous travaillions avec vous.

– Les films Aurore font de mauvaises affaires en ce moment?

– Au contraire. Vous savez qu'il vient d'engager la Maillard. Le film sur la procréation artificielle est acheté partout, le feuilleton sur les Templiers marche comme sur des roulettes aux États-Unis, il est en train de produire une série télévisée sur l'évolution, avec un titre génial : *De la bactérie à la reine d'Angleterre,* et *L'affaire Stein,* avec Meryl Streep, promet d'être un gros succès.

– Stein?

– Edith Stein... Maillard pour l'adaptation... La Carmélite convertie au catholicisme, morte à Auschwitz, et que l'Église veut béatifier par provocation...

– Ah oui, la philosophe, élève de Husserl... Provocation? Ce serait une catholique artificielle? Mal inséminée?

– L'amusant, c'est que vous mettez Schnitzer en fureur. Pourtant, il ne perd pas facilement son calme.

– Jérôme est un violent... Je le trouve sympathique.

– Il m'a demandé combien on vous payait... Je suis resté discret, bien entendu... Il a été jusqu'à me citer, à titre d'évaluation, une somme très inférieure à celle que nous vous donnons... Mais je crains qu'il ameute la presse contre le film au moment de la sortie.

– Au Japon?

– Il est influent... New York, Tokyo... On parle de lui pour les nouvelles télévisions... Il contrôle tout un secteur Minitel... Il vous juge sévèrement dans l'affaire Corona.

– Pourquoi?

– Parce que vous n'avez pas pris sa défense.

– Mais il s'agit d'une simple escroquerie... Je laisse les tribunaux faire leur travail.

– Enfin, il vous en veut...

– Le bon apôtre! Il est travaillé par Géryon...

– Géqui?

– Aucune importance.

– Il trouve vos derniers livres complètement nuls...

– Eh bien...

– Il a évoqué l'un de vos amis, mort récemment...

– Jean Mexag?

– Un nom comme ça... Vous vous entendez bien avec Mademoiselle Seibu?

– Plutôt.

– Elle est sexy, non?

– Je n'ai pas fait très attention.

— Yoshibu m'a téléphoné. Ils attendent le script de votre *Divine Comédie*...

— Ça avance, ça avance... A propos, il me faudrait une caméra spéciale sur le Pape, au mont Blanc.

— Au mont Blanc?

— Il va faire un discours au sommet du mont Blanc. J'aimerais qu'on filme l'événement pour nous. On peut envoyer un hélicoptère?

— Pourquoi pas l'Himalaya?

— Une autre fois. Pour l'instant, c'est le mont Blanc. Blanc sur blanc, ça devrait être très bien. J'en aurai sans doute besoin au montage.

Fermentier me regarde avec une sorte d'admiration... On m'a dit beaucoup de mal de vous, vous n'avez pas cent balles?... Non, c'est moi qui vous les demande... Celui-là, alors...

C'est drôle d'être devenu double... Pas une vague sensation de dualité, non, vraiment deux, consciemment, avec deux corps, l'accent de réalité oscillant de l'un à l'autre, tantôt ici, tantôt là-bas...

— Ça ne vous donne pas le vertige? Vous n'avez pas mal à la tête?

— Un peu.

— Vos crises s'aggravent?

— Non. Elles auraient même tendance à s'étaler.

— Plus vous êtes double, moins vous êtes divisé?

— A peu près.

— Et vos rapports avec les autres?

— Oh, les autres...

— Schizophrénie?

— J'ai réussi là où le schizophrène échoue.

— Votre histoire de libertin le jour et de mystique la nuit?

— C'est un peu plus compliqué quand même...

Pas de téléphone, je fais comme si je n'étais pas là... J'ai mes rendez-vous fixés à l'avance avec Yoshiko, elle met en forme nos conversations, note les dialogues, développe les scènes... Je reprends, je corrige, elle retape tout... Trois semaines sans nouvelles de Liv et de Sigrid... Je n'appelle pas... Lettre de Liv :

« Où êtes-vous passé? Je vous en veux de m'avoir dit de relire Crébillon fils. C'est plein d'imparfaits du subjonctif et de tarabiscotages inutiles. Tout cela a beaucoup vieilli. Sauf l'esprit de fond, sans doute, mais il faudrait le réinventer complètement... Comment voulez-vous qu'on comprenne ce que *il se venge* veut dire aujourd'hui, même si la scène se passe sur un lit? Je ne vois pas que faire de *La Nuit et le Moment,* sauf penser à vous quand Clitandre dit pour finir à Cidalise : " un autre talent que j'ai, c'est d'ouvrir une porte plus doucement que personne et de marcher avec une légèreté incompréhensible. " Vous voyez qu'on vous imagine gentiment. *Le Hasard du coin du feu* et *Le Sopha* m'ennuient. Je viens de voir Sigrid, et on vous embrasse, chaque mot a ici son sens, de tout cœur. »

A quoi je réponds :

« C'est le moment de se décider pour juillet, non? Si vous êtes d'accord pour dix jours dans mon île, soyez toutes les deux dimanche prochain à vingt et une heures à *L'Océan.* Langouste et champagne? Je dirais oui. On réglerait les détails. »

Ce qui me vaut ce télégramme :

« Langouste champagne et le reste, L. et S. »

— Je pars une dizaine de jours.

— Ah, dit Yoshiko. Mais il y a encore du travail...

— Je prendrai des notes... A mon retour?

– Comme vous voudrez...

Oui, c'est bien l'été... Chaleur, platanes et marronniers lourds... La machine de combustion est en route... Plus rien de net pour au moins deux mois... Confusion, essorage... Tri vers la rentrée... On va poursuivre l'expérience de l'a-temps. Instrument de mesure : le corps. Sujet de l'observation : le corps. Objectif : le corps du corps. Ou, comme diraient les vieux textes indiens : comment distinguer le spectateur du spectacle. Problème de discipline et de volonté. Rappel cerveau. Rappel cœur. Rappel main. Fourneau mille fois rallumé, mille fois éteint, et rallumé pour la mille et unième fois quand même. Question n° 1, à reposer tous les ans à la même époque : est-ce que tu regrettes ta vie, en aurais-tu voulu une autre ? Voudrais-tu revenir en arrière, recommencer tout ? Réponse sérieuse, comme si tu devais mourir demain. Non. Allez, flot d'images... Ce détail, cet autre détail, et encore cet autre détail. Joues rouges dans le noir. Oui à ta vie, malgré la honte ? Oui. Vraiment oui ? C'est sûr ? Pour l'éternité ? Pour l'éternité de l'éternité ?

Oui.

Il est horrible.

N'avoue jamais une faiblesse, imbécile : c'est là qu'on te frappera.

Je me lève très tôt, ces jours-ci.

Voilà, on y est, soleil et parasol rouge... Chaises et fauteuils de bois blanc, banc blanc... Et l'océan devant nous, à perte de vue, bleu-rides... Elles se sont mises nues tout de suite... Elles sont allées se baigner... On boit le café préparé par Liv...

– On tente le *grand jour* ?

— Ce serait quoi? dit Sigrid.
— Tous les jours n'en faisant plus qu'un, tous les jours emboîtés les uns dans les autres. Un seul jour comme un tas de sel formé par l'évaporation des autres. Pointe du temps dans le temps. Espace de dimension 4.
— Comment vous fabriquez ça?
— Très simple. C'est un espace où vous pouvez vous « déplacer » – déplacer entre guillemets – en faisant varier quatre coordonnées x, y, z et u. Vous obtenez la sphère de dimension 4 quand les coordonnées sont assujetties à la condition $x^4 + y^4 + z^4 + u^4 = I$.
— Lumineux, il n'y a pas à dire.
— Quand est-ce qu'on commence? dit Liv.
— Maintenant?
— Maintenant.
— Premier acte?
— Dormir.

Je les installe... Il y a trois petites maisons basses indépendantes, une pour chacun, grand jardin sur l'océan pour tous... Ça permet les isolations, les rencontres... Les croisements, les intervalles, les disparitions... Trois heures et demie, elles se couchent... Je téléphone au *Paradise* pour réserver le dîner... Huit kilomètres en voiture jusqu'au village, c'est tout près... Je vais me baigner à mon tour... Petite plage à l'écart, personne... Nage roulée dans les vagues... Sable. Serviette joue gauche, brûlure-point... Œil sur puce de mer dragon dans son genre. Odeur d'algue portée par nappes à travers les vignes. Chaque élément a pour moi, ici, son histoire ancienne, mais je me fous de l'histoire ancienne, je veux tout, maintenant, là, dans chaque fragment... Je rentre, je ferme les volets verts, je commence à écrire... On frappe au volet... C'est Sigrid... Elle est excitée, elle veut baiser tout de suite... « Je vous dérange? – Sûrement pas. – J'ai pensé qu'il fallait marquer l'endroit. – Vous avez raison.

– Vous avez parlé d'une équation à quatre termes portée au quatrième degré, x, y, z et u. Qui est u? – Le paysage. – Soleil, mer, fleurs, herbe, sel, arbres? – Voilà. – On fait une sphère à quatre dimensions avec nous et tout ça? – Vous allez voir. » Elle jouit fort, très vite. Elle s'endort bientôt sur un des petits lits, dans un coin... Je reviens à mon secrétaire pour tracer ces lignes... Il est Louis XV, celui d'ici, il a une autre mémoire... « Un secrétaire Louis XV en face de l'Océan? – Oui. – Vous forcez un peu le décor quand même... – C'est comme ça. » Clavecin muet, main et plume. Sur la page, le dehors commence enfin à exister pour de vrai, vent doux nord-ouest, chaises longues bleues, pin parasol, roses... Bois couleur de thé, sous le coude... Taches d'encre... D'où elles viennent?... Pas moi... Utilisateurs successifs... Temps des encriers... Enfants écrasant des pâtés... Divination pour rire... Le bois craque un peu... Il vit... « Nous avons joui, me dit Marcoline, et le temps que l'on consacre à la jouissance est toujours le mieux employé »... « Il me semble, mon cher ami, que je ne serai jamais jalouse de tes maîtresses si tu me laisses coucher avec elles »... Tiroir de droite : *Mémoires* de Casanova... J'aime bien que les trois volumes restent là pendant l'hiver, le gel, les tempêtes... Chevalier de Seingalt en plein Atlantique, voilà encore un effet de l'art... « En rentrant à l'hôtel, Marcoline me dit que Madame Pernon lui avait donné le baiser florentin, c'était le mot de passe de la secte »...

Sigrid se retourne un peu sur son lit pendant son sommeil... Elle porte un kimono blanc, je vois ses jambes... J'ai évité de jouir, tout à l'heure, je sors doucement... Le soleil est à pic sur le gazon, la marée est complètement haute... Il y a une dizaine de papillons, pétales d'écume, sur les lavandes et les marguerites... Je vais jusqu'à la maison de Liv... J'entre... Elle dort, nue... Je me glisse à côté d'elle... Elle soupire... Tend un bras vers moi... Offre ses fesses... Murmure, dans un gémissement feint, « je croyais qu'on dormait? », remue un peu, me laisse finir...

Je reviens au secrétaire... A ma gauche, les carnets rouges. Sur la table, à droite, les cassettes. Bon, on va essayer d'orchestrer tout ça. Cinq heures. Je m'allonge sur l'autre lit, tête dans le « coussin magique ». Le coussin magique ? Épave et trésor d'enfance... Je raconterai ça plus tard...

Quand j'ouvre les yeux, Sigrid n'est plus dans la pièce... Six heures vingt... Je jette un coup d'œil dans la cour, la voiture n'est pas là, elles ont dû aller faire un tour... Lumière foncée, cinq ou six pastels de nuages... Les voiliers sont sortis, forêt des voiles vers le large, à droite... Je prends une douche, je redors un peu... Oui, il vient de loin, ce coussin... Velours noir et jaune, fleurs et feuilles... Il a toujours été là... Donné par mon père, j'avais huit-neuf ans... « Il ne veut pas dormir. – Mais si... Avec le coussin magique... Voilà, je te le prête jusqu'à demain matin... Rêves en couleurs garantis... Et maintenant plus de bruit, d'accord ? – D'accord. »

Elles sont là, de nouveau, on boit dans le coucher de soleil et l'eau qui commence à décliner, lentement, pendant que le vent se lève.

– Le village est beau, dit Liv. Plein de roses trémières. Le port est très animé.

– On a vu l'église, dit Sigrid. Il y a une statue du Sacré-Cœur. Il se désigne du doigt le cœur rayonnant couronné d'épines et surmonté d'une croix de gloire. La chorale chantait.

– La jeune boulangère en fait partie.

— Vous vous rappelez « l'autel privilégié » ? dit Liv. Avec sa goélette suspendue, ses mâts, ses agrès ?

— Une baleinière, *Moby Dick*.

— Et le pain des anges, dit Sigrid ? Ecce Panis Angelorum/Factus Cibus Viatorum ?

— Tiens, oui. Le mot *viatique*...

— Je vous ai recopié le poème gravé en lettres dorées :

> Je te salue
> Ô pain de l'ange
> Aujourd'hui pain
> Du voyageur
> Toi que j'adore
> Et que je mange
> Ah ! viens dissiper
> Ma langueur.

— J'avais oublié.

> — Loin de toi
> L'impur
> Le profane
> Pain réservé
> Pour les enfants
> Mets des élus
> Céleste manne
> Objet seul digne
> De nos chants.

— Vous n'avez pas faim ?

— Si, très.

On va au *Paradise*... J'ai commandé une table en terrasse... Saint-pierre à l'oseille... Palmer 78... Marche sur la plage... On est ivres... Sigrid conduit au retour... Les feux sont allumés partout, maintenant, la côte scintille... Juste en face de nous, dans le jardin, mais à dix kilomètres, le sémaphore, le phare... Pulsations et chronomètres de nuit, pouls des bateaux, là-bas, dans les passes... Mais voilà que Sigrid pousse un cri... Il y a une souris chez elle... Le diable... Elle me demande de venir voir... Une gentille souris, en effet, là, dans son coin, surprise, immobile... Comme dans un dessin animé... Ironique, on dirait, dodue, respectable... « Allons, allons, vous voyez bien que c'est une souris philosophe, regardez son œil brillant, profond, héraclitéen... – Chassez-la, je vous en supplie »... Où est le produit, déjà? Oui, dans l'armoire. Granulés roses, blé empoisonné... « Elle va grignoter ça gentiment, ne vous en faites pas... – J'ai vu plein de fourmis, dit Liv. Et il y avait tout à l'heure un lézard dans la douche... – Un lézard? Vous êtes sûre? – Énorme. – Et les araignées? dit Sigrid. J'en ai repéré au moins deux dans les poutres. – Qu'est-ce que vous voulez, c'est l'Arche de Noé. » La souris nous regarde toujours... Finit par détaler le long du mur... « Vous ne la verrez plus. – C'est promis? – A cent pour cent. Elle a eu ses pilules, sa vie ne tient plus qu'à un fil. – Mais elle ne va pas se décomposer, là, sous la commode? – Mais non... Disparue! Envolée! Chauve-souris! – Il y a des chauves-souris? – Quelques-unes. Attention à vos cheveux. – Des guêpes? – Parfois. – Des hannetons? – Plus rarement. – Des serpents? – Exceptionnel. – Des moustiques? – Oui, mais inoffensifs. Châtrés. – Des mouches? – Pour le décor. – Des méduses dans l'eau? – A peine. Mais ni scorpions, ni sauterelles, ni criquets, ni scolopendres, ni tigres. C'est juré. Il faut bien que vous ayez une impression de *nature*... – Qu'est-ce que c'est que ces craquements? dit Liv. – Un mur qui travaille, sans doute. – Il ne va pas s'effondrer? – Pas tout de suite. – Et des fantômes? dit Sigrid. – Le fantôme, c'est moi. Réincarnation d'un naufragé d'il y a deux siècles. Ça me prend tard dans la nuit. Fermez bien votre porte, quoique je passe à travers les contrevents... Je hulule de façon très émouvante, vous verrez... Vous entendrez frapper ma jambe de bois. – N'empêche qu'elle est bizarre votre baraque, dit Sigrid. Ou plutôt votre assemblage de baraques... – Vous n'aimez pas? – Mais si, bien sûr, c'est charmant. – Au lit? – Au lit. »

Je prépare le petit déjeuner, on s'installe sous le catalpa, boule verte... « Il était plein d'oiseaux cette nuit, dit Sigrid... – Oui, ils s'installent là pour dormir. Pourquoi cet arbre-là, mystère. Chaleur spéciale du bois... – Ils s'en vont le matin? – Il faut croire. – Ça faisait tout un frisson noir dans les feuilles. – Je vous ai dit que les maisons étaient hantées »...

Elles ont mis des paréos multicolores... Liv rose et violet... Sigrid rouge et noir... Le grand air les bronze déjà...

– Le tennis est loin? dit Liv.
– Deux kilomètres.
– On joue?
– Quand vous voulez.
– Ce soir?
– D'accord.
– Vous avez une machine à écrire en plus? dit Sigrid.
– Oui, une petite Triumph.
– Vous avez des romans dans votre bibliothèque? dit Liv.
– Plein.
– Vous m'en choisissez deux ou trois? Des policiers?
– D'accord.
– On déjeune à peine, hein, dit Sigrid. Salades. Et poisson le soir.
– Vous pouvez faire livrer ce qui vous plaît.

— Votre thé est très bon, dit Liv. Il y a toujours autant de papillons?

— C'est en votre honneur.

— Toutes ces fleurs sont à arroser, je suppose? dit Sigrid. Où sont les tuyaux?

— Dans le garage.

— Vous me montrez ça, on va faire quelques courses et on se baigne après?

— O.K.

— On peut déplacer le téléphone? dit Liv. Qu'est-ce qui vous dérange le moins?

— Prenez-le dans la matinée, je le garde l'après-midi, sauf si vous me dites?

— Bon.

— Le courrier arrive à quelle heure? dit Sigrid.

— Trois heures moins le quart.

— Si on veut vous laisser un mot sans vous déranger, on le met où?

— Sur la margelle du puits. Sous la pierre blanche.

— On peut sortir le bateau? dit Liv.

— Il est à vous.

— Je crois que ça va être un séjour acceptable, dit Sigrid.

— C'est l'objectif. Il faut laisser les micros ouverts.

— Pardon?

— Que dit la météo? dit Liv.

— Un peu nuageux puis très beau. Léger vent nord-ouest. Le zéphyr. « Dont les risées sifflantes montent de l'Océan pour rafraîchir les hommes. »

— Vous avez vu l'Anglaise du *Paradise*? dit Sigrid.

— Elle est là depuis deux ans. C'est l'amie de la fille des propriétaires. Elles font un échange. L'une va en Angleterre, dans le Kent, l'autre vient ici.

— Elle a quel âge?

— Dix-huit.

– Son nom?
– Jailey.
– Belle, non?
– Très. Pas impossible.
– Extrêmement possible.
– A vous de jouer, alors.
– Mais certainement, mon cher.
– Vous êtes incroyables, tous les deux, dit Liv. Pas de vacances? Toujours le forcing?
– On explore, dit Sigrid. Encore un peu de thé?
– Du café pour moi, merci.
– Et en plus, il sait faire les œufs coques trois minutes! dit Liv. Demain, c'est moi.
– Moi après-demain, dit Sigrid.

Liv se lève... Va couper trois roses... Nous en donne une à chacun... On se regarde, un peu ridicules, avec nos fleurs... On rit... Mais pas tellement... On va au bout de la pelouse, on les jette dans l'eau en silence...

– Regardez les mouettes, dit Liv. Elles sont folles de beau temps.

Comme d'habitude, les Anglais ont raison... Le vrai sol, c'est le gazon, il n'y en a pas d'autre... Tondu très ras, compact, divisé, ramassé, vert clair, fraîcheur à l'envers... On le met dans la perspective liquide bleue ou grise, comme ici, et c'est le tableau parfait... Pieds nus, talons nus... Le gazon donne les vraies dimensions, à la fois basses et surélevées, de n'importe quel élément. Un fauteuil. Un oiseau posé. Une rose. Un corps. Gaze autour des maisons, terre transformée en peau, soupir vivifiant des morts... Le vieux tennis des trois moulins, lui, est en ciment rouge. En contrebas de l'Océan, juste sous la grande digue de pierre, bouclé d'un côté par un bois de cupressus qui n'arrive pas à couper complètement le vent, de l'autre par les vignes à demi sauvages... On joue sous les mouettes planantes, dans le jaune-blanc de fin d'après-midi... « Expliquez-moi votre prédilection pour le revers décroisé!, me crie Liv depuis le fond du grillage... – Aucune idée! Automatisme! Je tourne mieux dans ce sens! »... La balle dans le coin droit, là-bas, pointée dans l'angle... Elle, c'est le coup droit direct, sec. Voilà, on est essoufflés, en nage, c'est ce qu'il fallait. « Dites-moi pourquoi vous avez parlé de laisser *les micros ouverts*? – Oh, image. Il me semble qu'on ne perçoit pas la centième partie de ce qu'on pourrait... Il faudrait peut-être se forcer un peu... Comme si on enregistrait... Se dire qu'on tourne un film... Choisir son cadrage... S'y enfoncer... – Vous avez besoin de ça pour vous sentir vivre? – Plutôt pour sentir que je ne vis pas assez... Je n'ai jamais assez regardé l'herbe, les fourmis, une mouette... Je n'ai jamais assez bien écouté le bruit des vagues sur la plage... La nuance exacte du vent... Le son de votre voix... Ce que vous voudrez... Odeurs, saveurs et toucher, pareil... On existe trop en plongée, non? »...

On rentre à vélo à travers les marais salants, rectangles et carrés, damiers irréguliers, avec leurs bordures de salive en cours d'évaporation... Petits tas qu'on pourrait prendre aussi bien, en variant le point de vue, comme si on était en avion, pour des pyramides éclatantes, dans un désert d'eau peu profond, rizière ou inondation...

– Regardez cette brouette, là.
– Oui?
– Vous l'agrandissez... C'est un camion... Un wagon... Un hangar renversé... Un temple taoïste... Ou alors, un jouet d'enfant... Et ce râteau de saulnier? Un barrage en pleine montagne? Une drague à l'entrée d'un port? Une herse? Un palet de croupier dans un casino? Une brosse?

– Vous vous exercez souvent comme ça?
– Pas assez... J'en suis à découvrir le secrétaire sur lequel j'écris. Je l'ai vu des milliers de fois. Je ne le *vois* pas. Et ainsi pour tout, c'est désespérant. Ou magnifique. A devenir fou, si on y pense.
– N'y pensez pas.
– Ça se pense tout seul... Un des enfants m'a dit un jour, quand je lui ai demandé ce qu'il pensait du rêve: « Le rêve? C'est de la pensée qui pense à la pensée. »
– Joli.
– Il y aura beaucoup d'évaporation cette année. Le malheur des vaches va faire le bonheur des salières. On va avoir un tri sévère. On verra qui garde son goût.

Le soir, au *Paradise,* Sigrid commence son approche feutrée de Jailey... L'invite à prendre un verre, sous prétexte de lui parler du Kent... « Venez nous voir chez nous? On sortira en bateau ensemble?... Après-demain? »... Liv me fait du genou sous la table...

– Casanova aurait pu dire d'elle: elle a de l'esprit quoiqu'elle parle très mal le français.
– N'est-ce pas qu'elle est drôle? dit Sigrid en regardant s'éloigner vers le bar la silhouette blonde en robe de coton noire, moyenne, bronzée, dégagée, de Jailey.
– N'agissez qu'à coup sûr, je préfère. N'oubliez pas que j'habite ici chaque été.
– Vous avez peur que je la viole?
– Ne vous inquiétez pas, dit Liv. Sig est une professionnelle.
– Salope, dit Sigrid en riant, toujours prête à passer du côté des hommes.
– Je ne suis pas un homme. A peine une respiration qui souffle de petites lettres bleues sur le papier.
– Un micro, dit Liv, un micro ouvert. Un transformateur des dimensions virtuelles.
– Tu crois qu'il nous a fait venir pour nous écrire? dit Sigrid.

– Évidemment. Tout sur le vif. C'est connu.

Jailey nous apporte trois coupes de champagne... « C'est mon tour »... Sa lèvre supérieure quand elle prononce « tour »...

Nuit tirée, maintenant, marée haute, on reste dans le jardin noir... Et voici le personnage principal, devant nous, avec ses sept pointes... Un-deux-trois, manche légèrement coudé... Quatre-cinq-six-sept, forme brouette...

– Vous pouvez la voir aller lentement vers l'horizon, comme pour rejoindre l'eau, mais sans la toucher. Elle vous suggère la rotation. Les Grecs croyaient que la Terre était un disque entouré du fleuve Océan, mais ils avaient bien entendu repéré cette pente de la Grande Ourse – le Chariot –, son inclinaison douce à la charnière de la nuit et du jour « en guettant Orion ». Je crois me souvenir que, pour les Chinois, c'est une figure de l'inceste fils-mère stable. Et en même temps une casserole. Je pourrais la regarder sans fin.

– La quatrième étoile est plus pâle? dit Sigrid.

Le vent fraîchit. Je leur apporte des pull-overs... Le sémaphore et le phare brillent régulièrement au loin. Elles se serrent contre moi... J'embrasse tantôt l'une, tantôt l'autre, elles s'embrassent à travers moi, et moi j'ai l'impression d'embrasser la nuit tout entière, le temps bercé dans la nuit, sa langue, ses dents, sa salive. Les cris des mouettes nous parviennent encore, elles ne dorment pas, elles sont rassemblées dans un des marais, là-bas, en coulisses. Leurs dialogues, quand elles sont posées, sont plus graves, plus humides que quand elles volent. Le pin parasol, à côté de nous, est une ellipse chauffée dans l'espace aveugle. Paumes alternativement pressées sur les cœurs, on se sent respirer et battre. Les seins de Liv sont un peu plus gros, elle a un souffle plus lent.

Sigrid est la première à se dégager, on remonte vers les maisons, on va dans celle de Liv... Je les regarde un peu... Les laisse dormir... Ressors dans le jardin... Deux étoiles filantes... Un satellite passe doucement près de la sixième de l'Ourse. Les mouettes se sont tues. L'eau doit commencer à baisser. Les tourniquets continuent sur l'herbe.

J'allume ma lampe, je mets le *Quintette* en sourdine... Le secrétaire est placé de biais contre la porte-fenêtre qui donne directement sur la pelouse et l'eau. Je relis, pour la trois centième fois, peut-être, le *Précis de ma vie* écrit, en français, par J.C., autrement dit Jacques Casanova, le 17 novembre 1797, à l'intention de Cécile de Roggendorff. Il a soixante-douze ans, elle vingt-deux. C'est sa dernière passion, surtout épistolaire. Il va mourir l'année suivante, le 4 juin 1798 – la Sérénissime vient de tomber – toujours réfugié chez le Comte Waldstein, neveu du Prince de Ligne, au château de Dux, en Bohême.

« Ma mère me mit au monde à Venise le 2 d'Avril jour de Pâques de l'an 1725. Elle eut la veille une grosse envie d'écrivisse. Je les aime beaucoup. »

Il a bien écrit *écrivisse*. Et en effet, à partir de l'âge de soixante-cinq ans, il a écrit toute sa vie à reculons, son vice aura bien été de revivre ses aventures à coup de plume, il est revenu pour finir à la veille de sa naissance, mourant et ressuscitant le jour où sa mère s'est délivrée de lui dans la ville rêvée des rivières.

« Au baptême (c'est toujours son orthographe) on m'a nommé Jacques Jerome. Je fus imbecille jusqu'à huit ans et demi. Après une hémoragie de trois mois on m'a envoyé à Padoue, où guéri de l'imbécillité je me suis adonné à l'étude et, à l'âge de seize ans on m'a fait docteur, et on m'a donné l'habit de pretre pour aller faire ma fortune à Rome. »

Tout le monde se doute déjà que son père a dû mourir quand il avait huit ans. Et en effet le comédien Gaetano-Giuseppe Casanova disparaît en décembre 1733, « d'un abcès dans l'intérieur de la tête qui le conduisit au tombeau en huit jours ».

« A Rome la fille de mon maitre de langue françoise fut la cause que le Cardinal Acquaviva mon patron me donna mon congé. »

Et voilà pour l'importance de la « langue françoise » dans l'art de passer sa vie en congé.

Et ainsi de suite... On dirait un document crypté. Quand il reçoit, en 1760, des mains du pape Clément XIII, la croix de l'Éperon d'Or et devient Chevalier de l'ordre de saint Jean de Latran – la même décoration que Mozart recevra dix ans plus tard –, il s'en moque, bien entendu, mais est très fier du titre attaché pour lui à cette distinction : celle de *protonotaire apostolique.*

Casanova « protonotaire apostolique »! Mais oui.

Dix ans avant, en 1750, on sait qu'il a été confirmé dans la franc-maçonnerie à Lyon.

Ce qui ne l'empêche pas de mourir en disant, selon le Prince de Ligne : « J'ai vécu en philosophe, je meurs en chrétien. » Pour comprendre cette apparente contradiction, voir sa *Lettre à Robespierre.*

Les derniers mots, en latin, du *Précis de ma vie* sont : *Non erubesco evangelium.* « Je ne rougis pas de cet évangile. » Précédés de : « C'est le seul precis de ma vie que j'ai écrit, et je permets qu'on en fasse tel usage qu'on voudra. » Voilà.

« Les inquisiteurs d'etat venitiens par des raisons justes et sages me firent enfermer *sous les plombs.* C'est une prison d'etat dont personne n'a jamais pu se sauver; mais moi, avec l'aide de Dieu, j'ai pris la fuite au bout de quinze mois; et je suis allé à Paris. »

Raisons justes et sages? Il est accusé de pratiques magiques, de libertinage et d'athéisme. A l'époque où il écrit, il est devenu, depuis près de vingt ans, *confidente* des Inquisiteurs.

« Je me suis déterminé à solliciter ma grace auprès des inquisiteurs d'etat venitiens. Par cette raison je suis allé m'établir à Trieste, où deux ans après je l'ai obtenue. Ce fut le 14 Septembre 1774. Mon entrée à Venise au bout de dix-neuf ans me fit jouir du plus beau moment de ma vie. »

J'éteins. Je vais les voir. Elles dorment complètement, maintenant, mes deux brunes, chacune de leur côté, détendues, molles... Je les embrasse sur le front. Je ressors. J'arrête les jets d'eau. Je vais m'asseoir sur la margelle du puits, le meilleur endroit pour contempler le ciel. On ne sait pas grand-chose, tout va très vite, les yeux ne sont que rarement dans les yeux...

J'essaye de l'imaginer ce château de Dux... Quel nom... Entre Brux et Toepitz, au pied de l'Erz-Deb qui sépare la Saxe de la Bohême du Nord... Il est bâti sur une grande place et s'élève au fond d'une vaste cour encadrée d'une église jésuite et d'un pavillon. La façade est ornée de fenêtres à linteaux blancs et à croisillons. Une terrasse à double escalier conduit à l'entrée. De l'autre côté : le parc, cent hectares jusqu'à la montagne. Le Prince de Ligne compare le château de Dux à Chantilly... Suite de salons brillamment meublés, centaine de chambres, armes et portraits au mur... Il n'y a que les domestiques qui ne savent plus se tenir. C'est, dit Casanova, la main des Jacobins. D'où les lettres contre le maître d'hôtel Faulkircher :

« Courage, donc, Monsieur Faulkircher, répondez à ces lettres; mais soyez assez honnête pour me faire parvenir vos réponses en français, ou en latin, ou en italien, ou même en espagnol, comme je le suis pour vous les envoyer en allemand. Je paye un traducteur, payez-en un vous-même, et ne soyons pas honteux de publier notre ignorance, vous dans toutes les langues de l'univers et moi dans l'allemande. »

Souvenir du Baron von Lindau : « A soixante-treize ans, il pétillait d'esprit comme s'il en avait eu trente... Il passait tous les jours neuf heures à son bureau... »

Casanova, lui, parle de dix ou douze heures... Ça lui plaît, ça l'amuse, il redouble ses plaisirs passés en les racontant, il parle aussi, tout simplement, de moyen de ne pas devenir fou.

Il n'y a pas que les *Mémoires*. Qu'est-ce qu'il fabrique, par exemple, avec la *duplication du cube* ? Que peut-il bien imaginer dans son gros roman, publié à Prague en 1788, et intitulé : *Icosameron, ou Histoire d'Édouard et d'Élisabeth qui passèrent quatre-vingt-un ans chez les Mégamicres, habitants aborigènes du Protocosme dans l'intérieur de notre globe* ? De quoi s'agit-il dans la pièce de théâtre, envoyée à la princesse Clary, *Le Polemoscope ou la calomnie démasquée* ? Pourquoi n'ai-je pas sous la main le *Soliloque d'un penseur* contre Saint-Germain et Cagliostro ? Ni les *Rêveries sur la mesure moyenne de notre année selon le calendrier grégorien* ? Qu'est devenue son *Histoire des troubles de Pologne* ? Son projet de traduction de *L'Iliade* en octosyllabes ? Pourquoi enfin suis-je encore obligé, vers la fin du XXe siècle, de lire la version des *Mémoires* réécrits et expurgés par un professeur français, à Dresde au XIXe siècle, professeur honorable, je le veux bien, mais qui, comme par hasard, tire le texte dans un sens de critique de l'Ancien Régime, y ajoute des énormités évidentes, atténue les audaces verbales et sexuelles ? Pourquoi un Italien, écrivant français, se retrouve-t-il d'abord traduit en allemand pour être ensuite réécrit en français, sans qu'on puisse avoir accès à sa version française ? Qui peut répondre avec exactitude à cette question ? Qui enseigne l'Histoire ? La vraie ? Celle des pruderies, timidités, inhibitions, préjugés, répugnances, moues de l'ombre, arrangements des pénombres, lèvres et narines pincées de l'intérieur, éternelle déclivité des censures comme loi de la pesanteur ? Le corps tabou de Casanova...

– Quoi, « le corps tabou de Casanova » ? dit Sigrid, allongée, nue, sur l'herbe (je pense aux difficultés de Giacomo pour faire enlever sa chemise à Clémentine).

– D'abord, donc, la lettre de son écrit : inaccessible. Ensuite, son image dans les fantasmes ultérieurs. Vengeance générale.

– Vous pensez à Fellini ?

– A Fellini, à Ettore Scola, à Losey dans son ridicule *Don Giovanni*... Tout le monde... Personne n'a été plus travesti, contre-investi, systématiquement mécanisé, abîmé. Casanova-marionnette, Casanova vieille précieuse gaga... C'est le stéréotype imposé... Ça a commencé avant sa mort... Au fond, Waldstein et les autres, étaient ravis de l'avoir en otage, de tourner en ridicule, à travers lui, Venise, l'Italie, la France, Paris, l'art de vivre... Il faut voir comment le Prince de Ligne décrit avec commisération sa fuite ratée à Berlin... Les Allemands sont les Américains de l'époque... Puritanisme, complexe d'infériorité...

– Pourquoi *Don Giovanni* ? Ce n'est pas lui, tout de même ?

– Vous savez qu'il était très lié à Lorenzo Da Ponte ? Qu'ils ont eu une correspondance ? Que Da Ponte est venu le voir à Dux en 1792 ? Vous les imaginez ensemble chantonnant *Cosi* ? La scène a eu lieu, j'en suis sûr. Vous pouvez aussi les entendre citer Dante, si le cœur vous en dit. Da Ponte raconte bien qu'il lisait *La Divine Comédie* en composant le livret du *Don Juan* de Mozart. J'essaye de vendre ça à mes Japonais : l'ouverture du *Don Juan* pour le générique d'une adaptation de Dante... En tout cas, on n'a jamais représenté un Chevalier de Seingalt jeune, libre, désinvolte, heureux, entreprenant, vainqueur. Tabou! Tabou! Même tabou que sur le gouvernement de la République de Venise. Quand Voltaire le critique sans même le connaître, Casanova marque son désaccord... Et tenez, voici la perle : après la vente du château de Dux, en 1923, les archives casanoviennes ont été transportées dans un autre château appartenant au comte de Waldstein, à Hirschberg près de Dosky. Et vous savez qui les a brûlées, ces archives? Les Tchèques! En 1945! Même chose pour les papiers du château des Clary Aldringen à Toeplitz qui contenaient d'innombrables documents concernant Casanova... D'un château l'autre!

— Mais les Inquisiteurs?

— Écoutez Gorani : « Je ne connaissais pas de ville dans le monde où l'honnête homme pût mieux cacher sa vie qu'à Venise... La position de la ville favorisait tout étranger qui désirait y être inconnu... L'exactitude même de la police aidait ceux qui voulaient cacher leur vie sans aucun autre dessein que de vivre libres et ignorés, car elle mettait chacun à l'abri des recherches d'un autre genre... Le peuple vénitien était extrêmement gai, vif, aimable. Il s'amusait de tout, il riait de tout, et n'avait pas le défaut de tant d'autres peuples de vouloir s'immiscer dans les affaires d'autrui. Chacun vaquait aux siennes et ne se souciait guère de celles de son voisin. Le mouvement de ce peuple était dans une rapidité continuelle : on passait les uns à côté des autres très lestement sans se faire le moindre mal... C'est absolument calomnier l'ancien Gouvernement de Venise que de croire qu'il se plaisait aux emprisonnements, aux exécutions et aux délations, et que les trois Inquisiteurs fussent des despotes soupçonneux, méchants, cruels au point de punir les paroles et les pensées. Quelques cas tragiques, quelques exécutions secrètes, que cette Inquisition s'est permis, n'ont été que des faits isolés et sans suite. On verra dans mes *Tableaux* ces faits et leurs causes; mais on y mesurera aussi combien les accusations contre ce Gouvernement ont été exagérées, et combien il était doux, humain, généreux »... Gorani était rallié aux idées de la Révolution française... Il était milanais... Ce n'est donc ni un patriote vénitien, ni un fidèle de l'Ancien Régime... Venise au 19e siècle? Deux cents palais détruits. Quarante églises. Vingt églises transformées en dépôts ou en magasins. Vivaldi, Tiepolo, Guardi oubliés, niés, comme s'ils n'avaient jamais existé... Sans parler de ce qui venait avant... Voilà la vérité.

– Qu'est-ce que vous êtes en train de déclamer? dit Liv en se versant une tasse de thé.
– J'écoute la propagande réactionnaire de Monsieur, dit Sigrid. On prend le bateau?
– Je vous laisse faire?
– Bien sûr. On se retrouve sur la plage?
– A tout à l'heure.

Rapports de Casanova aux Inquisiteurs d'État :
« L'excès du luxe, l'absence de retenue des femmes, l'entière liberté de disposer de soi, à l'encontre des indispensables devoirs de la famille, telles sont les causes de l'extension, chaque jour plus grande, de la corruption »... (1775).

« Des femmes de mauvaise vie et de jeunes prostituées commettent dans les loges du quatrième étage du théâtre San Cassano, ces délits que le gouvernement souffre mais ne veut pas exposer à la vue d'autrui »... (1780).

« Les œuvres de Voltaire, productions impies... L'horrible *Ode à Priape*, de Piron... De Rousseau, l'*Émile*, qui renferme nombre d'impiétés, et *La Nouvelle Héloïse*, qui établit que l'homme n'est pas doué du libre arbitre... *Les Lauriers Ecclésiastiques, Thérèse philosophe, Les Bijoux indiscrets* et, de Crébillon fils, la scandaleuse histoire de la bulle Unigenitus sous le couvert de la fable dégoûtante et lascive de Tanzai... Le poème de l'impie Lucrèce, traduit en italien par l'abbé Pastori... Machiavel, l'Arétin et bien d'autres dont le titre m'échappe... Les livres impies des hérésiarques et des fauteurs de l'athéisme, Spinoza et Porphyre, se trouvent dans toutes les bonnes bibliothèques... De nombreux livres, par leur libertinage effréné, paraissent avoir été écrits pour exciter, au moyen de récits voluptueux et lubriques, les mauvaises passions engourdies et languissantes... Par malheur, un livre n'est jamais tant lu que lorsqu'une exécution de principe l'a déclaré infâme, et une proscription fait souvent la fortune d'un auteur sans frein »... (1781).

Et enfin, cette merveille :

« A San Moïse, au bout de la Pescheria, du côté où l'on va du Canal Grande à la *calle* du Ridotto, il y a un local qui s'appelle l'Académie des peintres. Les étudiants en dessin se réunissent là pour prendre des croquis, en diverses attitudes, d'un homme ou d'une femme nus, selon les soirs. En cette soirée de Lundi, c'est une femme qui sera exposée pour être croquée par plusieurs étudiants telle qu'elle se montrera.

A cette académie de la femme nue, on admet de jeunes dessinateurs âgés à peine de douze ou treize ans. D'autre part, beaucoup d'amateurs curieux, qui ne sont ni peintres ni dessinateurs, participent à ce spectacle. Cette cérémonie commencera à une heure de la nuit et durera jusqu'à trois heures.

Hommages.
16 Novembre 1781. »

Allons, allons, Monsieur Casanova, vous n'avez rien de plus sérieux à nous indiquer ? Vous nous prenez pour des amateurs ? Broutilles, peccadilles, choses connues de tous... Nous ne sommes pas sûrs de vous renouveler notre confiance... L'argent de la République peut être sensiblement mieux employé, voyez-vous... Réfléchissez : vous ne voyez vraiment pas *autre chose*?

L'année suivante, Casanova se brouille avec toute la noblesse vénitienne. Dix ans plus tard, il commence à écrire, avec l'Histoire de sa vie, un des livres de tout temps le plus interdit.

Elles jettent l'ancre, elles nagent vers moi... On s'embrasse dans l'eau... Les mouettes volent au-dessus de nous, le bleu de midi est diffusé dans toutes les variantes de bleu, on revient sur le sable, on sèche...

– On ne va pas aller tous les soirs au *Paradise,* dit Liv. J'ai décidé de vous faire un peu de cuisine, on ira acheter des poissons au marché.

– Vous avez des idées?

– Soles grillées, rougets au beurre d'anchois, merlu mayonnaise, bar au fenouil, dorade au citron, raie au beurre noir...

– Et des langoustines, dit Sigrid. Une petite tonne de langoustines.

– Votre *Océan* ne tiendra pas le coup en comparaison, dit Liv. On vous fait confiance pour le vin.

Elles partent au village... Je me rends compte que j'ai oublié de regarder sous la pierre du puits... Eh oui... Une enveloppe... Sigrid...

« Comme il va faire très chaud, trois heures sera le bon moment pour jouer. On vient de vous tirer au sort. Liv commence, et j'arrive. Demain, à trois heures et demie, vous pourrez observer, Liv et vous, ma séduction imparable de Jailey. D'accord si pas de réponse. »

Bon, pas de réponse... Ou plutôt si :

« Entendu, mais ce qui serait drôle, c'est que vous soyez toutes les deux *très habillées*. Vraiment comme si vous alliez sortir le soir. Tout le tralala. Moi, au contraire, nature, vieux loup de mer. Vous m'éblouirez. »

On déjeune gaiement, pas d'allusion à la scène qui doit suivre. Le café, vite... On se quitte comme si de rien n'était... Je rentre chez moi, je prends une douche... J'ai reçu la veille un flacon de parfum dont je suis censé écrire l'éloge pour un jeu publicitaire, il est arrivé aux trois quarts vide, renversé pendant le transport, carton puant, drôle d'air du facteur...

« Monsieur,

Un parfum particulier vous sera attribué par tirage au sort. Un flacon de ce parfum, ainsi que son descriptif, vous seront envoyés dans le courant du mois de juillet sous pli scellé par huissier.

Nous vous rappelons que votre texte doit comporter 15 à 18 lignes dactylographiées. Le nom du parfum ne doit pas être cité. En revanche, il doit contenir, au détour d'une phrase, le titre d'un de vos ouvrages, ceci pour donner un indice aux personnes participant au jeu.

Le magazine *Télémust* de novembre lancera le jeu avec un encart spécial de 12 pages présentant les textes des auteurs non signés, le titre de votre ouvrage étant alors occulté. Puis, chaque parfumeur présentera sous forme d'un panneau dans les Magasins *Surfaces* le texte de son auteur non signé mais révélant alors le titre jusqu'ici caché.

Un cocktail de lancement du jeu aura lieu le 3 novembre et réunira la presse, les responsables de *Télémust,* de *Surfaces* et des parfumeurs. Nous espérons vivement votre présence à ce cocktail. »

Je n'arrive pas très bien à comprendre cette insistance sur *non signé*. Le nom de l'auteur comme essence rare? L'argent n'ayant pas d'odeur? Sans doute, sans doute... Il est absurde que les magasins *Surfaces* n'aient pas eu l'idée de proposer à leurs clientes de venir découvrir, semaine après semaine, tous les parfums directement sur moi... En changeant les parties du corps... Sur le front... Le nez... Les oreilles... Dans le cou... Sous les bras... Entre les cuisses... Sur le nombril... Les mollets... Au talon d'Achille...

En tout cas, il ne reste qu'un petit doigt, là, dans le luxueux flacon sombre. Je me le répands. On verra si elles trouveront.

Liv se montre dans le jardin. Elle sait que je la vois, depuis mes volets entrebâillés... Elle est là, sur la pelouse, en plein soleil, en robe bleu sombre, souliers à hauts talons, collier et boucles d'oreilles, elle va s'asseoir sur l'une des chaises, relève sa robe comme dans un streaptease pour feindre de remonter ses bas noirs... Elle fume un moment assise, les jambes croisées, papillons blancs autour d'elle... « De mémoire de papillon, nous n'avons jamais vu ça », doit penser celui de droite, là, qui file sur les rosiers... On a toujours mal interprété cette histoire de roses qui n'ont jamais vu mourir un jardinier... Les roses ne meurent pas... Elles ont pitié des jardiniers à travers les âges... « Qu'est-ce que c'est, ce parfum? dit Liv, une minute après, contre moi... – Une pub. Vous aimez? – Pas mal. Un peu fort. »... Sigrid entre... En noir, bas de soie... On bascule sur un des lits... Allez, tant pis, on va abîmer leurs robes...

— T. a été libéré hier matin.
— Contre quoi?
— Difficile à dire exactement. Mais ça passe par Rome.
— Et K.?
— Dans les prochains jours. Mais B. reste en otage.
— Négociation globale?
— Il semble. Pour l'instant... Je pars là-bas. Vous avez un message pour T.?
— Oui. Dites-lui de faire attention, que Géryon est toujours là, partout. C'est une des années où il se montre le mieux à découvert, je trouve.
— Géqui?
— G.E.R.Y.O.N.: « Voici le monstre à la queue aiguisée,
Qui surpasse les monts et brise murs et armes,
Voilà celui qui infecte le monde! »
— Bon, bon...
— Il comprendra. « La faccia sua era faccia d'uom giusto...
Ed'unserpentetuttol'altrofusto. »
— O.K., O.K...
Je pense à un développement possible... Téléphone à Yoshiko...

— Dites, si on mettait Casanova au Purgatoire?
— Casanova? Mais ce serait un anachronisme?
— N'empêche. Vous avez lu ses *Mémoires*?
— Un peu...

– Vous pouvez les parcourir pour mon retour?
– Bien sûr.
– Autre chose. Vous vous y connaissez en bouddhisme?
– Dites toujours.
– Qu'est-ce qu'il y aurait autour de *cœur*?
– Je vais voir. Vous me rappelez?

Le Prince de Ligne nomme Casanova *Aventuros*: « C'est un puits de science, mais il cite si souvent Horace que c'est de quoi s'en dégoûter... Il aime, il convoite tout et, après avoir usé de tout, il sait se passer de tout. Les femmes, et les petites filles surtout, sont dans sa tête, mais elles ne peuvent plus en sortir pour passer ailleurs. »

– Vous écrivez quelque chose sur Casanova? dit Sigrid.
– Qu'est-ce que vous pensez de cette raie? dit Liv.
– Un délice... Casanova? Peut-être. En réalité, personne ne l'a lu. Je me demande où on peut trouver son *Histoire des troubles de Pologne,* et sa traduction de *L'Iliade.*
– Laetitia pourrait vous dire ça. Elle descend d'une famille qui l'a connu.
– Laetitia Bragadin? Ce seraient les mêmes Bragadin que ceux qui sont si importants dans les *Mémoires*? Le protecteur de Casanova? Qu'il escroque gentiment avec sa cabale et son ange Paralis?
– Je pensais que vous le saviez.
– Ça aurait dû me sauter aux yeux.

Le soleil n'est pas encore tout à fait couché... Horizon feu... Un avion passe très haut, poudre blanche...

– J'aime imaginer les gens à leur place, là-bas, avec leurs plateaux devant eux, dit Sigrid.
– Il y a peut-être des intrigues à bord. Des drames psychologiques. Des dragues discrètes. Des scènes de ménage.

– Où va-t-il, celui-là? dit Liv.
– C'est la direction de New York.
– Venant d'où?
– Rome? Madrid? Lisbonne? Athènes? Le Caire? Jérusalem?
– On regarde *Cosi*? dit Sigrid.
– Quand?
– Dix heures.

La télévision est devant la baie, dans la maison de Liv... Ça permet d'avoir ensemble le paysage et les images... Feux de la côte... Fiordiligi et Dorabella flottant sur l'eau noire...

« Abbraciatevi e tacete
Ch'io già risi e riderò...
Fortunato l'uom che prende
Ogni cosa pel buon verso... »

Le matin, Jailey arrive très tôt à vélo... Elles bavardent au bout du jardin en prenant leur thé... « On y va, on prend le bateau, à tout à l'heure pour déjeuner? – A tout à l'heure »... Je vais me baigner seul... Seul? Pas tout à fait... Deux filles sont là, sur la gauche, quinze-dix-sept, blondes, allemandes, j'entends leurs voix... Elles n'ont pas osé se mettre nues, elles sont minces, luisantes, petits seins, petits culs fermes, elles se savent immédiatement regardées, elles sortent tous leurs effets, faux rires, fausses naïvetés, faux étirements, épaules, faux regards ailleurs... Les mouettes, posées tout près, s'envolent quand elles se lèvent, se reposent... Ça y est, quelques coups d'œil dans ma direction... Trop vieux? Bien sûr, mais peut-être exploitable? Voiture? Bateau? Maison? Soirées? Dîners? Boîtes?... Elles se parlent, visage contre visage... J'allume une cigarette, je fais semblant d'être absorbé dans les *Mémoires*...

« Après le dîner, Bellino chanta d'une voix à nous faire perdre le peu de raison qui nous restait et que les excellents vins nous avaient laissée. Ses gestes, l'expression de son regard, ses manières, sa démarche, son port, sa physionomie, sa voix, et surtout mon instinct, qui ne pouvait pas me faire éprouver pour un castrat ce que j'éprouvais pour lui, tout me confirmait dans mon espérance : cependant, je devais m'en assurer par mes yeux. »

– Vous avez du feu?

La plus grande est devant moi. Je lui donne mon briquet sans un mot. « Merci. » Je me replonge dans ma lecture. Elles n'en reviennent pas... S'en vont au bout de dix minutes, faux grands rires, faux balancements détachés...

Après déjeuner, on se retire, Liv et moi... Depuis la pièce où je travaille, on peut voir, à travers les volets, le coin du banc et du parasol... Sigrid vient là avec Jailey... Elles parlent, de façon animée, d'abord, puis plus lentement... Liv est contre la fenêtre... Voyeuse... Je lui prête des jumelles en nacre qui sont là depuis au moins cent ans... « Vous me préviendrez? – Oui. » Le temps passe. « Ça n'en finit pas, ou quoi? » dis-je à Liv, en me retournant. Je la vois concentrée, avide... Je vais à côté d'elle... Sigrid est bel et bien en train d'embrasser son Anglaise à moitié renversée sur le banc... Elle se dégage un peu, Jailey, elle se tourne vers nous, montre la fenêtre du doigt, interroge... Sigrid secoue la tête, non, non... Se remet à embrasser, reçoit sans doute une réponse plus positive, elles sont collées l'une à l'autre, maintenant, dans un mouvement tordu, pétrifié... « C'est beau, non? – Étonnant », dit Liv. Elles restent comme ça un bon quart d'heure, puis disparaissent chez Sigrid. Entre-temps, on a joui en les regardant, Liv et moi. Mais Liv a continué à les observer après. Pas moi. Je les ai seulement vues, pour finir, se lever la main dans la main, et courir au-delà de la haie de cupressus, sous le soleil fixe.

– A part le plaisir de la scène en elle-même, elle a voulu nous dire quelque chose?

– Bien sûr, dit Liv. Mais pas la même chose à tous les deux. Il y a un message pour chacun.

– Pour la rentrée, et la suite?

Liv ne répond pas. Je ne les revois pas jusqu'au soir... Elles vont dîner ensemble au *Paradise*... Je marche du côté du phare... « Mer d'huile », cliché juste... Deux pêcheurs donnent les dimensions. Le phare envoie ses grands coups de pinceaux paraboliques dans l'eau, on dirait qu'il peint du silence. Combien de jours en un seul? Voyons. Six heures du matin, banc mouillé de rosée, soleil dans la nuque, mouettes encore à l'ombre sur le plan liquide... Puis tennis, décalage nerfs-souffle. Puis légère averse renversant les volumes, bouleversant les odeurs. Puis lumière revenue, vent tombé, eau à peine plissée, nouveau jour milieu jour. Suppression des articles, rapprochement nature. Jeux de ponctuation aussi. Pas nature, d'ailleurs, mais temps-spectre en elle, pile et face. Puis plongée océan, mains horizontales, là-bas, pieds loin derrière. Puis chaleur ouverture à fond du diaphragme (j'écris à l'aveugle, je ne vois plus les lettres, visière mentale approximative glissée sous le front). Puis exercice tête touchant les genoux, mains aux chevilles, coudes au sol, intestin collé colonne vertébrale. Puis lecture journal, championnat d'échecs, l'un des joueurs a commencé en é4, une des plus vieilles ouvertures, première description Manuscrit de Göttingen, espagnol Lucena, 1485. Puis courrier miroir alouettes, papier froissé, panier. Puis séance Liv-Sigrid-Jailey. Puis récapitulation de toute la bande en accéléré. Phare tournant.

Nuit noire. Longue poussière violette étoile filante hauteur sixième Grande Ourse... Chalumeau... Persée... Au Cœur Absolu!...

— Je vous téléphone trop tard, pardon.
— Vous ne me dérangez pas du tout, dit Yoshiko. Une seconde... Voilà... Le lotus du cœur a huit pétales et trente-deux filaments... Le prânâyâma y prend une valeur spéciale...
— Trois accents circonflexes?
— Oui. L'inspiration doit être faite par les trois « veines mystiques », susumnâ, idâ et pingalâ, et absorbée « entre les sourcils », endroit qui est à la fois la racine du nez et la demeure d'immortalité...
— Un peu plus lentement... Je regrette que vous ne soyez pas là pour me montrer... Les *veines,* dites-vous?
— Les veines. Nâdi. Je vous envoie les croquis?
— Non, non. C'est du tantrisme?
— Oui. Racine *tan,* qui veut dire : étendre, multiplier.
— Du tantrisme de la main gauche?
— Nâmâcarî, de la secte Sahajiyâ. Vous pensez que c'est utile pour *La Divine Comédie?*
— C'est possible... Il n'y a pas une histoire, je ne me rappelle plus très bien, où il est question de diamant?
— Le Vajrayâna? « Le véhicule de diamant »?
— Oui?
— Celui qui est vivekaja, « né de la solitude ». Le vide, Çunya, est d'essence adamantine. « Çunyata, qui est ferme, substantiel, indivisible et impénétrable, réfractaire au feu et impérissable, est appelé *vajra.* »
— Merci.
— Vous voulez quelque chose sur le bîja-mantra? Le son mystique?

– Une autre fois...
– Sur la technique de réversion du sperme dans le Hathayoga?
– Notez-le, ce sera gentil.
– Rien d'autre?
– Pas pour l'instant. Vous êtes adorable. Bonne nuit?
– Bonne nuit.

Cela dit, la rétention ou réversion du sperme, voilà une technique évidemment plus actuelle que jamais :

« Pour prédéterminer le sexe des enfants, les médecins américains de Louisiane placent maintenant le sperme mâle dans un vase rempli d'une substance très riche en protéines. Les spermatozoïdes chargés des chromosomes Y, qui donnent des filles, avancent plus rapidement que ceux chargés de chromosomes X qui, pour leur part, engendrent des garçons. Le sperme " mâle " peut être alors séparé du sperme " femelle " et être utilisé pour une insémination artificielle. »

– Garçon! Deux mâles s'il vous plaît!
– Mademoiselle! Fourrez-moi une fille!

Cris au service des réclamations : Remboursez! Éjaculat pourri! Morve de laboratoire! Résidu de prostate! Cancer testiculaire! Cambouis de sida! Trompes de merde! Giclée mongolienne! Rhinite d'enfer!

Les spermatos femelles plus rapides à cheval sur les protéines que les spermatos mâles? En avance au Derby? Ça vous étonne? La dernière bonne femme trafiquée au Fertility Institute, à La Nouvelle-Orléans, s'appelle Phyllis. Si Phyllis nous était contée, j'y prendrais un plaisir extrême... L'espoir il est vrai nous soulage, belle Phyllis, et nous berce un temps notre ennui...

— Tiens, c'est pour vous, dit Sigrid en riant.
Elle me tend un article de *Vibration* :

MOYEN ÂGE
JEAN-PAUL II CONTRE SATAN

« Jean-Paul II a mis en garde, hier, les fidèles de la place Saint-Pierre contre la présence de Satan dans le monde et, surtout, contre la tendance à penser qu'il n'existe pas. Satan, selon le pape, n'est pas seul : il est secondé par de nombreux démons, et il n'est pas du tout exclu qu'il se livre à des " possessions diaboliques ". » Enfin, la ruse suprême du Malin " consiste à se faire ignorer : il cherche à induire les hommes à nier son existence au nom du rationalisme ". »

— Rien de nouveau : de son point de vue, il a parfaitement raison.
— Vous avez bien dormi ?
— Très bien.
— On va au tennis ? dit Liv.
— On y va.
— Vous ne croyez tout de même pas au Diable ? dit Sigrid.
— Hum...
— Sérieusement ?
— Il me faudrait entamer une discussion sur le nihilisme... Ce serait long...
— Mais non. En deux mots.
— Il fait trop beau.
— Une esquisse.
— Vous n'avez jamais senti s'organiser autour de vous, de manière aussi sourde que systématique, sinueuse, masquée, trouble, mais d'une grande fermeté, un halo, une atmosphère d'implacable *débilitation* ?

– Ça me dit quelque chose...
– Une zone d'absorption? De retournement? Un trou noir ambiant? Qui fait que chacun de vos désirs, chacun de vos enthousiasmes, vos moindres mouvements de gaieté ou d'approbation sont contrés, soustraits, buvardés, changés de signe? Le bonheur spontané se retrouvant malheur? La confiance, doute? L'admiration, dépréciation? L'émotion directe, ricanement? Vous ne vous êtes jamais sentie freinée, bridée, arrêtée, sans raison apparente?
– Bien sûr. Et alors?
– Vous n'avez pas eu l'impression, parfois, d'avoir sur vous, personnellement, une force voulue? Extérieure? En dehors de vous mais comme venant de vous? Baguette de la grande concierge de nuit avec sa flûte à une note maudite?
– Oh! Oh!
– Vous n'avez pas observé, par hasard, les visages autour de vous, prendre *à leur insu* – et même s'ils voulaient sincèrement le contraire – ce rictus caractéristique, mordu, inoubliable, décalque du mufle *niet*? Vous voulez des portraits? Que j'appelle le perroquet de Flaubert?
– Allez-y.
– Le ronchonneur ou la ronchonneuse, le grincheux et la grincheuse, la vieille fille et sa tronçonneuse, le faussement gai, l'exubérant maniaque à grimaces, éléphant dans la porcelaine de la mélodie? Les habitants du foie, tout bile, not tout bile? Entre la narine et la bouche, là, là, sans cesse, plissure abstraite en caca! Le Diable? Mais j'ai à faire à Lui ou à Elle, à Ellui, à Lui-elle, tous les jours! A chaque instant! Il va de soi, le Diable! Satan partout! L'esprit qui toujours nie? La chair qui toujours dit oui pour mieux dire non? Restons calmes: Satan est toujours, et partout, reconnaissable à un simple manque de

sensibilité déguisée en ce que vous voulez. Y compris en hypersensibilité.

— On se perd.
— Restons sur la *débilitation*...
— Oui?
— C'est la clé, je crois.
— Vous n'êtes pas clair.
— Comme si vous aviez un drain... Prélèvement du vampire... Il ne s'incarne jamais jusqu'au bout, le vampire, d'où l'erreur de ceux qui croient le reconnaître une bonne fois, ici ou là... Qui le traquent, en pensée ou en acte, sous la forme de tel ou tel individu, groupe, race, clan, secte, espèce... Ou qui se réunissent (ça existe) pour s'en ruminer les porteurs initiés, pauvres culs... Par rapport au Diable, il n'y a que des pauvres, au fond... Priez pour nous, pauvres pécheurs... Même au comble de tous les trésors, le Mal est pauvre... Débilitant avant tout... Toujours *anti* même quand il a l'air *pro*. Le pro de l'anti. Lutte de tous contre tous. Un pour tous, tous pour haine.

— Vous êtes prêt? crie Liv du fond du jardin, en agitant sa raquette.

Un vol de canards bien en ordre passe au-dessus de nous... Sigrid me fait un grand sourire...

— Un peu de diabolique antidiabolique en début d'après-midi? Vous voulez Jailey?

Téléphone... Pourtant, presque personne n'a mon numéro ici... Qui? Cecilia? Oui...

— On est en tournée, un ami claveciniste et moi, sur le continent. On peut venir prendre l'air?
— Et comment!

– Je ne vous dérange pas?
– Sûrement pas.
– Juste demain et la nuit? Il y a de la place?
– Mais oui... Liv et Sigrid sont là.
– C'est bien!... On arrive en camionnette.
– En camionnette?
– Oui, pour le clavecin.
– Vous le transportez avec vous? Avec cette chaleur?
– Bien calé. Couvert. Comme un cheval.
– Où est Marco?
– A Londres. Je le retrouve à Paris.
– Bon. On vous attend demain dans l'après-midi?
– D'accord. Vers cinq heures...

Deux heures... Café après les salades... Chaise longue pour moi... Elles sont allongées sur l'herbe...

– C'est un très bon claveciniste, dit Liv. Je l'ai entendu l'hiver dernier.
– Anglais?
– Irlandais. Impressionnant, vous verrez. Il faut leur demander de nous jouer quelque chose.
– Ici?
– Pourquoi pas?

Je téléphone à Laura... Easthampton, chez Maud, avec les enfants... Huit heures... Ils doivent être en plein petit déjeuner sur la terrasse...

– Il fait beau?
– Superbe, dit Laura. Et chez nous?
– Magnifique.
– Tu as invité des gens?
– Quelques amis musiciens.
– Musiciens ou musiciennes?
– Les deux... Vous vous baignez?
– Tout le temps. Heureusement qu'il y a Long Island, New York était devenu intenable. Tu travailles bien?
– Je suis dans mes temps.

– L'adaptation?
– Non. Le roman.
– Tu auras fini à la rentrée?
– Je pense... Les enfants vont bien?
– Ils mangent leurs œufs... Tu veux leur parler?
– Embrasse-les pour moi... Il y a du monde?
– Les gens habituels de l'Agence.
– Maud?
– En plein drame. Je t'en parlerai. Tu appelles bientôt?
– Mais oui.
– Le jardin est arrosé?
– Tous les soirs.
– Ciao. Je t'embrasse.
Je reviens au soleil.
– Ce Miller, dit Liv, en agitant son livre. Vous vous rappelez le début de *Printemps noir* : 14e District?
– Vaguement.
– D'abord l'exergue : « Ce qui ne se passe pas en pleine rue est faux, dérivé, c'est-à-dire *littérature.* »
– Si on veut.
– « Je suis un patriote du 14e District, Brooklyn, où je fus élevé. Le reste des États-Unis n'existe pas pour moi, sauf en tant qu'idée, histoire ou littérature. A l'âge de dix ans, je fus arraché de mon sol natal, et transporté dans un cimetière, un cimetière *luthérien,* où les tombes étaient toujours propres et les couronnes jamais fanées. » Il a souligné *luthérien.*
– Tu flattes les obsessions de Monsieur, dit Sigrid.
– ... Et trois lignes plus loin : « Né sous le signe du Bélier, qui donne un corps ardent, actif, énergique et quelque peu agité, *Mars étant dans la neuvième maison!* » Dernière phrase soulignée aussi.
– Protestantisme et astrologie? Classique. Islam et néoplatonisme. Judaïsme et Kabbale...

— Si on lit à la suite les mots soulignés, on a : « Littérature luthérienne Mars étant dans la neuvième maison. »

— Et voilà. Après quoi, les putes quand il est venu à Paris, à Pigalle.

— Vous parliez de magie chez Casanova? dit Sigrid.

— Il a passé son temps à charlataner lucidement... A ma connaissance, c'est d'ailleurs le seul qui l'ait avoué sans fard. L'aventure avec la Marquise d'Urfé est un chef-d'œuvre de bouffonnerie pathétique. Il ne faut quand même pas oublier qu'il lui fait des accouplements censés l'engrosser en germe d'immortalité, aidé en cela, sinon il avoue qu'il aurait eu du mal à bander, par deux de ses petites amies qu'il présente à sa béate victime comme étant des elfes d'un autre monde.

— Ce n'est pas bien.

— Elle aurait eu recours de toute façon au premier escroc venu et je suis le moins pire, dit Casa. C'est toujours ce qu'il avance comme excuse.

— Facile.

— Ou profond. Je rêve à la façon dont il aurait senti, dans sa traduction, le chant 14 de *L'Iliade*... Le ruban brodé d'Aphrodite... « Le ruban aux dessins variés où résident tous les charmes... Là sont tendresse, désir, entretien amoureux aux propos séducteurs qui touchent le cœur des plus sages. » Traduction de Mazon. Paul Mazon.

— Jamais entendu parler dans la famille, dit Liv.

— « Le fils de Cronos prend sa femme dans ses bras. Et, sous eux, la terre divine fait naître un tendre gazon, lotos frais, safran et jacinthe, tapis serré et doux, dont l'épaisseur les protège du sol. C'est sur lui qu'ils s'étendent, enveloppés d'un beau nuage d'or d'où perle une rosée brillante. »

— On en mangerait, dit Sigrid. Le lotos?

– En Égypte, un nénuphar. En Libye, un arbuste donnant un fruit pourpre de la grosseur d'une olive, goût de datte ou de figue... Les Lotophages... Juste avant le Cyclope... « Mais voici que le courant, la houle et le Borée – c'est le vent du nord – me ferment le détroit, puis le port de Cythère. Alors, neuf jours durant, les vents de mort m'emportent sur la mer aux poissons. Le dixième nous met aux bords des Lotophages, chez ce peuple qui n'a, pour tout mets, qu'une fleur. » Bérard, le traducteur de *L'Odyssée,* joue sur *lotos* et *léthé,* le fruit d'amnésie, et va même jusqu'à rendre le calembour homérique en disant que les dattes font oublier les dates...

– Encore des cerises? dit Liv.
– Non, merci.

A trois heures et quart, Liv prend la voiture, « je rentre à six heures », elle est au courant? Bien sûr. A trois heures et demie, Jailey arrive à vélo. Sigrid s'enferme avec elle. Elles réapparaissent au bout d'une demi-heure, nues. S'allongent sur les matelas de la pelouse, pas loin de moi... Je ne bouge pas, j'attends couché au soleil... Les voilà à quatre pattes dans ma direction, je fais semblant de dormir... Sigrid s'allonge à ma droite, fait venir Jailey de l'autre côté, commence à m'embrasser, je me laisse faire, les yeux toujours fermés, immobile... S et J... Je sens bientôt une autre bouche que je ne connais pas... Une main décidée, plus rythmée que celle de Sigrid... Ça dure un bon moment, on a roulé sur l'herbe, le soleil nous tape dessus... « Vas-y, maintenant »... C'est Sigrid qui parle, excitée... Jailey s'accroupit sur moi, j'entrouvre les paupières pour la voir... Elle est très rouge, visage convulsé, boudeur... Au-dessus d'elle, un papillon blanc, ciel bleu...

« Vas-y, vas-y »…. Et voilà : elle se met à pisser, m'inonde… Sigrid, pendant ce temps, m'embrasse à fond, je jouis… « Oh le salaud ! »… Elle se lève d'un bond, va chercher le tuyau d'arrosage, m'asperge… Jailey, elle, s'est rallongée contre moi, bouche ouverte… Elles se douchent un peu l'une l'autre en riant… Elles se sèchent avec leurs serviettes, s'embrassent encore un peu, partent se baigner…

Bon, je vais nager, moi aussi, puis dormir… Liv me réveille en rentrant… On boit… On écoute un vieux Count Basie, *On the Sunny Side of the Street,* Ray Brown contrebasse… La note de piano entre les cordes, battement sub-vocal… « Je vais vous faire un bar, vous allez voir ça »… Elle cherche des plantes : estragon, fenouil, thym, basilic, menthe… Elle arrache quelques feuilles au laurier… Sigrid rentre tard, brûlée de soleil… Prend une douche, se met à arroser les géraniums, les rosiers… Le début de soirée est tout blanc, marée basse, on respire un halo laiteux… On ne se parle plus, fatigue… « Très bon… – Très bon. – Vous aviez faim ?… – Une faim de loup. – Vous avez vu la réclame au marché ? dit Liv. " Faites de beaux enfants, mangez du poisson ! " »…

Elles regardent un film sur Colette, avec une actrice nulle à crier, je les laisse… Veillée, maintenant… Combien de femmes en trente-neuf ans, Casanova ? 122 ?… De toute façon, il ne s'agit pas de femmes mais de moments courbes, d'électricité dans le temps… Critique allemande des *Mémoires* : « Un des plus frivoles romans qui aient jamais été conçus par l'imagination corrompue d'un sot et méchant gribouilleur. » *Heidelberg Jahrbücher der Literatur,* 1822… Je relis l'épisode de la Charpillon à Londres… Affaire dont il sort brisé, malade, « j'avais des convulsions, j'étais dans une sorte de délire »… « Je passai une de ces nuits que l'on peut comparer à un cauchemar éternel, et je me levai triste, sombre, d'une humeur à tuer un homme ou à jouer sa vie sur un as de cœur »... « Ce sentiment de gaieté négative me fit du bien »... Comment s'appelle cette actrice française avec laquelle il s'arrange si bien en Russie? Oui, La Valville... J'ai pris trop de soleil, les lettres se brouillent devant mes yeux... Le secrétaire m'échappe... J'ai l'impression qu'il poursuit sa vie tout seul, dans un autre calendrier, un autre espace... J'éteins... Je me couche tout habillé sur le lit. Et, soudain, j'entends des cris, des hurlements et des aboiements, chasse à l'homme dans les marais, lampes électriques, sirènes, appels... Un crime ou quoi? Après le bal au village? Ça se rapproche à toute allure, c'est tout près... Course dans le jardin, chutes, bousculades... Je me lève à tâtons, je n'allume pas, je sors... Plus rien. J'allume mon briquet : trois heures. La nuit est noire-noire, encre et Chine luisante dans l'encre, tout est rétréci, distances aplaties, élasticité froide... Il n'y a que le phare qui a l'air furieux, il transperce la maison, le jardin, il troue le ciel tombé dans l'eau, masse de ténèbres... Fou! Fou! Fou! Fou!... Voilà ce qu'il dit, le phare... Fou! Fou! Fou!... Il a dû se dérégler, prendre feu, la lanterne tournoie comme une lampe de police, alerte, poursuite, signal de sirène, écharpe de lumière tordue, bras en torche, on ne peut pas le laisser comme ça, il faut téléphoner... Je mets ma main dans l'herbe noire trempée de rosée, je frotte mon visage, je sens que mes yeux ne sont pas ouverts... Une des lumières du jardin s'allume... Quelqu'un... Je reconnais Liv, en pyjama blanc... « Quelque chose ne va pas?... – Qu'est-ce qui se passe? Vous avez entendu ce bruit?... – Quel bruit? – Les chiens, les cris... – Ah bon? Je vous ai surtout entendu, vous, essayant d'ouvrir la porte... Vous avez un malaise? – Non... non... » Je m'assois par terre sur le gravier. Tout est calme. La nuit n'a jamais été plus silencieuse, limpide. Liv m'apporte un verre d'eau... « Allez, dites-moi, vous avez mis quelque chose dans le

poisson ? – Quelque chose, moi ? Et quoi ? Vous êtes fou ?
– Une herbe spéciale ? – De l'estragon. – Vous ne sentez
rien ? – Si, j'ai sommeil. – Vous n'avez vraiment pas
entendu des pas, des courses, des voix ? – Vous entendez
des voix, maintenant ? – J'ai dû rêver... – Drôle de
rêve »... Le phare bat tranquillement dans le fond...
« C'est vous qui avez pris quelque chose ? dit Liv...
Cachottier... Qu'est-ce que vous avez apporté ? – Non,
non... Rien... – Vous devriez faire un peu attention à vos
expériences. On peut quand même écrire sans ça, non ? –
Je vous assure que je n'ai rien pris. » Elle me regarde...
Me passe la main sur le front... « Vous êtes tout mouillé...
– La rosée... – Quelle heure est-il ? – Cinq heures et quart.
– Le jour va bientôt se lever ? On l'attend ? Vous voulez
du café ? – Oui, merci. – On va marcher un peu ? – Avec
votre pyjama ? – Je mets mon jogging, j'arrive ». Je
l'attends par terre. J'ai l'impression d'avoir fait un dix
mille mètres, d'avoir été roué de coups à l'arrivée...

– J'ai cru entendre des gens dans le jardin, cette nuit,
dit Sigrid.

– Tiens, dit Liv. Pas moi. Et vous ?

– Rien du tout.

– J'ai très mal dormi, dit Sigrid.

– Vous vous êtes baignée, hier, du côté de la petite
crique ?

– Oui.

– Je vous avais dit de ne pas nager là. L'eau est
mauvaise.

– Polluée ?

– Non. Mais elle donne de mauvais rêves.

– Quelle histoire !

– C'est sûr. Éprouvé. Tous les gens du pays le savent.
– Une eau hantée?
– Il y a eu un naufrage par là autrefois.
– Le *Titanic*?
– Une frégate anglaise qui tentait de débarquer, vers 1600.
– Avec Lady Macbeth à bord? dit Liv.
– C'est vrai que l'eau est plus froide dans le coin, dit Sigrid.
– Plus froide? Glacée. Gel d'enfer.
– Il va encore faire très beau, dit Liv.
– « Quand le soleil levant monta du lac splendide pour éclairer les dieux au firmament de bronze »...
– De quel lac s'agit-il? dit Sigrid.
– Probablement des étangs et marais qui bordent la côte occidentale du Péloponnèse, au bord de l'embouchure de l'Alphée. Pour un navire qui, le matin, aborde du large, le soleil se lève au-dessus de ces plans d'eau. « Sur la plage, on offrait de noirs taureaux sans tache, en l'honneur de Celui qui ébranle le sol, du dieu coiffé d'azur »...
– C'est lequel, celui-là?
– Poséidon, l'ennemi d'Ulysse... « Coiffé d'azur », peut-être parce que les Pharaons, époux de leurs propres sœurs, portaient parfois des perruques bleues...
– Vous avez remarqué les hirondelles très tôt? dit Liv. Complètement ivres. Je n'ai jamais vu ça.
– Athéna aime bien prendre la forme d'une hirondelle. C'est son apparence pendant le massacre des prétendants. Elle fait l'oiseau, le sang coule.
– Il était réellement obligé de les tuer? dit Liv.
– Nécessité de composition. Vous partez des tueries incessantes de *L'Iliade,* vous arrivez à celle-là, ramassée... Entre-temps, vous avez compris que le preneur de Troie,

Ulysse, s'est fait prendre sa maison pendant qu'il s'emparait d'une ville. C'est beau comme aux échecs. Le palais d'Ulysse est devenu Troie. Il est obligé de le reconquérir par la ruse et le meurtre. Une femme infidèle, une femme fidèle, l'étranger ravagé, l'assassinat chez soi, la boucle se boucle. On pend des femmes, on châtre un homme.

– Des femmes?

– Les servantes... Collabos des Prétendants... « Télémaque prend le câble du navire à la proue azurée et le tend du haut de la grande colonne autour du pavillon, de façon que les pieds ne puissent toucher terre... Grives aux longues ailes, colombes qui vouliez regagner votre nid, vous tombez sur le filet dressé sur le buisson, et vous voilà couchées dans le sommeil de la mort... Ainsi, têtes en lignes et le lacet passé autour de tous les cous, les filles subissaient la mort la plus atroce, et leurs pieds s'agitaient un instant, mais très bref. »

– Et la castration? dit Sigrid, l'air gourmand.

– « Alors, Mélanthéus fut sorti dans la cour. Au-devant de l'entrée, on lui trancha d'abord, d'un bronze sans pitié, le nez et les oreilles, puis son membre arraché fut jeté, tout sanglant, à disputer aux chiens et, d'un cœur furieux, on lui coupa enfin et les mains et les pieds. »

– Quel film! dit Liv. On l'a tourné?

– Non.

– Vous devriez faire ça plutôt que Dante, dit Sigrid.

– Dante a son charme.

– Vous en êtes où?

– Presque fini.

Courrier suivant de Paris... Tiens, une carte postale de Boris... Où avait-il disparu, celui-là... Bretagne...

Côtes d'Armor... Ah, mais avec une autre écriture... J.M... Il ne m'écrit jamais, Boris, ça doit être une nouvelle importante... Importante publicitairement, s'entend... « Souvenir depuis cette côte des rêves, dans le rayonnement de l'amour. Merci pour Joan. Bons baisers. Boris. » Merci pour Joan? Comprends pas... Ah, mais J.M... Non?... Oui!... Joan!... Joan Mercier... Les petites lettres noires, en dessous de la graphie mangée aux mites de Boris, c'est elle? Sûrement... « Nous écrivons, nous courons, nous plongeons, nous nous aimons, nous vous saluons. » Ça alors! Deux personnages de mes livres qui convolent ensemble et m'envoient leur faire-part de coït! Me préviennent qu'ils se sont mis à composer! Boris, passe encore, il est censé fabriquer de temps en temps un bouquin, le dernier n'était pas si mal, une vie sexuelle de sainte Thérèse de Lisieux particulièrement sulfureuse... Mais Joan, elle aussi? Elle s'y met? Allons, bon... Quelle époque!... Comment se sont-ils connus, ces deux-là? Joan... Je l'ai laissée en train de se marier, il me semble... Non... Ils me font le coup du phalanstère... De la Société du Cœur Absolu à l'envers... L'APS... Amicale des personnages de S.!... Dîners! Confidences! Partouzes!... Joan écrivain? Si c'est moi le sujet, pourquoi pas... J'espère qu'elle saura donner plus de détails que moi, tiens, par exemple sur notre séance, un soir, dans les allées de l'Observatoire... En plein été... On était sur un banc, dans le noir, elle assise sur moi, jambes écartées, m'embrassant à mort... Jupe relevée, fesses dans la brise tiède et sucrée... Ça marchait très bien... Soudain, un type s'approche... Un voyeur... Il croit qu'on est exhibitionnistes... Je lui fais signe de s'en aller, par-dessus l'épaule de Joan qui ne se doute de rien... Va coucher! Va coucher!... Sans succès, il reste là planté, presque suppliant, on doit faire un assez beau tableau, comme ça, emboîtés l'un dans l'autre, Joan surtout, elle est très jolie... Elle louche un peu trop, c'est vrai, mais corps élancé, souple... Oui, c'est entendu, elle est à moitié sourde de l'oreille droite, mais il suffit de ne pas oublier de chuchoter dans la gauche... N'insistez pas : je sais qu'elle est frigide et qu'elle ne le soupçonne même pas, mais aucune importance, fantaisie avant tout... Quoi qu'il en soit, le voyeur de ma belle jeune fille sérieuse et troussée jusqu'à la taille est toujours là... Pétrifié... Probablement masturbatoire... Joan, languée dans ma gorge, ne se rend pas compte... Pas question de la prévenir... Elle l'apprendra donc ici... La raison pour laquelle je me suis refroidi, au comble de l'extase amoureuse et du délire sensuel, comme dirait maintenant Boris quelque part dans les rochers de sa foutue Bretagne à clapotis et menhirs... L'explication de l'interruption cynique de ce grand élan... Je l'ai ramenée chez moi, mais le désir était retombé, ennui... N'empêche que c'est aussi ce soir-là qu'elle s'est branlée consciencieusement sur le tapis, dans la bibliothèque... Je pensais que ça me réexciterait... Mais non... Je fumais sur la terrasse, je venais de temps en temps jeter un coup d'œil pour vérifier si elle était sur le point de finir... Non, elle continuait à mouliner... Rien à faire... Bloquée... Son truc habituel ne marchait plus...

Boris, lui, va l'idéaliser à la druidique, c'est sûr... En celte! A dada! Elle va être éblouie, elle, fille de petits commerçants de Villejuif, par son manoir gothique... Qu'ils sont drôles avec leur carte postale... Rêvant peut-être de se faire inviter ici? Que j'enregistre leurs ébats? Que j'installe mon chevalet dans leur chambre? L'expansif et satanique Boris sur la tendre Joan! Ils reveulent mon pinceau, pas de doute... A moins qu'ils écrivent un journal érotique à deux? Avec ma photo criblée d'épingles?... Messe noire me gelant les doigts?...

Je leur télégraphie ? « Félicitations mais prière me lâcher désormais baskets » ?
Non. Amen.

– Allô ? C'est *Vibration*... On fait un reportage sur les écrivains en vacances. On est dans votre région, on peut vous voir ?
– Qui vous a donné mon numéro ?
– Boris Fafner.
– Vous êtes allés chez lui en Bretagne ?
– On en vient. Il est avec une jeune journaliste charmante qui écrit son premier roman, Joan Mercier. Vous la connaissez, je crois ? Vous êtes là demain ? Vers quatre heures ?
Métier... Lâcheté... Tant pis...
– On va se baigner ? dit Liv.
Dans l'après-midi, ronflement de moteur... La camionnette blanche de Cecilia et de son ami Ralph... Ils vont aller comme ça, pendant l'été, de châteaux en châteaux... Le clavecin de Ralph – un petit type à lunettes, tout de suite silencieux – est à l'intérieur, solidement fixé sous sa housse... « C'est la vie de saltimbanque », dit Cecilia en riant, sa boîte de violon à la main... On déplace l'instrument chez moi comme de la dynamite... Il y a une chambre chez Liv, une autre chez Sigrid... Ils posent leurs valises, ils vont nager... Je rentre, j'enlève la housse du clavecin, je l'ouvre : un magnifique 1750 et des poussières, bleu-gris et jaune, avec de petites scènes de bergerie, un jardin, couple à balançoire, guirlandes de roses... J'imagine ce passager clandestin sur les autoroutes, dans le flux des vacanciers avec leurs planches à voile sur le toit des voitures... A moins que tout ça se rejoigne

secrètement, là-bas, de l'autre côté du détroit... Sigrid vient me visiter... On flirte un peu... Elle ouvre un des livres que j'ai sur ma table : *Drawings by Fragonard in North American Collections.*

– Vous l'avez acheté aux États-Unis?

– Oui, à New York, en 1979, je crois. C'est d'ailleurs le seul livre sur les dessins de Fragonard que j'ai pu trouver. Il n'y en a pas en France.

– Vous vous en servez comme matériel? Autour de Casanova?

– J'essaie de comprendre le système nerveux de l'époque.

Bon dieu, cette nuit à Grasse... Je devais faire une conférence ou quelque chose comme ça... On me loge à la « Villa Fragonard »... Je drague une blonde aux yeux bleus qui se trouvait là, on se retrouve dans un décor de rêve... Corbeille de fruits sur la commode de la chambre, raisin, pêches, cerises... Magnolia dans la fenêtre... Mobilier et lit de musée... Il est venu se réfugier là, Fragonard, dans sa naissance aux parfums, après la liquidation de son temps, idylle avec le non-temps... A sa mort, il est oublié, il n'a jamais existé, encore heureux qu'on ne soit pas venu le guillotiner à domicile, ce familier de la Du Barry fournie par lui en galanteries...

– Mais c'est bien innocent, dit Sigrid. A la limite du gnan-gnan.

– Justement. C'est le *pour rien* qui choque le plus. Le fait que ça n'aille nulle part, ni en bien ni en mal.

Les murs intérieurs du rez-de-chaussée, dans la Villa Fragonard, sont recouverts de symboles maçonniques et révolutionnaires... Pour les Jacobins locaux, sans doute... Conseils de David, le nouveau peintre à la mode, serments Horaces et Curiaces, Marat, Jeu de paume... Tandis qu'au premier étage, en secret... Où sont-ils passés, les Fragonard? Le coucher des ouvrières? Les pétards? Les jets d'eaux? Les fêtes à Saint-Cloud? Les

invocations à l'Amour? Savez-vous où se trouve un des plus fameux : *La Résistance inutile?*
– Non.
– A Stockholm! Et voici le dessin qui lui correspond, lequel, lui, est à New York... A droite, en bas, à l'encre, dans les draps ou dans les plis de la tenture qui portent ce couple enlacé, vous lisez quoi?
– *Frago.*
– Sa signature. «Frago.» Fragrance de parfums, y compris le nard, ou encore *fragore* et *fragola,* en italien, déflagration et fraise... Le fringant et fragile frago, flagrant du lit, en fric-frac dans l'anti-frigo... Frago furioso... Regardez ces illustrations de l'Arioste. Angelica apparaît à Sacripante... On est au cœur du sous-bois. Les branches sont pleines de pommes, à moins que ces pommes, dans la forêt fraîche et vive, soient des têtes d'amours à peine esquissées tombées du ciel pommelé... Vous mettez l'*Orlando* de Vivaldi avec Marilyn Horne, frémissement d'orchestre...
Je pense à ma blonde dans le grand lit un peu surélevé de la Villa... Les boiseries étaient avec nous, complices... *Coïto, frago sum...* Auprès de ma blonde... Aussi bien que le Cantique des Cantiques, après tout...
 «La caille, la tourterelle et la jolie perdrix,
 et la douce colombe qui chante jour et nuit»...
– Ça ressemble beaucoup à Tiepolo, dit Sigrid.
– Aussi le copie-t-il à Venise en 1761, année où Casanova se bat en duel à Paris. C'est l'été. Il est là avec un abbé au nom prédestiné : l'Abbé Saint-Non.
– Non?
– Si. Le tableau de Tiepolo qui l'intéresse est un banquet d'Antoine avec Cléopâtre. En 1773, il est de nouveau en Italie, à Rome. Du coup, vous avez tous ces parcs où les personnages ont l'air de n'être que des moments, des feuilles transitoires perdues dans le cadre.

Et cette femme accrochée à sa statue? Qui est le corps vivant? Qui est le marbre? On est dans un principe de dispersion et de réversibilité généralisé...

– Il a l'air fasciné par les pins parasols.

– Le pin parasol est divin.

– La jeune fille au perroquet?

– Rosalie, sa fille, morte de consomption à dix-huit ans. Elle ressuscitera chez Manet. Il aime la faire en énorme papillon soyeux. Mais regardez *La Jarretière,* c'est mon préféré... Robe à l'anglaise, 1780, large chapeau de crème, linge qui sent la lavande... Le petit garçon qui apparaît un peu partout, c'est son fils, Évariste... En jeune homme troubadour dans les illustrations pour *Don Quichotte*... Bref, famille et valse, quotidien et plaisir... Tout dans le même sac retourné, jeté au vent et tranquille. De la scène domestique au *Baiser* qui mange absolument le papier, vous n'avez que la distance qui consiste à passer de la cour au jardin. C'est toujours le même jour.

– Comme ici? dit Sigrid en m'embrassant.

– Comme en Italie. Horloge sans aiguilles.

– Je pique une dizaine de notes sur le clavecin de Ralph... M'assois sur le tabouret... Petit air...

– Vous savez jouer?

– J'aurais dû.

Léger souffle, marée haute plan bleu, le soleil se couche... Les bateaux, triangles blancs, rentrent du large. Les planches à voile rouges et bleues tournent encore au loin... « Vous êtes sûr qu'on ne va pas l'abîmer? – Mais non, juste un petit quart d'heure. Après quoi, l'humidité pourrait être dangereuse. Allons-y. » On dispose doucement le clavecin sous le pin parasol, devant l'océan... Liv et Sigrid s'assoient sur le banc... Cecilia va chercher son violon, se tient debout dans le gravier à côté de Ralph... Champagne frais pour tout le monde, et en route... « Sonate en sol majeur, BWV 1019 », dit Cecilia... Allegro, Largo, Allegro, Adagio, Allegro. Voilà. Ils commencent. Parallèles, croisés, entrecroisés, piquant l'un dans l'autre, sortant l'un de l'autre, mais toujours séparés, toujours suivant chacun sa ligne... Il est bon, ce Ralph, nerveux, percutant... Et Cecilia a encore progressé, il me semble, elle est plus ample et plus chaude, plus libre dans le vibrato, le grave, le saut dans l'aigu... Ils se suivent, ils se poursuivent, les sons vont jouer au-dessus de l'eau, c'est comme s'ils entraient, là-bas, dans un tas de sel pour se cristalliser directement en millions de points blancs, *goûtables*... Bach pour l'île... Ça pourrait s'interpréter sans fin, ce dialogue des cordes pincées et vibrées, becs de plumes dans le clavier mouette, feu sombre ou miroitant de l'archet... Cecilia se baisse un peu, se relève, ses cheveux bruns suivent la danse de son cou emboîté violon... Ralph, lui, reste bien droit, tout dans les poignets en haut, puis en bas, deux mains-quatre mains, rythme... Ils ont l'air bien, comme ça, endormis, transfusés dans la mélodie... Bon, c'est fini, horizon rouge, applaudissements, rires.

On range soigneusement le clavecin... Liv et Sigrid emmènent Ralph faire un tour au village, sur le port... Cecilia vient chez moi... On s'embrasse. On reste collés l'un à l'autre un bon moment... C'est l'heure la plus forte, ici, avec le matin bleu ouvert à six heures : l'arrivée du noir sur la terre, les digues virant peu à peu à l'esquisse humide, l'eau mercure, l'air dénoué, creux... Comme d'habitude, on ne se dit rien, on ne fait même pas l'amour, on respire lentement, excités, calmes... Dehors, un goéland plane encore, plonge, remonte, replonge, part vite avec un poisson trait blanc dans son bec...

Les autres reviennent, on va tous dîner au *Paradise*... Le sérieux Ralph parle avec Jailey, Sigrid est un peu ailleurs, il y a une longue conversation à part entre Cecilia et Liv...

– Il paraît qu'on vient d'arrêter un type au village, dit Sigrid. Un marchand ambulant. Il refilait de la poudre aux jeunes et il a essayé de violer une fillette de douze ans.

– Un attentat à la pudeur?

– Non, non, une vraie tentative de viol, avec hurlements, attroupement et tout. Un artiste vaguement peintre... Un Yougoslave... Ou un Russe...

– Nabokov?

– C'est un événement, dit Sigrid. Du jamais vu. Les gendarmes ne savaient pas trop quoi faire. La fillette est tout ce qu'il y a de bien, les parents sont déchaînés, le boucher a failli tuer le satyre.

– Pauvre Nabokov, dit Cecilia, il a fini par se faire piquer.

Ralph et Jailey s'interrompent... Depuis le début de la soirée, Jailey évite de me regarder...

– Est-ce qu'il a eu le temps de jouir?

– Vous êtes infâme, dit Sigrid.

– Mais non. L'amateur de nymphettes est un extatique. Ses mouvements, ses perceptions, sa stratégie infiniment compliquée pour arriver à une satisfaction sur une pointe d'épingle, font de lui un des artistes les plus raffinés qui soient. Les gens qui se croient normaux imaginent toujours un king-kong ou un frankenstein fonçant à coups de grognements sur sa proie. Or c'est le contraire : regardez *Lolita* ou *L'Enchanteur* (ce dernier titre à la Watteau, soit dit en passant). Que de circonvolutions, d'hésitations, de projets, de fantasmes, d'inhibitions à délices, de macérations, de projections de contes de fées, de préciosités exquises... Le monstre a une conscience suraiguë de l'inadaptation de son sexe à son corps, de l'inadéquation définitive des corps entre eux, de la différence d'espèces entre les corps... Il se sent éléphant, il aime une libellule... Que faire?... Il sait qu'il n'y a aucune possibilité d'accord, que son organe est inconcevable pour l'autre, qu'il faut le lui présenter avec toutes sortes de ruses, d'excuses, de faux prétextes, d'enveloppements. Quelle chaleur d'imagination! Quelle délicatesse! Quelle sensibilité! Quel tact!

— Vous avez l'air de savoir de quoi vous parlez? dit Sigrid. Vous êtes pour la pédophilie maintenant?

— Ne confondons pas. Il n'y a rien de commun entre un petit garçon et une petite fille.

— Ah non?

— Seule la nymphette peut déclencher la grande poésie amoureuse.

— Vous plaisantez : les *Sonnets* de Shakespeare...

— Rien à voir : ce sont des crises sublimes d'identification. La nymphette, elle, incarne, au contraire, pour le monstre mâle, le comble du malentendu. C'est le sommet vibratoire de la fausse note. Ou, après tout, de la note elle-même.

— Drôle de théorie, dit Liv.

— Intéressant, dit Cecilia. Musicalement, ça se tient.

— Question de volumes sans rapports. Le monstre se sent insolite, démesuré, grossier, pétrifié, avec une pointe d'âme qui correspond à cette petite forme duveteuse, cambrée, aux neuf dixièmes innocente... Il voudrait être légère brise ou taches de lumière sur ces épaules ou ces joues, moustique sur ce sein... Au lieu de quoi il a toutes ces pattes et cette trompe effrayante...

— La Belle et la Bête?

— La belle est toujours trop vieille.

— C'est du Blanche-Neige, votre histoire, dit Liv.

— Lolita en plein Walt Disney? Mais oui. D'ailleurs,

soyons sérieux. Qu'est-ce que Marie toujours vierge, sinon une nymphette? Je n'ai jamais bien compris comment les apparitions qu'elle fait de temps en temps aux petites ou grandes petites filles du 19e siècle éternel prennent la forme de belles dames majestueuses. Le jour où une femme mûre verra apparaître une Vierge de douze ans, je serai surpris.
— Vilain.
— Personne ne semble s'être rendu compte que *La Divine Comédie* était dans la même dimension.
— Quoi? Béatrice?
— Eh oui... Neuf ans... Ça entraîne le narrateur assez loin... Les Sirènes, bien entendu, étaient des nymphettes... J'aime bien Nabokov, parce qu'il a dit que la mort était simplement une imbécile obscène.

Ralph et Jailey se lèvent... Vont danser... J'invite Sigrid... Et puis on est fatigués, on rentre, on fume un quart d'heure sous le ciel d'étoiles... On va dormir.

« L'aurore, en robe de safran »...
— Au revoir! A bientôt!
Ils agitent la main par la portière... La camionnette blanche s'éloigne en plein soleil, corbillard à l'envers, avec son précieux cercueil vivant de musique...
Liv se verse une tasse de thé. Beau temps fixe.
— Regardez l'océan, dit Sigrid. Pas un souffle.
— Voilà. Nous contemplons la contemplation. Le reste n'est qu'une combinaison d'atomes.
— Merci Épicure.
— « Si les moyens auxquels les débauchés demandent le plaisir délivraient leurs esprits de la crainte tant au sujet des phénomènes célestes que de la mort et des souffran-

ces, nous n'aurions jamais rien à leur reprocher. »
– Connu.
– « Il n'y a aucun profit à se mettre en sécurité du côté des hommes tant que subsistent des soupçons sur les choses d'en haut, ou les choses de dessous la terre, ou, d'une façon générale, celles qui sont dans l'espace illimité. »
– Connu, connu.
– Je ne crois pas.
– Vous m'embêtez, dit Liv. On se baigne avant l'arrivée des journalistes?
– Allez-y, dit Sigrid, je vais lire.
Les chromes du vélo de Jailey brillent au loin...
Ils arrivent comme prévu, à quatre heures. Ils sont trois : deux types et une fille. Pas difficile de voir tout de suite que les deux types sont en couple, l'un trente-trente-deux, l'autre vingt-quatre-vingt-cinq, et que la fille, blonde, vingt-deux, coupe brosse post-punk, les surplombe en photographie et en malveillance dure. Daniel, Raphaël, Muriel. Ils sont en jeans et T-shirts, incrustation lobe droit pour Raphaël. Daniel trapu, un peu dégarni. Raphaël mince bouclé. Muriel androgyne stricte. Bon.
– Vous voulez boire quelque chose?
Muriel a déjà fait trois photos pendant que je me baissais ou que je remontais mon short.
– Qu'est-ce qu'il y a? dit Daniel.
– Ce que vous voulez.
– Jus d'orange? dit Raphaël.
– Vodka, dit Muriel.
– Jus d'orange et vodka, dit Daniel.
Liv apporte un plateau sur la table du jardin, sous le pin. Muriel me photographie en train de verser du jus d'orange dans un verre.
– Vous n'êtes pas facile à trouver, dit Daniel. C'est vraiment un coin perdu.

— Il doit y avoir une humidité terrible, dit Raphaël. Des moustiques?

— C'est supportable. En tout cas, les moustiques ne sont pas africains. On vient de les analyser, pas de traces.

— Bon, dit Daniel, sans rire : alors qu'est-ce que vous écrivez?

Il sort un petit carnet à spirales de la poche arrière de son jean. Muriel fait clac-clac pendant que j'allume une cigarette.

— Un roman...

— On peut se baigner là-bas? fait Raphaël.

— Dans la crique? Je ne vous le conseille pas.

— Pourquoi?

— L'eau est glacée. Négative. Elle donne des cauchemars. La plage est de l'autre côté.

— Un roman sur quoi? dit Daniel, l'air boudeur. Quel est le sujet?

Je dois faire une drôle de grimace bouffie : clac de Muriel, très près. Le visage sera déformé, sinistre.

— Une sorte de féerie... L'âge d'or...

— Votre dernier bouquin s'est très mal vendu?

— N'exagérons rien.

— Le prochain est encore à la première personne?

— Oui.

Daniel sourit à Raphaël, lequel transmet ce sourire à Muriel qui ne le voit pas. Ils ont tous, de nouveau, leur air accablé...

— Qu'est-ce que vous racontez concrètement?

— C'est l'histoire d'un écrivain qui doit faire l'adaptation télévisée de *La Divine Comédie,* mais qui, entretemps, fonde une société secrète avec quatre amis.

— Quatre hommes? dit Raphaël.

— Non, trois femmes et un homme. Plus des personnages secondaires.

— Les deux hommes ont des relations? dit Raphaël.
— Qu'est-ce que vous entendez par là? Géométriquement?
— Tais-toi, dit Daniel, tu devrais savoir qu'ici on est chez Euclide.
— Pas réellement, il y a des déformations... Le narrateur vit surtout avec deux femmes.
— Pourquoi pas deux hommes ensemble? dit Muriel, accroupie, en me photographiant depuis ma sandale droite.
— Oui, pourquoi pas? dit Raphaël en bâillant.
— Les espaces étudiés ne sont pas les mêmes...
— Bon, et alors? dit Daniel qui griffonne deux mots sur son carnet.
— Ils essayent de sortir du temps...
— C'est pas tout ça, dit Muriel, mais si on veut attraper le bac, il va falloir y aller.
Elle monte sur le fauteuil pour cadrer d'en haut ma calvitie naissante.
— Le décor, c'est quoi? dit Daniel.
— Plutôt Venise.
— Vous n'avez pas peur que ça fasse un peu touristique?
— J'espère que non.
— C'est chez vous, ici?
— Oui.
— Vous pouvez me montrer les chiottes? dit Muriel.
— Quelle panne ce beau temps idiot, dit Raphaël. Vous devez vous ennuyer un max, non?
— Pas vraiment.
— Le bateau est à vous aussi? dit Daniel.
— Oui.
— Il sera long, votre livre?
— Plus de quatre cents pages...
— Ah, c'est gros... Vous vous attendez à quoi?

— A tout. A rien.
— Encore du jus d'orange? crie Liv depuis la maison.
— Non merci Madame, dit Raphaël.

La rapide Muriel range ses appareils... Les deux types ne disent plus rien... Ils me serrent la main sans me regarder... Montent dans leur BMW noire... Démarrent à toute allure sur la digue...

— C'est dommage de partir, dit Sigrid. Mais je crois que votre grand jour a fonctionné. On ne sait plus quand on est.
— Exactement, dit Liv. J'ai l'impression d'une roue immobile.
— Vous toussez quand même beaucoup, dit Sigrid. Est-ce que vous ne fumez pas trop?
— Je n'arrive pas à écouter à fond cette fin de *Cosi*, dit Liv. Ils crient tous les six de telle façon... C'est admirablement articulé, clair, et inaudible.

Elle rembobine la cassette, repart à la fin de la treizième scène du deuxième acte... « Tout le monde accuse les femmes et moi je les excuse »... On arrive à la quinzième, salle richement éclairée, orchestre à l'arrière-plan, table pour quatre personnes avec candélabres en argent... Duo de Despina et Don Alfonso... « La plus belle petite comédie que l'on ait vue ou que l'on verra »... Seizième scène, quatuor de Fiordiligi, Dorabella, Ferrando et Guglielmo...

> Che bella bocca!
> Tocca e bevi!
> Bevi e tocca!

— C'est là que c'est inouï, dit Liv. Là... « Chaque pensée disparaît dans ton verre et dans mon verre, et chaque souvenir, rappelant le passé, s'échappe de nos cœurs »... *Bicchiero... Pensiero... Memoria... Cor...*

— Boire, bouche, toucher, verre, pensée, mémoire, cœur.

— Mais, en français, vous n'avez pas le rapprochement entre *bouche* et *cœur*.

— Pendant ce temps, Gugliemo, un peu décalé, parle de poison.

— *Tossico*.

— Bon. Vous pouvez sauter la dix-septième scène, celle du contrat de mariage parodique... Et reprendre à partir du chœur... Retour des vrais amants, panique, scène finale...

— Tradimento! Tradimento!

— Stelle, che veggo!

Et voilà... On va vers le sextuor... Tambour battant, torsades...

— « Quel che suole altri far piangere
Fia per lui cagion di riso... »

— « E del mondo in mezzo ai turbini
Bella calma troverà... »

— Ça éclate, ça pleure, ça rit, ça tourbillonne, c'est trouvé, c'est beau et c'est calme.

— BEL-LA-CAL-MA-TRO-VE-RÀ : sept.

— Così fan tutte : cinq.

— Six personnages.

— Cinq-sept.

La nuit se lève, la baie entrouverte laisse passer le vent tiède et les cris des mouettes... Sigrid est sortie arroser les fleurs... On voit sa silhouette contre les rosiers, là-bas, près du muret qui surplombe l'eau encore blanche... Il fait toujours très chaud... Je sors, je vais vers Sigrid, je me colle contre elle, je passe mes mains sous sa blouse, je prends ses seins... « Vous allez vous faire arroser. — Non, non, continuez »... Un triangle lent de canards nous survole... Liv sort à son tour, vient vers nous, se met derrière moi, me touche... Je défais le pantalon de toile de

Sigrid, il tombe sur ses jambes brunes, elle arrête le jet... Liv m'introduit, tout en m'embrassant dans le cou... On tombe à genoux sur le gravier, Sigrid s'excite... « Salauds, je vous revaudrai ça. – Tu nous sens? dit Liv. – Oui, trop bien », elle remue doucement les fesses... « Oui. » Je mords sa nuque, je mange un peu ses oreilles, la bouche de Liv est toujours là, sur ma joue, elle respire plus vite, elle m'a toujours dans la main, « tu sens comme je te baise, chérie? – Oui, tiens-le bien ». Je sens que Sigrid a envie de jouir, elle commence à gémir, elle bouge, les mains appuyées au sol, grains de cailloux dans les paumes... « Bande de salauds, regardez... je crache sur vous, maintenant, je crache sur le temps, vraiment, pour toujours »... Et en effet, à trois reprises, elle crache sur les roses mouillées, avec un drôle de spasme... Liv me mord l'épaule droite, me chuchote « jouis maintenant, donne-lui », on y va ensemble, Sigrid et moi, « oui, oui, mes amours », dit Liv... Une ombre en flèche devant nous : le chat noir des voisins qu'on ne voit jamais, il file sur la pelouse... « Vous croyez que les chats comprennent? », dit Sigrid, un peu essoufflée... – Et comment! » dit Liv... « Ça vous va comme sabbat? »...

Je les regarde : Liv est allongée sur le lit, je tiens sa main droite avec ma main gauche, j'écoute son pouls avec trois doigts de la main droite, la fenêtre est ouverte, le phare, toutes les cinq secondes, vient frapper le mur blanc. Sigrid est couchée la tête entre les cuisses de Liv, elle la coince, elle la fait durer, un peu plus lentement, un peu plus vite... La scène est incroyable, j'ai l'impression de l'avoir rêvée mille fois, tout se passe presque en silence, mouvements, souffles... Voilà : la tête de Liv commence à battre à droite et à gauche, je lâche sa main, Sigrid insiste, c'est le cœur du moment... Raidissement bref... Soupir-cri... Détente... Elles restent immobiles, comme ça... Puis se couchent l'une contre l'autre quand je sors.

Le matin, à six heures, je sors le bateau, je traverse la baie, je vais jusqu'au village... Léger vent nord-ouest... Tout est cristallin, lavé, bleu-jaune... Je prends mon café sur le port en lisant les journaux... Une phrase de Sigrid, la veille, devant les fleurs, se rythme toute seule : « Les clématites fleurissent en août. » Phrase parfaite. Message envoyé pour rien. « L'esprit de la vie qui demeure dans la plus secrète chambre du cœur »... D'où ça vient, ça ?... Dante... *Vita Nuova*... « Le nom d'intelligence, que l'on donne au soleil, répond à celui de cœur du ciel »... Macrobe ?... « Le soleil, ayant la force d'un cœur, disperse et répand de lui-même la chaleur et la lumière, comme si c'était le sang et le souffle »... Plutarque... *De la face qu'on voit dans le cercle de la lune*... Atma... Akasha... Éther dans le cœur... Grain de sénevé... Iod... Cité divine, œil du cœur... Cœur rayonnant... Cœur enflammé... Bois d'autel sculpté de la vieille église...

– Vous lisez ces plaisanteries dans les journaux ?

Presque... Carnet ouvert devant moi... Les titres, les photos, les articles... Et l'encre bleue au soleil... En me levant, j'ai été une fois de plus stupéfait par l'obstination nocturne des araignées... Chaque soir, je passe la main entre les volets pour dissiper deux, trois toiles... Le lendemain, elles sont là. Soleil, fils, encre, rayons.

Je hisse la voile, je rentre avec la marée. Elles sont levées, elles déjeunent dans le jardin, ce film a déjà été projeté mille fois, mais c'est toujours la réalité, et le film ne fait qu'enregistrer ce que doit être la réalité dans un bon film chaud, sensuel, précis, fait de détails satisfaisants pour eux-mêmes et d'instants interminables. « Tennis?» crie Liv, et sa voix est comme un caillou dans l'air, un des galets de la plage devenu sonore. Je pense rapidement que, chez Liv, c'est la voix qui me fait bander, et, chez Sigrid, les jambes. Chaque corps se concentre, pour le désir d'un autre corps, dans une partie de lui-même, ou encore une partie de cette partie... Tel regard à tel moment du regard. La bouche, une fois sur cent. Les mains dans certains cas de figures, ou posées sur telle ou telle substance. Liv, donc, la voix, le regard, les cheveux. Sigrid, surtout les jambes et les mains. Cecilia, les doigts, le cou, les épaules. Yoshiko, la bouche, le point des yeux. Tableaux des *Glycines*... Je vais me changer. Linge dans la commode, brassée de lavande au fond des tiroirs... Liv m'attend, on prend la voiture, on va jusqu'aux Trois Moulins... « On me parle d'un film sur l'inceste. – Père-Fille? Frère-Sœur? – Non, Mère-Fils. – Ça vous dit quelque chose? – Pas vraiment. Mais on ne sait jamais. Pour l'instant, c'est plutôt Frère-Sœur? – C'est gentil à vous, je pourrais être votre père. – Mais non. – Frère-Sœur, c'était courant en Égypte, vous savez. – Vous prenez le vent ou le soleil dans les yeux? – Le soleil. – Je vous prends à la volée? – D'accord. – Quelques lobs? – Voilà. »

– Ils avaient l'air bizarre, ces journalistes.

– Classiques. Furieux d'être de l'autre côté du filet. Leur rêve, maintenant, est de tout faire: les romans, l'édition de ces romans, la critique, la commercialisation et la publicité de ces romans, l'adaptation cinéma ou télévision de ces romans, la librairie, les jurys, les anthologies, la distribution pour eux, le pilon pour les autres. Collectivisation de l'imaginaire. Coopérative et autogestion.

– Ça simplifie tout.

– Comme vous dites. Et vite! Si j'écrivais un roman, c'est ce que je décrirais. Un vrai roman.

– Il n'y a plus d'écrivains?
– Non. Fonction superflue. Le seul écrivain supportable est gâteux, agonisant, carrément clownesque, étranger ou mort. Sinon, le sac. Tout dans tous, et tous pour rester dans tous. Le premier qui dépasse, tranché. Sauf s'il est somnambule.
– Somnambule?
– Collectivisable. Porteur des projections « Grand Sommeil ».
– Pauvre chou.
– Je pleure.
– Je vous prends le second set?
– Voyons ça.

On dort dans l'après-midi... Baise rapide... « Il faudra rouvrir votre carnet rouge à Paris », dit Sigrid en buvant son premier whisky du soir... Elle feuillette des magazines... « Vous avez vu les prévisions astrologiques de *Demain Madame*? »

LE CALENDRIER DES BONS ET DES MAUVAIS JOURS

« *En négatif:* parmi les mauvaises périodes (climat de violence, remous sociaux, risques de catastrophes aériennes), du 5 au 15 septembre; vers le 3 octobre, autour du 15 novembre, tout décembre; entre le 4 et le 20 mars; les quinze premiers jours de juin; vers le 25 août (explosions, incendies); la première quinzaine de septembre.

Les hommes d'État seront en danger vers le 3 octobre, autour du 4 décembre, le 11 mars, le 9 juin, le 8 septembre. Disparitions d'artistes et problèmes concernant le pétrole fin janvier, début juillet, vers le 24 août.

En positif: périodes d'accalmies politiques, avec économie en hausse, fin septembre; du 2 au 11 novembre;

début janvier; fin février; du 20 au 30 avril; autour du 21 juin, du 11 au 31 août.

Parmi les pays exposés, on trouve : le Chili, le Zaïre, le Tchad, la Hongrie, la Tchécoslovaquie, la Pologne, la Libye, l'Afrique du Sud, la République centrafricaine, la Malaisie.

De bons influx semblent toucher la France (surtout le Sud-Ouest), l'Espagne, la Norvège et Londres. »

— Peu importent l'année et les noms, dit Liv. On pourrait le republier tous les ans avec des variations. C'est commode. Vous avez remarqué qu'il y a un mois qui manque? Pendant lequel il ne se passe rien? Mai.

— C'est comme la mode, dit Sigrid. Ou les romans de la rentrée. « Sous le signe de la femme. » Forcément. Ou « le retour de l'amour ». Quelques chefs-d'œuvre.

Je réentends la voix de Carl : « Les vieux sont vieux, les jeunes sont encore plus vieux, tout le monde se calme »... Tiens, mais le voilà justement en photo : « Entrée de Carl Simmler à la rédaction étrangère de *Business* »... Rubrique cinéma... « Carl Simmler, qui connaît bien les coulisses du monde du spectacle, assurera désormais une chronique régulière dans nos colonnes »... Il a laissé pousser sa barbe, Carl... Yeux un peu pochés... Sourire las... « Vous ne croyez tout de même pas que je vais perdre mon temps à lire un blabla sur *La Divine Comédie*? »...

Liv allume la radio... *Herr!*... « Revenez!... là!... l'aiguille!... A gauche! »... *Herr!*... Le tourbillon!... Herr!... Herr!... Je revois tout de suite la glace et la neige... Le temps est dans la musique... L'espace est dans le temps, le temps se déploie en îles, cet ensemble apparaît au hasard de l'harmonie emportée... Juste en face de nous, les bateaux ont commencé leur rentrée du soir, vers le port... Certains ont des spinnakers bien gonflés, jaunes, orange... Avec le blanc des voiles déployées, la ligne de terre verte et le bleu de l'eau, c'est tout un écran... La seule note rouge est le briquet dont Liv se sert à l'instant pour allumer une cigarette... Jaune, blanc, vert, bleu, orange et de nouveau bleu et vert avec juste cette tache rouge devant mes yeux... Non, il y a aussi la mince aiguille rouge du transistor... Herr!... Herr!... Herr!... Modulations et programmes... Saint Jean dans les ondes... FM 101... Bereschit verbum... Quart de tour genèse... Au commencement était le verbe en train de créer le ciel et la terre, et le ciel et la terre n'étaient rien d'autre que le verbe au commencement.

– Vous dormez ou quoi?
– Pardon.
– Je vous demandais ce que c'était.
– Bach. La *Passion selon saint Jean*. Ce début m'hypnotise.
– Qu'est-ce qu'ils disent?
– « Seigneur notre Maître, toi dont la gloire
    emplit l'univers... »
– Ce n'est pas le début de l'Évangile.
– Non.
– Vous parlez allemand?
– Pas du tout. Mais ce n'est pas de l'allemand.
– Quoi, alors?
– Du Dieu. Langue spéciale. Qui change de langue quand ça lui chante. Qui passe à travers.
– C'est bel et bien du bon vieux Deutsch, dit Sigrid. Un peu de whisky?
– Oui, merci.
– On a tous maigri. C'est très bien.
– Vous êtes moins joufflu, dit Liv. « Joufflu », c'est ce

que je lis sur vous dans *Moderne.* Vous allez avoir tout ce que vous voulez à votre retour. Vous avez fait vos plans?

— Frustration. Les étés les rendent fous. Ils se voient les corps. Et, en même temps, constatation que les corps ne servent pas à grand-chose. En général, ça les agite. Vers le 20 août, ils commencent à trépigner sur place. Début septembre, ils tentent tous à la fois de se déstabiliser : ils se rentrent dedans, c'est la rentrée. Vous saupoudrez de quelques bombes, panique et hurlements de sang, et voilà le décor.

— Vous pensez à des attentats?

— C'est la nouvelle ponctuation. Il n'y en a pas d'autre.

— Et la scansion-fric, dit Sigrid.

— Oui. Le pouls s'accélère à l'automne. Noël, hiver, et ça recommence.

— Réglage définitif?

— Il me semble. L'argent, la mort. Pour le coup, je peux vous le dire en arabe. Allah est grand. Il recrée le monde à chaque seconde. Sable sont les mondes. Pulsations de grains, son souffle infini.

— Zu aller Zeit... Verherrlicht worden bist...

— Le spinnaker orange vient vers nous, dit Liv.

En effet... Ils sont trois à bord... Silhouette blonde à l'avant agitant la main...

— C'est Jailey, dit Sigrid.

Avec deux garçons... Ils virent de bord tout près... Repartent vite, vent arrière... Bonjour... Adieu... Le transistor posé dans l'herbe continue à envoyer ses chœurs, ses creusements de violon... Herr!... Herr!...

— Elle n'a pas l'air de s'ennuyer, dit Liv.

— Tant mieux, dit Sigrid.

— C'est là qu'on voit comment le bateau a remplacé la voiture.

– Comme l'avion le train, dit Liv. Le téléphone les hôtels de passe. Le Minitel les rues.

– Et finalement, les magazines ou la télévision la réalité elle-même.

– Il n'y aura bientôt plus que des jeux et des assassinats, dit Sigrid. Curieux programme.

– A propos de jeux : il faut que j'envoie mes réponses à *Vendredi*. Une lettre de rupture et un court début de roman. On s'y met ?

– Soyons secs et précis, dit Sigrid. Je prends la lettre de rupture.

« Chère Mathilde,
je ne pourrai pas venir à notre séance habituelle, mercredi à cinq heures. J'ai la tête ailleurs ces jours-ci, et à vrai dire tout cela m'ennuie. A bientôt. »

– Pas mal.

– Le début de roman ? dit Liv.

– Voyons :

« Il faisait très beau. A cette heure, au mois d'août, les quais étaient déserts et Patrick eut à peine le temps de fumer sa cigarette avant de se retrouver à l'autre bout de Paris. »

– Quelle maîtrise ! L'essentiel est dit entre les lignes. On sent la bonne intrigue, personnages flottants, atmosphère originale. Continuez, c'est le tabac.

– « Il sonna à la porte de l'appartement. Mathilde lui ouvrit tout de suite. Elle était en peignoir de bain, l'air déjà ivre. " Un CC-Rider ? " dit-elle, en jetant négligemment une pincée de cocaïne dans une coupe de champagne. " C'est dimanche, après tout, et vous n'êtes pas un mauvais cheval. "

– Épatant.

– « Patrick s'assit sur le divan noir. Il alluma sa seconde cigarette. Mathilde vint contre lui. " Vous savez ce que m'a raconté Boris ? " dit-il. " Vous savez quoi ? "

Elle eut un léger frisson en avalant son cocktail. " Non. "
Il soupira. Encore une journée de foutue, eut-il juste le temps de penser, quand elle lui ferma la bouche de ses lèvres épaisses. »

— Je craque, dit Sigrid. On reconnaît immédiatement l'auteur. Ce n'est pas comme vos satanés bouquins qui ne sont qu'un immense bavardage. Tenez, c'est écrit là, noir sur blanc, dans *Télémust*. Et qu'est-ce que je vois dans *Vibration*? Vous êtes raciste?

— Encore?

— Encore mieux : le-grand-écrivain-Suisse-Allemand-fils-de-pasteur-mais-athée-nobélisable-traduit-dans-le-monde-entier-mais-surtout-à-l'Est Rudolf Grünenblatt vous trouve ridicule avec vos vantardises à propos des femmes, dit Liv. Son interviewer du *Temps* a bu avec lui, à Berne, un grand cru de bordeaux et lui a trouvé du génie. Une ressemblance avec Pascal et Kafka.

— Le bordeaux peut rendre fou, et surtout les Suisses-Allemands. J'ai vu ça dans mon enfance. L'ordonnance de l'officier qui nous occupait. Il avait des crises de delirium en remontant de la cave. C'était à faire peur. Grünenblatt? Qu'est-ce que ça veut dire?

— *Feuille verte,* dit Sigrid.

La Passion continue... On est dans les récitatifs, maintenant... Un papillon rouge et noir vient se poser sur la table blanche...

— On tire le rideau ce soir? dit Liv.

La baie est ouverte, je sens venir la chose pendant le dîner, je mange à peine, je les laisse vite... La barbe, avec ton corps, toujours pareil... Froid dans la nuque, bras qui tremble, noir d'os dans les yeux, éclipse... Douleur laser en dedans... Il fait encore très chaud. Je n'allume pas. Quelle idée d'être né pour sentir battre et tourner la scène, éprouver le papier carbone sous les événements dédoublés... Mimique!... Mime du fond... Et le fond, ce sont les légères courbures de surface, là, immédiates, ces irisations dans l'ombre... Plaque tournante, disque... Il y a un mouvement, on se glisse, perdu, trappe-feutre... L'air et les murs, la fenêtre et les arbres sont de la même substance, maintenant... Atomes tissus, voile en plis... Je suis mort.

Je me retrouve assis au pied du lit. C'est le matin? Non, deux heures. J'ai faim. Je traverse le jardin, j'ouvre doucement la porte de la maison principale, celle de Liv, là où est la cuisine, je fais bouillir de l'eau, œuf coque... Un des spectacles que j'aime le plus : comment une coquille d'œuf sèche en trois secondes après avoir été plongée trois minutes dans la convulsion liquide. Il y a un mystère, là. Vous le prenez délicatement avec une petite cuillère dans la casserole, il devient sec d'un coup... Magie pure. Transmutation du temps. Pas de temps... J'ai la même sensation en arrivant l'après-midi à Venise. Descente d'avion, bateau à toute allure dans la lagune veillée par les goélands, ralentissement, arrivée lente en face de San Giorgio, tiédeur, brume de chaleur en automne, je me lève à l'arrière, je pose les deux mains sur le toit d'acajou de la cabine, lumière d'argent dans les yeux, tout bascule, fente et porte dérobée dans le mur... Chambre secrète des pyramides... En plein jour... Il y a un mouvement... On se glisse...

– Vous aviez faim?

Liv m'a quand même entendu, elle est là.

– C'est pas vrai?

Sigrid a eu la même idée... On rit... Elles n'ont que leurs vestes de pyjamas. On mange. J'ouvre une bouteille de champagne, on va la boire dehors, Sigrid veut se baigner, elle le fait... Liv la sèche dans sa grande serviette rouge devenue noire dans la nuit... Elles sont un peu ivres ou elles font semblant, elles s'embrassent, le reste s'ensuit... On se retrouve sur le lit de Sigrid, j'en ai une sur l'épaule gauche, l'autre contre la joue droite pour finir... Légers baisers, pente-sommeil... Phare contre le mur... Liv me serre la main, je sens le pied gauche de Sigrid toucher mon pied droit, une fois de plus on est dans une géométrie non prévue par les manuels, comment dessiner ça, figure ressentie trois fois, ce ne sont pas les mêmes boucles, la même équation de base... Est-ce qu'on est à Paris ? Piazza San Agostino ? Vraiment sur l'île ? Sigrid est toute salée... Liv plus chaude... Si une femme vous aime, elle est deux. Loi à méditer. Là, elles sont comme si elles étaient quatre. Plus un, clarinettiste, ça fait cinq. Trio et quintette. Si une femme ne vous aime pas, elle ne pense qu'à une autre femme qu'elle croit haïr, alors qu'elle la désire de toutes ses forces dans le but de vous détruire d'un commun désaccord. Mathématique expérimentale. Musique ou pas musique. Mélodie ou cris. Plaisir ou mélancolie.

J'ouvre les yeux. Sigrid est passée au-dessus de moi pour rejoindre Liv. Elles dorment. Cinq heures et demie. Je descends, je bois une tasse de café, j'ouvre le secrétaire, j'écris. Je vois le jardin comme jamais, les échos dissimulés du jardin, un massif par rapport à un autre, les massifs par rapport au gazon, l'herbe par rapport à l'eau, à la courbe à peine éclairée du ciel, toute une vie lente d'avant la respiration humaine, la façon dont les roses disent pourquoi, réellement pourquoi, une rose est une rose qui n'est pas une rose, phrase de Madame de Sévigné notée il y a huit jours : « Ce sont de ces jours de cristal où l'on ne sent ni froid ni chaud. » Rappel d'un dialogue avec Laura :

— Pourquoi admet-on le bonheur des peintres et pas celui des écrivains ?

– Ah, voilà.
– Mais pourquoi?
– Parce qu'il ne faut pas que ce soit parlé.
– Mais pourquoi?
– Un peintre est à tout le monde, croit-on, pas un discours.
– Matisse?
– Évidemment.
– Le cœur, dans *Jazz*?
– Par exemple.
Ou encore, au téléphone, avec Lena :
– Tu vas bien?
– Non... J'ai vu le chirurgien. Il faut reprendre les antibiotiques. Et après tout, dans quel but?... Tu vois, tu ne sais pas quoi dire!
– Pourquoi as-tu fait des enfants? (C'est un fils qui demande ça à sa mère.)
– Par égoïsme, je pense. Je voulais des enfants. Pour pouvoir en profiter.
– Eh bien, tu vas rester en vie pour qu'on puisse profiter de toi.
– Ah! Ah!
C'est comme ça qu'elle continue à se soigner, Lena... On en parle... Non-sens et pudeur...
Le jour s'est complètement levé, maintenant. J'en suis au moment où Casanova s'enfuit pour Marseille et arrive à Paris par Strasbourg le 5 janvier 1757. Il a vingt-sept ans. Il cherche le cardinal de Bernis, avec qui il a partagé la belle religieuse M-M dans son casino de Venise, il va au Pont-Royal où l'on trouve à toute heure des voitures pour Versailles, la Seine est gelée, il parvient au château à six heures et demie, en plein dans l'agitation provoquée par l'attentat de Damiens. Plus tard, avec Mademoiselle de la Meure : « J'avais pris sa jolie main qu'elle m'avait abandonnée sans conséquence, et en achevant elle la

retira tout étonnée d'avoir besoin de son mouchoir »... Il invente sa loterie... Le 28 mars, c'est le supplice du régicide en place de Grève, bien que l'assassin n'ait fait qu'écorcher Louis XV... Tenaillé pendant quatre heures... Tiretta, Monsieur *Sixfois,* est à côté de lui à la fenêtre, derrière la tante dévote dont il a remonté la robe... « J'entends des froissements pendant deux heures de suite »... Voilà. Les « commissions secrètes » de l'Abbé de la Ville... Dunkerque... L'affaire avec La Tour d'Auvergne, guérison de sa sciatique avec du sperme et l'étoile de Salomon, puis duel... Madame d'Urfé, enfin, la « panacée », le « grand procédé », la poudre de projection et le reste... « La calcination de Mercure était un jeu d'enfant pour cette femme vraiment étonnante. »

Liv : « Déjeuner ! Houhou ! »

Dernier tennis, dernière plage, dernier bain... On retourne sans cesse dans l'eau comme pour laisser l'empreinte de nos corps dans les vagues. Si on pouvait se laisser là, invisibles... Elles plongent, elles se replongent... Temps invariable, beau clair... Blanc sable, bleu calme. Chacun sa serviette rouge sombre. « Respirez bien, avant le poison. – Paris ? – L'enfer-comédie. – Dès ce soir ? – Sur les répondeurs. »

– Il faudrait recommencer ça, dit Sigrid.

– Nous, je ne sais pas. Mais d'autres, peut-être.

– C'est la loi du théâtre, dit Liv. Vous savez ce qu'on dit en chinois pour la diction lente, hors du temps ? Qu'elle a été « pilonnée mille fois par mille acteurs ». Il y a une femme qui vient bientôt, magnifique, Madame Jiqing. Elle joue dans *Le Pavillon des pivoines.* On l'a surnommée « les trois rêves ». Elle rêve, elle sait qu'elle rêve, elle interprète son rêve. Il ne faut pas manquer non plus *Phèdre* en japonais. Une actrice un peu mûre... Elle vient du porno... Elle apparaît en scène avec un écheveau, comme dans le Kabuki...

– Un écheveau?

– Signe des individus possédés. Je suppose que Thésée doit être dans le style Bunraku.

– Tiens, dit Sigrid, en pointant son doigt mouillé sur les journaux, j'ai un truc dans *Nouveaux Loisirs* pour votre documentation. Je vous le découpe?

– Merci.

SEXE A RALLONGE

« Deux chirurgiens de Shanghai ont réussi pour la première fois une opération d'allongement du pénis en effectuant une greffe de chair et de peau prélevées sur l'avant-bras du patient.

Ce dernier, originaire de la province de Fujian, était mécontent de la taille (qu'il jugeait trop petite) de son pénis, et avait demandé qu'il soit allongé.

Les chirurgiens, ayant constaté que l'extrémité avait eu une croissance normale, ont jugé inutile d'opérer l'ensemble du membre. Ils ont par contre transplanté, avec succès, de la peau et de la chair de l'avant-bras sur une partie du pénis.

Le *Quotidien du peuple* affirme que cette opération est une première mondiale et que " son succès démontre que la microchirurgie a atteint en Chine un nouveau niveau ". »

– J'ai encore mieux, dit Liv. Dans *Le Temps*.

LES ÉTRANGES AMOURS DU POULPE

« Les poulpes ont le bras long, et c'est sans doute tant mieux pour leur reproduction : non seulement la fécondation des femelles s'effectue à l'aide d'un des tentacules des mâles, mais il semble que, dans certains cas, ce bras puisse se détacher pour partir à la recherche de l'âme sœur en toute indépendance, par une faculté qui reste totalement inexplicable. »

– Jules Verne enfoncé, dit Sigrid.

– « Tout se passe comme si ces bras étaient abandonné un peu au hasard... Le mâle, en effet, est un minuscule animal de moins de dix centimètres de diamètre, qui vit à la dérive, alors que la femelle, dont le diamètre peut approcher le mètre, vit cachée sous les rochers du fond des mers »...

– A rajouter en note dans une nouvelle édition de *L'Odyssée*.

– J'ai aussi ce qu'il vout faut dans *Vibration,* dit Sigrid. Tenez :

PHOTO-CHOC

« Le Pape et l'Immaculée Conception en train de se promener ensemble au sommet du mont Blanc. »

– Banal.

– Oh, dit Liv, pas mal non plus, ça : vous savez avec qui est partie la toute jeune femme du vieux Malmora, le célèbre écrivain italien maître de l'érotisme ? Juste après son mariage ?

– Non.

– Avec le chef des Druzes, au Liban.

– Pas possible ?

– Voilà la photo. Ils se sont rencontrés à un enterrement à Stockholm. Ils sont en Grèce.

– J'ai toujours pensé que Malmora avait quelque chose de druze, en puissance.

– Tout cela n'est pas très catholique, dit Sigrid.
– On peut considérer qu'il s'agit d'un jugement littéraire. Les femmes ont toujours raison.
– Toujours?
– Toujours.
– Donc, votre Joan a raison contre vous en se mélangeant avec Boris?
– Attention; dans ce cas, c'est lui qui doit l'épouser pour faire l'appoint. On verra.
– Je repars dans l'eau, dit Liv. Vous venez?
On nage tous les trois en ligne... On revient s'allonger...
– Vous savez ce que signifie *Pol* en russe? dit Sigrid.
– Non.
– Ça explique l'obsession que les Russes ont des Polonais.
– Alors?
– *Pol* veut dire sexe. Remarque, en passant, de Nabokov dans une lettre du 24 novembre 1942. Publié par *Moderne*.
– Avec Jean-Paul deux fois Pol, c'est un comble! dit Liv.
Je pense au coup de téléphone de ce matin :
– Voilà : B. a été libéré.
– Ouf. De combien est la dette extérieure de la Pologne?
– 31,3 milliards de dollars.
– Combien sont les chefs les plus importants de la clandestinité?
– Douze?
– Cela fait B. à plus de deux milliards et demi de dollars. Pas mal. Citoyen le plus cher de la planète. Un Libanais ou un Français, en comparaison, ne vaut pas un kopeck.
– Mon cher, vous êtes un écrivain polonais.

– Je sais.
– Vous demandez à changer de nationalité?
– Pourquoi pas? Qui avez-vous en exil?
– Un poète aux États-Unis. Mais un romancier à Paris serait mieux.
– Écoutez : vous me faites donner la nationalité polonaise, je suis immédiatement exilé et privé de ma nationalité, je demande la naturalisation française, et le tour est joué. Sans bouger.
– Ce serait drôle. Et les Français vous prendraient enfin au sérieux. Grand succès. Vous devriez demander au Saint-Siège de vous arranger l'affaire.
– A moins que je devienne citoyen du Vatican? Mon rêve.
– Vatican? 44 hectares. C'est le Bois de Boulogne. 30 pour cent de la population sous l'uniforme. Vous pourriez travailler pour la radio, il y a des missions en trente-sept langues, dont, je crois, sept mille heures de français. Ou pour l'*Osservatore Romano,* 150 000 exemplaires, six éditions hebdomadaires, italien, français, allemand, anglais, portugais, espagnol, plus une édition mensuelle en polonais. Je peux vous lire une note amusante? Ça va vous plaire.
– Allez-y.
– « A la différence des annuaires administratifs courants, qui s'efforcent de mettre en évidence les responsabilités de chacun, *L'Annuaire pontifical* classe soigneusement tous les fonctionnaires des dicastères romains en fonction de leurs grades ecclésiastiques ou administratifs. Il est donc de la plus haute difficulté, si l'on désire rencontrer un interlocuteur compétent pour traiter un problème, de l'identifier. Les ambassades se rendent volontiers entre elles le précieux service de se révéler les compétences de tel ou tel *monsignor* qu'elles ont réussi à connaître, parfois au terme de plusieurs mois de recherches. »

– Parfait. Toujours le Temps. Dépense du temps trouvé. Qu'est-ce qu'on fait, maintenant?
– Je vous rappelle.

On ferme les maisons, on attend le taxi couchés dans l'herbe... Mouettes au-dessus de nous, papillons... Il arrive vers quatre heures, le vieux taxi rouge, l'avion est à six heures... Il faut prendre le bateau, attendre, le petit aéroport est presque désert, le bimoteur à hélices est là, jaune et bleu, ancien bombardier de la Seconde Guerre mondiale... Voilà, on s'envole, on se tient les mains... Peu à peu, l'île se devine sur la gauche, cœur déformé à la dérive, epsilon bleu sombre dans le soleil bas... « Les maisons sont là-bas? dit Liv, dans le creux, là-bas? »... Oui, et juste à droite la plage où on s'est baignés ce matin... Renfoncement brumeux... Les gens doivent être encore dans l'eau, de chaque côté des bouées rouges indiquant le chenal des bateaux et des planches à voile... Tout est rose-argent, maintenant, c'est loin... Elle s'en va, elle est larguée comme une carte postale, l'île... Sigrid a les yeux fermés... Liv reste penchée sur le hublot... Une heure après, déjà les nuages... « Premières émanations de Babylone, attachez vos ceintures »... Mais non, le ciel s'éclaircit de nouveau, on arrive sur la carte postale Paris, bien nette, bien à sa place sur le tourniquet spatial... Défense, tour Eiffel, Notre-Dame, île Saint-Louis, Montparnasse... « Je n'ai jamais aussi bien vu Paris, dit Liv. On dirait une boîte à musique. – Attendez la cacophonie, vous m'en direz des nouvelles. – Si on repartait? dit Sigrid. – Il faut bien que le roman continue. Vous n'êtes pas curieuse des prochains chapitres? – Vous avez bien vos carnets? – Je les sens s'écrire tout seuls. – Quel tempo? – Rondo. La fin du *Concerto pour clarinette*, dernier concerto, 1791, la majeur. Thème : quelqu'un s'échappe. – Il faut que je le rachète, dit Liv, je crois que je ne l'ai plus. »

On atterrit, et tout va très vite... Chacun son taxi... Mains agitées... Rideau...

Studio... Les gestes en rentrant... Clés, code, portefeuille, courrier... De la douche à la baignoire... De l'océan à la salle de bains... Depuis ce matin, donc : banc au soleil, tennis, le filet, les vignes... Puis plage dans l'eau. Puis avion. Puis voiture autoroute. Puis « chez soi ».

Il fait encore jour. Je branche le répondeur. Whisky. J'écoute les voix. Plus ou moins énervées, anxieuses. Yoshiko. Fermentier. Deux journalistes hommes. Une femme inconnue, « j'aimerais vous voir ». La radio. *Business.* Tiens, Dinah, pas vue depuis trois mois... Des informations, sûrement...

– Allô Dinah?
– Ah, c'est toi. Tu peux être libre rapidement?
– Ce soir?
– Là? Tout de suite?... Je m'arrange.
– Dans deux heures? A *La Closerie*?
– D'accord.

Neuf heures... Je recopie mes notes sur Casanova... « Alors elle me présenta sa bouche et me donna un baiser d'adieu si ardent et si doux que je partis avec la certitude d'être heureux à mon retour »... J'avais oublié qu'à Paris, en 1757, il habitait du côté du faubourg Saint-Honoré, derrière la Madeleine, région encore campagnarde à l'époque. Le nom du quartier? Non? Si : *La Petite-Pologne*. Sa maison, avec cour, remise, écurie et jardin potager planté d'arbres fruitiers, s'appelait *Cracovie-en-Bel-Air*. Copernic, Casanova. J'entends Sigrid d'ici : « Et bien entendu, ce n'est pas un hasard si vous habitez, vous, à côté des allées Marco-Polo, à l'Observatoire? Marco Polo comme l'aéroport de Venise et le principal transbordeur de la Giudecca ? – Bien entendu. » Je viens de revoir la plaque verte à l'inscription blanche :

JARDIN MARCO POLO
(1254-1323)
EXPLORATEUR DE L'ASIE

Tiens, il est mort en 1323, deux ans avant Dante... L'autre allée, c'est Cavelier-de-la-Salle (1643-1687), découvreur de la Nouvelle France à la Louisiane. « Un des grands plaisirs de Paris, c'est d'aller vite »... « Tout, ici-bas, et là-haut, peut-être, est combinaison »... « Nous ne sommes que des atomes pensants qui allons où le vent nous pousse »... « L'alliance des êtres les plus opposés, Dieu et le Diable, est immanquablement dans la tête d'une femme vaine, faible, voluptueuse et timide »... Et cette immortelle déclaration de bonheur :

« J'aimais, j'étais aimé, je me portais bien, j'avais beaucoup d'argent, je le prodiguais pour mon plaisir et j'étais heureux. J'aimais à me le dire, tout en riant des sots moralistes qui prétendent qu'il n'y a point de véritable bonheur sur la terre. Et précisément c'est ce mot *sur la terre* qui excite mon hilarité, comme s'il était possible d'aller chercher ailleurs ! *Mors ultima linea rerum est.* Oui, la mort est la dernière ligne du livre des choses ; c'est la fin de tout, puisqu'à la mort l'homme cesse d'avoir des sens ; mais je suis loin de prétendre que l'esprit suive le sort de la matière. L'on ne doit affirmer que ce qu'on sait positivement, et le doute doit commencer aux limites dernières du possible.

Oui, moralistes moroses et imprudents, il y a du bonheur sur la terre, il y en a beaucoup, et chacun a le sien. Il n'est pas permanent, non, il passe, renaît et passe encore, par cette loi inhérente à la nature de tout ce qui est créé, le mouvement, l'éternelle rotation des hommes et des choses; et peut-être la somme des maux, conséquence de notre imperfection physique et intellectuelle, surpasse-t-elle la somme du bonheur pour chaque individu. Tout cela est possible, mais il ne suit pas de là qu'il n'y ait point de bonheur et beaucoup de bonheur. S'il n'y avait point de bonheur sur la terre, la création serait une monstruosité et Voltaire aurait eu raison d'appeler notre planète les latrines de l'univers; mauvais bon mot qui n'exprime qu'une absurdité, ou plutôt qui n'exprime rien, si ce n'est un élan de bile poétique. Oui, il y a du bonheur et beaucoup; je le répète aujourd'hui que je ne le connais que par le souvenir. Ceux qui avouent avec candeur celui qu'ils éprouvent sont dignes de le posséder; les indignes sont ceux qui le nient tout en jouissant, et ceux qui, pouvant se le procurer, le négligent. Je n'ai aucun reproche à me faire sous ce double rapport. »

Dinah a quarante ans, elle est productrice à la télévision, elle est très tendue, non, les vacances n'ont pas été bonnes, elle a des problèmes sentimentaux, ça lui arrive tous les cinq ans, elle vient de tomber follement amoureuse d'un homme plus jeune qu'elle, trente-deux ans, c'est la première fois que ça lui arrive à ce point, elle est toute pâle, c'est bouleversant, très physique, un peu de coke là-dessus, son amant actuel, cinquante-trois ans, ne lui convient plus, il est vieux, il a des manies, il ne lui fait plus de cadeaux, pas le moindre voyage, elle ne le désire plus, qu'est-ce que j'en pense, tandis que l'autre est enthousiaste, il lui saute dessus sans arrêt, c'est un ange. Pourquoi est-il si urgent de me raconter ça? Mystère pour l'instant, mais lueur. Bien entendu, elle a commencé par me dire qu'elle voulait réaliser une émission avec moi, une « histoire des intellectuels depuis vingt ans », très bonne idée, mais enfin on verra plus tard. Sa vie privée avant tout.

— Il est marié, ton nouvel amant?

— Non, mais il vit avec une femme. Plus âgée. Je pense qu'il va la quitter.

— Tu en es sûre?

— C'est la condition pour m'avoir. Chaque fois que j'ai eu un homme, il a quitté sa femme dans les deux mois.

— Tu y tiens?

— Absolument. C'est ça ou rien. Pour l'instant, je me dérobe un peu... J'attends la suite.

Elle me parle d'argent, maintenant, Dinah... Combien elle gagne par mois... Combien elle va gagner l'année prochaine... Respectable... Et puis quelques précisions sur sa sexualité... Comment elle jouit... Ne jouit pas... Ses trucs... Son chiffre... Sa scansion intime... Je la regarde : elle est d'une obscénité inconsciente parfaite, très blonde, très blanche, le visage et la bouche un peu tordus par une fixité qu'on retrouve dans la voix monocorde, les yeux bleus aveugles... Elle est pressée...

— Évidemment, tout cela ne te concerne pas, dit-elle... Avec ta façon de vivre...

— Ma façon de vivre?

— Tu as toujours plusieurs femmes à la fois? Laura le supporte encore?

— Mais...

— Tu ne pourrais pas être fidèle à une femme?

— Tes amants le sont?

— Une fois qu'ils sont avec moi, oui.

— Tu es sûre?

— Sans aucun doute.

C'est ça, elle en est sûre. Tant mieux. Le mot qu'elle emploie le plus souvent est : *quitter*. Un homme doit *quitter* une femme pour elle. Ce qui l'excite, c'est qu'il

quitte. Quitte ou double. Elle est multipliée par deux s'il « quitte ». Il vaut par ce qu'il quitte. Un homme n'est acquitté d'être un homme que dans ce scénario brutal.
— Tu raisonnes peut-être de manière trop tranchée ?
— Non, non, je sais ce que je dis. Se faire désirer est facile. Je connais les hommes.
— Mais tu penses vraiment que ton nouvel amant ne baise plus qu'avec toi ?
— C'est évident.

Elle n'a pas changé, Dinah... Autrefois communiste... Féministe... Sur-psychanalysée... Adaptée... Elle sait tout, elle veut tout savoir, la loi est la loi, deux et deux quatre, sinon l'angoisse. Elle pique avec énergie dans son steak tartare.
— Je ne comprend pas Laura. Elle a des amants ?
— On n'en parle jamais.
— Elle aurait dû divorcer cent fois.
— Vraiment ?
— Il paraît que tu étais avec deux femmes dans ton île ? Encore des victimes ?
— Qui t'a dit ça ?
— Muriel. La photographe de *Vibration*.
— Elle était choquée ?
— Non. Légèrement dégoûtée. C'est ton côté pénible.
— Ah bon.

Je sens que la place centrale dans l'« histoire des intellectuels depuis vingt ans », de Dinah Miller, est en train de m'échapper... Dommage... En monogame stable, divorcé et remarié illico, je serais réhabilité sur-le-champ... Homo, pas de problème... Célibataire, à la rigueur... Mais là... Aucune excuse... A moins que je me déclare, tout à coup... Oui, oui, j'en ai assez de cette vie désordonnée, je t'aime depuis toujours, je viens de le découvrir, je *quitte,* je pars avec toi... Voyage !... Installation au retour !...

— Tu vas continuer comme ça longtemps?
— Je n'y pense pas. J'essaie de faire ce qui me plaît.
Elle pince les lèvres... Cette fois, je disparais du programme. D'ailleurs, je ne suis pas un intellectuel sérieux. Ni même un écrivain convenable, c'est-à-dire souffrant, méritant, perdu, marginal... Elle me rappelle Liliane Homégan, Dinah, elles sont toutes découpées dans le même tissu hormonal... Ça doit faire la centième fois que je rate mon examen de passage... Je n'arrive pas à incarner... A mon âge!... « Les hommes torchent les lois, les femmes font l'opinion »... Sans appel... Les hommes répètent ce qu'elles émettent à toute heure, ils croient l'inventer... Au fond, c'est du Pavlov, tout ça... Pavlov plus que jamais le grand homme de notre temps... Ils ont beau, tous et toutes, se raconter des machins hypersophistiqués avec l'inconscient à la clé, il n'y a rien d'autre que le bon vieux processus stimulus-réponse... Sonnerie? Signal lumineux? Salive!... Hémisphères cérébraux! Réflexe et sécrétion branchés vésicules! Gastrique! Suc!... Dinah est libre, désirée, je dois être immédiatement candidat! Surenchère! Poker! Comment? Pas le moindre filet de bave? Rien? Mauvais chien. Pas humain. Fourrière.

Encore un essai? Drrring! Sucre? Bouge pas la patte?
— Est-ce que tu as un chien? dis-je.
— Non. Pourquoi? Et toi?
— Non plus.
Elle me regarde drôlement... Il est idiot, ce type...
Deux heures et demie du matin... Huit heures et demie à Long Island...
— Tu es à Paris? dit Laura. Tu as bien fermé les maisons? Rentré les fauteuils?
— Tout est en ordre. Les enfants vont bien?
— Un peu enrhumés. Tu as bien travaillé? Tu as fini?

- Pas encore.
- Simmler a téléphoné. Il te cherchait. Il croyait que tu étais ici. Je lui ai dit de t'appeler à l'Agence. Il paraît qu'il revient au siège de Paris.
- Il fait beau?
- Épatant. Le soleil se couche. Tout est rouge.
- Je vous embrasse.
- Bonne nuit!

Je m'endors dans un drap de sel. Je rêve que j'entends mon cœur.

VII

Le pin parasol dehors? Non, la ville.
- Le patron veut déjeuner avec vous.
- Quand ça?
- Demain. Vous êtes libre?

Pas question de ne pas être libre pour le P.-D.G. de *Business*...

- Il faudrait que je vous voie, dit Yoshiko.
- Il faut que je vous voie tout de suite, dit Fermentier.

Bon, ça y est, semaine foutue...

- Bien rentrée dans l'atmosphère? Pas de bombe chez vous?
- Ça peut aller, dit Liv. Les gens sont nerveux.
- Oui, hein?
- Sigrid part pour Berlin aujourd'hui. Elle m'a dit de vous prévenir. Elle rentre à la fin de la semaine.

Je débranche... Qu'est-ce que je pourrais faire de plus gratuit? De plus *inutile*?... Je prends la voiture, j'hésite... Versailles, voilà... J'ai envie de revoir le salon de la Reine... Les meubles, les tapisseries, les portraits... De me promener dans le parc... De draguer la première touriste venue... Voilà, voilà... Étonnant que les CRA n'aient pas encore fait sauter le Petit Trianon ou la chapelle... Ni le

Louvre, d'ailleurs, temple du paganisme repu... Les CRA, les Cellules Révolutionnaires Arabes... On n'est qu'au début des fusées d'Allah...

– Oh, c'est juste par timidité, vous savez, ils demandent leur entrée dans la civilisation.

– Par timidité? A coups d'explosifs?

– Mais oui... A la limite, c'est touchant. Façon un peu brusque de faire toc-toc à la porte des plaisirs interdits. Consommation, grands magasins, musique, peinture...

– Avec des jambes arrachées? Des yeux crevés? Des thorax défoncés? Des enfants broyés?

– Mais oui, mais oui... Vous ne vous rendez pas compte... C'est une demande...

– Une *demande*?

– Mal formulée, j'en conviens... Fragonard...

– Fragonard?

Le parc est envahi... Trop de monde... La chapelle est fermée... Le salon de la Reine est mieux en photo couleurs... Pas une femme seule opérable... Je rentre, je vais à Notre-Dame. Trop de monde. Au Louvre : bourré. Non, décidément, il vaut mieux rester chez soi. Acheter un Minitel. Contacter, par messagerie, les aventurières du clavier... « Perle rare »... « Océane »... « Fleur de lotus »... « Pénélope »... « Circé »... J'emploierai Seingalt comme nom de code, il ne doit pas être pris... Messages courts et sentimentaux... Rentrés... Romantiques... Il doit bien y avoir un moyen, d'ailleurs, de se faire remplacer par un robot... Un robot pour tous les préliminaires... On arriverait avec son corps pour conclure, ce serait parfait... Au fait, est-ce que Clara est rentrée de vacances? J'ai besoin de recharge chimique. Téléphone. Non. Dans trois jours... Carnet rouge... PMGA... Petit mois d'une grande année... Dédié à Rudolf Grünenblatt, qui souffre de diabète... A ses légions d'admirateurs mondiaux... Au protestantisme universel... Avec, en exergue, cette phrase de *La Duchesse de Langeais* : « Mon bijou, dit la princesse, je ne sais rien de plus calomnié dans ce bas monde que Dieu et le dix-huitième siècle. »

PMGA

Première semaine. Mardi, 15 h. *Rosa.* Bijoutière. Son magasin est sur le boulevard des Italiens. Rencontrée au Café de la Paix. Trente-huit ans, rousse, un peu grosse. Son appartement est au-dessus du magasin. Mari et enfants absents dans l'après-midi. Elle se couvre de perles, de colliers, de bracelets, de bagues... « J'aime faire l'amour dans les diamants. » Style Boucher. Diane au bain. Je monte directement chez elle après avoir regardé la vitrine. « C'est excitant, j'ai la sensation d'un vol. – D'un viol? – D'un vol et d'un viol. » Cinq heures : champagne. « Il faut quand même que j'aille voir ce que devient la boutique. » Cuisses de soie. C'est l'été. Retour par les Tuileries. Ombres douces.

Samedi, minuit. *Jenny,* quarante-trois ans, femme d'affaires. Elle dirige un grand hôtel du côté des Ternes. Difficile pour elle. Elle se réserve une suite de grand luxe. Grande, mince, châtain, spirituelle, un peu sèche. L'embêtant, c'est qu'il faut passer la nuit et parler beaucoup. Action vers deux heures du matin. Divorcée, sans enfants. Plus de rêves, maintenant : réussir. Très soignée, instituts de beauté, sport, cheval. Directive. Comment et à quel moment. Veut que j'écrive un éloge de son établissement dans *Demain Madame,* quinze jours gratuits dans une des suites si cela me tente. Avec sa photo, bien sûr (le texte faisant valoir la photo). A part ça, plutôt sympathique. Anecdotes sur les clients célèbres, les passages de l'après-midi (voir Annexe n° 110). Origines modestes. Nord. Plutôt socialiste. Admire beaucoup Albert Cohen. Retours par le parc Monceau, le matin. Fraîcheur de l'herbe. Jets d'eau.

Deuxième semaine. Mercredi, 20 h 30 : *Sabine.* Actrice, vingt-cinq ans. Brune, très beau visage, nez déjà refait. « Vous connaissez Liv Mazon? Oh, elle est très bonne. Elle ira loin, je crois. » Studio vers une heure. Plus simple que prévu. Jambes un peu décevantes. Elle vient de Pologne (grands-parents). Silencieuse après. Mélancolie légère. J'ai cru comprendre qu'elle avait des difficultés avec son amant metteur en scène. « Mais la littérature, c'est autre chose, n'est-ce pas? » Vient de découvrir Proust. Étonnée par *Sodome et Gomorrhe.* « Explosif, non? – Très actuel. »

Vendredi, 19 h 30 : *Lise.* Trente ans. Salon de coiffure rue Littré. Elle doit rentrer chez elle à neuf heures. Le temps de faire une course, donc. Blonde, petite, yeux très noirs. Épuisée par sa journée. Prend un bain tout de suite. Jus d'orange. Action à 20 h 10, juste après les titres du Journal télévisé. Rapide et précise. 20 h 45 rhabillée, impeccable. « Ça fait du bien. »

Troisième semaine. Lundi, 15 h 30 : *Stéfi.* Trente-cinq ans. Sa boîte est fermée ce jour-là. Elle dirige l'*Isis,* un truc de nuit pour lesbiennes. « Elles me dépriment! » Pleine de récits clientèles (voir Annexe n° 225). Très garçon, brune, moyenne, lunettes, cheveux courts. Rencontrée avec Sigrid sur les Champs-Élysées, puis à l'*Isis.* « Un homme de temps en temps. » Très drôle, très intelligente. Aime Genet. « Vous, au moins, vous êtes désespérément normal. Curieux que vous ne soyez pas con. – Merci. » Départ vers 18 h.

Mercredi, 21 h : *Véronique.* Vingt-six ans. Philosophe. « Vous connaissez Sigrid Brodski? Elle est géniale, non? » Travaille sur Hegel. « Si on m'avait dit que je parlerais un jour, à dîner, avec vous, de *La Phénoménologie de l'esprit*! – Tout arrive. – Le devenir dans l'essence est le mouvement du néant au néant. – Proposition animée d'un mouvement à la faveur duquel elle tend à disparaître à travers elle-même. – Le concept comme « pouls vital ». « Le fond est un moment de la forme. » Brune, assez petite, ronde, aiguë. « Hegel est un penseur excitant, je trouve. » C'est bien mon avis. Studio. Ferveur.

QUATRIÈME SEMAINE. Rien.

– Content de vous connaître.

John Silbermann raffine dans la courtoisie... « Nous allons directement à table, vous voulez bien? Après vous »... J'ai eu par Claude, à l'Agence, le petit secret de ce déjeuner impromptu... La rédaction de *Business* a pensé à moi pour une chronique régulière après le départ de Patrick Finon... « Que manque-t-il à S.? La blessure secrète. Le manque. La vraie souffrance initiatique. Il est tout simplement en trop bonne santé pour avoir du génie »... Encore un partisan de Grünenblatt... Mais mon nom a, paraît-il, soulevé des tempêtes au comité éditorial... André Colmar, surtout, s'est déchaîné... « Il a même sorti contre vous des photocopies d'articles de votre période chinoise. – Non? – Si. – C'est un peu fou? – Un peu beaucoup. » Colmar est un ex-stalinien reconverti dans l'anticommunisme hyperstalinien, vigilant à fiches vingt-quatre heures sur vingt-quatre, slavisant, orthodoxe... Silbermann, donc, m'invite pour compenser... D'ici qu'on aille dire que le libéralisme est un communisme à l'envers... Que la liberté d'expression emploie des méthodes léninistes... Que les journalistes sont surveillés par le KGB à travers la CIA pianotée d'en face... Ça ferait désordre. Silbermann n'aime pas ça. Il est grand, élégant, souple, l'œil vert, il parle un peu voûté, très gai...

– Si on m'avait dit ça à l'époque, j'aurais probablement ri au nez de la personne qui aurait proféré une telle

absurdité, mais le vrai noyau du libéralisme, au fond, a été le mouvement de mai 68.
— Ravi de vous entendre.
— Avec le temps...
— Eh oui, le temps...
— Quel est en ce moment, selon vous, le grand intellectuel français?
— Euh...
— Et d'abord y en a-t-il un? Je veux dire : qui ait une dimension mondiale?
— L'idée d'intellectuel-phare, de guide idéologique suprême, n'est-elle pas une idée marxiste?
— Tiens, oui, peut-être. Alors, plus personne?
— Non.
— Ils sont morts?
— Oui.
— Qu'est-ce que vous faites, vous?
— Oh moi, vous savez... Littérature... Pas grand-chose...
— Traduit aux États-Unis?
— A peine.
— Tout de même. Quelle est la pensée qui vous paraît aujourd'hui dominante?
— Je me demande...
— Oui? (Il entame sa sole aux morilles, hors de prix.)
— Je me demande si l'on n'a pas méconnu Pavlov.
— Pavlov? Vous êtes sérieux?

Il me regarde du fond de la banquette en velours rouge... Au-dessus de lui, des naïades 19e se tordent dans des vagues opalescentes... Liane de Pougy... Lionnes en tilbury... Il est arrivé avec deux voitures, chauffeurs au garde-à-vous, téléphones à l'arrière, il reprend l'avion tout à l'heure pour New York... Rendez-vous demain à la Maison-Blanche...

– Pavlov? Vraiment?

Le rapport d'André Colmar... Il a raison... Ce S. est un zozo pas du tout fiable... Irresponsable... Qu'est-ce que je fais, moi, Silbermann, en train de déjeuner avec cet amateur? Alors que le ministre des Finances voulait bavarder avec moi en tête à tête!...

– Pavlov?
– Le stimulus-réponse...
– Mais le retour du religieux?
– Pavlovien.
– Le terrorisme?
– Pavlovien.
– L'avenir de l'humanité?
– Pavlovien, pavlovien. Les hémisphères...
– Vous écrivez sur Pavlov?
– Non.
– Mais alors, sur quoi?
– *L'Odyssée*.

Il repousse son assiette... Son adjoint directeur le regarde, catastrophé... Café... Pas de course...

– Écoutez, nous restructurons *Business*. Nous voudrions avoir des articles détendus, de gens à l'aise avec eux-mêmes. Qui écrivent comme s'ils se parlaient. Avec naturel. Pas de clan.

– Dans ce cas...
– Vous aimez le journal?
– Beaucoup. J'y suis censuré ou éreinté depuis dix ans.

Silbermann ne relève pas... Allume un cigare... Me jette un coup d'œil amusé...

– La nouvelle maquette est très bien, vous verrez. Je m'en suis personnellement occupé... Vous travaillez quelquefois pour la télévision?

– Oui. Les Japonais. Une adaptation de *La Divine Comédie*...

– Revue par Pavlov?
– En un sens...

Il se lève. Le directeur adjoint ramasse ses papiers... « Je peux vous parler cinq minutes, Monsieur? – Dans la voiture »...

On sort.

– Eh bien, dit Silbermann avec un grand sourire, j'attends de vous lire dans *Business*. Sur Pavlov, hein? En toute liberté?

– Stimulus! Réponse!
– Au revoir!
– Au revoir.

– Je crois que Tokyo ne veut plus de Dante, dit Yoshiko. Je suis désolée.

– Ah, dommage. J'avais justement des idées flambantes pour l'Empyrée...

Elle est triste... On lui a téléphoné de là-bas hier soir... Restrictions de budget... Prétexte... A moins que Colmar ait envoyé un rapport partout... Par télex... Contre-attaque russe foudroyante... Un ancien Chinois infiltré... Agent du Saint-Siège... Le comble!... Tous les défauts... Terroriste, chacal du stylo... Mœurs dissolues... Aucun poids... Aucun talent... Déclaration de Grünenblatt jointe... Et quand Grünenblatt parle, c'est la Suisse elle-même... Calvin! Luther! Les Popes! L'Union Synagogale! Moon! Prague! L'Orient tout entier! Le grand Pointillé! Depuis Berne! Capitale secrète! Rien à faire...

Elle pleure un peu, Yoshiko, elle nous voyait déjà ensemble à Florence...

– Ce n'est pas grave. On pourrait faire un livre illustré...

– Vous pensez?
– Mais oui. Un livre de vous, d'ailleurs. J'écrirais la préface... On trouvera bien un éditeur...
– Sûrement!
– Vous voyez...

Un petit livre qui sera éreinté dans *Business* par un ami d'André Colmar... Puisque le monde est une tête d'épingle... Une pointe fourmillante, c'est le problème... Avec explosions de temps en temps... Dans un mouchoir...

– Je vais rentrer là-bas, dit Yoshiko. Vous viendrez bien un jour au Japon?
– Ça me paraît inéluctable.
– On ne sait jamais... Le projet n'est peut-être que différé...
– Mais bien sûr.

On va dîner tranquillement à *L'Océan*... Il y a de nouveaux poissons dans les aquariums... Minuscules torpilles rayées... Pétales noirs... Rouges... Bulles...

– Buée des buées, et tout est buée...
– Vous citez quoi? dit Yoshiko.
– L'Ecclésiaste. Ça me revient dans les moments graves.

Elle rit... La patronne vient vers nous... Me glisse une enveloppe... « On a porté ça pour vous »...

Je vais aux toilettes...

« Je vous ai téléphoné. Vous n'avez pas rappelé. Il faut absolument que je vous voie. Il y a une surprise pour vous. Agréable. Si votre dîner ne s'achève pas trop tard, je vous attends. C. »

– Votre séjour s'est bien passé? dit Yoshiko.
– Superbe. Vous partez quand?
– A la fin de la semaine.

Pas besoin de lui expliquer, à Yoshiko... Elle comprend... Banalités... Baiser sur le bord du trottoir, taxi...

Adresse dans le 17e, code, étage... C'est un des immeubles qui donnent sur le parc Monceau. Je monte au troisième, je sonne... Déclic... La porte s'ouvre toute seule... J'avance dans un long couloir vers un salon éclairé...

– Bienvenue, Monsieur S.!

Trois femmes en robes noires, deux fauteuils, un divan... Masquées... Deux blondes, une brune... C'est la brune qui vient de parler. Elle a levé sa coupe de champagne dans ma direction. Les autres en font autant. La brune se lève, me tend un verre, se rassoit:

– Je vais être la seule à parler, Monsieur S., dit-elle d'un ton ironique. Vous ne me connaissez pas. Mes amies et moi sommes curieuses. Vous racontez beaucoup de choses... On raconte beaucoup de choses sur vous... Nous aimerions vérifier votre réputation... Voilà.

J'ai vite fait l'inventaire du salon... Mobilier Louis XV... Gravures d'époque... Un très beau Matisse au mur, violon-chaise-fenêtre... Un dessin érotique de Rodin... Une sculpture de Picasso... Une fortune...

– Vous laissez n'importe qui entrer comme ça dans votre musée? C'est imprudent.

– Ou alors, c'est vous qui êtes imprudent, dit la brune.

Les deux autres fument en silence... Elles ont une trentaine d'années... Guet-apens féministe? *Vibration: Orphée by night.* «Le corps de S., horriblement mutilé, découvert au Bois de Boulogne. Le corps dans un sac de plastique, la tête dans un autre sac. Ce meurtre rituel est revendiqué par un groupe jusqu'ici inconnu, la LIF, Ligue d'Intervention Féminine, avec le slogan suivant: «Assez de régression! Halte au papisme! Il est temps d'agir. Ceci est notre premier avertissement au monde de la propagande machiste. Nous avons refusé d'être des objets de désir. Nous ne serons pas des machines à plaisir!»

– Bon, dis-je. Qu'est-ce qu'on fait?

– On vous interroge un peu, dit la brune. Est-il vrai que vous avez deux complices?

Je remarque pour la première fois la musique disque compact en sourdine... *La Flûte enchantée*... Bien sûr...

– Deux complices?

– Deux femmes à votre entière disposition et draguant pour vous?

– C'est très exagéré...

Une des deux blondes a failli parler. La plus grande. Elle se penche vers la brune, lui dit quelque chose à l'oreille...

– Finalement, nous sommes pressées, Monsieur S... Vous ne nous plaisez pas tellement, mais nous voudrions quand même vous essayer... On vous a tiré au sort. Vous êtes d'accord? Promettez d'abord de ne pas toucher aux masques.

– C'est promis.

La blonde plus petite se lève... C'est la première, donc... Elle m'entraîne dans une chambre... Se déshabille... Commence à m'exciter plutôt gentiment... Les deux autres arrivent, déjà nues... «Vous voulez bien éjaculer quand je vous le dirai?» me glisse la brune... Mais voyons... Je commence à comprendre... Tentative de grossesse sur l'une d'elles?... La première?... L'homme-seringue?... Je finis sur la petite blonde... La grande me regarde de près... La brune m'embrasse en tenant la main de son amie en cours d'expérience...

– Ne cherchez pas à savoir qui nous sommes, dit la brune, toujours masquée, quand tout est fini. On nous a prêté l'appartement.

– Le Rodin est magnifique. Ces dessins sont très rares.

– La plupart sont à l'hôtel Biron. Vous les connaissez?

– De réputation.

– Je peux dire qu'on vous les montre. On devrait les publier, d'ailleurs.
– Je pourrais m'en occuper.
– Ce serait drôle.
Je sors vers trois heures du matin... Masse calme du parc...

– Vous êtes au courant pour les Japonais? dit Fermentier.
– Oui.
– Ils se retirent très brutalement. Je n'y comprends rien. Votre projet n'a pas plu?
– Sans doute.
– C'est très ennuyeux.
– Je trouve aussi.
– Comment envisagez-vous votre collaboration avec l'Agence?
– Je vous laisse juge.
– Écoutez, dit-il...
Il me regarde fixement avec un sourire béat... Dans son système, le sourire béat prépare la vacherie imminente...
– Écoutez, je préfère vous le dire franchement : je suis très déçu...
Son sourire emplit le bureau...
– Je suis très déçu par nos rapports humains...
– Nos rapports humains?
Allons, bon... Je ne m'attendais pas à celle-là... Je sais bien qu'il m'a déjà parlé de Schnitzer et, une autre fois, de Liliane Homégan qu'il avait estimée « très sympathique », mais de là à sauter dans les rapports humains...

— Vous ne me parlez jamais de ce que vous faites... De vos projets... De votre vie... On dirait que vous êtes un fantôme, ici... Un fantôme à éclipses... Un fantôme qui compte, soit... Et, d'ailleurs, si on parlait comptes?...
— La conversation porte sur l'argent ou sur l'humain?
Il arrête brusquement de sourire, Fermentier... Furieux...
— De toute façon, vous faites partie des contrats de Simmler...
— On dit qu'il revient à Paris?
Touché... Pas au courant, Fermentier... New York complote contre lui? Par-dessus sa tête?
— Vous voulez dire qu'il reprendrait l'affaire pour les Américains?
— Sait-on jamais?
— Vous avez travaillé, cet été?
— Un peu.
Il réévalue à toute allure le scénario prévu de la conversation...
— Un roman?
— Un roman.
— Quel est le sujet?
— C'est l'histoire d'un bonhomme qui s'entend très bien avec deux femmes qui s'entendent très bien.
— Et alors?
— Il doit adapter pour la télévision *La Divine Comédie,* et il se met à vivre la Divine Comédie. Mais transformée. Parce que *L'Odyssée* et Casanova s'en mêlent.
— Vous vous prenez pour Casanova?
— En général, on dit qu'un romancier crée des personnages qui finissent par lui échapper. Moi, ce sont les personnages qui se présentent et m'entraînent dans leurs aventures. Ça me fait une drôle de vie. Assez bariolée, en somme.

- Liliane prétend que vous n'êtes pas du tout romancier.
- E pur, si muove. C'est aussi l'histoire d'une société secrète.
- Une société secrète? A la Balzac?
- Mais oui.

Voilà quand même une conversation à rapports zumains, non?... J'ai rarement été aussi loin dans la confidence... J'entends déjà Fermentier, ce soir : « Il est incroyable. Il m'a raconté n'importe quoi. Comment un type aussi prétentieux et nul a-t-il pu se maintenir, je me le demande... Je devais me retenir pour ne pas le licencier dans mon bureau, sur-le-champ. » Et Schnitzer (ou Liliane) : « Vous auriez dû le faire. » Et lui : « Ce n'est pas l'envie qui m'en manquait. » Et Liliane (ou Schnitzer) : « Vous devriez donner une interview. » Et Fermentier : « Le moment venu... Son roman? Tu parles! »

- On attend et on voit?
- C'est ça, dit-il. Vous avez lu le dernier livre de Grünenblatt?
- Non.
- Un chef-d'œuvre. Une sorte de polar métaphysique. A la fin, on s'aperçoit que l'assassin est probablement Dieu lui-même. Aussi impressionnant que Kafka. Schnitzer est déjà sur le coup. Ça fera un film admirable.
- C'est l'écrivain suisse-allemand?
- Oui, bien sûr. Et alors?

Il s'est penché en avant de toute sa mâchoire, Fermentier... *Et alors?*... Si vous étiez de la taille de Grünenblatt! S'il y avait un seul écrivain français digne de Grünenblatt qui protège tous les Français de l'existence d'un Français tel que vous!... *Et alors?*... *Et alors?*...

Bon, si on faisait un détour par Berne, puisqu'ils y tiennent?... Casanova est là vers 1760... Avec sa « chère Dubois » qu'il appelle « ma bonne »... Il va aux bains de La Matte, depuis longtemps réputés comme des lieux de débauche... *Journal d'émigration du Marquis d'Espinchal,* 25 août 1789 (publié à Paris en 1913) : « Ces bains sont servis par des femmes. Lorsque vous faites préparer votre bain, les filles de la maison arrivent successivement, chacune apportant quelque chose, l'une du vin, l'autre du pain, l'autre du fromage. Celle qui paraît vous plaire reste avec vous et, ne mettant pas de borne à sa complaisance, se met sur-le-champ dans le bain avec vous. Il s'en trouve parfois de très jolies... »

Allez, Grünenblatt ! Au bain !

« Il faut, me dit ma bonne, que la fille que vous avez prise soit un garçon.

« – Mais ma chère, lui dis-je, vous avez vu sa gorge et ses formes ?

« – Oui, mais cela n'empêche pas.

« Ma grosse Suissesse, qui l'avait entendue, se retourna et me fit voir une chose que j'aurais crue impossible. Cependant je ne pouvais m'y méprendre ; c'était bien une membrane féminine, mais beaucoup plus longue que mon petit doigt et d'une raideur capable de pénétrer. J'expliquai à ma chère Dubois ce que c'était ; mais, pour la convaincre, je fus obligé de le lui faire toucher. L'insolente créature poussa le dévergondage jusqu'à lui offrir de faire l'essai sur elle, et elle y mettait une insistance si passionnée, que je fus obligé de la repousser. Se retournant alors vers sa compagne, elle assouvit sur elle sa lubrique fureur. Cette vue, malgré ce qu'elle pouvait avoir de dégoûtant, nous irrita si fort, que ma bonne, cédant à la nature, m'accorda tout ce que je pouvais désirer. »

C'est à Genève, comme par hasard, qu'il aura ensuite

ses discussions les plus « théologiques » avec ses jeunes amies...
— Ce passage me trouble, dit Liv.
— Montrez-moi votre trouble.
— Je veux qu'on lise ces lignes à Sigrid.
— Quand?
— Un de ces jours.

Il n'a pas tellement changé, Carl... Maigri... « Responsable »...
— Je vous présente Mel, dit-il, le correspondant parisien de *Newsweek*.
— Monsieur S.! dit Mel, comme je suis content de connaître l'auteur de *Femmes*! D'autant plus que votre personnage, c'est moi!
— Ah oui?
— Tout à fait! Tout à fait ma vie à Paris!
— Je vous félicite.
— Je lisais, je me disais : mais comment peut-il savoir ça! Et ça! Et ça! C'est insensé!
— En effet.
C'est un assez gros type rougeaud... Plein d'aplomb... J'en déduis qu'il a dû exploiter mon livre dans ses rencontres... « Le séducteur américain? Je suis le modèle! »... Pourquoi pas, chacun sa chance...
— Eh bien, dis-je, moi aussi je suis content de vous rencontrer. Vous allez peut-être aider la traduction, qui est déjà faite par un garçon épatant, à paraître enfin à New York?
— A New York?
— Oui?
— Oh non! Non! Ça ne marcherait pas du tout à New

York! Il faudrait enlever tous les passages qui ne peuvent être compris qu'ici! Non Non! Sûrement pas à New York! Non! On devrait en couper au moins la moitié!
— La moitié?
— Toutes les figures à clé! Incompréhensibles à New York!

Merde alors... Les personnages se révoltent de plus en plus... Et même les pseudo-personnages!... Jamais vu ce Mel... Crétin parfait!... Congestionné... Content... Sadique... Carl se marre...

— En somme, dis-je, vous êtes en train de me dire, en tant que personnage américain du bouquin écrit, sauf erreur, par moi, que vous refusez la publication chez vous? Pourquoi? Pour ne pas choquer votre mère? Votre grand-mère? Vos tantes? Vos sœurs? Vos nièces? Vous avez peur qu'elles découvrent dans leur langue, en plein milieu de leur pudding, ce que vous faites *vraiment* à Paris?
— Oh! Oh! Monsieur S.!
— Ça va? dit Carl. Il paraît que les Japonais renoncent?
— Oui. Je vous croyais à *Business*?
— Et moi aussi?
— On n'arrête pas de se croiser? La vie est drôle.
— De plus en plus. Comment va Fermentier?
— Un peu énervé, non?
— Il semble... Vous avez vu Snow?
— Une fois, par hasard. A Versailles.
— A Versailles?
— Vous vous rappelez? Le vieux parc solitaire et glacé...
— Vous n'étiez pas très en forme, à l'époque. Ça va mieux, je vois?
— Pas si mal.
— Vous écrivez autre chose, Monsieur S.? crie Mel.

– Oui.
– Encore les femmes?
– La suite de vos aventures, mon vieux. C'est encore plus dur.
– Oh! Oh! Monsieur S.!
– Et toujours impubliable à New York!
– Monsieur S.! Monsieur S.!
– C'est vraiment votre lettre, ce S., dit Carl. S. comme quoi? Salaud? Savant? Secret?
– Sévigné, Saint-Simon, Sade, Seingalt, Stendhal.
– Seingalt?
– Casanova. Chevalier de Saint-Graal. Clé de sol. Clavicule de Salomon.
– Grâce à vous, je suis Casanova à Paris! hurle Mel.
– Heureusement que personne n'y connaît rien, Mel. Vous profitez de la désinformation ambiante.
– Monsieur S.!
– Au moins, vous devriez faire un reportage dans *Newsweek*...
– Sur Casanova?
– Sur *vous* en Casanova, Mel! Sur ses traces! A Paris! En 1750! La meilleure année! Le Parc aux Cerfs! Maîtresses de Louis XV! La nuit!
– Vous m'aideriez?
– Dollars, Mel!
– Et je signe?
– Dollars first!
– O.K., O.K., Monsieur S.!
– Vous avez fini? dit Carl. On va dîner?

Clara est rentrée, la pharmacie est ouverte... Je vais porte Maillot en fin d'après-midi... Elle finit de servir une cliente, son assistante s'en va... Elle est épanouie par ses vacances en Corse, elle sent encore le sel, la résine, les incendies de forêt... Les cinq petits tubes sont sur la table de l'arrière-boutique... Elle ferme, on se glisse sur le divan...

– Attention à ne pas trop vous speeder... Quand je pense que j'aide la littérature française...

– Vous l'orientez. Vous êtes sa lumière d'orient.

Elle n'a dû avoir que son mari pendant l'été... Mari, enfants, habitudes, bobos divers... Elle est très en forme, nageante... Huit heures et demie... Elle a un dîner...

– Je suppose que je ne vous vois plus avant trois mois? Vous m'envoyez votre livre?

J'ai rendez-vous au Musée Rodin, rue de Varennes... Il fait encore jour, « vous êtes attendu ? », j'entre... Je vais jeter un coup d'œil à *La Porte de l'Enfer,* encore une péripétie de Dante à travers les siècles... Vous qui entrez, laissez toute espérance... Les corps des damnés sont plantés dans le bronze vert sombre, là, dans le beau jardin... Négatif des volumes bien mis en relief... Un rosier violent éclate juste à côté, dans le rouge... Les Parisiens ne se doutent pas de ce qui s'est passé et se passe encore dans les jardins réservés... Laboratoire de Rodin, près des Invalides... Il y en a eu, ici, des rencontres, des va-et-vient discrets au début du 20e siècle, dans son envers senti par ces mains... *La Porte de l'Enfer...* Une des portes de Notre-Dame, à l'écart... Gargouilles spéciales... Ève songeuse et gracieuse, à droite... « Madame la Conservatrice vous attend »... Oui, en haut, pour l'ouverture des cartons interdits, dessins et papiers découpés, paradis d'Auguste... Il fait presque noir, maintenant, l'orage menace. On est dans une petite pièce sous les toits. La Conservatrice derrière son bureau, sérieuse. Sa jeune assistante brune chargée de me montrer le théâtre privé d'un des plus grands sculpteurs de tous les temps... Vous qui allez voir ça, retrouvez l'espérance... « C'est curieux, nous avons davantage d'étrangers que de Français... Des Américains, surtout... – Nul n'est prophète... – Sans doute. Mademoiselle, veuillez apporter les numéros 5700 et suivants. »

Je m'assois. « Non, pas de stylo, s'il vous plaît. Du crayon. Nous faisons très attention. » Coup de tonnerre, vent dans les fenêtres. Bonjour Auguste! Pluie battante contre les vitres... Grands cartons plats... On y va... Pas si vite!... Moment!... Les voilà... Seules ou à deux, mythologiques ou nature, l'une sur l'autre ou l'une contre l'autre, accroupies, allongées, renversées pliées... « Uniquement des femmes? – Oui. » En voici trois d'un coup, robes relevées, se branlant délicatement, bien de face... La Conservatrice consulte ses papiers... L'assistante regarde la nuit, pense qu'elle est retardée par un spécialiste obsédé de passage... « On peut revenir en arrière? S'il vous plaît? » Quelle fugue! Quelle guirlande!... Moments perdus des après-midi d'été... Modèles en tous genres, mondaines et demi-mondaines, bourgeoises, ouvrières, petites employées... L'Hôtel Lesbos... Tenu par le Faune en personne... Visage carré, petite barbe... « Ces nymphes, je les veux perpétuer »... A la flûte... Douce France, sauvage en dessous... Debussy soleil... Je le vois d'ici... Venez... Pour poser... Allons, simplement pour le mouvement, là, d'ensemble... Un peu plus précis... Singulier... N'ayez pas peur... Visage méconnaissable... Un œil emporté... La bouche effacée... Traits dans l'ombre... « Des études de nus »... Pour le paradis perdu... Le jardin des supplices... Des études un peu plus *vraies*, voilà tout... « Un autre carton? – Un autre. » Tiens, *Le Diable*... Il a écrit ça dans un coin... Serpent enroulé sur une jambe, gueule ouverte, corps nu projeté en avant... « Il devait penser à une illustration pour Milton »... Milton? Oui, si on veut. *La Luxure*.

Magnifique, la luxure... *Néréides... Constellation... Coquille...* Un peu aquarellés, les dessins ou les papiers découpés, jaunes, orange, bleu clair... Et les coups de crayon... Comme au fouet... Pas la peine de vous faire un dessin... Possession sur place... Pluie sorcière... Sur les jambes bien écartées, les bras tordus, les seins torsadés... Et ces deux, là, assises l'une sur l'autre, s'embrassant furieusement au fond de la scène... Et celle-là, noyée...
- Vous êtes surpris?
- Plutôt. Ils sont inédits?
- Pour la plupart.

Cartons de Paris... Greniers et caves... Archives... Documents explosifs... Il y a dépôts et dépôts, malles et malles...
- Vous n'allez pas faire de Rodin un maniaque sexuel? Il y a bien d'autres choses...
- Évidemment.

L'assistante continue à tourner les feuilles... S'amuse un peu, maintenant, de mon air tendu... La Conservatrice classe toujours ses papiers derrière son bureau Directoire... Il fait très chaud. « On peut ouvrir la fenêtre? Il me semble qu'il ne pleut plus. » Les dimanches de Monsieur Pan, auteur du grand Balzac du carrefour Vavin, comédie humaine... La porte Dante à gauche, en entrant... Et puis cette branleuse sur papier, debout, sa main de spectre à plaisir... Quel âge avait-il quand il a noté ces bacchantes? Soixante ans? Tout était permis? Pour lui seul?... Faire et dire, pas la même chose... Agir et décrire en même temps : pas courant...
- Je suis très ému.
- Il y a de quoi.

On range... « Attention à votre tête dans l'escalier, le plafond est bas »... Platanes mouillés... Parfum des rosiers... Presque un siècle...

– On ne peut pas dire que ce ne soit pas clair.
– Vous trouvez ?

Ça y est, impossible de parler, une fois de plus, un des types s'énerve, se met à crier...
– Vous représentez une thèse qui n'est pas du tout innocente et qui s'inscrit d'ailleurs dans une conjoncture idéologique très précise. Ce n'est pas par hasard si paraissent en ce moment tant de livres sur la Révolution française et qui essayent, par tous les moyens, de la déprécier...
– Mais enfin, il s'agit de simples *Mémoires*... On a le droit de les lire...
– Non, non... L'entreprise est concertée, aucun doute....
Les voix se chevauchent... Une fois de plus, l'auditeur n'y comprendra rien... Le petit studio est surchauffé, ça tourne au meeting...
– Je dis seulement qu'on peut lire les *Mémoires* de Madame Roland... Elle s'appelait Manon. Elle aimait Plutarque et Rousseau. Elle monte à la guillotine en disant « Liberté, comme on t'a jouée ! », ou encore, selon une autre version, « Liberté, que de crimes on commet en ton nom ! ». Sa jolie tête tombe. Elle avait d'abord pensé se suicider à l'opium. Son parti politique final, la Gironde...
– Vous voyez bien !
– ... a eu un autre condamné à mort dont le nom ne vous est sans doute pas inconnu : le Marquis de Sade...
– Quel rapport ?
– Un rapport de tête à couper... Sade, donc, est condamné en juillet 1794 par Fouquier-Tinville. Son acte

d'accusation comporte qu'il était un « prôneur du traître Roland ». Ce document est peu connu, je me permets de le lire...

— Rien à voir! Amalgame!

— C'est encore Sade qui, sauvé *in extremis* par Thermidor et un changement anticipé de prison (imaginez l'appel des condamnés et le dialogue suivant: « Sade! – Absent! »), écrit, en janvier 1795: « Ma détention *nationale,* la guillotine sous les yeux m'a fait cent fois plus de mal que ne m'en avaient fait toutes les bastilles imaginables. » J'aimerais qu'on apprenne cette déclaration par cœur dans les écoles.

— Vous voulez torpiller l'anniversaire de 1789! Vous préparez ouvertement et occultement la Contre-Révolution française! Comme le régime de Vichy! Avec Mao et le Pape, c'est un comble!

— Messieurs... Mais enfin pourquoi vouloir rapprocher Madame Roland de Sade?

— C'est un couple charmant... Très symbolique. L'idéal Rousseau: malheurs de Justine. La chance de Sade: prospérités du vice. Conte moral. Français, encore un effort si vous voulez comprendre votre République...

— Vous êtes monarchiste, maintenant?

— Pas du tout. J'énonce des faits.

— Pas des faits! Une propagande consciente! La même qui veut réhabiliter Joseph de Maistre! Salir Dreyfus et la Résistance! Faire douter de l'existence des chambres à gaz!

— Je vous en prie...

— Fasciste! Antisémite!

— Retirez ces mots!

— Non!

— Si!

— Messieurs...

Douce France... Nervosissime... Pavlov... Drrrring!...

Ça fonctionne... J'ai rendez-vous avec Rosalind, la critique bien connue de tout l'art moderne... Elle passe par Paris... Elle va à Venise, Palazzo Grassi, musée futuriste...

– J'ai vu hier des dessins extraordinaires de Rodin.
– Rodin? Cette vieille barbe? Vous avez du temps à perdre...
– Des dessins érotiques splendides.
– Érotiques?

Elle rougit, Rosalind... J'avais déjà remarqué que lorsque j'arrivais dans son dos pour lui dire bonjour dans la rue, à New York, elle se retournait en rougissant... Un mâle l'accostant comme ça, par-derrière, dans un lieu public...

– Plus érotiques que Brancusi?
– Des femmes...

Ah, des femmes... La moue... Des Madames Roland toutes nues... Aucun intérêt... L'Histoire est abstraite. X, Y, ou Z, dans l'Histoire, avec leur histoire à eux? Leurs têtes? Leurs goûts? Leurs organes? Anecdotes... On peut s'en passer. Les corps concrets sont des mannequins et, pour cela, il y a les magazines de mode. Invisible guillotineur d'un côté; écume des choses de l'autre...

– Vous devriez faire attention, dit Rosalind. On va finir par croire que vous avez des idées fixes.

Elle boit son thé... Elle me parle de sa nouvelle exposition en préparation : cubes, sphères, colonnes et courbes d'acier... La forme sortant de la forme et retournant à la forme... Du spirituel dans l'art... Investissements... Publicité... Catalogue... Qu'est-ce qu'elle avait à me dire, déjà? Ah oui : je connais Simmler? Il pourrait publier un reportage sur elle?

- Il va falloir bientôt s'habiller, dit Liv.
- Commençons par les jambes : pastilles et pois, croisillons et losanges, fleurs et feuillages dessinent la cheville, soulignent le galbe du mollet, affinent et allongent grâce à leurs couleurs sombres. A vous de jouer!
- Fourrures?
- Panthères, jaguars, zèbres, cobras : l'esprit safari imprègne la mode hivernale pour mieux la réchauffer. Les impressions tigrées ou tachetées jouent les camaïeux avec le prince-de-galles, la fausse fourrure se coordonne au lainage, au daim et à la maille, un style à oser toutes griffes dehors, ou à doser avec parcimonie.
- Ensuite?
- Tenez compte que les nœuds sont à la mode, comme dans cette robe jaune à encolure bateau en viscose pailletée. Trois nœuds noirs dans le dos. Mais vous avez aussi cet ensemble en laine à motifs losangés, composé d'un cardigan sur une jupe droite et d'un col roulé en jersey. Je ne saurai trop vous recommander les pois, cette année. Cardigan gris à pois noirs, ça vous irait à merveille.
- Souliers?
- Escarpins en lézard. Ou Python. Talon neuf centimètres.
- Les dessous?
- Pas de style femme-femme sans dessous exquis! Guêpières, balconnets, modesties... La modestie! En soie peau d'ange brodée et incrustée de dentelles sur un soutien-gorge en soie. Porte-jarretelles en satin et dentelles. Vous avez aussi la mousseline noir fatal incrustée sur un soutien-gorge à balconnet, volantée sur une culotte, avec liquette en organza. Dans ce cas, n'oubliez pas le talc. Je serai plutôt pour la courte combinaison de satin en soie blanche imprimée de pois noirs avec petite culotte rétro assortie. La petite culotte en soie peau d'ange à froufrous de dentelle au dos est aussi irrésistible. Vous

ajoutez la jupette en soie noire gansée de dentelle avec porte-jarretelles assorti, et c'est parfait.
– Rouge à lèvres?
– Rouge de Coco n° 11. Mais n'oubliez pas d'abord le bain avec gel moussant.
– Parfum?
– Chanel n° 5 ne bouge pas.
– Bijoux?
– Je peux vous trouver des choses étonnantes. Un collier en rubélite et or à pendentif carré. Un collier en diamants avec rubis central taillé en cœur. Bracelet manchette ancien en diamant. Collier en saphirs jaunes roses et bleus avec pendant. Collier de perles, centre en diamant, cristal de roche et saphir. Bague en saphir rose. Boucles d'oreilles en saphirs roses et bleus et diamants. Boucles d'oreilles en onyx et diamants. Gourmette en brillants. Par exemple.
– Vous êtes bien savant. C'est votre bijoutière qui met tout ça pour faire l'amour avec vous?
– Elle aime les choses. Je préfère les mots.

J'ai quand même vérifié, bien entendu, à qui appartenait l'appartement de mes trois masques... Un Américain. En voyage. « Dans les affaires, je crois. » La concierge n'était pas très bavarde. « Vous êtes de la police? – Non, journaliste. – Vous avez votre carte de presse? – Pas sur moi. – Pour quel journal travaillez-vous? – *Business*. – Écoutez, je n'ai rien d'autre à dire : Monsieur Laughlin est à New York depuis trois mois avec sa famille. – Très bien, très bien. »
– Vous connaissez un Laughlin à New York? Robert Laughlin? Qui a un appartement à Paris donnant sur le parc Monceau?

— Laughlin? dit Carl... Ça me dit quelque chose... Dans la banque, je crois. Il en a été question lors de l'histoire d'Ethel. Il avait des actions dans la clinique où elle a été traitée. Je ne l'ai jamais vu.
— Membre de la secte?
— Possible... Probable...
Je lui raconte... Il rit... « Ça n'arriverait pas à Mel! »
— Elles étaient françaises?
— Celle qui parlait, oui. Les deux autres, je ne crois pas.
— Ce serait amusant que ça marche et que vous soyez le père d'un petit Américain.
— Ou d'une petite Américaine.
— Encore mieux.
— Et vous, vous êtes remarié?
— Je crois que je suis en train.
— Américaine? Française?
— Française... Non, vous ne la connaissez pas. Et vous ne la connaîtrez pas de sitôt!
— Cher ami...
— Oui, oui. Dites : j'ai vu Fermentier. Il est très monté contre vous. Il est persuadé que vous êtes un traître. Je n'ai pas suivi le raisonnement.
— Schnitzer. Entre autres.
— Vous finissez par m'intéresser.
— Ravi.
— On lance votre nom, c'est magique : le paysage se colore instantanément.
— Il y a deux grandes théories désormais efficaces : celle des enveloppes; celle des colorants. La théorie des enveloppes permet de découvrir des relations imprévues entre des individus absolument dissemblables et qui, parfois, ne devraient même pas se connaître. La théorie des colorants permet de faire apparaître cette géométrie.
— Vous avez appris ça chez les Jésuites?

— Les pauvres, ils auraient bien besoin de mes services.
— Qu'est-ce qu'on fait avec cette *Divine Comédie*?... Votre Japonaise est bien gentille...
— On laisse tomber?
— Non, non. Elle m'a parlé d'un projet de livre illustré... Et puis ça peut repartir demain chez nous... Elle m'a d'ailleurs donné votre script, mais je n'ai pas eu le temps de le lire. Sauf que l'idée Lolita pour Béatrice est géniale, j'avoue.
— Effet sûr. Dante a d'ailleurs appelé sa dernière fille Béatrice. CQFD. Elle a été religieuse à Ravenne...
— L'autre soir, à dîner, chez Silbermann, il y avait un écrivain français... Un type qui bégaye...
— Un grand brun poilu et timide que toutes les femmes et tous les hommes sensibles ont envie d'aimer tellement il semble démuni?
— C'est ça... L'assemblée était en extase... Je n'ai pas compris pourquoi.
— Ah, Carl, vous n'entrerez jamais dans Paris.
— Expliquez.
— Une autre fois...
— Tout le monde a dit qu'il était très supérieur à vous. Il faisait semblant de ne pas entendre.
— Bien sûr. Quand vous voyez faire l'éloge de quelqu'un, ici, demandez-vous d'abord *contre* qui on le fait. Élémentaire. Proverbe chinois : « Louer le platane pour critiquer l'acacia. »
— Vraiment? A ce point?
— Sacré provincial!
— Donc on ne dit jamais de bien de vous contre personne?
— Vous voyez bien que je suis un saint.

Je vais dîner seul. Sigrid doit venir au studio vers onze heures... Casanova dit qu'il n'aime pas les repas en solitaire, mais il a quand même pensé à se faire moine... « Je n'ai jamais aimé à manger seul, ce qui m'a toujours empêché de me faire ermite, quoique j'aie eu l'idée assez fugitive de me faire moine, métier comme un autre, et peut-être le meilleur de tous, quand, sans renoncer à certains plaisirs de la vie, on peut vivre dans une sainte oisiveté. Cette répugnance, donc, me fit ordonner deux couverts... » Article sur Anaïs Nin : elle avait horreur de Stendhal. Je feuillette un livre de Miller sur D.H. Lawrence... Il le compare à Jésus-Christ... Mon dieu, encore la religiosité protestante... Le sexe comme clé du cosmos... Bientôt l'astrologie, l'alchimie... L'évangile libertaire... Exactement le contraire de la méthode vénitienne et française qui consiste à passer à travers toutes les superstitions au moyen de la désinvolture sexuelle... Voilà, on est au cœur du malentendu... L'amant broyé par la grande maman planétaire, coolie de l'indicible lady... Modèle universel Dedieu... Exotisme...

– C'est déjà loin, l'île... Mais je crois qu'on a réussi le « grand jour ». Vous verrez ça dans mon journal.

– Et Berlin ?

– Très bien.

Le « très bien » de Sigrid implique qu'il vaut mieux parler d'autre chose.

– Liv part toujours ?

– Oui.

– Et vous ?

– Comme prévu. On regarde votre carnet ?

– Ça ne vous ennuie pas ?

– Sûrement pas.

Sigrid m'a demandé des carnets « plus anciens ». Curiosité pour le chiffrage des débuts... Je lui montre des notations presque illisibles... « Gar.9.E.Br.Deb.Où ? ». Ce qui doit signifier : « Garage, neuf heures du soir, avec Eugénie, elle me branle debout, on me cherche dans le jardin »...

Sigrid m'interrompt :

– Oh, et puis autant vous le dire : je suis très contrariée...

« Contrariée », dans le langage de Sigrid, égale : furieuse.

– Pourquoi?
– Vous ne le savez pas?
– Non (évidemment si).
– Vous auriez pu vous abstenir pour Véronique... Et d'ailleurs aussi pour Sabine.
– Mais pourquoi?
– C'est décevant. Ce sont des amies d'amis.
– Mais je n'ai rien dit.
– Vraiment?
– Bien sûr que non. Elles savaient seulement qu'on se connaissait.
– Tout de même.
– Bon. Qu'est-ce qu'on fait?
– Je ne vous demande rien.

Ah, voilà... Théorème : il y a toujours un moment comme ça. Coup cassé, frustration, plombage, action de ramener la balle dans leur camp. Règle absolue : ne jamais hésiter une seconde dans la surenchère.

– Ni moi non plus.

Après quoi, logique, Sigrid est malheureuse, il faut la sortir de là, je me lève, je l'embrasse...

– Je vous ennuie?
– Pas du tout.

Il s'agit là d'un faux « pas du tout », comme était faux le « sûrement pas » de tout à l'heure... Je continue, elle se calme... En réalité, elle a envie de faire l'amour « normalement », sans jeu. Elle revient d'un autre jeu à Berlin, elle

préfère un peu d'équilibre... Ou plutôt : elle est seule à savoir le tour qu'elle joue à son amie du moment, elle en jouit secrètement, d'accord...
– Vous partez vous aussi?
– Dans quelques jours (je viens de prendre la décision).
– Venise?
– Sans doute.
– Vous savez quand vous rentrez?
– Non.

Lettre de Manon Balletti, seize ans, le 1er octobre 1759 :

« Je suis encore à la Petite Pologne, mon cher ami, fort contente d'y être et plus encore de recevoir des assurances de votre amour, qui est tout ce que j'ai de plus cher; vous me faitte esperer que dans novembre je vous reverrai? mais je n'ose me livrer au plaisir que cela me cause, car peut-être votre absence durera-t-elle d'avantage? Enfin partout ou vous soyés, aimés toujours sincèrement votre pauvre amie, et soyés sur que mauvais discours, rapports, calomnie, – rien ne pourra changer mon cœur, qui est tout à vous et qui ne veut point changer de maitre. Je vous dirai, mon cher Giacometto, que je suis tres lasse; aujourd'hui j'ai etée diner à Paris, et, ne vous en déplaise, j'ai été et je suis revenue à pied. Cela doit vous faire connoître que je me porte très bien... (...) Je tacherai de redevenir grassouillette comme vous le desirés. J'ai déjà beaucoup meilleur visage que lorsque vous m'avés quitté et j'espère que moyenent la Petite Pologne, et les soins de Md.St.Jean, vous me trouverés en fort bon etat... Adieu, cher ami. Pensés à votre femme bien tendrement! Adieu. »

Mais il y a surtout celle de début juin 1757, datée « 1 heure » :

« ... Je veux vous proposer une chose pour que nous soyons toujours bien ensemble car se brouiller toujours cela me desespere et me desole, je ne le veux plus : non, non, non, mais il faut mon cher ami que nous fassions de part et d'autres des articles par les quels nous nous dirons naturellement ce quil faut éviter pour ne nous pas choquer reciproquement, je souscrirai à tout ce que vous me dirés et je veux que vous commenciés, alors quand nous aurons une liste nous nous reglerons et si quelqun manque au traité, on s'en fera quelques petits reproches, mais par ecri et il sera dit quil ne faudra jamais qu'il i paroisse par le refroidissement des parties, ainsi par cet arrangement, nous serons toujours bien ensemble... Répondés moi au plus vite, car je suis anxieuse de scavoir si mon projet vous plaît. »

Orthographe du temps. On croirait la voir en déshabillé...

Il pleut. Mauvais vent bas de Paris, circulaire, moite.

– Voilà les nouveaux billets de cinquante mille lires, dit Cecilia. Ils vont vous plaire.

Gian Lorenzo Bernini... Moustache et barbiche en pointe... Regard traversant le papier...

– Et les cent mille?
– Caravage.

Cecilia est venue m'attendre à l'aéroport de Milan avec l'argent... Le quintette de Marco donne un concert ce soir, retour à Venise dans la nuit, en voiture... « Il y a le Mozart au programme? – Bien sûr. »

– Il paraît que vous vous intéressez à Casanova? dit la Comtesse Laetitia Bragadin au dîner qui suit le spectacle. Dans ce cas, il faut que je vous montre quelque chose à Venise. Vous connaissez ma nièce? Vanessa?

– Cecilia m'a parlé de vous.

Elle n'est pas mal, Vanessa... Blonde, un peu molle... Dix-huit ans... Étudiante en lettres... Elle croit que je suis passionné de psychanalyse, elle m'interroge sur Fals... Sur le scandale Angelo... Ce que j'en pense...

– Pas grand-chose. Beaucoup de bluff.

– N'est-ce pas? fait la Comtesse. Je n'arrête pas de le lui dire. Ce sont les Cagliostro ou les Saint-Germain d'aujourd'hui, non? Remarquez que je ne veux aucun mal à ce pauvre Corona. Il paraît qu'il vient de se marier et qu'il va tous les jours à la messe.

Tiens... Je vois qu'Angelo s'est souvenu de mes conseils d'autrefois... Le repentir... L'Église...

– Mais Fals était bien *athée*? dit Vanessa.

Cecilia me fait de l'œil, de loin... L'atmosphère est très gaie...

– Vous êtes athée? dis-je à Vanessa.

– Évidemment... Mais c'est vrai ce qu'on dit maintenant de vous? Disciple de Jean-Paul II?

– Ce pape est sympathique, vous ne trouvez pas?

Les protestations de la Comtesse et de Vanessa à propos de l'avortement, du divorce, de l'homosexualité, de la masturbation, se perdent dans le bruit général... Je pense à une phrase de Casanova : « Celui qui dit la vérité à un incrédule la prostitue et, selon moi, c'est un meurtre »... Marco, un peu ivre, lève son verre dans ma direction :

– Au Cœur!
– Au Cœur!
– Au cœur de quoi? dit Vanessa.

– De Mozart, je pense... Quel clarinettiste, n'est-ce pas? Il est encore meilleur qu'il y a six mois.

– Et Cecilia est aussi en progrès, dit Laetitia. Elle joue les partitas de Bach à merveille. Son séjour en France lui a fait le plus grand bien. Elle est venue vous voir cet été, je crois? Avec son claveciniste? Dans le Midi?

— L'Atlantique.
— Il y a encore eu une bombe à Paris, dit un barbu qui vient d'arriver.
— Où ça?
— Aux Champs-Élysées. Toujours les CRA.
— Qu'est-ce qu'ils veulent, ces Arabes? dit la Comtesse. La liberté? Un pays? Qu'on les leur donne! Sinon, ils vont tout faire sauter, y compris ici!

Il faut partir... Marco conduit vers Venise... Je ferme les yeux à l'arrière... Quatre heures du matin... « Vanessa? — On en parlera demain. — On sort le bateau dimanche, dit Marco. Vous venez? — Oui »... Piazza San Agostino, nuit douce... Je lève les yeux : la Grande Ourse est plus haute que dans l'île, les trois premières étoiles visibles, les autres voilées... Voilà un des effets de l'âge, en somme : on remarque de plus en plus la position des astres, on a une pensée automatique pour eux...

Il y a un réveil d'avant le réveil, une enveloppe de nuit plus claire, on ne bouge pas, on n'ouvre pas les yeux, c'est le port... Et puis c'est le jour-soleil, tout est en place, on peut entrer dans le tableau, se dire qu'on est dans le tableau, avoir les pensées du tableau... Dix heures. Je me lève, Agnese a préparé le café comme d'habitude, je le chauffe et le bois en regardant le puits blanc sur la place, en bas, bain, journaux sur les Zattere, *Nuova strage in Parigi*... Otages... Le *Blue Bay,* de Panama, jaune-orange... J'ai l'impression d'avoir rêvé, une fois de plus, tout est allé très vite, trois lits, trois fenêtres, trois sommeils différents, lumière se levant à gauche, toujours... Océan, Seine, Adriatique... Ciel bleu haut, gris bas, bleu-blanc en fusion liquide... Tablette Louis XV, tablette Empire... « Nous avons demandé à Monsieur Rosenberg, Conservateur du Louvre, si, à son avis, Boucher, le protégé de Madame de Pompadour, était le libertin dénoncé par Diderot qui, comme chacun sait, préférait les portraits de famille de Greuze aux fesses généreusement étalées... Il nous a répondu que Boucher n'était sans doute pas un saint, mais qu'il était peu probable qu'il ait eu le temps d'aller beaucoup au bordel ou de se consacrer à trop d'aventures galantes puisqu'il travaillait sans arrêt, dix ou douze heures par jour. Pour Rosalind Kraft, que nous avons également rencontrée à Paris venant de New York, et qui sera dans deux jours au Palazzo Grassi où elle donnera une conférence sur *Les Contradictions du futurisme,* Boucher est le comble du kitsch et du mauvais goût. On peut s'interroger, nous a-t-elle dit, sur la frénésie qui prend les Français d'exalter leur 18ᵉ siècle. Ne faut-il pas y voir une culpabilité inconsciente, longtemps contenue, par rapport à leur Révolution ? Dans ce cas, il s'agirait d'une régression inquiétante... En tout cas, disait Voltaire, " n'est pas Boucher qui veut ". Il a concrétisé un art de vivre que beaucoup de milliardaires, aujourd'hui, essayent de retrouver dans leurs villas, leurs hôtels particuliers, leurs appartements... » – « MUSSOLINI : LE ROMAN » : « *Claudia Porticella, la maîtresse du cardinal,* feuilleton écrit par Mussolini en 1910 (il était encore un militant socialiste pur et dur), a été exhumé par un éditeur de la région de Trente et va être édité par Rizzoli. Les amours coupables du cardinal Madrusco et de Claudia Porticella, situées vers 1560, furent pour l'anticlérical farouche Benito Mussolini l'occasion de restaurer ses finances et d'attirer quelques lecteurs supplémentaires pour *Il Popolo,* le quotidien socialiste, qui les publia... »

Les surprises de Trente... Mussolini pendu à un croc de boucher...

Le *Copernic,* jaune et noir, de Stettin... Bonjour aux marins...

Je vais déjeuner chez Laetitia... Elles sont rentrées en avion, Vanessa et elle, le matin même... Cecilia et Marco sont là...

– Alors, vous êtes un vrai Vénitien, maintenant?

– Je ne sais pas pourquoi... Ma plume, ici, se met à courir...

– Parce qu'on est hors du temps, dit la Comtesse... Vous avez retrouvé le temps, comme votre Marcel. Si vous restiez toute l'année? Il faut que je vous présente le directeur de la Marciana... Vous pourriez demander un poste de Conservateur à la bibliothèque?

Ça y est, je suis déjà marié à Vanessa... J'ai suivi leurs yeux, tout à l'heure...

– L'hiver est très dur, dit Vanessa, mais il y a des moments éclatants. Avec une bonne discothèque et des livres, on s'ennuie de façon agréable.

– Et Milan est vraiment à côté, dit Laetitia... En réalité il y a eu comme une sorte de choix il y a deux siècles. Venise a fait un saut sur place, à l'écart. A l'époque l'avenir du monde semblait prendre une tout autre voie, n'est-ce pas? D'où l'abondance des représentations mélancoliques de notre ville au XIXe siècle... Mais aujourd'hui? Qui avait raison? Eux ou nous?

Marco et Cecilia se lèvent, ils commencent leurs cours au Conservatoire... Ils partent avec Vanessa...

– Ma nièce vous trouve très amusant, dit la Comtesse. Elle est fascinée par Paris...

– Elle ne connaît pas son bonheur ici?

– Vous savez bien qu'on désire toujours autre chose... Ah, venez, je vais vous montrer une curiosité...

Elle m'emmène dans son bureau... Ouvre un petit meuble en acajou... Clé... Tiroir... Écrin noir... Une bague en or... Deux serpents enlacés, têtes en sens contraires...

— C'est une bague de Giacomo. Elle est à vous.
— Mais non.
— Si, si, elle sera mieux sur vous qu'au musée... Prenez-la. Vous me ferez plaisir. Elle est faite pour être portée. Et par une main qui écrit, encore mieux. Et qui écrit en français, cela aurait ravi notre Seingalt. Ne discutez pas. Je le veux. Elle a toujours été là... Je la tiens de mon père qui la tenait de son père... Je crois me souvenir qu'elle vient d'Angleterre... Il était bien à Londres à une époque, non?
— Bien sûr. Il y a même été arrêté.
— Comme ici?... Alors, vous la mettez? Vous savez qu'elle doit avoir des *pouvoirs*?... Vous n'êtes pas superstitieux?
— Non.
— Ce n'était pas le cas dans la famille... Enfin, vous avez lu ça...
Je lui embrasse la main... Elle la retire vite... Soixante-quinze ans, Laetitia... Un charme fou...

Je rentre, je dors un peu.
Et maintenant, il y a cette brune, sur le ponton, avec sa mère et son fils... Premiers effets de la bague? La brune semble me repérer du premier coup d'œil... Elle est incroyablement à l'aise, renversée dans son fauteuil, bien détendue, peau dorée, peau de miel... Petit nez... Yeux très noirs... Jambes croisées haut, elle ne fait rien pour corriger la posture... Genoux et commencement des cuisses dans la perspective de l'eau... Sérénissime... Offerte... Elle a tout : vieille mère soumise, petit garçon de dix ans tranquille mangeant sa glace, mari quelque part dans un bureau, l'imprudent, et méconnaissant d'ailleurs peut-

être cette merveille pour une jeune secrétaire maigrichonne et nerveuse, appartement ultra-confortable, télévision le soir, rien à faire, ennui alerté... Trente-cinq ans... Le bras gauche... Le poinçon léger... Marque de vaccin, à peine une morsure, dépression légère dans le bronzage... Voilà, elle tapote un peu ses genoux... Me regarde... Se tourne vers sa mère, lui dit une banalité pour montrer son sourire, deux mots au petit garçon pour proposer une autre expression... Bouche entrouverte... Les dents... Elle va faire tous les gestes inconscients-conscients, maintenant, les uns après les autres : main droite glissée deux secondes dans le corsage bleu, air distrait; main bien à plat sur le genou droit – le soleil brûle!; doigts quatre secondes sur le bout du nez – hypothèse, rêverie flash –; moue des lèvres – la chair! –; de nouveau main droite sur épaule – la bretelle du soutien-gorge : code antique!; tête détournée pour rien de l'autre côté; retour des yeux droit dans les yeux... C'est décidé : j'épouse Vanessa, je garde la Piazza San Agostino, je reçois tous les deux jours ma brune à cinq heures... Visage à manger déjà dans les oreillers! Ventre de soie! Cuisses délices!...

Ah, le petit garçon se lève, maintenant... Il veut prendre une photo... Sa mère et sa grand-mère sous le parasol rouge... Il vient presque contre moi... Il va prendre le cliché depuis ma place... La brune sourit... Indulgence... L'album... Elle rabat sa jupe... La chaleur de ses jambes vient sur ses joues... « Adesso! Adesso! »... Il ne sait pas où appuyer... Il va la voir, elle lui explique... Il se remet près de moi... « Adesso! »... Clic... Je la vois, cette photo... Il n'y a que moi qui la vois... Pour un peu, je dépenserais là, tout de suite, un peu de « liquide radical », comme dit plus d'une fois le Chevalier lui-même.

Le groupe se lève, marche un peu, va entrer dans l'église toute proche... Non, la grand-mère s'en va avec l'enfant... Elle pénètre dans l'église... Je la suis... Elle allume un cierge pour la madone entourée de fleurs... « Le Diable, dit Casa, qui, comme on le sait, a plus de pouvoir à l'église que partout ailleurs »... S'agenouille... Se relève, fait semblant de regarder les peintures, ressort... Elle m'a parfaitement vu... Elle s'éloigne... Rien... Se retourne quand même juste au coin d'une ruelle... Sourire, petit geste de la main... Disparue...

Elle reviendra.

Sept heures. Téléphone.

– C'est Liv (elle est essoufflée, voix méconnaissable).

– Qu'est-ce qu'il y a?

– La chance... Un miracle...

– Quoi?

– Une bombe à côté de la FNAC, rue de Rennes...

– Quand?

– Il y a une heure et demie... J'étais là... L'horreur...

– Vous n'avez rien?

– Non. L'horreur. Des corps déchiquetés partout. Des femmes. Des enfants.

– Il y a des morts?

– Cinq, je crois. Cinquante blessés. Un carnage. Du sang partout. Vitrines brisées... Les cris... Il y a encore les hélicoptères sur la place pour évacuer les corps. Excusez-moi, je suis saoule...

– Les CRA?

– Sans doute... On ne sait pas... La guerre... Beyrouth...

– Vous êtes sûre que vous n'avez rien?

– Non. Mais j'ai vu une femme... (Elle pleure.) Pardon.

– Respirez un peu. (Silence.)

– Vous savez ce que je venais d'acheter?

– Non?

– Le clarinette de Mozart. Le concerto. Je l'ai là, sous les yeux.

– Je vous rappelle.
Bon. Alcool.

Je mets mon anneau pour sortir, deux lettres minuscules gravées à l'intérieur, un Φ grec et un S. Elle s'est peut-être tout simplement moquée de moi, Laetitia : des bagues de Casanova qui sait s'il n'y en a pas des dizaines en circulation, comme des clous de la croix ?... Mais le bijou est joli, il est chaud, je l'ai mis à l'annulaire de la main gauche, à côté de la bague persane en argent qui me vient de plus loin encore... Or et argent, soleil-lune... « J'avais pris dans ma poche un écrin dans lequel j'avais une douzaine de très jolies bagues. Je savais depuis longtemps que ces bagatelles font faire beaucoup de choses ».

Il y a un concert anglais à Saint-Marc... Des messes de William Byrd... A trois voix... Quatre voix... Cinq voix... Chœur du King's College de Cambridge... Et puis Magnificat... Nunc Dimittis... Ave Verum Corpus... Les voix montent peu à peu, s'élancent, montent les unes sur les autres, restent à l'unisson... La vieille basilique est une fois de plus bien au large, barque dans la nuit d'automne, peu de lumières, mosaïques veillant sur les murs... Kyrie, Gloria, Credo, Sanctus, Benedictus, Agnus Dei... Je n'ai jamais aussi bien entendu le texte latin, articulé, distinct, serti dans la flamme mélodique droite... Mort en juillet 1623, Byrd... Contemporain de Shakespeare... Liturgie catholique interdite en Angleterre, à l'époque, messes illégales, éditées sans titre et sans nom d'auteur... Il s'en explique dans une dédicace à Lord Northampton... La musique sortant des mots... Spiritus Sanctus... Simul adoratur... Phénix... Bird...

Je pense à la voix suffoquée de Liv, à ce qu'elle a vu sur le trottoir, brusquement. Messe des morts, maintenant, cierges d'ombres... Cecilia est très émue, là, sur ma droite, je vois ses yeux brillants... William Byrd... Curieux qu'il ne soit pas plus célèbre... Il aurait été très bien pour le Pape, au printemps... «Qui ex patre filioque procedit... Qui cum patre et filio simul adoratur et conglorificatur»... Elle prie toute seule, l'harmonie, elle plane au-dessus des villes... Sirènes, ambulances, gémissements, pleurs... Coffre de voiture dans le parking de l'hôtel Kosmos... «Sa main était froide»... «Quand nous l'avons jeté dans la Vistule, nous ne savions pas s'il était mort ou vivant»... «Quel baptême!»... Tous les crimes résumés en un crime, une fois par an... Toutes les naissances en une seule... Un cadavre, un enfant... Un autre cadavre, un autre enfant... Mort et vie, bouche à bouche...

On va téléphoner à Liv... Personne... A Sigrid... Personne...

Les gens sont agités par la télévision et la radio... *Parigi... Parigi... Rue de la Reine!*...

J'habite encore à *Parigi*... Les Italiens connaissent depuis longtemps les bombes... Mais *Parigi*... L'atmosphère, au dîner, est tendue.

– Vous avez une nouvelle bague? dit Cecilia.

– Vous la trouvez comment?

– Très jolie. Elle vous va. C'est la transformation de l'anneau jeté au printemps au large? Un poisson vous l'a rapporté?

– En plein dans la foule, dit Marco. Ils sont tapés, vraiment.

– Parlons d'autre chose, dit Cecilia. J'ai lu ce matin dans le *Corriere* une interview du président de la République libanaise disant que ce qui lui permettait d'espérer était d'avoir favorisé l'enregistrement intégral des sonates de Haydn par un pianiste de Beyrouth... Est-ce que ce n'est pas sublime? Comment trouvez-vous Vanessa?

– Agréable. Un peu trop à la mode pour moi.

– Elle a la tête bourrée de philosophie branchée. Vous savez? W... Z... Elle a un ami très engagé politiquement.

– Normal.

Marco téléphone encore... Rien...

Une heure du matin... J'essaie depuis l'appartement...

– Ça va?

– Vous avez pensé que j'étais folle?

– Mais non. Vous avez vu Sigrid?

– Elle est là. On vient de dîner ensemble.

– Bonjour, dit Sigrid. Cette petite a été sauvée par Mozart. Très chic, non? En réalité, elle a hésité entre deux interprétations. Sans ce léger retard, elle sortait cinq minutes plus tôt. Cinq minutes : un abîme.

– Mes amours, je ne vis plus.

– Mes amours! Monsieur devient sentimental grâce aux CRA?

– Réflexe de Pavlov.

– Ah bon, je préfère... Comment fait-il chez vous?

– Très beau. Vous ne voulez pas venir?

– Pas le temps. Vous savez bien.

– Je vous embrasse très fort, dit Liv complètement ivre.

Il pleut doucement... On sonne... Cecilia... A peine entrée, elle se plaque contre moi, bouche ouverte... Elle n'a que cinq cents mètres à faire pour rentrer chez elle, quatre ruelles, trois ponts... Elle reste à peine vingt minutes, c'est son style... « Nos transports étaient réciproques, et nous les renouvelâmes sans presque aucune interruption pendant la demi-heure que nous avions de sûre devant nous. Son négligé du matin et ma redingote étaient des mieux appropriés à la circonstance. » Ici, c'est la nuit. Cecilia a simplement relevé sa jupe. Pas un mot, action dans le noir...

Elle s'en va... J'allume... Secrétaire... Curieux comme, tout devant en principe me déprimer ou m'interrompre, la plume court, au contraire, légère... Ça s'écrit... Je ferais la même chose n'importe où, à Paris, dans l'île, à New York, Tokyo, en prison... Page d'abord... La place est déserte, Venise s'endort sous sa pellicule mouillée... « Aimer et jouir, désirer et chercher à satisfaire ses désirs : tel est le cercle dans lequel l'humanité se meut et dont on ne peut la faire sortir »... « Jouir et laisser jouir fut toujours ma devise »... Seing, comme signature... Hausser son nom jusqu'à sa signature... « Tout homme a le droit de se donner un nom »... Seingalt... Autel... Altar... Il se compare souvent, pour rire, à un sacrificateur au seuil du temple... Sanctuaire gardé par les galles... Graal et cabale, illusions des mythologies et des religions... Il montre son « verbe » aux deux amies, Hélène et Hedwige, dans le jardin de Genève. Vilain serpent de la Genèse... Avec Dante dans sa rose, au Paradis, on tient les deux bouts de la chaîne, non?... Comment appeler ça?... « Le Cœur Absolu? »...

Je dors et je ne dors pas. Trois heures du matin, les yeux ouverts sans bouger... J'appelle ce moment celui des « pivoines » en souvenir d'un bouquet, à Paris... *Parigi*... Regardé jusqu'à l'épuisement chacune des feuilles roses en attendant le jour... Crise? Non. Ou alors en creux, se niant elle-même.

Turin, dit Casanova, est une ville connue pour la beauté de ses femmes, conséquence directe de la pureté de l'air et de l'excellence des aliments... Avis à l'auteur du *Gai Savoir*... Milan, Turin, Trieste, Venise... Bague des *Privilèges* de Stendhal...

« Rome, 10 avril 1840. Article 4 :

« Miracle. Le privilégié ayant une bague au doigt et serrant cette bague en regardant une femme, elle devient amoureuse de lui à la passion comme nous croyons qu'Héloïse le fut d'Abélard. Si la bague est un peu mouillée de salive, la femme regardée devient seulement une amie tendre et dévouée. Regardant une femme et ôtant une bague du doigt les sentiments inspirés en vertu des privilèges précédents cessent. La haine se change en bienveillance en regardant l'être haineux et frottant une bague au doigt. Ces miracles ne pourront avoir lieu que quatre fois par an pour l'amour-passion, huit fois pour l'amitié, vingt fois pour la cessation de la haine, et cinquante fois pour l'inspiration d'une simple bienveillance. »

Il pleut toujours. Éternel retour de la pluie, sphère battante... Allongé entre l'eau glissante et le ciel liquide...

Sept heures et demie, les journaux : *Massacro a Montparnasse!* Photos. Les magazines arriveront dans deux jours avec la couleur... C'est-à-dire le sang, en somme.

Vanessa : « Vous m'avez dit que vous me résumeriez en quelques mots la doctrine fondamentale. »

– Oui. Deux syllogismes et une loi. Je vous conseille de les apprendre par cœur. Vous les comprendrez peu à peu. Chaque mot est pesé. Longue expérience négative. Le bonheur commence au-delà.

– Voyons.

— D'abord les deux syllogismes que j'appelle – par commodité – « de l'hystérique ». C'est elle qui parle :
I. « Il m'aime, or je ne suis rien, donc c'est un con. »
II. « Je l'aime, or je suis lui, donc il est mort. »
— Ce qui veut dire?
— Peu importe pour le moment. Notez.
— Et la loi?
— Voici : « Pour une femme, un homme est tout entier un sexe érigé ou un trou, mais jamais un corps muni d'un sexe qui soit autre chose qu'un trou. »
— Eh! Plus lentement!
— Notez bien. Récitez-vous ça au moins deux fois par jour pendant un mois.
— Comme des prières?
— Exactement.
— Sandro (c'est son ami) est très opposé à la psychanalyse. Il dit que c'est un instrument de désinformation bourgeoise.
— Peut-être. Aucune importance. D'ailleurs, il ne s'agit pas de psychanalyse.
— Vous continuerez vos leçons particulières?
— Si vous en avez envie.
— Je peux vous embrasser?
— Très peu. Ce serait prématuré.
Elle n'embrasse pas mal du tout, Vanessa... Fondante...

J'ai rendez-vous à la Marciana...
— Entrez, entrez, Monsieur S., Laetitia m'a téléphoné, c'est le jour de fermeture, nous aurons toute la bibliothèque pour nous.
Vieux monsieur délicat, Passionei, allures de cardinal sec...

– Qu'est-ce que vous voulez voir? Savoir? L'histoire des fondations? Plutarque? Boccace? L'archevêque de Nicée, Bessarion? Le projet de cité idéale à la Platon? Le rêve d'une autre Byzance? Mais vous connaissez tout cela...

On marche au milieu des cariatides, dans les escaliers aux caissons de stuc, murs et plafonds à dorures... Titien, Véronèse, Tintoret...

– Les manuscrits A et B de *L'Iliade*? Le Pline de 1469? *Le Songe de Polyphile* de 1499? Le Virgile de poche de 1500?

Par la fenêtre, on peut voir les quais, les remorqueurs à l'ancre...

– La Bibliothèque est la seule institution de la République de Venise qui subsiste intégralement...

Comme il a dit « la République de Venise »!...

– Les Épîtres de Cicéron? Le Bréviaire Grimani? *L'Entrée d'Espagne,* poème du cycle de Charlemagne? La *Retorica* de Guillaume Fichet? Le *Traité d'architecture* de Philarète? L'Évangile en grec du onzième?...

On s'accoude à l'un des balcons...

– Laetitia m'a dit que vous comptez vivre complètement ici?

– J'y pense...

– L'hiver est assez dur, vous savez. L'eau est partout. Un mètre, en février, devant la Basilique...

– Est-ce qu'il vous arrive de garder des manuscrits contemporains?

– Parfois. C'est très rare. Vous voulez faire un don?

– Non... Je me demandais...

– Nos crédits sont si limités, vous savez. Un vrai casse-tête... Nous venons de faire réparer la verrière de la salle de lecture. Il pleuvait à l'intérieur.

– Quel endroit magnifique.

– Difficile à gérer... Difficile... C'est comme le pave-

ment d'à côté... Un vrai casse-tête... Vous ne voulez pas rester encore un peu?...
— Merci infiniment. J'ai un rendez-vous.
— Vous revenez quand vous voulez, n'est-ce pas?
— Merci... Merci...
Massacro a Montparnasse... Il aurait pu y avoir, parmi les débris, la pochette de disque du *Concerto pour clarinette*... Détail...
— Vous allez bien?
— Je crois que j'ai la fièvre, dit Liv.
— Pas étonnant. Vous êtes sûre que vous ne voulez pas venir quelques jours? Pour le week-end? Avec Sigrid? Je vous fais porter les billets, un taxi, et hop? On doit sortir le bateau dimanche...
— Non, vous êtes gentil... Je dois préparer New York... Et Sigrid repart à Berlin après-demain.
— Laissez-moi vos adresses, alors?
— Bien sûr.
Voix lointaine...
Il y a un nouveau bateau régulier, matin et soir, sur la Giudecca, il vient de passer après le grand *Tiepolo* qui part en croisière : le *Fedra,* vermillon, bas, rapide...
— Vous vous rappelez Philippe de Commines, ambassadeur de France, en 1494? m'a dit tout à l'heure Passionei à la Marciana...
« Et fus bien émerveillé de voir l'assiette de cette cité et de voir tant de clochers et de monastères, et si grand maisonnement, et tout en l'eau, et le peuple n'avoir autre forme d'aller qu'en barques, dont je crois qu'il s'en trouverait 30 000...
Ils me menèrent au long de la grand-rue, qu'ils appellent le Canal Grand, et est bien large. Les galées y passent au travers, et ai vu navires de 400 tonneaux et plus, près des maisons, et la plus belle rue que je crois qui soit en tout le monde, et la mieux maisonnée, et va le long de la ville...

Les maisons sont fort grandes et hautes, et de bonnes pierres les anciennes, et toutes peintes; les autres, faites depuis cent ans, toutes ont le devant de marbre blanc, qui leur vient d'Istrie, à cent milles de là, et encore maintes grandes pièces de porphyre, de serpentins sur le devant. Au-dedans ont, pour le moins en la plupart, des chambres qui ont les plafonds dorés, riches manteaux de cheminées et marbres taillés, les chalits des lits dorés et les paravents peints et dorés et fort bien meublés dedans. Et c'est la plus triomphante cité que j'aie jamais vue. »

Et merci.

Est-ce qu'elle viendra?... Ma brune... Vite, mon adresse dans la rue... « Cinq heures? »... « Peut-être »... Cinq heures et quart... Personne... Mais si... La voilà... Un peu essoufflée, elle est montée à toute allure... « Je ne fais que passer... Je ne peux pas vous voir chez vous, c'est impossible »... J'ouvre le champagne... « Non, vraiment, je n'ai pas le temps »... Les gâteaux... « A peine un, je pars »... Premier baiser dans le cou... « Mais vous n'y pensez pas, je suis juste venue vous dire bonjour »... Je me mets à genoux, j'embrasse ses genoux... « Mais enfin, voyons. »... Je remonte... Sa jupe blanche... Ses cuisses... Je vais sur sa bouche, j'avais raison, les lèvres, la langue, le goût, le parfum, sorbet parfait, friandise divine... Chaleur et fraîcheur... « Pazzo! Pazzo! »... Oui, c'est ça, je suis fou... « Pazzo! »... Pazzo, en italien, rime avec cazzo... Culotte enlevée... Je la prends d'abord comme ça, les cuisses écartées, sur le fauteuil... Elle est toute rouge... « Pazzo! »... Le brutal... Aux délicatesses, maintenant... Déshabillage en douceur... Trop froissée, la jupe... Elle sent bon, son linge sent bon, sa voix sent bon, l'intérieur de son corps sent bon... Quelle femme... Elle s'appelle comment, au fait?... Claudia... Je veux absolument faire jouir Claudia... Ce n'est pas difficile, elle explose presque immédiatement... Mais encore... Et encore... Je la mange par petits morceaux, je la retourne sur le lit, un peu d'énergie-saccade... Je reviens sur ses oreilles, ses seins, ses joues, ses yeux... Elle mouille doux, en continuité, recueillie... Je lui chuchote du sentiment, du sensuel, du drôle... Elle rit... « Francese! »... Je la repénètre lentement, suspens... Voilà, la glace est brisée, il n'y en avait pas beaucoup, elle commence à répondre... De l'extra-conjugal un peu oublié... Ses débuts... Revus en maternel précis, la salope... Inceste permis... Un peu dessus à son tour... Elle me mord dans le cou... Le bleu d'appropriation... Sa langue... Avalage... Sur moi, là... J'en rêvais... Seins dans ses mains... Elle a sa concentration à elle, depuis toujours, regard sur le ponton, calme feu du dedans, elle se connaît, elle sait se faire jouir... « Je suis juste venue vous dire bonjour »... Qu'est-ce que ce serait si elle était venue pour bavarder... Moins bien, c'est sûr... Éclipse d'après-midi... Une course... Personne ne s'occupe de personne, ici, tradition...

Elle se rhabille et se repeigne en chantant dans la salle de bains... « Siamo pazzi »... Oui... Mais quelle mine elle a... Éclatante, maintenant, elle a joui trois fois, et très bien... Six heures et demie... Déjà!... « Je me sauve. – Quand? – Je vous téléphone »... Bout de papier, numéro... Elle ne m'a rien demandé sur moi, Claudia... *Scrittore?*... C'est tout... Je ne sais rien de sa vie, tout près, sans doute, mais on n'a jamais la moindre idée, ici, de l'endroit où les gens habitent... Ils apparaissent, disparaissent, pigeons, mouettes, moineaux... Chacun semble retiré chez soi et en même temps complètement dehors...

Le Carnaval ne fait qu'amplifier un état d'esprit, une nervure...

Moralité : rien ne vaudra jamais une brune épanouie, bien installée, vibratoire, avec petit garçon satisfaisant pour elle à la clé.

Je vais dîner seul. Friture de poissons, festin. Il fait beau, tout est couleur brique, les cloches viennent de balayer le ciel, le rose descend sur les toits... Personne ne me croira si je dis qu'à ce moment précis, une fois pour toutes, alors que je bois mon premier verre de vin, le *Donna Bruna,* de Gênes, bleu de prusse, passe.

Claudia est en train de coucher son fils, j'imagine... Son mari lit *La Repubblica,* elle prend un bain, tâte ses cuisses, se fait un clin d'œil dans le miroir, regarde un peu la télévision, s'endort...

« Cette journée est au compte des plus heureuses de ma vie et j'en compte beaucoup. »

— Qu'est-ce que vous racontez ? dit Laetitia. C'est impossible.

— Mais pas du tout. La FIVETE et le choix du sexe à la carte battent leur plein.

— La *Fivete* ? dit Vanessa.

— La Fécondation In Vitro avec Transfert Embryonnaire... L'auto-procréation féminine, double générique d'ovule à ovule, est pour bientôt ; le clonage est parfaitement envisageable ainsi que la grossesse masculine et la gestation humaine chez l'animal... Quant à la chimère homme-animal, elle est techniquement possible. Vous vous rappelez sans doute que *Le Rêve de d'Alembert* l'évoque... Si je réapparaissais devant vous en centaure ? En satyre à pieds fourchus ?

— Vous êtes déjà presque comme ça, dit Cecilia.
— Mais songez qu'il pourrait y avoir *deux* Cecilia, *deux* Laetitia, *deux* Vanessa... Vous joueriez du violon quelque part tout en chargeant votre double de dormir ou d'aller vous baigner...
— Je pourrais renaître jeune? dit Laetitia. Changer de sexe?
— C'était le problème de Madame d'Urfé avec Casanova. Il devait engrosser une vierge d'origine plus ou moins céleste, un garçon naissait, Madame d'Urfé acceptait de mourir en exhalant son dernier souffle dans la bouche du bébé qui ainsi devenu elle-même, mais rectifié, découvrait sa véritable identité à l'âge de trois ans sous la tutelle de Giacomo. Ce projet de la « sublime folle », comme il l'appelle, lui a fait faire bien des voyages et des dépenses. Aujourd'hui il irait à la clinique du coin au lieu de simuler la communication avec les génies. « Une Fivete », dirait-il, comme on commande un café.
— Tout ça coûte cher? dit Laetitia.
— Pas tellement. Ce qui est hors de prix, ce sont les places sur les listes d'attente.
— Mais c'est inhumain! dit Cecilia. Horrible!
— Et très tentant, pour les mégalomanes humains. Donc inévitable. On peut espérer des usages positifs. J'avoue que je ne serais pas fâché d'être au moins deux. Un qui écrit, l'autre qui s'amuse. En même temps.
— Vous y êtes arrivé, non? dit Cecilia.
— Pas vraiment... Il y a des limites... Mais enfin, on peut rêver... Des duplicatas immortels...
— Et l'utilisation des fœtus? dit Laetitia. J'ai vu ça dans le journal.
— Très bon pour les cellules du cerveau.
— Des fœtus réutilisés dans les cerveaux?

– A la pelle. Les Suédois sont en pointe là-dessus.
– Mais que dit la loi?
– Presque rien. Elle balbutie.
– La philosophie?
– Motus. C'est un de ses secrets honteux.
– L'Église?
– Elle est contre, bien sûr. Mais tout le monde s'en fout.
– Eh bien, dit Laetitia, pour une fois, l'Église, peut-être...
– Ah non, vous êtes athée.
– Oui, mais...
– Non, non. Tout l'un ou tout l'autre. Notez que la question du démoniaque est du même coup reposée... Dans ces termes qui ne sont pas si éloignés de ceux de saint Augustin dans *La Cité de Dieu*: les « immortels malheureux » ou les « mortels bienheureux »...
– Mais le point de vue *humain*...
– A peu de chose à voir là-dedans... L'humain se moque de l'humain. L'homme est un savant pour l'homme. Et le désir est passé depuis longtemps dans la science. La matière animée à vos pieds! Sicut Dii! Comme des dieux!
– Vous faites l'avocat du Diable...
– Les avocats, c'est vrai, ont beaucoup de relations avec le Diable.
– Ces trucs ne valent que pour les privilégiés, dit Vanessa. Sandro vous répondrait...
– Je sais. Mais tous les tiers mondes iront à l'ordinateur. Comme le reste.
– Vous m'avez promis une leçon de philosophie, dit Vanessa. On y va? Vous avez connu F? D? L? B? W?
– Très bien.
– Personnellement?
– Intimement.

– Vous pourriez me parler d'eux?
– De la nature privée de leurs systèmes?
– Oui.
– C'est ce qu'il y a de plus intéressant. Venez, on va faire un tour.

Il Cuore Assoluto file vers le large... On a dépassé San Giorgio... Marco a laissé, par provocation, le petit fanion jaune et blanc... On vient d'être croisé par le *Vistafjord,* gris et crème, de Nassau... Foule sur les ponts... Ils vont aller s'entasser du côté de la gare maritime...
– Elles n'ont pas voulu venir? dit Marco.
– Non.
– On garde la Société?
– Elles n'ont pas démissionné. Attendons. Il y aura peut-être des développements imprévus aux États-Unis ou en Allemagne. Je leur fais confiance.
– Confiance à la musique?
– C'est ça. Il y a autre chose?
– Non.
Il me laisse barrer... Cecilia, Vanessa et Sandro sont couchés au soleil... J'aurais bien emmené Claudia, mais elle doit être à la messe, en famille...
« Mon grand vaisseau qui s'éloigne en chantant »...
On pourrait mettre une fusée, là... Navette spatiale...
Dove gioir s'insemprà... Je pense à Yoshiko, je lui aurais expliqué ce vers... « Où la joie s'éternise », a traduit Mognon... Clin d'œil de Mex... Intraduisible? Où jouir se fait permanent? Où jouir se change en toujours? Où jouir toujourouit?... Fin du chant 10... *Gioie*... Des joies... Des joyaux... On est le jeudi de Pâques 14 avril 1300, dans la

matinée, dans le quatrième ciel, celui du soleil... Saint Thomas vient de se présenter, Augustin sera là au 32... 10-14 : vie de saint François, vie de saint Dominique, sagesse de Salomon, gloire des corps ressuscités... Après les Anges, les Archanges, les Principautés, ce sont maintenant les Puissances... Vertu emblématique : la Prudence... Parfait...

– Vous pensez à quoi ? dit Vanessa.
– A rien... A la fin du chant dix du *Paradis*.
– Cecilia m'a dit que vous faites une adaptation de Dante pour la télévision ?
– Oui... Enfin, c'est différé pour l'instant.
– Dommage. Ça aurait peut-être clarifié le truc.
– Ça vous semble obscur ?
– Barbant, plutôt.
– C'est comme pour tout. Il faut une carte.

On vire de bord... « Pain des anges »...

– Quoi ? dit Vanessa.
– Rien, je rêve.
– Vané ! crie Cecilia. Vané ! Viens m'aider !

Champagne... Sandwiches... Bleu partout...

– Quel est le chant du *Paradis* où il y a le plus de métaphores musicales ?
– Il y en a partout, dit Marco. Et en un sens, c'est le sujet.
– Oui, mais la condensation la plus nette ?

Il réfléchit...

– Le chant vingt, sans doute.
– Vingt ? On est encore dans Mars ? Vers Jupiter ? Dans l'espace des Dominations ?
– Oui. L'Aigle qui dit *je* en même temps que *nous,* apparaît dans l'embrasement du ciel. Un murmure de fleuve se rassemble dans son cou et s'échappe de son bec comme une voix de hautbois... De clarinette... Les souffles sont des pensées. Dans le centre de l'œil, David, le

psalmiste. Il est aussi question de guitare et de luth, je crois.

— Sandro dit qu'on ne peut pas être à la fois libertin et libertaire, dit Vanessa. Et que le libertin est toujours réactionnaire.

— C'est un point de vue. « Liberté que de crimes on commet en ton nom! »

— Qui a dit ça?

— Madame Roland.

— Qui est Madame Roland? dit Sandro.

— Une petite bourgeoise très vivante guillotinée pendant la Terreur.

— Monarchiste?

— Non. Républicaine.

On rentre au moteur vers quatre heures... Soleil dans les yeux, sphère d'or de la douane, canal...

— Et voilà notre spécialiste de Dante, dit Laetitia.

— Ah, très intéressant... Surtout un Français... C'est rare...

Moyen-maigre vieillard, le cardinal Albani, de passage vers Rome... J'ai promis à Laetitia de ne pas faire état, même par allusion, de ses convictions rationalistes... Elle cligne de l'œil vers ma bague, sourit...

— Son Éminence est un très bon connaisseur de la *Comédie*...

— Un modeste érudit, Comtesse, dit Albani... Bien modeste...

— Allons, allons, vous faites autorité...

— Vous connaissez le manuscrit de la Bibliothèque du Vatican? dit le Cardinal.

— La rose céleste? Splendide... Il sert de couverture à l'édition anglaise du *Paradis,* je crois.

— La traduction de Dorothy Sayers et Barbara Reynolds ? Avec des dessins très utiles ? Comment la trouvez-vous ?

— Très honorable... En France, j'ai été l'étudiant de Mognon.

— Mognon ? Un homme charmant. Je l'ai vu une fois... Pas vraiment théologien, n'est-ce pas ?

— Excellent sur *L'Enfer*...

— Décevant sur *Le Paradis*...

— Comme tout le monde ?

— Comme presque tout le monde. Vous connaissez T. ? Vous savez qu'il a été libéré ?

— Bien sûr. Le 27 du *Purgatoire*...

Premier échange... La partie s'annonce amusante... Retour un instant aux banalités... Moyen-Orient, Pologne, voyages du Pape, terrorisme... Les invités nous laissent seuls dans un coin...

— Vous travaillez pour la télévision ? dit le Cardinal avec un sourire affable.

— Un projet... Mais retardé pour l'instant.

— Quelle est votre partie préférée du poème ?

— Le *Paradis*.

— Depuis longtemps ?

— Depuis toujours.

Voilà... Les noirs ou les blancs ?... Je prends les blancs...

— Bien entendu, je pense qu'on peut laisser de côté les aspects cosmologiques, historiques et politiques. Bien qu'ils soient très importants... A ce sujet, j'ose dire que j'ai un grave différend avec Dante : à propos d'Homère et de Clément V... Vous trouvez encore la trace de cette double erreur dans le chant 27... Contre les gascons (Clément V) et le « fol Ulysse »...

— Ah oui ? dit Albani en haussant légèrement les sourcils.

– Par ailleurs, n'est-ce pas, nous sommes plutôt, en astronomie, à l'époque des *trous noirs*...

– C'est le moins qu'on puisse faire remarquer, dit le Cardinal en riant.

– Il n'empêche que l'exposé théologique est passionnant... J'ai lu avec beaucoup d'attention la dernière Encyclique...

– *Dominum et Vivificantem*? Décisive, je crois. « Le chemin de l'Église passe à travers le cœur de l'homme, car c'est le *lieu* intime de la rencontre salvifique avec l'Esprit-Saint, avec le Dieu caché, et c'est bien là que l'Esprit-Saint devient " une source d'eau jaillissant en vie éternelle ". »

– « Rafraîchissement de la pluie éternelle », chant 14. « Dans la langue qui est la même pour chacun / De tout cœur je m'offris en holocauste à Dieu. »

– Ah, vous avez remarqué ce passage.

– A propos de l'Esprit-Saint, Dante parle de « lucide incendie », chant 19. Mais c'est aussi une rosée, dit-il cinq chants plus loin. Toujours au 19, il appelle Dieu : L'Écrivain.

– Eh oui (il va casser le jeu). Vous vous rappelez les examens sur les Vertus Théologales? La Foi?

– Pierre pose la question au chant 24. Réponse : « La substance des choses espérées, l'argument des choses invisibles. » Couleur blanche.

– L'Espérance?

– Question de Jacques au chant 25. Réponse : « L'attente certaine de la gloire à venir, le fruit produit en nous par la grâce divine et nos anciens mérites. » Couleur verte.

– La Charité?

– Jean. Dante perd la vue et la retrouve. Le rouge.

– Pourquoi Pierre, Jacques et Jean?

– Présents à la Transfiguration du Christ entre Moïse et Élie.

— Formulation sur le Temps? dit Albani qui, maintenant, s'amuse.

— Chant 27. Montée vers le Premier Mobile, c'est-à-dire vers le mouvement ultra-rapide, moins rapide cependant que celui, échevelé, des séraphins autour du Premier Principe. « Comment le temps possède en cette coupe / Ses racines, et tient ses feuilles dans les autres »... Dixième ciel enveloppant les neuf autres. Hiérarchie céleste.

— Inutile de vous demander l'ordre des anges selon L'Aréopagite?

— On peut raffiner et s'aider de Bonaventure pour la fonction de chaque chœur angélique dans les relations entre les Trois Personnes. Ce que Dante ne fait pas. Exemple: par quel réseau le Père communique-t-il en lui-même?

— Les Trônes.

— Et le Fils dans le Saint-Esprit?

— Voyons...

— Les Puissances.

— Un point. Sa théorie de la communication intra-trinitaire reste un peu abstraite... Enfin, n'exagérons rien... Ce que Dieu dit de lui-même?

— *Subsisto.* Sens scolastique. Autonomie. Aucun besoin d'autre.

— Les anges ont-ils une mémoire?

— Non, puisqu'ils perçoivent tout à la source, passé, présent, avenir.

— Le gouffre admirable?

— Chant 30. Le fleuve qui se change en lac. Et de là au « cœur d'or de la Rose éternelle ».

— Le rappel de Simon le Mage?

— Ici même. Troisième fosse du huitième cercle de l'Enfer.

— L'image de Marie?

— Oriflamme. Bannière pourpre à mailles d'or.
— Pourquoi « oriflamme de paix » ?
— Antithèse. L'oriflamme était levée par les rois de France à Saint-Denis lorsque éclatait une guerre.
— Les juives?
— Juste en dessous de Marie.
— L'ordre?
— Ève, Rachel, Sarah, Rébecca, Judith, Ruth.
— Qui est le vis-à-vis de Sarah?
Question-piège...
— Augustin.
— L'Archange qui vole au-dessus de Marie?
— Gabriel, bien sûr. Il porte une palme, ce qui permet à Dante d'éviter le lys...
— Armes de Florence...
— Et de France. Là, le jeu est remarquable : Palma, Salmo, Salma... Palme, psaume, cadavre... La palme aux psaumes qui nous font sortir du plasma.
— Quand la vision s'éteint?
— Le cœur se souvient. « Ainsi le vent sur des feuilles légères / De la Sibylle emportait les sentences. »
— La « forme universelle du nœud » ?
— Qui relie les accidents, les substances, les modes? « Je crois que je le vis, car je sens à le dire / Que je jouis davantage. » Jouir en disant, comme preuve de la vérité de la vision : trait fulgurant.
— Un instant d'oubli?
— Comme vingt-cinq siècles.
— Les trois cercles?
— Le deuxième comme un reflet du premier posant la quadrature, image humaine inscrite dans l'image divine. Le troisième comme exhalé des deux autres. Question du *filioque,* donc difficulté avec L'Est...
Le Cardinal fait un geste brusque...
— Dante entre par quel cercle?

– Le deuxième...
– Une autre entrée est possible? Le troisième?
– C'est toute la question.

– Vous n'allez quand même pas vous isoler toute la soirée, dit Laetitia. Éminence, un peu de champagne?
– Non, merci, fait Albani, rêveur, en prenant une pincée de noisettes.
– Alors, vous avez parlé de cette adaptation télévisée? dit la Comtesse.
– Mais oui, dit Albani. Monsieur S. m'expliquait les difficultés financières... Qui ne sont d'ailleurs pas moindres que les problèmes de représentation. Comment illustrer la Trinité, n'est-ce pas?
– Il n'y a qu'à rester en enfer, dit Laetitia, c'est plus drôle... Oh, pardon.
– Vous ne croyez pas à l'enfer? dit le Cardinal.
– Excusez ma franchise, Éminence : pas vraiment.
– C'est que vous en êtes sûrement bien loin, Comtesse. Mais attention quand même.
– Je suppose que vous n'imaginez pas encore Lucifer gelé au centre de la Terre, en chauve-souris à trois têtes? dit Laetitia, butée.
– Le Diable est une sphère dont le centre est partout et la circonférence nulle part, dis-je.
– Mais c'est la définition classique de Dieu! dit Vanessa.
– Si Dieu était une sphère, il en faudrait en effet trois, dit le Cardinal. Et leurs rapports sont difficilement descriptibles.
– Bon, vous me cassez la tête, dit Laetitia. Cecilia! Violon!

– Excusez-moi, dit Cecilia. Je ne suis pas très en forme.
– Bon, alors venez, dit Laetitia à Albani... J'ai à vous parler.

Elle l'entraîne, autoritaire comme toujours... Casanova : « Une femme laide, mais dégourdie et causeuse comme une Italienne »...

– On se voit tout à l'heure ? dit Vanessa pendant le dîner.
– Difficile ce soir. Il faut que je travaille.
– Oh vous, alors...

Cecilia me fait du pied... Séance muette et rapide dans une heure... Je n'ai qu'à partir le premier... Marco semble très occupé par une jeune rousse, amie de Vanessa, étudiante des Beaux-Arts... Je pense à Claudia. Elle téléphonera ? Oui ? Non ? Elle a peut-être des dérapages contrôlés et sans lendemain, de temps en temps, avec des étrangers prélevés au vol ?

Je me lève, je prends congé, « il faut que vous veniez au prochain congrès de Dantologie à Rome », dit le Cardinal Albani, Laetitia me prend la main, tourne un peu la bague d'or sur mon doigt, j'embrasse Cecilia et Marco, je sors... La nuit est parfumée, encore chaude, je suis un peu ivre, en pente... Je rentre par la place San Stefano, le pont de l'Accademia... Une fois chez moi, je relis la lettre de Schnitzer posée, dans l'attente d'une réponse, sur le secrétaire :

« Cher Monsieur,
comme vous le savez, nous comptons publier bientôt une nouvelle traduction de *L'Odyssée*. Jean Mexag, avant sa récente disparition et en accord avec le traducteur, nous avait confié que si sa maladie ne lui permettait pas d'écrire la préface, il aimerait que nous nous adressions à vous. Il devait, dans ce cas, vous transmettre ses papiers et ses notes. Sa sœur nous dit qu'elle a respecté cette

volonté. Voulez-vous nous préciser rapidement si vous envisagez d'écrire pour nous l'introduction en question?

Avec nos sentiments les meilleurs.
         Les Éditions Aurore. »
En dessous Jérémie Schnitzer a rajouté de sa main : « Et avec mon amical souvenir. »

Dans les formes.

On va régler ça. Les aventures d'Ulysse l'avisé... Pas du tout fou, comme le croyait ou feignait de le croire ce Troyen de Dante... Les relations d'Athéna et d'Ulysse... Avec un petit détour, pour le plaisir, du côté des rapports dérobés, énigmatiques, entre Apollon et Dionysos, la tête d'Orphée recueillie, comme par hasard, à Lesbos...

Allons, Mex, juste un petit effort pour sortir de la forêt sinistre... En barque jusqu'ici...

Deux moments clés. L'arc. Le coup de baguette.

« Or, tandis qu'ils parlaient, Ulysse l'avisé finissait de tâter son grand arc, de tout voir. Comme un chanteur, qui sait manier la cithare, tend aisément la corde neuve sur la clef et fixe à chaque bout le boyau bien tendu, Ulysse alors tendit, sans effort, le grand arc, puis sa main droite prit et fit vibrer la corde, qui chanta bel et clair, comme un cri d'hirondelle... » Coup de foudre de Zeus... « D'un trou à l'autre trou, passant toutes les haches, la flèche à lourde pointe sortit à l'autre bout... »

Nous sommes ici au chant 21... Au chant 16, Athéna – future hirondelle au-dessus des flèches meurtrières – va permettre que le très peu œdipien Ulysse soit enfin reconnu par le très peu œdipien Télémaque. Tout le scandale est là :

« A ces mots, le touchant de sa baguette d'or, Athéna lui remit d'abord sur la poitrine sa robe et son écharpe tout fraîchement lavée, puis lui rendit sa belle allure et sa jeunesse : sa peau redevint brune, et ses joues bien remplies; sa barbe aux bleus reflets lui revint au menton; le miracle achevé, Athéna disparut. »

J'ai le temps d'appeler Long Island...
– Vous revenez quand à Paris?
– A la fin de la semaine, dit Laura. Dimanche? D'accord?

La nuit divine... Comme la vague est divine...

« C'est le bois d'Athéna : une source est dedans, une prairie l'entoure »...

J'ai laissé la porte du bas ouverte... Trois coups légers. Cecilia.

C'est en 1775 que Casanova entreprend de traduire *L'Iliade*. Il a cinquante ans. Il arrête le récit de ses aventures en 1774, à Trieste.

En 1783, il est de nouveau, de septembre à novembre, à Paris. « Tel était Paris de mon temps. Les changements qui s'y faisaient en filles, en intrigues, en principes, allaient aussi rapidement que les modes. »

Quand décide-t-il d'écrire l'histoire de sa vie? En 1791. Il vient de comprendre que c'était la seule chose à faire, que sa vie venait de prendre une valeur inestimable. Il a soixante-six ans. C'est l'année de la mort de Mozart.

Comme il meurt, lui, le 4 juin 1798, force est de constater qu'il a écrit quelques milliers de pages en sept ans.

1802 : *Le Génie du christianisme*. Et puis encore des *Mémoires*; d'outre-tombe, ceux-là. Il faut prendre le titre tout à fait au sérieux. Et puis Stendhal, Balzac, Proust, Céline... Résurrection d'Homère dans les années 20-30, réaction puritaine après la guerre... C'est un découpage comme un autre. Il a l'avantage d'être dans le vif du sujet.

L'évaluation bloquée du temps a un emblème malgré lui, en prose : Flaubert. Pour le reste, occultismes divers. Naturalisme et fétichisme : on dirait un tour de magie.

Casanova en était conscient, lui qui, bien qu'incrédule à propos de tout, raconte quand même une affaire d'envoûtement à laquelle il a échappé grâce à la visite d'un Capucin brisant le secret de la confession. Une Espagnole, voulant se venger, lui donne de la poudre à éternuer, il saigne, elle recueille son sang, le donne à une vieille sorcière qui se propose d'*enduire* ainsi sa figurine portant son nom, sexe très en relief. Il pouffe de rire, mais s'empresse de jeter le tout par la fenêtre.

Pas de crises depuis huit jours. Main sur l'acajou.

Téléphone : Claudia. Si elle peut venir au début de l'après-midi ? Trois heures ? Mais voyons.

— Qu'est-ce que vous voulez démontrer ? Que seuls les catholiques baisent bien ?

— Exactement. Ou plutôt qu'ils sont les seuls, en principe, à avoir la possibilité d'un rapport non négatif avec le sexe.

— Mais le Pape, une fois de plus, vient de rappeler tout le monde à l'ordre : chasteté, pureté, conjugalité.

— En effet. Il faut que ce soit interdit, mais indéfiniment pardonnable. L'abstention et la transgression se rejoignent. L'une est incompréhensible sans l'autre.

— C'est quand même très négatif ?

— Pas du tout. Le sexe, ou le corps, comme mal d'origine, c'est du manichéisme. Voir saint Augustin. Le sexe et le corps sont forcément bons, vous vous en servez mal, mais tout en vous en servant mal vous pouvez trouver le bien, et c'est très bien. Bonne chance. Négatif, c'est plutôt Freud et Cie.

— Positif, alors ?

— Non plus. Positif, c'est Sectisme et dérivés. Regardez le Protestantisme : tantôt l'orgie, tantôt la pétrification morale. *Non négatif* suffit. Vous y allez à vos risques et périls, et si vous jouissez ne parlez pas du reste. Annulation.

– Sublimation?

– Si vous y tenez.

– Et l'Orient? Tantrisme? Taoïsme? Bouddhisme?

– Le Sectisme occidental vous cache tout ça. Mais je veux bien être chinois, oui, c'est une possibilité... D'ailleurs...

Sigrid me manque. C'est à elle que je pense dans ce dialogue.

– C'est la raison pour laquelle vous mettez Casanova au purgatoire?

– Sens du comique. Tout cela n'est pas grave. Encore une fois, le diable est très puritain. Son sexisme apparent a toujours pour but la manipulation ou le ratage. Le Diable, c'est la volonté que la jouissance reste inconsciente. Ou dramatique. Ou enfermée. Ça revient au même.

– Perversion?

– On peut la naviguer. Un seul péché : la tristesse. Ou la haine. Le tour de passe-passe qui transforme l'amour en haine.

– On déteste parce qu'on aime?

– Élémentaire. Il y a un mot sublime de Casanova à l'une de ses amies, c'est le fin du fin de la sagesse : « Je t'en supplie, sois gaie : la tristesse me tue. » Vous pouvez vous arrêter là. Personne n'ira plus loin. Aime-toi gaiement, et aime ton prochain comme toi-même.

– Mais s'il n'a pas envie d'être gai, le prochain?

– Passez votre chemin. Les yeux fermés. D'instinct.

– Je croyais que le rire était démoniaque?

– Rire mineur. Pas majeur. Ricanage, pas le bouffonnement pur. Il y a autant de différence entre un rire qui a joui et un rire qui n'a pas joui qu'entre un papillon et une baleine.

– Pour le papillon ?
– A fond. « J'étais en train d'accomplir le Grand Œuvre », dit Seingalt, en position d'action sur une beauté troussée renversée sur une commode... Il a beaucoup choqué la crédulité de son temps et de tous les temps. Et regardez ses conclusions : les dévotes de l'occulte ou de la raison pratique sont dix mille fois plus difficiles à enflammer que les religieuses ou les « théologiennes », sans parler des prédisposées spontanées repérables au coup d'œil. Il est formel. N'essayez pas de réformer les névroses... Aux natures ardentes et frustrées, vite ! Ciao !...

Trois heures : Claudia est là. PSRCD, Prédisposée Spontanée Repérable au Coup D'œil, c'est bien elle... On ne parle pas beaucoup, pas le temps... Ma petite cuisine l'excite... Ménagère... Contre l'évier... Puis le lit... Deux heures classiques... Coussins et corbeille... Près de la place San Margherita, il y a une grande barque recouverte d'une bâche où l'on vend des légumes et des fruits... Ça déborde de partout, il y en a trop exprès, vaisseau flottant d'abondance : poivrons, courgettes, pommes de terre, laitues, fenouil, citrons, choux, céleri, haricots verts, tomates, épinards... Et puis raisins, bananes, prunes, pommes, poires, pêches, oranges... C'est là que je fais mon marché quand je décide de rester chez moi sans bouger pendant deux ou trois jours... Le beau navire... Claudia se plaint que je lui ai abîmé la peau... Chantonne... Part... « Ti telefono ! »...

Le soir, sur les quais : L'*Argonaute,* tout blanc, d'Athènes... Le *La Palma,* de Limassol... Chypre et terrorisme... Le *Fedor Chaliapine,* d'Odessa... Le *Vita Nuova,* de Trieste... Le *Deep South,* de Singapour... Le consulat de France est gardé par deux marins avec mitraillettes...

Cecilia : « Vous venez demain à l'*Orlando Furioso* de Vivaldi ? Il y a Marilyn Horne... »

« Je récitai les beaux vers de l'Arioste comme une belle prose cadencée, que j'animai du son de la voix, du mouvement des yeux et en modulant mes intonations selon le sentiment que je voulais inspirer à mes auditeurs...

« Il est étonnant, dit Madame Denis, que l'intolérance de Rome n'ait jamais mis à l'index le chantre de Roland.

— Bien loin de là, dit Voltaire, Léon X a pris les devants en excommuniant quiconque oserait le condamner. Les deux grandes familles d'Este et de Médicis étaient intéressées à le soutenir... »

Ignorance de Madame Denis...

Je dîne avec Cecilia sur les Zattere... Marco est à Milan pour deux jours... Le ciel est partout gris-rose avec de larges échancrures bleues... Bleu clair, nacre bleutée, rouge clair, gris sombre... Rouge foncé à droite... L'eau devient lourde, passe du bleu au blanc... Peu à peu, le rose-rouge s'enflamme, on a maintenant, devant nous, une cavité de couleur creusée dans l'air... En forme de...

— Vous pensez la même chose que moi ?
— Un cœur ?
— J'allais le dire.

C'est en effet la forme, un peu étirée, qui se déploie vers le haut avec une précision de pinceau... Nappe rouge, disque rouge... Message sérénissime et séraphique de la cité chérubinique... Le grand cœur atmosphérique se déplace un peu... Commence à s'éteindre avec des délicatesses de blancs-gris en tous sens... On dirait le plafond de Tiepolo, là, tout près, transféré et agrandi dehors... Quand il l'a peint sur le dos, dans l'église, il a dû tout simplement fermer les yeux et laisser aller son poignet en pensant aux débuts de soirées de l'autre côté du mur... Il suffisait d'ajouter des mains tendues, des pieds retournés, des bras flottants, des genoux, des visages noyés par la grâce... Et puis des tentures, des plis, des robes et des manteaux en étoffes sans pesanteur... J'ai la main gauche de Cecilia dans ma main droite, on s'est arrêtés de manger, on regarde de tous nos yeux... Encore trois flammes en nuages... Le rideau se tire, le thorax du jour se ferme en bleu-gris... Dix minutes... La Giudecca, maintenant, n'est plus qu'une large avenue mercure avec des reflets lie-de-vin.

— Jamais vu ça à ce point, dit Cecilia.
— Beau temps sur beau temps. Fleur optique.

On glisse vers la nuit, j'aime ses poignets, ses doigts chaque jour vibrant dans les cordes, influx nerveux juste au bout, joue gauche violon, enveloppe d'oreille pour ne plus sentir que le son... La Salute est ouverte, il y a un récital d'orgue, entrée libre, il y a de tout, femmes en robes du soir et types en smokings, paumés en jeans, passants moyens, quelques curés, trois familles japonaises, des Noirs, deux Arabes, quatre Chinois plutôt étonnés, ça doit chuchoter dans toutes les langues... Une très belle fille blonde en pull orange et pantalon de toile gris, pieds nus, fait le tour de l'église ronde... Lustres pendants flammes rouges... Toccata de Frescobaldi... On ressort, bruit sec de l'eau sur la pierre, on revient bras dessus bras dessous chez moi... Sagesse, ce soir... « Je rentre, dit Cecilia. Demain à l'*Orlando*? »...

Que dit Augustin, déjà, sur le repos du septième jour?

Oui, voilà...

« Or le septième jour est sans soir, il n'a pas de coucher parce que vous l'avez sanctifié pour qu'il se prolonge éternellement. Et en nous parlant du repos que vous avez pris le septième jour, après avoir créé vos œuvres « excellentes », bien que vous les ayez créées sans sortir de votre repos, la voix de votre Livre nous annonce que nous aussi, après avoir accompli nos œuvres qui ne sont « excellentes » que parce que vous nous avez donné la grâce de les accomplir, nous trouverons le repos en vous, dans le sabbat de la vie éternelle...

« ... Vous ne voyez pas dans le temps, vous n'agissez pas dans le temps, vous ne vous reposez pas dans le temps. Et cependant c'est vous qui faites que nous voyons dans le temps, c'est vous qui faites le temps lui-même, et le repos après le temps...

« ... Quel homme donnera à l'homme de comprendre cette vérité? Quel ange le donnera à l'ange? Quel ange à l'homme? C'est à vous qu'on doit le demander, c'est en vous qu'on doit le chercher, c'est à votre porte qu'on doit frapper. C'est ainsi seulement que l'on recevra, que l'on trouvera, et que s'ouvrira votre porte »...

Il pleut sur Paris. J'arrive par le vol du soir. Je passe d'abord au studio déposer mes livres et mes papiers. Dans le courrier glissé sous la porte et qui fait une sorte de lac blanc, là, dans le couloir, deux lettres ou plutôt deux cartes. L'adresse de Liv à New York. Celle de Sigrid à Berlin. Chacune d'elles a dessiné un cœur. Liv en haut à gauche, feutre bleu. Sigrid en bas et à droite, feutre rouge.

Maintenant, je suis en bas de l'appartement. Les lumières sont allumées. La rue est déserte. Les platanes ont commencé à jaunir. L'acacia, lui, est encore vert.

Je monte, je sonne, Laura m'embrasse, fait « chut »

tout de suite, les enfants sont couchés, ils dorment... Elle a préparé un dîner froid, elle allume les bougies, va chercher le champagne... Elle a l'air de très bonne humeur.

Je me verse un grand verre de whisky. Je m'enfonce dans le fauteuil noir. Je regarde mes mains : elles ne tremblent pas.

— Quelle année !

Laura jette un coup d'œil rapide par la fenêtre. Il pleut toujours. Elle est vraiment gaie.

— Oh, dit-elle, une année comme une autre, non ?

DU MÊME AUTEUR

Aux Éditions Gallimard

FEMMES, *roman*
PORTRAIT DU JOUEUR, *roman*
THÉORIE DES EXCEPTIONS
PARADIS II
LE CŒUR ABSOLU, *roman*
LES SURPRISES DE FRAGONARD
LES FOLIES FRANÇAISES, *roman*
LE LYS D'OR, *roman*

Aux Éditions Plon

CARNET DE NUIT

Aux Éditions de la Différence

DE KOONING, VITE

Aux Éditions 1900

PHOTOS LICENCIEUSES DE LA BELLE ÉPOQUE

Aux Éditions du Seuil

Romans :
UNE CURIEUSE SOLITUDE
LE PARC
DRAME
NOMBRES

LOIS
H
PARADIS

Essais :

L'INTERMÉDIAIRE
LOGIQUES
L'ÉCRITURE ET L'EXPÉRIENCE DES LIMITES
SUR LE MATÉRIALISME

Aux Éditions Grasset, collection *Figures* (1981)
et aux Éditions Denoël, collection *Médiations*

VISION À NEW YORK, *entretiens*

Préface à :
PAUL MORAND, New York, *GF Flammarion.*

Composé par la Société Nouvelle Firmin-Didot
à Mesnil-sur-l'Estrée, et achevé d'imprimer par
l'imprimerie Brodard et Taupin
à La Flèche (Sarthe),
le 04 janvier 1989.
Dépôt légal : janvier 1989.
Numéro d'imprimeur : 6057A-5.

ISBN 2-07-038101-3 / Imprimé en France.
45334